CE MONDE PAR-DELÀ L'OCÉAN

LAURA SPENCE-ASH

CE MONDE PAR-DELÀ L'OCÉAN

traduit de l'anglais (États-Unis)
par Danièle Momont

l'Archipel

Ce roman a été publié sous le titre
Beyond That, The Sea
par Celadon Books, New York, en 2023.

Cet ouvrage a été publié avec l'aimable collaboration
de Brandt & Hochman Literary Agents, Inc.
et La Nouvelle Agence, Paris.

Notre catalogue est consultable à l'adresse suivante :
www.editionsarchipel.com

Contact : serviceclients@lisez.com

Éditions de l'Archipel
92, avenue de France
75013 Paris

ISBN 978-2-8098-4812-0

À M. et D.

« Le présent est à peine là ; l'avenir n'existe pas. De toutes les bribes éparses qui font la vie d'un être, la seule chose qui compte, c'est l'amour. »

William Trevor,
En lisant Tourgueniev
(traduction de Cyril Veken)

« Au commencement il y avait la *nursery*, les fenêtres donnaient sur un jardin et au-delà, la mer. »

Virginia Woolf, *Les Vagues*
(traduction de Cécile Wajsbrot)

Prologue

Octobre 1963

Beatrix

À l'époque, Beatrix aimait s'asseoir à côté de M. G lorsqu'il les emmenait sur le continent à la rame. Elle regardait la ville devenir plus nette, les bâtiments plus grands, observait le clocher blanc en relief contre le ciel très bleu. Cela se passait dans le Maine, où la famille se rendait chaque été, et pendant la guerre, bien qu'il soit difficile de se rappeler quand, au juste. Mme G portait souvent une robe légère, rose ou jaune, un collier de perles ras-de-cou, et, lorsque William et Gerald s'aspergeaient d'eau, elle se plaignait parce qu'ils l'éclaboussaient. M. G roulait alors des yeux et demandait mollement aux garçons d'arrêter, les lunettes piquetées de sel de mer, ses bras hâlés manœuvrant les rames d'avant en arrière à un rythme régulier. Lorsqu'ils étaient presque arrivés, il en confiait une à Beatrix et ils ramaient ensemble jusqu'au rivage.

Une fois par an, ils mangeaient dans le petit restaurant de la ville situé au bout du quai. Ils s'asseyaient chaque année à la même table d'angle à cinq places, face à la mer. De cette façon, disait Mme G, ils pouvaient tous voir le ciel changer de couleur au moment du coucher de soleil au-dessus de l'île, leur île, les pointes acérées des conifères rehaussées par les stries roses et orange, avant que les contours des arbres ne s'estompent à mesure que le ciel s'assombrissait. Pas une seule fois, durant les années que Beatrix passa là-bas, le temps qu'il faisait ces soirs-là ne les déçut. Elle était frappée de constater, chaque fois qu'elle voyait l'île depuis le continent, combien elle était différente vue de loin. Elle était magnifique, imprécise tache de vert entre l'océan et le ciel. Elle était également si petite qu'elle pouvait la tenir dans la paume de sa main. Lorsqu'ils étaient sur l'île, en revanche, c'était elle qui était petite ; l'île représentait son univers tout entier. C'était comme s'il n'existait rien d'autre.

Ils commandaient de la soupe de palourdes, des épis de maïs doux et du homard. Des pommes de terre au four encore enveloppées dans leur papier d'aluminium, la chaleur s'échappant par une fente sur le dessus. Le premier été que Beatrix passa là, les garçons commencèrent à casser les dures carapaces rouges à l'instant même où l'on posa les assiettes devant eux. Gerald était tellement excité qu'il se leva au lieu de rester assis, et William fut le premier à débusquer de la chair, penchant la tête en arrière pour avaler les gouttes de beurre. Beatrix noua lentement son bavoir, observa, puis avala une gorgée d'eau. M. G adressa un signe de tête à Mme G, assise à côté de Beatrix, qui tapota la cuisse de la fillette avant de s'attaquer à son homard, s'arrêtant pour lui permettre de voir exactement ce qu'elle faisait, afin qu'elle puisse l'imiter.

Mais tout cela appartient au passé. Ce soir, seule dans un restaurant de bord de mer, Beatrix commande le homard pendant que la serveuse allume la bougie sur la table. Lorsque le homard arrive, elle noue le bavoir autour de son cou en observant son reflet dans la fenêtre sombre. En août, elle a eu trente-quatre ans. Vingt ans se sont écoulés. Elle a souvent du mal à concilier l'enfant qu'elle était alors avec l'adulte qu'elle est aujourd'hui. Elles lui semblent deux personnes distinctes. Pendant tant d'années, elle a essayé d'oublier. Elle renifle le revers de sa veste ; l'océan s'est niché dans ses vêtements. Elle entend les vagues s'écraser sur le rivage. Cet endroit – une ville située sur l'estuaire du fleuve Forth, tout près d'Édimbourg – est plat, le vent violent. Des îles et des affleurements rocheux s'éparpillent au large. Il y a là quelque chose de sauvage qui lui rappelle l'État du Maine. Si elle ferme les yeux, c'est presque comme si elle était là-bas.

Dès son retour d'Amérique, au début du mois de septembre dernier, elle s'est jetée dans le travail. La nouvelle année scolaire commençait sur les chapeaux de roues, on la sollicitait constamment, à tel point qu'elle aurait pu dormir dans son bureau, vu le peu de temps qu'elle passait chez elle. En octobre, quand, enfin, elle put ralentir la cadence, elle se rendit compte qu'elle voguait à la dérive. Désamarrée. Revoir les Gregory chez eux, en Amérique, se tenir debout à leurs côtés dans le cimetière, avait tout réveillé – les cinq années qu'elle avait passées là-bas, la famille qu'elle avait considérée comme la sienne pendant ce bref instant. Le chagrin de les perdre. Le chagrin qu'elle s'était échinée à enterrer. Elle s'y trouvait de nouveau, de retour dans cette maison qu'elle connaissait bien, dans cette cuisine où flottait une odeur de citron, de cannelle et de beurre, et elle sentait autour de son cou les bras de Mme G en train de murmurer à son oreille. Cette fois encore, elle n'avait pas eu envie de partir, et cette fois encore, elle était partie. Elle les avait de nouveau perdus.

Ce fut sa mère qui lui conseilla de prendre un peu de vacances, de briser sa routine. Cela l'aiderait peut-être. Elle lui recommanda cette petite ville côtière, parce qu'elle s'y était souvent rendue quand elle était petite, et qu'elle l'avait alors adorée. Elle évoqua les plages et les oiseaux, les vertus apaisantes du trajet en train depuis Londres. C'était parfait, supposa Beatrix, même s'il ne s'agissait sans doute plus de la pittoresque station victorienne telle que sa mère l'avait connue. Celle-ci aurait-elle repéré la similitude avec le Maine ? se demanda-t-elle. Après tout, elle ne s'y était jamais rendue.

Elle mange du homard, mais elle se rend compte que l'essentiel du plaisir tenait au fait de le manger ensemble. Elle se sent bête, à se battre toute seule contre lui, dans cette salle déserte et défraîchie. Son mal-être s'accroît. Elle repousse son assiette et commande un café. Le faisceau du phare est visible à présent, balayant la mer noire à intervalles réguliers. Gerald, William et elle passaient parfois la nuit sous la tente, dans les bois, jamais bien loin de la maison, mais ils éprouvaient alors une solitude totale, comme si, uniques survivants d'un naufrage, ils s'étaient échoués sur une île. L'obscurité était presque palpable. Ils utilisaient leurs lampes de poche pour descendre jusqu'à la mer, puis ils s'asseyaient sur l'un des gros rochers, dirigeant leurs rayons de tous côtés, après quoi ils les éteignaient pour absorber la nuit noire, et les étoiles, dans leur intégralité, brillaient sur la mer. Elle était la plus heureuse lorsque, assise au milieu, elle les sentait tous deux à ses côtés.

Le dîner sur le continent se terminait toujours par un gâteau au chocolat, préparé par Mme G et apporté plus tôt dans la journée, accompagné de boules de glace à la menthe. Trois grosses bougies à souffler : une pour William, une pour Gerald et une pour Beatrix. Ces trois prénoms écrits en bleu sur le glaçage à la vanille.

— Mes enfants du mois d'août, déclara Mme G. Une année de plus vient de s'écouler.

Le restaurant tout entier entonna « Happy Birthday » lorsque le gâteau, dont on avait allumé les bougies, quitta la cuisine. Les trois enfants se levèrent, puis se penchèrent sur la pâtisserie placée au centre de la table, Mme G tenant les cheveux de Beatrix pour les éloigner des flammes. Il faisait noir dans le restaurant, car le soleil s'était couché, et leurs visages étaient éclairés par la lueur des bougies. Gerald, avec ses cheveux roux, ses taches de rousseur et son sourire contagieux. William, ses cheveux blonds et bouclés décolorés par le soleil, son sourire secret. Que virent-ils en la regardant ? Elle n'en sait rien, mais elle imagine que son visage devait alors refléter la joie qu'elle éprouvait. Lorsqu'elle pense à eux trois, ensemble, elle se souvient de ce moment, juste avant de souffler les bougies, lorsqu'ils prirent tous trois leur respiration en formulant un vœu, et que leurs regards se croisèrent.

Le dernier été, son vœu était de rester. D'être avec eux pour toujours. Elle se penche à présent, souffle la flamme de la bougie et ferme les yeux.

Première partie

1940-1945

Reginald

Ce soir-là, Reginald explique aux clients du pub combien il se sent fier. Chaque fois que quelqu'un entre, il lui raconte le départ de Beatrix, il le raconte sans relâche. On lui pose des questions, on veut savoir les détails. Ceux dont les enfants sont partis avant sa fille connaissent déjà cette histoire ou, du moins, une de ses versions. C'était un matin chaud et moite. Ils se tenaient dans la salle de bal de l'hôtel Grosvenor et il a mis un genou en terre au moment de partir. Beatrix a hoché la tête après qu'il a prononcé ses derniers mots, le visage incliné vers le sien, la poitrine haute. Elle s'est montrée inébranlable et n'a pas pleuré, même s'il voyait briller ses yeux.

Mais le lendemain, il ne se souvient plus très bien de ce qu'il lui a dit lorsqu'il avait un genou en terre. Il craint, en son for intérieur, d'avoir oublié le plus important. Mais il affirme ce soir à la clientèle du pub qu'elle s'est formidablement comportée. Ma courageuse petite fille de onze ans. Il invente les mots qu'ils ont échangés. Et il n'explique pas que, même si Millie et lui faisaient tout pour ne pas craquer, ils se détournèrent de Beatrix assez vite pour s'éloigner dans la foule.

Dans le rêve qu'il fait depuis, il pénètre dans l'océan, tout habillé, ses vêtements trempés pèsent lourd. Il fend les vagues à mesure qu'il s'enfonce et se retrouve dans la salle de bal, qu'il est en train de quitter tandis que d'autres arrivent, qu'il frôle de ses épaules en essayant de ne pas regarder les visages de ces parents qui entrent, car il sait que dans ses yeux, comme dans les leurs, se donne à voir le choc de se retrouver ici, le choc d'avoir pris la décision d'envoyer leurs enfants loin d'eux. Seuls, de l'autre côté de la mer. Ce n'est qu'à l'extérieur du Grosvenor, dans l'air épais, alors que les nuages gris s'abaissaient, que Millie se mit à pleurer, le suppliant de retourner chercher leur fille. Il lui a pris la main et l'a éloignée. Dans le rêve, il tend les mains dans l'espoir de s'emparer du bateau à bord duquel Beatrix navigue à présent, et de lui faire faire demi-tour. Dans l'espoir d'en inverser le cap. Il tend à nouveau ses bras pour essayer de toucher la terre où elle s'apprête à vivre.

Mais l'histoire qu'il raconte aux clients du pub n'est qu'à moitié vraie. Beatrix pleurait, se cramponnait à lui, les bras autour de sa taille. Elle reprocha à Millie d'avoir pris la décision de l'envoyer à l'étranger, refusa de lui dire au revoir. C'était Reginald, en fait, qui avait insisté pour qu'elle parte, car il savait que les bombardements se rapprochaient de plus en plus, qu'il n'existait aucun moyen d'assurer sa sécurité, ni la sienne, ni celle des autres. Son frère aîné ayant combattu pendant la dernière guerre, il savait à quoi s'en tenir. Cette guerre avait jeté une ombre sur son enfance. C'est ainsi qu'il avait appris les limites de la peur. Millie et lui étaient confrontés à un choix impossible. Il valait mieux qu'elle parte en Amérique, pensait-il, où les doigts de la guerre risquaient moins de la toucher. Mais il ne lui dit jamais qu'il avait forcé la main de sa mère. Il lui laissa croire qu'il s'agissait du choix de Millie.

Millie

Millie ne parvient pas à se défaire de sa fureur. Il y avait la colère de Beatrix contre elle, parce qu'elle l'avait forcée à partir, et celle de Millie contre Reg, parce qu'il n'avait pas faibli quand elle l'avait supplié.

— Laisse-moi partir avec elle, avait-elle dit.

Puis, plus tard, au milieu de la nuit, comme ils ne dormaient ni l'un ni l'autre, qu'ils ne se touchaient pas, fixant tous deux le plafond plongé dans le noir :

— Gardons-la avec nous. Il y a l'abri, ainsi que le métro. Nous pouvons nous installer chez mes parents, à la campagne. Je peux la protéger, murmura-t-elle sans répit. Je la protégerai.

Mais la décision de Reg était prise.

Elle ne s'est jamais considérée comme une femme irascible. Émotive, oui. Têtue, absolument. Mais à présent, elle déborde de chagrin et de rage. Elle n'arrive même pas à penser qu'elle pourrait un jour pardonner à Reg. Elle sait qu'elle ne se pardonnera jamais. Sans cesse, elle retourne dans la salle de bal, revit les derniers instants, sent à nouveau la chaleur de la joue de sa fille.

Elle a épinglé l'étiquette que l'homme lui a remise sur la poitrine de Beatrix. C'était une journée chaude mais Millie avait les mains glacées, alors elle les frotta longuement l'une contre l'autre avant d'en glisser une sous la robe de Beatrix pour guider l'épingle. Sur l'étiquette était inscrit un long numéro, en plus du nom, et Millie le mémorisa, songeant qu'il lui faudrait s'en souvenir pour toujours. Elle se dit qu'il s'agissait peut-être de l'unique moyen de localiser sa fille. Au retour de la salle de bal, elle faillit devenir folle parce que, pour le dernier chiffre, elle hésitait entre le trois et le six.

La veille au soir, Millie avait lavé et coupé les cheveux de Beatrix dans la petite cuisine, une serviette sous les pieds. Beatrix était en sous-vêtements. Millie brossa les cheveux mouillés avant de les couper, émerveillée de constater que les mèches épaisses arrivaient presque à la taille de Beatrix. Ce fut alors que, comme Millie faisait pivoter Beatrix pour peigner sa frange, elle s'aperçut qu'elle commençait à avoir de la poitrine et que, quand elle la reverrait, elle aurait changé. Elle ne serait plus une enfant. La fureur s'empara à nouveau d'elle, mais elle se logeait cette fois dans ses mains, alors, sans réfléchir, elle coupa les cheveux de sa fille, les coupa juste en dessous du menton, et des mèches dégringolaient sur le sol, les ciseaux faisaient leur office, la serviette blanche virait au brun, et Beatrix pleurait. Elle coupa l'épaisse frange sombre au milieu du front. Il s'agissait de la coupe qu'elle lui faisait, toutes les trois semaines, quand elle était petite.

À présent, elle n'arrive plus à dormir. Couchée dans le lit de Beatrix, elle se roule en boule. Elle essaie d'imaginer où se trouve sa fille, au milieu de l'Atlantique. A-t-elle faim ? Est-elle seule ? Comme elle doit être effrayée par l'eau profonde qui s'enroule autour du navire. Les vagues qui se balancent. Cette mer immense. Millie renifle une boucle de cheveux, glissée dans une petite enveloppe en papier cristal, dissimulée entre les pages de son livre.

Beatrix

Beatrix déteste sa nouvelle coupe de cheveux. Elle a l'air d'une gamine. Lorsqu'elle essaie de toucher ses cheveux, elle ne trouve que sa nuque. Toutes les filles de la cabine partagent un petit miroir de poche que l'une d'entre elles a emporté dans sa malle. Beatrix repousse sa frange, avec de l'eau et de la salive, et injurie sa mère à haute voix, pour le plus grand plaisir des filles les plus jeunes.

Les journées sont bien remplies. Elles s'habillent, s'entraident pour attacher leurs gilets de sauvetage en liège, et là où elles vont prendre leur petit déjeuner, on leur permet de manger de la glace au chocolat. Elles courent, en groupe, d'un bout à l'autre du navire et Beatrix, qui se cramponne toujours au bastingage, reste à l'intérieur quand cela est possible. Le bateau suit rarement une trajectoire rectiligne, se frayant un chemin à travers les icebergs argentés qui scintillent au soleil. Il y a aussi un groupe de garçons, mais, comme ils sont plus agités que les filles, Beatrix les évite la plupart du temps. Pour le goûter, on leur sert des biscuits sucrés plus gros que la paume de leurs mains. On ne vomit presque plus. Durant les premiers jours, ils vomissaient tous dans les petits lavabos, dans les poubelles, dans les boîtes de café. Parfois, la nuit, lorsque Beatrix ne parvient pas à dormir, lorsque la plus jeune d'entre elles renifle dans le lit du dessous, elle se rend sur le pont pour contempler les étoiles. Elle s'enveloppe dans sa couverture et s'allonge sur un transat, loin du bord. Il fait froid et sombre, mais, pourtant, c'est peut-être là l'une des plus belles choses qu'elle ait jamais vues. Elle ne saurait imaginer un ciel plus riche, plus vivant. Jamais auparavant elle n'avait perçu la profondeur du ciel. L'air est pur. Elle se demande s'ils arriveront un jour en Amérique. Ils se sentent en suspension, alors même que le navire avance. Ils se demandent les uns aux autres ce qui se passera si la guerre se termine pendant qu'ils sont en mer. Fera-t-on demi-tour pour rebrousser chemin ? Comment leurs parents seront-ils au courant ?

Au début, Beatrix était terrifiée. Le train sombre rempli d'enfants. L'accompagnatrice qui chantait « There'll Always Be an England[1] » en agitant un petit drapeau britannique. Les rangées de lits dans l'entrepôt de poisson à Liverpool. L'énorme navire recouvert d'une bâche noire. La passerelle oscillant à chaque pas. Tous se taisaient et tous avaient peur, ne sachant à qui se fier. La plupart des filles pleuraient. Beatrix s'y refusa. Papa lui avait dit d'être forte.

Cela ne fait que quelques jours, mais, quand Beatrix repense au départ, il ne lui en reste déjà plus que des bribes de souvenirs. Elle se voit assise en tailleur sur le sol de sa chambre, refusant d'aider sa mère, qu'elle regarde faire sa petite valise marron. Des robes pliées en trois, des chaussettes roulées en boule, ainsi qu'une écharpe vaporeuse et fleurie par-dessus, un cadeau pour la femme en Amérique. Beatrix voit les mains de son père, avec son alliance trop grande pour son doigt, tandis qu'il glisse quelques photographies dans une poche latérale, avant de serrer les sangles autour de la

1. Chanson patriotique anglaise.

valise. Le tapis au crochet, avec ses fleurs roses et bleues, à côté de son lit pour toujours, et dans un coin duquel s'étale une tache qui ressemble à la tête d'un chien. L'odeur peu familière des pancakes, le sucre emprunté aux voisins pour que le dernier petit déjeuner soit différent des autres.

Un mois auparavant, sa mère, en rentrant à la maison, l'avait trouvée, seule dans l'appartement, assise par terre au salon, en train de jouer au solitaire, son masque à gaz sur la figure. Elle s'était mise à le porter chaque fois qu'on la laissait seule. Elle en détestait la texture et l'odeur, pareille à celle du goudron d'une route en été. À l'école, les garçons portaient le leur lorsqu'ils se pourchassaient dans la cour de récréation, émettant des grognements étouffés par le masque. Mais Beatrix savait que cela pouvait lui sauver la vie. Son oncle avait été brûlé durant la Première Guerre, des rivières de chair rose foncé coulaient le long de ses bras. Sa mère avait laissé tomber les courses en la voyant, un précieux œuf s'était brisé sur le parquet. Elle sait que ce fut cette scène qui poussa sa mère à décider que Beatrix ne pouvait pas rester.

Déjà, ses souvenirs de la salle de bal s'estompent. Il n'en demeure que des fragments, tard dans la nuit. Les grandes lettres de l'alphabet affichées aux murs. Un balcon obscur plein d'adultes qui regardent vers le bas en saluant. Une femme qui sanglote. D'étranges accents américains.

Le dos de ses parents, en train de s'en aller. La main de son père sur l'épaule de sa mère. Une maille filée au bas de sa mère.

Beatrix

Sur le quai à Boston, Beatrix est seule. On est venu chercher tous les autres. Il fait déjà chaud, bien qu'il soit encore tôt, la lune dessinée à la craie sur le ciel bleu pâle. Beatrix porte sa robe préférée, en laine rouge, avec un col blanc et des passepoils aux poignets. Elle l'a choisie avec soin, se souvenant que sa mère lui a dit de se faire belle, mais ce n'est pas la bonne robe pour un jour comme celui-là, la sueur coule sur sa nuque et le long de son dos.

La femme qui a confié les autres enfants à leurs familles d'accueil ne cesse de consulter sa montre et de regarder son porte-bloc.

— Les Gregory, répète-t-elle sans répit et, à chaque fois, sa voix se fait plus aiguë. C'est leur nom de famille, c'est bien ça ?

Beatrix acquiesce. Le soleil monte plus haut, se cache derrière un nuage, tandis que Beatrix se balance d'un pied sur l'autre. Elle touche l'étiquette qu'elle a réépinglée tous les matins depuis son départ de Londres. Les bords commencent à s'abîmer.

Beatrix a l'impression d'avoir quitté la maison depuis de nombreuses années, comme si la fillette qu'elle était là-bas SE TROUVAIT séparée de celle qui se tient ici. Tant de choses se sont passées, même si deux semaines seulement se sont écoulées, et pourtant cela lui semble sortir d'un livre, comme si tout était arrivé à quelqu'un d'autre. Accoster au Canada et dire au revoir à la plupart de ses nouvelles amies. Un autre train, puis un petit ferry, roulant parmi les vagues agitées. Enfin, une eau calme à leur arrivée dans le port de Boston. Sur une petite île, trois enfants, pieds nus sur un quai, munis de cannes à pêche, firent bonjour de la main au passage du ferry. Bienvenue en Amérique, pensa Beatrix.

Elle baisse les yeux pour s'assurer que sa valise et son masque à gaz sont toujours à côté d'elle et, lorsqu'elle relève la tête, un garçon se tient devant elle. On dirait presque qu'elle l'a fait exister par la force de sa volonté. Il est plus grand qu'elle, avec des cheveux blonds et bouclés si longs qu'ils effleurent son col. Il lève une main pour empêcher le soleil de l'éblouir. C'est William, se dit-elle, elle le sait. Ils avaient reçu une lettre décrivant la maison et la famille, et Beatrix la lisait tous les soirs sur le bateau. Elle en a mémorisé des morceaux. Gerald est le plus jeune, il vient d'avoir neuf ans et William en a treize. « Il est très intelligent, a écrit Mme Gregory. Il veut être joueur de baseball quand il sera grand. » Beatrix pensait qu'il aurait les cheveux bruns. Elle n'imaginait pas qu'il serait aussi grand ni qu'il aurait les yeux verts. Cependant, ce doit être lui.

— Beatrix, dit-il, et sa voix se révèle plus grave qu'elle ne s'y attendait.

Il sourit presque. Elle hoche la tête, puis un autre garçon accourt, le visage rouge, avec un large sourire en biais, et ses cheveux roux brillent au soleil. Il s'agit très certainement de Gerald.

— Tu es Beatrix, n'est-ce pas ? fait-il. C'est obligé, je le sais.

— Oui, répond-elle en souriant enfin, parce qu'il a un drôle d'accent et des taches de rousseur partout, et parce que c'est un Américain chaleureux.

Nancy

Après avoir fait la vaisselle, Nancy prépare la pâte pour les muffins du lendemain matin, mélangeant le sucre et le beurre jusqu'à ce qu'ils ne fassent plus qu'un. La maison se tait peu à peu. Ethan s'est retiré dans son bureau. William est dans sa chambre. Même Gerald, qui a déjà pris son bain, puis qu'on a couché, mais qui est redescendu à trois reprises, semble s'être calmé. De toute la journée, c'est en général le moment que Nancy préfère, tout est paisible et, enfin seule, elle peut cuisiner, lire, boire une tasse de thé. Respirer.

C'est au tour de la fillette de prendre son bain. Sur le quai, son apparence a choqué Nancy – son teint si pâle, ses chaussettes blanches, sales, disparaissant dans de lourdes bottines, ses yeux noirs et attentifs. Pourquoi diable s'étaient-ils inscrits ? Que peut-elle éprouver ? D'avoir été envoyée loin de chez elle, toute seule ? Nancy se demande quel genre de parents sont capables de faire un tel choix, bien qu'elle ignore ce que signifie vivre en temps de guerre. Toutefois, elle ne pense pas qu'elle pourrait s'y résoudre ; elle ne se voit pas mettre William ou Gerald sur un bateau, livré à lui-même. Et puis, mon Dieu, que se passera-t-il si les États-Unis entrent en guerre ? Elle prie chaque soir pour que cela n'arrive pas, ou alors, si cela doit quand même advenir, que ses garçons soient encore trop jeunes.

Une fois la pâte prête pour le lendemain matin, Nancy sort la boîte qu'elle a rangée dans le placard du hall. Elle l'a rapportée de chez sa sœur la semaine précédente, à leur retour du Maine. Elle est pleine d'affaires de filles : des poupées, des livres, des services à thé. Certains de ces objets ont appartenu à Nancy quand elle était petite ; d'autres, comme ces superbes poupées de porcelaine, à ses nièces. Beatrix ne semble pas du genre à s'intéresser aux poupées ; Nancy ne s'y intéressait pas non plus. Elle sort les objets de la boîte pour les poser sur la table de la cuisine. Les poupées miniatures de sa mère, avec leurs robes victoriennes. Une tasse à thé fêlée qui, Nancy se le rappelle, faisait autrefois partie d'un service. Les livres de Katy Did, qui avaient compté parmi ses préférés. Mais ils sont vieux, tellement usés que certaines pages se sont détachées de la reliure, et Nancy n'est pas certaine qu'ils plairaient à Beatrix. Cela dit, elle n'a aucune idée de ses goûts. Elle remballe la boîte, qu'elle remet dans le placard. Tout cela lui paraît si enfantin pour une fillette qui a connu la guerre. La première lettre de ses parents a longtemps obsédé Nancy : « Dans sa chambre, nous avons trouvé plusieurs articles de journaux sur les gaz neurotoxiques, qu'elle avait cachés. Elle avait entouré le passage suivant : “Les victimes mourront dans les deux minutes suivant l'exposition.” »

Nancy traverse sans bruit le palier de l'étage. La porte de la chambre d'amis est entrouverte. La fillette est assise dans un coin de la pièce, les genoux serrés contre sa poitrine ; elle parle à une photo dans son cadre. « Papa, dit-elle, j'ai réussi. Je suis arrivée. » Nancy s'adosse au mur en s'essuyant le visage avec son tablier.

Beatrix

La baignoire à pieds de griffon se trouve dans une alcôve, sous trois fenêtres donnant sur le jardin. Il fait nuit à présent, il n'y a donc rien à voir, et Mme Gregory baisse les stores blancs l'un après l'autre. L'eau coule dans la baignoire, elle met une main sous le jet en tournant les robinets. Elle s'empare d'une serviette de toilette, la secoue, puis la plie en deux, passe une main sur le tissu doux. Son gros saphir attrape la lumière. Elle a un rouge à lèvres vif, des dents blanches ; elle se mord la lèvre inférieure.

Elle ne ressemble en rien à la mère de Beatrix, qui est grande, brune et mince. Cette femme est corpulente et sent le citron. Sur le quai, elle a couru après les garçons et étreint Beatrix, qu'elle a embrassée sur une joue, puis sur l'autre. Beatrix est restée immobile pendant que la femme la serrait dans ses bras. Après avoir retiré l'étiquette, elle l'a glissée dans son sac à main. « Tu n'as plus besoin de ça, ma chérie, a-t-elle dit. Tu es l'une des nôtres, maintenant. »

— Beatrix, dit-elle à présent, une main dans l'eau chaude, je ne sais pas quoi faire.

Elle observe Beatrix de ses yeux rapprochés, et celle-ci reconnaît le sourire de Gerald et le froncement de sourcils de William.

— Veux-tu que je t'aide ou préfères-tu te débrouiller toute seule ?

Les rides de son visage se creusent, puis elle replace une mèche de cheveux de Beatrix derrière son oreille, sa main épaisse pèse sur l'épaule de la fillette.

— Il va falloir que tu m'expliques comment me comporter avec une petite fille, dit-elle en riant, avant de soupirer. Je suis entourée de garçons depuis tellement longtemps.

Elle marque une pause et attend.

Beatrix ne répond pas. Elle ne comprend pas très bien ce que la femme lui demande. Tout ce qu'elle sait, c'est qu'elle ne souhaite pas qu'elle parte, aussi se déshabille-t-elle jusqu'à être complètement nue devant cette femme étrange ; le tapis est doux sous ses pieds, une brise légère pénètre par les fenêtres, les stores cognent contre leurs cadres. Elle grimpe sur le tabouret, entre dans l'eau chaude avec précaution, et, lorsqu'elle s'est habituée à sa température, elle s'assoit, puis s'allonge – elle s'immerge tout entière, sauf la tête. C'est merveilleux. Mme Gregory fait mousser un gant de toilette et soulève le bras de Beatrix, qu'elle frotte doucement. Beatrix ferme les yeux, prête à s'endormir. Elle lève ses jambes pour qu'elles flottent.

Plus tard, dans le lit si haut qu'elle a besoin d'un tabouret pour y grimper, Beatrix hume le parfum du savon au citron sur chacun de ses doigts.

Beatrix

Un escalier qui s'enroule en demi-cercle, un hall d'entrée dallé de carrés de marbre blanc et noir. Beatrix descend lentement, la main sur la rampe d'acajou, sans bruit sur le tapis oriental qui couvre les marches. D'immenses portraits, dans des cadres dorés, ornent les murs de la cage d'escalier. Ce doit être ce qu'éprouve la princesse Margaret tous les matins, se dit Beatrix, lorsqu'elle descend pour aller prendre son petit déjeuner. Elle manque d'éclater de rire. La maison est inondée de lumière. Sur la table du hall, un majestueux vase en cristal déborde de fleurs roses et jaunes.

Beatrix entend des voix – celles de Mme Gregory et de Gerald, lui semble-t-il –, mais, pour le moment, elle est seule dans le hall. Le salon est situé à sa droite au bas d'une courte volée de marches, et elle est prête à parier que son appartement tout entier pourrait tenir dans cette unique pièce. La veille au soir, Gerald lui a montré un escalier en colimaçon caché derrière une bibliothèque remplie de faux livres. Il y a un troisième étage, qu'elle n'a pas encore vu. Elle regarde le jardin. King, leur berger allemand, dort dans le patio, la tête sur sa grosse patte. Il y a des parterres de fleurs près de la maison, un potager un peu plus loin et, au-delà, une pelouse verdoyante qui s'étend en direction d'une rangée de pins. Tout, ici, se révèle disproportionné. À quelle distance de la mer cet endroit se situe-t-il ? se demande-t-elle. Dans quelle direction se trouve sa maison ?

Ethan

Ethan est assis dans son bureau, à l'autre bout du couloir par rapport à la cuisine, la porte en est presque fermée, il essaie de préparer des plans de cours pour les premiers jours d'école, au lieu de quoi il écoute le bruit provenant de la cuisine. La fillette est descendue pour le petit déjeuner. Il discerne l'excitation dans la voix de Nancy, à la façon dont elle monte dans les aigus, et il sait qu'elle est en train de remplir trop copieusement une assiette, avec des œufs et du bacon. Gerald ne cesse de faire rebondir une balle en caoutchouc, et Ethan s'empêche de crier.

Il n'était pas d'accord pour accueillir cette fillette. D'une part, cela coûte de l'argent. Nancy a écarté ses inquiétudes d'un geste de la main.

— Qu'est-ce que c'est qu'une petite bouche de plus à nourrir ? a-t-elle dit. Franchement, Ethan. Nous devons tous faire des efforts.

Mais il y a autre chose qui le tracasse presque autant : il ne s'y connaît pas beaucoup en matière de filles. Il a grandi – ici même, dans cette maison – sans frères ni sœurs. Son père a dirigé le département de mathématiques de la Boys School puis, après Harvard, Ethan est revenu ici pour travailler avec lui, puis, plus tard, pour lui succéder. Il pense aux garçons toute la journée : comment leur dispenser le meilleur enseignement possible ; comment faire d'eux de jeunes hommes respectables ; comment les réprimander lorsqu'ils dépassent les bornes. Il se sent, depuis qu'il est devenu père, étrangement moins sûr de lui. Il a cru qu'il serait le parent dominant, celui qui saurait toujours quoi faire, celui dont les enfants suivraient l'exemple. Mais les stratégies qui fonctionnent en classe ne fonctionnent pas à la maison. Ce qui fonctionne avec Gerald ne semble pas fonctionner avec William. Et ils gravitent tous deux autour de Nancy, qui se montre souvent trop douce. Il règne plus de désordre à la maison, il maîtrise moins la situation et, de plus en plus, il se retire dans le confort et la solitude de son bureau. Toutefois, il se sent bien avec les garçons, il sait comment les mettre à l'aise, il sait de quoi leur parler. À l'exception de Nancy, de sa mère et d'une cousine ou deux, sa vie est remplie d'hommes et de garçons.

Mais il sait que, pour Nancy, c'est l'occasion d'avoir enfin une fille. Elle a été déçue à la naissance de William, puis de nouveau à celle de Gerald. Ils ont essayé à plusieurs reprises, mais, après la troisième fausse couche, le médecin lui a conseillé d'arrêter. Elle n'a jamais rien dit – concernant sa déception d'avoir un garçon, puis un autre, les fausses couches, les ordres du médecin –, parce qu'elle est une incurable optimiste. Dans tous les domaines, vraiment. Et c'est ce qu'il avait vu en elle au début. Il avait espéré que son acharnement à voir le bon côté des choses l'aiderait à sortir de lui-même, à devenir une meilleure version de celui qu'il pense être réellement.

On frappe discrètement à la porte.

— Oui, répond-il, en s'obligeant à prendre une voix douce, car il sait qu'il ne s'agit ni de Nancy, ni de l'un ou l'autre des garçons.

La petite fille ouvre la porte mais reste dans l'étroit couloir.

— Bonjour, dit-elle. Pardon de vous déranger, monsieur.

À peine a-t-elle croisé son regard qu'ils détournent les yeux l'un et l'autre.

— Mme Gregory a demandé si vous pouviez venir pour le petit déjeuner.

Ethan hoche la tête en déplaçant ses papiers. Il devrait lui demander si elle a bien dormi, ou si elle a besoin de quelque chose, mais, lorsqu'il lève les yeux, elle a disparu.

Millie

On a glissé le télégramme sous la porte, et Millie marche dessus lorsqu'elle entre dans l'appartement. BEATRIX BIEN ARRIVÉE STOP FILLETTE ADORABLE STOP S'ACCLIMATE BIEN STOP. Elle n'a pas pleuré depuis le soir où Beatrix est partie mais, maintenant, le télégramme dans une main, Millie s'effondre sur le parquet, roule sur le flanc en ramenant ses genoux jusque sous son menton. Les larmes qui coulent le long de ses joues forment bientôt une flaque sur le sol. Ce sont des larmes de soulagement, mais surtout de regret. Elle aurait dû dire à Beatrix qu'elle voulait qu'elle reste. Elle aurait dû obliger Reg à changer d'avis. La pièce s'assombrit avant qu'elle ne se relève, pour ôter ses vêtements de travail, puis préparer le dîner. Reg sera bientôt à la maison. Chaque jour, il a demandé, en pénétrant dans l'appartement le soir, si un télégramme était arrivé.

Ce soir, cependant, il ne demande rien, alors même qu'elle regarde ses mains feuilleter le courrier sur la table de l'entrée. Elle ne lui dit pas, pas encore. Elle cache le télégramme, délicatement plié en quatre, dans la poche zippée de son sac à main.

Une semaine s'écoule, elle lit et relit le télégramme en se rendant au travail et en rentrant chez elle. Les coins commencent à se déchirer. L'encre d'imprimerie, sur ses doigts, salit le papier jaune. Les lettres majuscules s'estompent peu à peu. Elle n'est pas sûre, à présent, de pouvoir encore le montrer à Reg. Il se doutera qu'elle l'a reçu depuis longtemps.

Nancy

Le premier jour d'école, le ciel, immense et bleu, resplendit. Nancy a préparé le déjeuner des enfants, emballé dans des sacs en papier kraft : œufs durs, sandwichs à la tomate, biscuits à la farine d'avoine avec des raisins secs. Elle les prend en photo, sur la véranda à l'arrière de la maison, avant d'embrasser William et Gerald sur le front, puis de serrer l'épaule de Beatrix. Elle sait que la fillette n'apprécie pas toujours qu'on la touche, mais elle ne peut s'en empêcher, étreignant le corps maigre de l'enfant. Beatrix se raidit mais, ensuite, Nancy sent – à sa grande surprise – un baiser effleurer sa joue.

Durant les deux semaines qui se sont écoulées depuis l'arrivée de Beatrix, son visage s'est un peu arrondi, mais il se lit toujours de la peur dans son regard. Elle se montre d'une politesse à toute épreuve – elle répond à toutes les questions qu'on lui pose, elle met la main à la pâte en cuisine, elle range sa chambre. En revanche, ce n'est jamais elle qui parle la première. Mais les facéties de Gerald la font rire et elle paraît à l'aise avec William. Nancy est fière de ses garçons, de l'affection qu'ils témoignent à la fillette.

— Bonne journée, dit Beatrix. Merci d'avoir préparé mon déjeuner.

Nancy donne un petit coup de poing sur le bras de Gerald :

— Tu pourrais prendre un peu exemple sur les bonnes manières de Beatrix, dit-elle. Et maintenant, ouste ! Déguerpissez tous les trois.

Elle a hâte qu'ils s'en aillent, même si elle sait bien qu'elle passera le reste de la journée à attendre leur retour.

Gerald

— Nous allons nous rendre à l'école tous ensemble, maman, indique Gerald en sautant les marches du perron.

Il adore imiter la façon de parler de Beatrix. Elle s'exprime toujours avec beaucoup d'élégance. Il se met à appeler sa mère m'man, entre dans n'importe quelle pièce en lançant « Salut ! » et, hier soir, au dîner, il a affirmé que son père

« faisait tout un flan pour pas grand-chose ». Il sait que cela agace William – raison de plus pour continuer –, mais cela fait aussi passer l'ombre d'un sourire sur le visage de Beatrix.

— Ne traverse pas la rue avant qu'elle soit entrée, répète maman.

William hoche la tête, puis, d'un mouvement du menton, fait signe à Bea.

Tout le monde dit que William ressemble à son père. Gerald sait que cela signifie que, lui, non.

Ils suivent tous les trois le chemin qui traverse le champ situé derrière l'école. Papa appelle cela un « chemin de désir[1] ». De loin le meilleur moyen pour eux de se rendre d'un point à un autre. William ouvre la marche, Gerald la ferme. C'en est fini de leurs longs cheveux jusqu'au col. Une visite chez le coiffeur, la veille, dévoile désormais des nuques roses et rugueuses, ainsi que des cuirs chevelus luisants. Gerald aime passer sa main sur les petits cheveux. Le soleil est déjà chaud. Les feuilles n'ont pas encore commencé à pousser, le champ est plein de fleurs sauvages. Gerald en arrache une jaune, puis une autre, une troisième ensuite, les tenant derrière son dos. À la porte de l'école primaire, ils s'arrêtent tous les trois, formant un cercle. Gerald prend brièvement Beatrix par la taille. Comme elle est maigre. Il sent ses côtes.

— À la revoyure, lance-t-il, tout sourire, puis il lui fourre le bouquet dans les mains avant de disparaître par la lourde porte.

— Imbécile, entend-il William commenter.

Une fois certain qu'ils ont repris leur chemin, Gerald ressort discrètement. Il les voit s'arrêter devant l'école des filles, ils fixent le sol l'un et l'autre, puis Beatrix pénètre dans le bâtiment, serrant toujours ses fleurs. Gerald regarde William traverser la rue en direction de l'école des garçons. Juste avant d'entrer dans l'édifice, William se retourne légèrement, et Gerald sait

1. Un chemin de désir est un sentier tracé peu à peu par le passage répété de piétons, de cyclistes ou d'animaux.

qu'il s'assure qu'elle se trouve bien à l'intérieur. Gerald lui fait signe, mais William fait volte-face et entre à son tour.

Tous les élèves de la classe de Gerald sont invités à rédiger une lettre à l'instituteur pour raconter en détail la chose la plus prodigieuse qui leur est arrivée durant l'été. « Cher monsieur Thatcher, écrit Gerald, Beatrix est venue de Londres jusque chez nous pour échapper aux bombes. » Lorsqu'il pose son crayon, il remarque que le pollen a jauni ses paumes.

Beatrix

Les lettres arrivent, non pas régulièrement, mais par grappes. Certains jours, à son retour de l'école, Beatrix en trouve deux ou trois sur la table de la cuisine. Il peut ensuite se passer plusieurs semaines sans qu'elle en reçoive. Elle ne lit jamais les lettres dans la cuisine, mais elle frotte le papier fin entre le pouce et l'index pendant le goûter, émerveillée de toucher une chose que ses parents ont récemment touchée avant elle. De constater que cette chose a réussi à effectuer le trajet de là-bas jusqu'ici. Plus tard, dans sa chambre, dont la porte est à peine entrouverte, Beatrix relit chaque lettre un nombre incalculable de fois. Les lettres sont toujours rédigées de la même façon : maman écrit en premier, papa ensuite, dont les mots s'entassent souvent dans des espaces de plus en plus petits, dégringolant quelquefois en cascade dans les marges. L'écriture de papa est difficile à déchiffrer ; celle de maman toute en rondeur. Ils lui parlent des voisins, de ses grands-parents, de ce qu'ils ont mangé au dîner. Papa lui raconte des blagues de « Monsieur et madame… ont un fils ». Beatrix essaie d'entendre leurs voix pendant qu'elle lit.

Après en avoir terminé avec chacune des lettres, elle retire avec soin le timbre, pour Gerald, puis l'ajoute aux précédentes déjà rangées dans le tiroir de son bureau. Parfois, le soir, elle les relit toutes. Plus elle les lit, plus elle pense à ce qu'elles ne contiennent pas. Elle ignore s'ils passent toutes les nuits dans l'abri. Elle ignore la fréquence des bombardements. Elle se demande s'ils ont laissé sa chaise à la table de la cuisine.

Beatrix répond chaque semaine, après l'église et le déjeuner du dimanche, assise au petit bureau dans sa chambre, qui donne sur le jardin. Elle voudrait leur parler des couleurs d'ici : les feuilles jaunes qui jonchent le sol sous les arbres ; les minuscules fleurs violettes sur le papier peint du mur de sa chambre ; les framboises jaunes de l'Himalaya, dans le jardin, dont le jus suinte des muffins du petit déjeuner. Mais elle ne trouve jamais les mots. Ou bien les mots sont là, mais les partager lui semble déplacé. Elle les imagine tous les deux dans la pénombre de l'appartement, assis sur le canapé, dont son père triture l'accoudoir troué, tirant avec ses doigts sur les entrailles blanches. Ou bien elle les voit se diriger vers l'abri situé sous leur immeuble, où ils s'installent à leur place habituelle, à quelques mètres des marches en pin branlantes. L'odeur d'urine et les petits pas rapides des rats. Tout, là-bas, semble assourdi, avec des nuances de gris et de brun. Alors, à la place, elle leur raconte des histoires amusantes à propos de Gerald. Leur dit qu'elle se débrouille bien en latin. Que William a eu des ennuis parce qu'il a triché à un devoir d'histoire. Elle leur parle de sa nouvelle amie, qui l'a invitée à un concert de l'Orchestre symphonique de Boston.

Elle ne leur dit pas que, tous les samedis matin, M. Gregory noue un vieux tablier taché de fruits rouges autour de sa taille et fait des crêpes. Que les dimanches après-midi constituent son moment préféré lorsque, avec les Gregory, elle s'assoit dans la bibliothèque pour écouter l'Orchestre philharmonique de New York à la radio. Que Mme Gregory lui donne un bain et la borde chaque soir. Que certaines nuits elle ne se rappelle plus à quoi ils ressemblent. Ces nuits-là, elle rallume la lumière et regarde leur photo en s'efforçant d'en mémoriser les détails. C'est durant ces nuits-là qu'ils pénètrent dans ses rêves.

William

Beatrix n'est pas comme les autres filles que William connaît. Elle est intelligente, et puis elle est sérieuse, sauf quand elle rit aux blagues stupides de Gerald. Mais même si elle a tort d'encourager Gerald, William attend ces moments avec impatience, parce qu'il a l'impression qu'alors quelque chose s'élève de Beatrix, comme un oiseau qui prendrait son envol. Son visage se détend, jusqu'à presque s'épanouir. Elle n'est pas jolie, pas comme Lucy Emery ou Marian Smith, avec leurs boucles blondes et leurs yeux brillants. Les yeux et les cheveux de Beatrix sont sombres et, lorsqu'elle est inquiète, ses yeux deviennent presque noirs. Il n'existe aucun moyen de deviner ses pensées. Elle frotte le dessous de son nez avec son pouce ou enroule une mèche de ses cheveux entre ses doigts chaque fois qu'elle se sent particulièrement anxieuse.

William aimerait sûrement aller vivre dans une autre famille, de l'autre côté de l'océan. Il se demande ce que Beatrix pense de son « aventure », comme l'appelle sa mère. Elle n'en parle jamais à la famille – il serait curieux de savoir ce qu'elle en dit à ses nouvelles amies. Elle répond aux questions de maman et papa, mais sans jamais développer, jamais elle ne leur en dit plus que ce qu'ils lui ont demandé. Il sait que tout, ici, lui paraît différent, et c'est à ce sujet qu'il souhaiterait en apprendre davantage. En quoi est-ce différent ? C'était comment, de vivre à Londres avec les bombes qui tombaient toutes les nuits ?

Il essaie d'imaginer son appartement à Londres. Il voit des fenêtres allant du sol au plafond et des bougies sur une cheminée. Aux murs, des tableaux dans des tons de bleu et de violet. Des rideaux de velours foncé. Lorsqu'elle n'est pas à la maison, il examine la photo de ses parents à son chevet. Son père lui plaît ; il a l'air du genre à comprendre les blagues, au contraire de son père à lui, qui n'a pas tellement le sens de l'humour. Sa maman semble un peu froide, un peu plus distante. Et pourtant, l'expression de son visage – pas un sourire, pas un froncement de sourcil – est la même que celle qu'il surprend souvent sur le visage de Beatrix quand elle est ailleurs, avant qu'elle ne soit ramenée au présent. Avant qu'elle ne se rappelle où elle se trouve.

La semaine précédant Thanksgiving, maman les met tous au travail après l'école, on nettoie la cour et le patio, on prépare des tartes et des gâteaux, on range la maison. Maman et les trois tantes organisent Thanksgiving chacune son tour et, cette année, c'est à eux. William, qui sent monter en lui l'excitation, s'efforce de ne rien montrer. Gerald est à deux doigts d'exploser.

— C'est tellement bath, explique-t-il à Beatrix pendant qu'ils balaient le patio.

— Toute cette nourriture. Ça a l'air merveilleux, répond Beatrix en hochant la tête, bien que William sache qu'elle a déjà entendu tout cela.

Elle pousse un autre tas de feuilles sur la bâche noire. Il a dû lui montrer comment utiliser un râteau. Gerald se jette sur le tas de feuilles.

— J'ai hâte ! crie-t-il au ciel d'un bleu éclatant. J'adore Thanksgiving.

Beatrix secoue la tête, puis se tourne vers William.

— Et toi, demande-t-elle. Tu aimes aussi Thanksgiving ?

Lorsqu'elle pose ce genre de question, elle penche la tête, désireuse de connaître la vraie réponse, de savoir ce qu'il pense vraiment. Il n'est pas sûr qu'autour de lui quelqu'un d'autre pose ainsi des questions sans avoir une réponse en tête.

— Ça me plaît, dit-il en ratissant les plates-bandes, avant de lancer les feuilles sur Gerald.

— Qu'est-ce que tu préfères ? demande-t-elle. La famille ? La nourriture ? La gratitude ?

La gratitude. Il n'y avait jamais pensé de cette façon. Il s'agit d'une belle journée pour se retrouver tous ensemble. Un jour où papa est trop distrait pour se mettre en colère contre lui. Mais William n'est pas certain que sa famille éprouve de la gratitude. La famille de maman vit ici depuis toujours, ses ancêtres sont arrivés à bord du *Mayflower*. Certains d'entre eux ont probablement participé au premier Thanksgiving. Devraient-ils se sentir plus reconnaissants qu'ils ne le sont ? William ne s'en est pas vraiment préoccupé jusqu'alors. Mais maintenant, avec Beatrix, il s'interroge. Peut-être son appartement ne ressemble-t-il pas du tout à celui qu'il imagine.

— Oui, dit-il. Tout ça me plaît. Tu sais, la rupture avec les Britanniques. Le fait de remercier Dieu de nous avoir permis d'avoir notre pays à nous.

Il lui sourit et elle roule des yeux.

— J'ai hâte de voir ce qui se passera le 4 juillet, dit-elle. Je suppose que j'aurai droit au goudron et aux plumes, après quoi on me jettera dans le port.

— C'est prévu, en effet, répond William en versant sur Gerald, qui se tortille, de la terre et des feuilles.

Maman, à la porte de derrière, ordonne à Gerald de se relever et d'arrêter de faire des bêtises, puis elle demande à Beatrix de venir l'aider à dresser les grandes tables. Beatrix tend son râteau à William, après avoir pris le temps de jeter une poignée de feuilles sur Gerald. Lorsqu'elle passe devant William, qui perçoit son odeur, elle lui lance un rare sourire. Elle a les joues rouge vif.

Beatrix

Sur la table de la cuisine, à son retour de l'école, il y a deux invitations. Papier ivoire de qualité, avec le nom de Beatrix sur l'une et celui de William sur l'autre, en lettres alambiquées. Mme G sourit pendant que Beatrix ouvre la sienne avec précaution, pour ne pas déchirer l'enveloppe. Elle n'a jamais rien vu d'aussi élégant porter son nom. Gerald regarde de l'autre côté de la table, le menton sur les mains. Une fête chez Lucy Emery, le dernier samedi avant Noël.

— Nous allons devoir te trouver une robe, mon enfant, dit Mme G. Nous irons en ville ce week-end.

Beatrix fronce les sourcils.

— Mais j'ai ma robe rouge, dit-elle, c'est ma préférée.

Après un court silence, Mme G se retourne.

— Non, ma chérie, dit-elle d'une voix douce. Les Emery sont des gens très chics. Il te faut une robe habillée.

Le samedi, Beatrix et Mme G se rendent dans le quartier de Downtown Crossing. Les rues grouillent de monde et Mme G se faufile dans la foule devant le magasin, en tenant fermement la main de Beatrix, qui porte des mitaines.

— Il faut que tu voies ça, déclare-t-elle.

Dans les vitrines de Jordan Marsh, une famille fête Noël. Le père, vêtu d'une robe de chambre écossaise, lit le journal au coin du feu. La mère, qui porte une robe de chambre et une chemise de nuit bleu ciel assorties, applaudit sans jamais s'arrêter, tandis que les trois enfants, deux garçons et une fille, ouvrent leurs cadeaux. Le sol est recouvert de jouets et de papier d'emballage. Les haut-parleurs extérieurs diffusent à plein volume des chants de Noël. Beatrix ne peut plus détacher son regard. Elle n'a jamais rien vu de tel. On dirait notre famille, pense-t-elle, avec le père qui lit, la mère complice et les deux garçons et une fille. Elle sent que Mme G l'observe, comme elle le fait lorsqu'elle a envie de la serrer dans ses bras, mais qu'elle devine qu'elle ferait mieux de s'abstenir.

Une fois dans le magasin, lumineux et plein d'animation, Mme G garde une main sur le dos de Beatrix tout en la dirigeant vers les ascenseurs. Au troisième étage, des robes aux couleurs de pierres précieuses tapissent les murs.

— Oh, comme c'est amusant, dit Mme G, d'une voix joyeuse alors qu'elle touche la soie et le satin. Cela fait des années que je n'ai pas pu rentrer dans une robe à mon goût. Mais toi, avec ta silhouette ? Tu peux porter tout ce qui te fait envie.

Beatrix acquiesce. Elle a déjà repéré la robe. Une robe en satin bleu, avec un jupon en tulle d'un bleu plus clair, et elle la désigne timidement. La princesse Margaret en portait une dans le même genre l'année dernière. Mme G fait signe à une vendeuse, et voilà la cabine d'essayage remplie de robes. Beatrix les essaie une par une, seule dans la cabine, sortant régulièrement dans l'étroit couloir pour que Mme G s'occupe de la fermeture Éclair, des crochets, des œillets. Beatrix effectue des allers et retours devant le grand miroir, en apprenant à faire bruisser l'étoffe quand elle fait demi-tour, un son magnifique, les jupes effleurent ses jambes, ainsi que les murs. Chaque fois qu'elle tourne, la robe gonfle et se dilate.

Beatrix préfère la robe bleue, même si Mme G préfère la robe vert émeraude.

— Cette couleur te va au teint, ma chérie, et elle évoque Noël. Mais je veux que tu sois heureuse et que tu aimes la robe que tu porteras, alors on va prendre la bleue, d'accord ?

Beatrix hoche la tête, craignant de se mettre à pleurer si elle parle. Elle n'a jamais rien porté d'aussi élégant.

— À présent, enchaîne Mme G en s'adressant à la vendeuse, il nous faut des gants et des souliers pour aller avec. Ne t'inquiète pas pour les bijoux, ma chérie, dit-elle à Beatrix, j'ai une parure de perles dont le collier s'ajustera parfaitement à ton décolleté.

Comme elles s'apprêtent à quitter le magasin avec leurs paquets, Beatrix repère, dans la foule, une paire de jambes pareilles à celles de sa mère, avec la couture du bas pile au milieu du mollet galbé. Dans un premier temps, elle se dit que ce doit être elle, alors elle esquisse un geste, accompagné d'une sorte de gémissement, en aucun cas un mot, ses mains se tendent pour essayer de toucher la manche de sa mère.

— Que se passe-t-il, ma chérie ? demande Mme G, inquiète, et la femme se retourne, et il ne s'agit pas du tout de Millie.

Bien sûr que non. Beatrix secoue la tête, et le rouge lui monte aux joues, tandis que des corps les bousculent en passant à côté d'elles, à côté des stands de produits cosmétiques et de parfums, à côté des sacs à main et des bijoux, tous se dirigeant vers les portes.

— Pardon, marmonne-t-elle. J'ai cru voir quelque chose. Je me suis trompée. Pardon.

Elle se rend compte qu'elle n'a pas songé une seule fois à maman pendant qu'elles faisaient leurs emplettes. Comment aurait-elle réagi en l'apprenant ? Aurait-elle aimé la robe ? Beatrix devrait-elle proposer de payer, bien qu'elle n'ait pas d'argent ? Papa pourrait peut-être lui en envoyer. Mme G s'agite près d'elle.

— Oh, Bea, dit-elle, et Beatrix discerne une pointe d'inquiétude sur son visage, comme quand elle s'éloigne. Ils ont ici les meilleurs muffins aux myrtilles qu'on puisse imaginer. Et si nous allions nous offrir un petit plaisir avant de rentrer ?

Beatrix secoue à nouveau la tête, soudain furieuse contre cette femme qui semble tout avoir et ne manquer de rien. Elle s'aperçoit que sa réaction lui fait de la peine, mais elle est incapable de lui expliquer ce qu'elle éprouve. Puis, sur le visage de Mme G, le calme habituel l'emporte à nouveau ; c'est un genre de protection, Beatrix le sait. Elle a appris que tout le monde portait un masque.

— Dans ce cas, retournons à la voiture, ma chérie. La journée a été longue.

Sur le chemin du retour, Beatrix regarde par la vitre latérale. Il a neigé deux jours plus tôt, et même la belle ville de Boston est devenue grise, froide et sale. Elle se demande s'il y a de la neige chez elle. Comment peut-il seulement y avoir une guerre ? Il lui arrive souvent d'avoir l'impression de vivre dans un conte de fées, dans un pays où on achète des robes chics, où on se rend à des fêtes et où on mange des muffins aux myrtilles. La fillette du conte n'est pas la même que celle de Londres. C'est une illusion, se dit-elle, bientôt elle retournera dans sa vraie maison, et, ce qui se passe en ce moment, elle pensera l'avoir rêvé. Comment a-t-elle pu être assez bête pour imaginer que la famille dans la vitrine était la sienne ? Il est ridicule de croire qu'elle est ici chez elle. Elle consulte sa montre, qu'elle a laissée à l'heure de Londres. Il est 20 heures là-bas. Ses parents sont assis dans le noir, les bougies s'amenuisent goutte à goutte, avant de s'éteindre.

Reginald

À Noël, Reginald s'arrange pour passer un appel *via* le téléphone de l'usine. Il arpente le bureau sombre et froid de son supérieur, en attendant que l'appareil sonne. Millie est assise juste à côté du téléphone.

— Ils ont oublié, dit Millie au bout de cinq minutes.

— Bien sûr que non, répond Reginald. Quelque chose cloche avec la connexion, voilà tout. Beaucoup de gens passent des appels aujourd'hui.

— C'est nous qui aurions dû appeler, fait Millie, et Reginald ferme les yeux.

Il ne sert à rien de répondre.

Lorsque le téléphone se met à sonner, ils sursautent tous les deux et Reg se tourne vers Millie, presque surpris. Elle décroche avant la deuxième sonnerie.

— Ma chérie, dit-elle, ma chérie.

Reg regarde son visage durcir dans le noir.

— Oui, bonjour, Nancy, lâche-t-elle. Et de même pour vous.

Reg se dit que Millie a la même voix froide et formelle que sa mère. Elle discute durant quelques minutes avec Nancy, Reg les écoute à peine, il a tellement hâte d'entendre sa fille. Puis la voix de Millie s'égaie.

— Mon ange, dit-elle, ma chérie.

Et puis elle se met à pleurer si fort qu'elle ne peut plus parler. Reg lui prend le combiné de la main et le tient de manière qu'ils puissent entendre tous les deux.

— Beatrix, dit-il, parle-nous.

Et elle parle. Sa chère voix monte des ténèbres, avec d'âpres silences entre les mots.

Sur le chemin du retour, par les rues familières rendues étranges par l'obscurité, Millie reste silencieuse, lointaine, les mains dans les poches et la bouche fermée.

Reg a constaté que quelque chose, dans la voix de Beatrix, était différent, mais il a du mal à trouver quoi. L'accent, bien sûr. Elle leur a raconté une fête à laquelle elle s'était rendue avec William, ou était-ce avec Gerald, il a du mal à se rappeler qui est qui, puis, lorsqu'il a parlé à Ethan, celui-ci l'a appelée Bea. Il y avait là-dedans une familiarité qui aurait dû rassurer Reginald, qui aurait dû lui confirmer qu'elle était en sécurité, au lieu de quoi ce diminutif s'est logé dans son estomac, depuis lequel il le mordille.

— Joyeux Noël, dit Millie plus tard, en levant son verre dans l'appartement sombre, que seuls des chicots de chandelles éclairent.

Reginald lève son verre, mais ne trouve rien à lui répondre.

Gerald

La neige a commencé à tomber avant l'heure du coucher la nuit dernière et, lorsque Gerald se réveille, il découvre avec ravissement de la glace sur les vitres, dont les formes évoquent des branches de sapin. Il n'existe pas deux flocons identiques. Gerald s'émerveille des possibilités. La neige continue de tomber, balayée par le vent, et le monde est devenu silencieux. Les autres dorment encore. Lorsque Gerald ouvre la porte de derrière à King, le chien disparaît derrière une congère, puis bondit des quatre pattes sur la pelouse enneigée.

Après avoir soufflé sur la vitre de la porte pour la couvrir de buée, il y dessine ses initiales avec son index : GG, 9 ans. Pourquoi sortirait-il ? La joie d'une journée comme celle-ci ne tient pas dans le fait de manquer l'école. Il aime bien l'école, quoiqu'il ait appris à ne jamais le dire tout haut. Mais un jour comme celui-ci, il peut rester à la maison et paresser. Il peut s'occuper de sa collection de timbres ou aider maman à la cuisine, ou bien encore jouer à un jeu de société avec Bea. Willie voudra sortir, faire de la luge avec ses amis, dévaler la colline.

Il se retourne en entendant des pas dans l'escalier. Bea descend sans bruit, comme toujours, et comme toujours elle est habillée pour la journée. Jamais il ne l'a vue en chemise de nuit. Porte-t-elle une chemise de nuit comme maman ? Peut-être que, comme lui, elle dort en pyjama.

— Bonjour, G, dit-elle, le visage radieux, les yeux écarquillés. Je n'ai jamais vu autant de neige.

Elle s'approche de la fenêtre, et ils restent là, côte à côte, sans parler, épaule contre épaule, ils regardent King bondir dans tous les sens.

— Regarde, dit-elle en lui désignant quelque chose de l'index. À quel animal appartiennent ces empreintes, d'après toi ?

— Un lapin, sans doute. Peut-être un chat.

Bea hoche la tête.

— L'hiver est différent en ville, finit-elle par déclarer. Et notre appartement est au quatrième étage, alors je ne me suis jamais réveillée face à un monde aussi blanc.

Gerald se tait. Il a compris que la meilleure façon de l'amener à s'ouvrir consiste à ne pas poser trop de questions, même s'il brûle de l'interroger – les questions s'entrechoquent à l'intérieur de son crâne.

Sa présence lui fait plaisir. Au début, c'était excitant, mais, maintenant, elle a trouvé sa place dans la maison, une place dont il n'avait pas perçu la vacuité jusqu'à ce qu'elle la prenne. Il adore Willie, mais il sait que Willie ne s'intéresse plus à lui ; il ne fait que le tolérer, au mieux, et Gerald le sent s'éloigner de plus en plus. Et c'est là que Bea se situe. Il aime qu'elle l'appelle G. Il a envie, plus que tout, de lui tenir la main ou de passer un bras autour de ses épaules, ou de l'embrasser sur la joue, tandis qu'ils se tiennent là, mais il sait qu'il ne doit pas le faire, alors il se contente de leur contiguïté. Beatrix souffle sur le verre et, dans la brume blanche, juste au-dessus de ses initiales à lui, elle écrit BT, 11 ans. Ils demeurent là, ensemble, jusqu'à ce que King réapparaisse, le museau couvert de neige humide, suppliant qu'on le laisse rentrer.

Millie

Vient un jour, ce printemps-là, où Millie vide le placard de Beatrix. Tout doit être trop petit pour elle, maintenant, se dit-elle, et il est peu probable qu'elle rentre bientôt à la maison. À quoi pensait-elle en gardant tous ces vêtements ? Son espoir informulé de la voir revenir moins d'un an après son départ s'amenuise de jour en jour. De toute façon, elle ne voudrait probablement plus de ces habits. Elle est devenue si chic. Une photo est arrivée il y a quelque temps, prise à Noël, on y voit Beatrix debout devant un énorme sapin décoré à la perfection. L'ange au sommet de l'arbre touche le haut plafond. De vraies bougies éclairent les branches, sur lesquelles des bibelots en verre reflètent les flammes. Ses cheveux, aux extrémités courbes, lui arrivent aux épaules, et la frange a disparu, ou du moins est-elle retenue par un bandeau. Millie n'a pas reconnu la robe, une robe élégante qui fait un peu trop femme à son goût, une robe un peu trop moulante au niveau de la poitrine, avec un décolleté profond. Et d'où sortent ces perles ?

— Crois-tu que nous devrions leur envoyer de l'argent pour les vêtements ? demanda Millie à Reg.

— Il n'en a jamais été question avec eux.

Reg haussa les épaules.

— Si tu veux mon avis, Mil, cela leur fait plaisir de lui acheter des affaires.

— Mais des perles ? insista Millie. Ils lui achètent des perles ?

Reg secoua la tête.

— S'ils sont contents de le faire, où est le mal ? À l'évidence, ils ont beaucoup d'argent.

C'est ce qui inquiète Millie. Lorsque Beatrix rentrera, la vie lui paraîtra étriquée. Plus de fêtes fastueuses, de matchs de baseball ou de concerts symphoniques. Millie se réjouit, évidemment, qu'on s'occupe si bien d'elle. Elle semble aussi s'être fait d'excellentes amies. Mais cela rendra le retour plus difficile. Elle ne sera plus une petite fille. Elle n'est plus une petite fille. Ils l'ont envoyée à l'étranger pour qu'elle puisse avoir une enfance digne de ce nom. Ils ne s'étaient pas rendu compte, cependant, que leur décision signifiait que l'enfance de Beatrix leur serait ôtée. Millie a l'impression qu'on lui a volé quelque chose, qui jamais ne lui sera rendu.

Par un beau samedi matin, au lieu de sortir, puisque enfin l'hiver s'en est allé, puisque les rues et les parcs grouillent de monde, qu'un sentiment de liberté flotte dans l'air, Millie reste dans l'appartement. Reg va retrouver des amis pour un pique-nique. Les bombardements se font moins nombreux ces derniers temps, on se réjouit d'oublier qu'on est en guerre, ne serait-ce que pendant quelques heures. Millie remplit d'innombrables sacs-poubelle, qu'elle remettra à une œuvre de charité, laissant de côté quelques affaires pour les voisins.

Elle retrouve, dans un coin, au fond du placard, le chien en peluche préféré de Beatrix quand elle était petite. Avec une oreille à ce point usée qu'il n'en reste pratiquement rien. Beatrix adorait les yeux du chien, qu'elle frottait de son pouce l'un après l'autre, une technique apaisante qui l'aidait à se calmer. Millie jette le chien – franchement, que ferait une fille presque adulte d'une peluche râpée ? Mais, plus tard, comme elle quitte l'abri pour regagner l'appartement à la fin d'une alerte, elle se rend aux poubelles, ouvre le sac, qu'elle fouille dans l'obscurité pour récupérer le petit chien.

Millie le pose sur sa commode, mais elle trouve son regard impitoyable. Reg s'en plaint aussi.

— Il doit être plein de vermine, Mil. Par-dessus le marché, c'est une marque allemande. Je n'en veux pas dans notre maison.

En l'absence de Reg, elle range le chien au fond du tiroir de sa table de chevet, où se trouvent à présent l'enveloppe contenant les cheveux de Beatrix et son premier télégramme.

Le placard de Beatrix est vide. Millie en balaie l'intérieur, époussette même l'étagère du haut.

Reginald

Reginald s'apprête à quitter le pub lorsque les bombes commencent à tomber, juste après 23 heures. Les clients se précipitent vers l'abri Anderson installé au jardin, on se presse à l'intérieur, on s'assoit les uns sur les genoux des autres, sans lâcher sa pinte. Les rires s'éteignent lorsqu'ils comprennent que cette nuit ne ressemblera pas aux précédentes. Les explosions se succèdent sans relâche. Le bruit est assourdissant. Les camions de pompiers passent en hurlant. Les chevaux hennissent. Brian, l'un des collègues de travail de Reg, s'agite.

— Il faut qu'on sorte d'ici pour donner un coup de main, les gars. C'est la pleine lune. Les Boches voient toute la ville, illuminée comme la scène d'un spectacle à West End.

Reginald dit qu'il devrait rentrer chez lui, mais il songe ensuite que Millie se trouve sans doute déjà dans l'abri de leur immeuble. Mieux vaut qu'il reste et apporte son aide. Avec Brian et quelques autres, il bondit à bord d'un camion à incendie qui se dirige vers le nord.

— On n'a pas beaucoup d'eau, dit l'un des pompiers à Reg. C'est marée basse. On n'est pas capables de gérer un pareil volume.

Les hommes sautent au bas du camion dès qu'il s'immobilise. Reg, qui a entendu un appel au secours, se dirige vers la maison bombardée la plus proche, dont les fenêtres, à l'étage, sont assaillies par les flammes, pour aider une femme à extraire son petit garçon de sous les décombres.

— Il est vivant, merci Seigneur, fait la femme. J'ai bien cru que je l'avais perdu.

Toute la nuit, Reg se démène. Il pénètre dans une maison en flammes pour y récupérer un album de mariage. Il soulève le bureau qui écrasait la jambe d'une femme. Il s'assoit sur le trottoir pour souffler, et un garçonnet lui offre un biscuit.

— Tu vis ici ? demande Reg, et l'enfant hoche la tête.

— Notre maison a été bombardée il y a quelques mois. J'habite chez ma tante, un peu plus loin.

— Et tes parents ? demande Reg, qui devine aussitôt la réponse.

— Ils sont morts, répond le garçonnet. Mais ma tante, elle s'occupe bien de moi.

Reg hoche la tête, incapable de parler. Il se sent souvent coupable que Beatrix soit en sécurité à l'étranger. Une femme passe en courant vers une maison en flammes.

— Mon carnet de rationnement ! crie-t-elle. J'ai oublié de le prendre en allant travailler aujourd'hui. Qu'est-ce que je vais devenir ?

À la fin de la nuit, toute la ville est en feu. Plus tard, on apprendra que les bombardiers allemands ont effectué plus de cinq cent cinquante missions, certains équipages revenant à deux ou trois reprises. Lorsque Reginald se met enfin en route pour regagner son domicile et savoir si Millie va bien, il regarde vers le centre-ville. Il croit d'abord que le soleil se lève derrière l'épaisse fumée, aussi se sent-il soulagé que la nuit, que cette horrible nuit, soit terminée. Puis il se rend compte que la lueur orange provient des chambres du Parlement, des flammes qui s'en échappent.

Bea

Chaque été, quand l'école est finie, début juin, la famille se rend dans le Maine et y reste jusqu'à la fin août. Ils vont sur l'île, c'est ce qu'ils disent. Il a fallu plusieurs mois à Bea pour comprendre que l'île est à eux et rien qu'à eux. La maison a été construite par le père de Mme G et, maintenant, elle appartient à M. et Mme G et, un jour, elle appartiendra à William et Gerald. Ils se disputent déjà sur la façon dont ils partageront les mois d'été quand ils seront grands, quand ils auront leur propre famille. Ils veulent tous les deux le mois de juillet, pour pouvoir allumer des feux d'artifice et organiser une grande fête.

Ils adorent l'île, et, bien que Bea ait à cœur de partager leur enthousiasme, elle ne pense qu'à l'eau. Les garçons parlent sans cesse de nager jusqu'au quai, autour de l'île – « je l'ai fait en moins d'une heure l'an dernier », se vante William – et jusqu'au continent. Bea ne sait pas nager, mais elle ignore comment le leur dire. Ils ont tous l'air aussi à l'aise dans l'eau que sur la terre ferme. Nager semble une chose qu'elle devrait savoir faire. Peut-être n'est-ce pas si difficile, se dit-elle, je peux peut-être me contenter de faire semblant. Mais lorsqu'elle y pense, sa poitrine se serre.

Enfin, la veille de leur départ, elle l'avoue à Mme G. Elle est alors assise dans la baignoire, et Mme G lui savonne le dos.

— Ce qu'il y a, commence-t-elle timidement, sans raison, en enroulant ses bras autour de ses genoux, c'est que je ne sais pas nager.

Elle se met à pleurer à chaudes larmes, elle suffoque. Elle se sent idiote.

— Oh, ma chérie, ma chérie, dit Mme G en serrant dans ses bras secs le corps humide de Bea. Il n'y a pas de quoi pleurer. Nous ne nous sommes même pas posé la question, voilà tout. Je n'aurais jamais eu l'idée de t'interroger à ce sujet.

Elle s'interrompt, se ravise. Bea se souvient de son premier bain, il y a déjà de nombreux mois, et elle sait que Mme G la juge une fois encore, imperceptiblement. Ce n'est jamais méchant, elle le sait, mais Beatrix discerne une certaine supériorité entre ses mots, dans les rides autour de sa bouche.

— Mais c'est logique, bien sûr, puisque tu vis à Londres. Ne t'inquiète pas. Avec nous, tu apprendras à nager en un rien de temps.

Bea n'en est pas si sûre. Lorsqu'on pénètre dans le New Hampshire, on voit continûment l'océan sur la droite.

— Là-bas ! s'écrie Gerald quand ils arrivent en ville. C'est l'île, ajoute-t-il en montrant du doigt un bout de terre verte dans le port.

Un ami, un habitant de la ville avec un grand bateau à moteur, les retrouve sur le quai pour les emmener sur l'île avec leurs valises, les provisions et le chien. Bea est la seule à enfiler un gilet de sauvetage. Elle s'assoit à côté de King, les oreilles et les yeux grands ouverts, songeant qu'elle doit ressembler au chien. M. G l'aide à descendre du bateau qui oscille. La première nuit, elle a du mal à s'endormir, à cause du rythme continuel des vagues sur les rochers en contrebas.

Le lendemain matin, les garçons, impatients, s'en vont nager jusqu'au quai flottant juste après le petit déjeuner. Beatrix les observe depuis le rivage rocheux, elle se penche pour faire courir ses doigts dans l'eau glacée. C'est l'endroit préféré des garçons, et elle s'aperçoit qu'il est très rare de les voir aimer tous les deux la même chose. Ils font la course entre la grève et le quai à trois reprises, le chien à leurs côtés, et William gagne à chaque fois. Bea les entend bavarder pendant qu'ils nagent, puis lorsqu'ils s'allongent sur le quai ensoleillé, rompus, cernés par l'étincelante mer bleu-vert. Elle meurt d'envie de se trouver là-bas avec eux. Elle se sent étrangère, ce qui ne lui est plus arrivé depuis longtemps.

Le deuxième matin, elle descend pour découvrir M. G à la table de la cuisine.

— Aujourd'hui, c'est le grand jour, dit-il, et il lui sourit.

— D'accord, dit-elle en se redressant. Le grand jour de quoi ?

Elle l'aime bien, même s'il lui fait peur, préférant souvent sa compagnie à celle de Mme G, qui veut toujours bien faire, mais dont l'énergie peut se révéler épuisante.

— Nous allons nager, dit-il. Juste toi et moi.

Après le petit déjeuner, ils partent pour l'autre bout de l'île, suivant un sentier à travers une forêt de sapins, dont les aiguilles molles tapissent le sol.

— L'eau est un peu plus chaude de ce côté, dit-il, puis il enlève ses chaussures et, vêtu de son maillot de bain et d'un T-shirt, il entre dans l'eau jusqu'au ventre en la tenant fermement par la main.

Il attache un bonnet de bain sous le menton de Bea, avant de lui apprendre à mettre son visage dans l'eau et à faire des bulles en déplaçant son visage de droite à gauche. Il lui montre de quelle façon le sel contenu dans l'eau l'aidera à flotter. Elle rit, presque, tandis que des poches d'eau chaude la surprennent. Il l'emmène de plus en plus loin, loin de l'île, la soutenant toujours, toujours à ses côtés.

Ils refont la même chose tous les matins de la première semaine. Bea se lève plus tôt chaque jour, et trouve M. G à la table de la cuisine, en train de l'attendre. Il fait froid, mais elle s'y habitue ; elle en vient presque à apprécier la brève inspiration qu'elle prend malgré elle quand la température de l'eau la surprend. À la fin de la semaine, il ne la soutient plus.

De la fenêtre de sa chambre, elle distingue le continent. Ils possèdent un tas de petites barques – une « flotte », dit William en roulant malicieusement des yeux. Gerald, lui, utilise le même mot sans la moindre ironie. Ces embarcations leur permettent de se rendre en ville à leur guise. En ville, il y a une épicerie, un restaurant, le bureau de poste et quelques boutiques. Il y a aussi des courts de tennis et des amis, d'autres familles qui vivent soit sur le continent, soit sur d'autres îles. Bea se promet de nager jusqu'à la ville avant la fin de l'été.

Reginald

Reginald rejoint la Home Guard, expliquant à Millie qu'il a besoin de se rendre utile.

— Mon travail à l'usine sert sans doute à quelque chose, lui dit-il, mais je tiens à en faire plus. Il ne sert à rien de rester assis tous les soirs et tous les week-ends. Autant que j'aille donner un coup de main ici ou là.

La vérité est que Reg ferait presque n'importe quoi pour sortir de l'appartement. Il lui arrive souvent de boire une pinte après le travail, pour retarder le moment de rentrer chez lui, ne sachant pas ce qui l'attend de l'autre côté de la porte. Certains jours, tout va bien, et il se souvient alors de la jeune femme dont il est tombé amoureux il y a de nombreuses années. Mais d'autres jours, tout la met en colère. Il ne fait rien comme il faut. Il serait simpliste de considérer qu'il y a eu la vie avec Beatrix, puis la vie après Beatrix. C'est la faute de cette putain de guerre, de ces putains de bombes. Cela a tout changé.

Il regrette de ne pas s'être engagé dans l'armée dès le début, en 1939. Mais il avait un an de trop pour être éligible à la conscription, et l'expérience de son frère durant la Première Guerre l'avait rendu méfiant, même s'il désirait se battre pour la bonne cause. Il s'est senti formidablement soulagé de n'avoir pas à partir. Il ne voulait pas être séparé de Beatrix et de Millie. Résultat : sa fille vit de l'autre côté de l'Atlantique, et sa femme est engoncée dans ses soucis.

Millie n'est pas la seule. Tous ses collègues se plaignent de leurs épouses qui, depuis le départ de leurs enfants, sont obsédées par le sort qu'on leur réserve. Mais parmi leurs connaissances, personne n'a envoyé ses enfants en Amérique. Reg continue de penser qu'ils ont fait le bon choix. La probabilité que l'Amérique entre dans la guerre augmente chaque jour. Il n'empêche, c'est plus sûr là-bas. Si elle était à la campagne, où se sont installés de nombreux enfants, il vivrait dans une angoisse permanente. Il n'a plus à s'inquiéter et cela lui convient. Elle mange bien, elle excelle à l'école, elle vit dans une famille qui veille à son bien-être.

Il rentre d'un samedi d'entraînement pour trouver Millie sur le canapé, qui agite une lettre dans sa direction.

— Une de plus ! dit-elle en souriant. Tu veux que je te la lise ?

Mais sa voix est coupante et Reg sent l'alcool avant de voir la bouteille. C'est souvent comme ça, le samedi.

— Vas-y, dit-il en se laissant tomber sur sa chaise, avant d'ôter ses bottes.

L'entraînement est plus éprouvant qu'il ne l'avait imaginé, mais il aime bien que son corps et son esprit soient occupés pendant plusieurs heures d'affilée. Il est difficile de penser à autre chose.

« Chers maman et papa, commence Millie. Aujourd'hui, j'ai pêché un tassergal[1] ! Nous sommes sortis en mer dans l'un des gros bateaux du voisin. Je l'ai attrapé moi-même, puis Mme G l'a cuisiné avec du citron et du beurre. C'était délicieux. »

Millie arrête de lire et regarde le plafond, une fissure due à l'explosion d'une bombe, survenue au début de la guerre et s'étirant d'est en ouest.

— Je n'ai jamais mangé de tassergal, dit-elle – elle a prononcé « tassergal » avec un accent américain, en allongeant les syllabes une à une. Je me demande quel goût ça a.

Reg se sert un verre à la bouteille posée sur la table basse.

— Un goût de poisson, probablement, dit-il, et Millie se met à rire.

— Tu as tout compris, répond-elle. Un goût de poisson, c'est ça.

Son rire est grinçant. Elle continue à lire la lettre, qui regorge d'éléments sur la vie estivale en Amérique : nourriture, randonnées, tennis et couchers de soleil. Reg adore

1. Le tassergal (*bluefish* en anglais) est un poisson de mer argenté, qui se nourrit d'autres poissons (maquereaux, sardines, anchois…).

entendre les détails ; ils lui permettent de la voir dans ce lieu inconnu. Le chien s'est blessé à la patte. Beatrix a battu Gerald lors d'une course de natation. Elle a montré aux garçons comment fabriquer des bateaux en papier, exactement comme Reg le lui avait appris.

— Tu crois, dit Millie, que ces gens sont au courant qu'il y a une guerre ? Que des gens meurent chaque jour ?

— Bon sang, soupire Reg. Elle est heureuse. N'est-ce pas ce que nous voulions ?

— Je voulais la garder avec nous, répond Millie.

Reg est fatigué de cette conversation.

— Arrête de ressasser le passé, Mil. Elle est en train de redevenir une enfant.

Il sent l'alcool s'imposer peu à peu, il est entraîné dans la bagarre :

— Permets-moi de te rapporter ce que j'ai entendu l'autre jour. À la campagne, on fait dormir les enfants dans des granges. Un garçon a été battu parce qu'il avait cassé une assiette.

Reg s'interrompt, se demande s'il devrait lui révéler le pire. Oui, décrète-t-il, elle a besoin de savoir :

— On m'a rapporté qu'une petite fille, de l'âge de Beatrix, avait été violée par le père, dans sa maison.

Millie ne semble pas choquée. Sans doute a-t-elle déjà entendu parler de cette histoire *via* son propre réseau de potins.

— Et comment pouvons-nous être sûrs que ces choses n'arrivent pas aussi à notre fille ? demande-t-elle. Nous ne connaissons pas cet homme. Ni les deux garçons. Tu ne te dis jamais que cela pourrait se produire au cœur de cette existence idyllique ? Sous ces jolis mots ?

Elle agite la lettre sous son nez.

— Nous n'en avons pas la moindre idée. Elle nous décrit un monde, celui qu'elle souhaite nous montrer. Nous faisons la même chose de notre côté. Elle n'a aucune idée de l'importance de nos disputes, elle n'imagine pas combien je suis malheureuse. Personne ne sait ce qui se passe réellement à huis clos.

Reginald s'affaisse sur sa chaise et ferme les yeux. Il devine qu'elle ne croit pas vraiment ce qu'elle dit. Elle est seulement ivre et tente de le provoquer. Il sait, au plus profond de son cœur, que Beatrix est en sécurité. Il croit aux histoires qu'elle raconte. Elles lui apportent de la joie. Il la voit d'ici, en train de sortir de l'eau pour se hisser sur le quai, un large sourire aux lèvres, ses cheveux mouillés ruisselant dans son dos. Il sourit à cette pensée.

— Toi, siffle Millie. Toi qui fais ami-ami avec ces Américains… Ils sont aussi mauvais que nous.

Nancy

Allongée sur le ventre sur la pelouse, et feignant de lire un livre, Nancy se demande s'ils ne devraient pas aller dîner en ville ce week-end. Cela fera un an que Bea vit chez eux. Elle est sûre que la fillette se rappelle cette date, sûre aussi que ses garçons oublieux n'y pensent absolument pas. Nancy se tourne sur le dos, protégeant ses yeux d'une main tandis qu'elle observe les trois enfants sur le quai flottant.

Gerald a appris à Bea à plonger. Au début de l'été, elle ne savait même pas nager. Quel choc ce fut pour eux tous. Elle savait que Bea avait grandi à Londres, certes, mais franchement, il est indispensable d'apprendre à nager à son enfant. Comment ont-ils pu la mettre sur ce bateau alors qu'elle ne savait pas nager ? Ethan s'est occupé d'elle chaque jour durant plus d'une semaine, après quoi ils ont organisé une petite démonstration : Bea et King nagèrent ensemble jusqu'au quai flottant, William ouvrant la marche et Gerald la fermant. Ethan, qui saluait les enfants depuis le rivage, avait le cœur gonflé de fierté. Lorsque William a voulu montrer à Bea comment plonger, elle a refusé, se contentant, assise sur le quai, de se laisser glisser dans l'eau noire. Mais elle nage de mieux en mieux et Nancy sait qu'elle a envie d'apprendre pour pouvoir faire la course avec William. Bien sûr, elle ne gagnera pas, mais elle s'en tirera haut la main. Mieux, se dit Nancy, que ne le pense William.

William, pour sa part, est allongé sur le dos, sur le quai flottant, cependant que Bea enchaîne les plongeons. Gerald tient une planche pour qu'elle plonge par-dessus. Nancy n'a pas la moindre envie que William lui enseigne quoi que ce soit, car c'est Gerald qui possède la patience nécessaire. Nancy n'entend pas ce qu'ils se disent, mais elle perçoit des éclats de rire de temps à autre.

L'arrivée de la fillette dans leur vie a changé beaucoup de choses. Surtout sur l'île. À cette époque des vacances, William et Gerald, sans sa présence, seraient en train de s'étriper, ils ne se supporteraient plus. Ils n'auraient pas pu élever deux garçons plus différents l'un de l'autre. Nancy dit toujours à Ethan que s'ils pouvaient les réunir en un seul enfant, il s'agirait du fils parfait. Une force pour l'un est une faiblesse pour l'autre. Quand ils étaient petits, ils s'entendaient bien, même si William se lassait vite de l'énergie débordante de Gerald et de sa bonne humeur. Au fur et à mesure qu'ils grandissaient, Nancy, avec tristesse, les a vus s'éloigner l'un de l'autre, William s'aventurant de plus en plus hors du cercle familial. Ce n'est pas ce qu'elle avait espéré. Elle soupçonne – non, elle sait, car elle a posé la question – que Gerald peine à se faire des amis à l'école. Il se montre maladroit avec les autres enfants, sans doute est-il trop sensible. Il réagit davantage avec son cœur qu'avec sa tête. William, à l'inverse, vit toujours entouré d'un groupe de garçons, dont il préfère de loin la compagnie à celle de n'importe quel membre de sa famille. Il est souvent tourmenté maintenant, rarement satisfait de l'endroit où il se trouve. Il est capable de se mettre en colère pour n'importe quoi. Nancy redoute ce qu'il va se passer au lycée, qu'il intégrera d'ici quelques semaines.

Mais Bea, sans le savoir, a bousculé l'état des choses. C'est comme si sa présence avait modifié l'équilibre familial.

Même Ethan s'est entiché d'elle, alors que, les premiers temps, Nancy n'était sûre de rien. Hier, après le dîner, Bea se tenait à côté de lui sur la véranda, ils contemplaient le coucher du soleil. Sans mot dire, sans bouger, ils sont restés là jusqu'à ce que le ciel commence à perdre ses couleurs.

Oui, dîner au restaurant samedi, pense-t-elle. Pas seulement pour célébrer la première année de Bea auprès d'eux, mais aussi pour fêter l'anniversaire des trois enfants, tous nés au mois d'août. Difficile de croire qu'ils ont respectivement dix, douze et quatorze ans. Homard et épis de maïs, suivis d'un délicieux gâteau au chocolat, peut-être accompagné de glace à la menthe, pour couronner le tout.

Bea

Bea voudrait que l'été dure éternellement. Ils se trouvent dans le Maine depuis près de trois mois maintenant, et elle redoute le départ, qui aura lieu après-demain. Les cheveux des garçons sont longs et embroussaillés. On se couche à n'importe quelle heure. Les repas tiennent plus de la foire d'empoigne que d'un prolongement de la journée de classe – à la maison, M. G a tendance à profiter de l'heure du dîner pour y dispenser des cours. Tous les jours, Bea porte une salopette – qui a appartenu à William –, qu'elle enfile par-dessus son maillot de bain. Chaque jour constitue une nouvelle aventure, même s'ils refont toujours les mêmes choses.

Les jours se déroulent, se dévident avec une facilité déconcertante. Une chose en entraîne une autre, tout simplement. Une randonnée dans les bois peut fort bien se terminer, pour William et Gerald, en une série de plongeons du haut des rochers. A-t-on rempli sa bouche et son seau de fruits rouges sauvages ? Cela peut signifier un après-midi consacré à la pâtisserie – muffins ou tartes –, dans une cuisine envahie de farine, d'œufs et de sucre. Ils collectionnent des objets qu'ils exposent dans la demeure : pommes de pin, coquillages, plumes d'oiseaux. Même les jours de pluie sont sublimes. La maison est tapissée de bibliothèques. Bea aime lire sur le canapé vert délavé du salon, levant les yeux de temps en temps pour regarder la brume monter de l'eau jusqu'à toucher le ciel blanc, puis se fondre en lui.

Les Gregory sont détendus, eux aussi. Mme G s'affaire dans ses jardins, brave l'eau froide tous les jours, avant le déjeuner, et s'assoit l'après-midi au soleil, fait glisser les bretelles de son maillot de bain de ses épaules couvertes de taches de rousseur. M. G n'est plus le même non plus. Pas seulement au dîner. Il a appris à nager à Bea, mais il lui a également appris à manœuvrer une barque, à confectionner des *Yorkshire puddings*[1], à sauter du haut des rochers. Il disparaît souvent pendant une demi-journée – pour pêcher du tassergal sur son bateau, pour effectuer une randonnée dans la forêt ou peindre des aquarelles à côté de la vieille grange. À son retour, il s'assoit sur la véranda, un verre de whisky à la main, sa pipe dans l'autre, pour regarder rosir le ciel.

Aujourd'hui, Bea va se rendre sur le continent à la nage. Elle a fait deux fois le tour de l'île, soit une distance supérieure à celle qui sépare l'île de la ville, plus facile à parcourir, cependant, car elle ne s'éloigne jamais de la terre ferme. Durant son trajet vers le continent, elle pourrait avoir affaire à des bateaux, des vagues écumantes, sans compter la force de la marée. Les garçons se trouveront dans un bateau, derrière elle, tandis que M. et Mme G auront rejoint les premiers la terre ferme, où ils l'attendront avec des serviettes de bain et des vêtements secs. William lui a dit que le trajet lui prenait quarante-cinq minutes, elle prévoit donc de nager plus d'une heure.

Avant que les G ne partent pour le continent, M. G la prend à part.

1. Le *Yorkshire pudding*, spécialité du nord de l'Angleterre, est un petit pudding salé, qui peut accompagner un rôti de bœuf.

— Tu peux y arriver, dit-il. Je sais que tu peux le faire. Tu es une bonne nageuse et je suis très fier de toi. Je n'aurais jamais pensé que nous en serions là aujourd'hui, étant donné qu'au début de l'été nous sommes partis de zéro.

Bea entortille ses cheveux en hochant la tête et le regarde.

— Mais si tu sens que tu as du mal, fais du surplace jusqu'à ce que les garçons te rejoignent. Tu me le promets ?

Il la serre brièvement dans ses bras et elle se demande s'il lui est déjà arrivé de faire ce geste auparavant.

— Je ferai du surplace s'il le faut, dit-elle en le regardant dans les yeux. Mais je n'en aurai pas besoin. Je vais y arriver.

Il lui adresse un clin d'œil.

— À la bonne heure, dit-il.

L'eau est calme aujourd'hui, une nappe bleue qui s'étire entre l'île et le continent. Elle distingue le clocher de l'église, où ils se rendent tous les dimanches matin, ainsi que la petite tour de la bibliothèque, où elle passe de longues heures à lire, recroquevillée sur le sol. Elle fait signe aux garçons, debout près de leur bateau, attache la sangle de son bonnet de bain sous son menton, avant de pénétrer dans l'eau comme si elle allait marcher ainsi jusqu'au continent. Le froid monte dans son corps à mesure qu'elle avance. Elle perd le contact avec le fond rocheux et, après avoir donné un coup de pied et jeté ses jambes vers l'arrière, elle se met à nager, avec lenteur et régularité. Elle inspire puis souffle des bulles comme M. G lui a appris à faire, son corps se réchauffe doucement à mesure qu'elle progresse. De temps à autre, elle regarde devant elle pour s'assurer qu'elle avance dans la bonne direction, mais elle se concentre surtout sur sa respiration et sur sa nage, se souvenant parfois de continuer à battre des pieds. Bea sait que les garçons se tiennent derrière elle et que les G sont sur le continent, une ligne les relie tous, avec Bea au milieu.

Elle s'accorde une pause en se retournant sur le dos. Elle lève la tête pour faire signe aux garçons. Gerald se met debout et lui fait signe en retour, si fougueusement qu'il manque de perdre l'équilibre dans le bateau. William la salue, puis force Gerald à se rasseoir. Ils l'amusent. Leurs comportements sont prévisibles, elle se sent prise en sandwich entre les deux frères, et toujours en sécurité auprès d'eux. Elle se remet sur le ventre, nage un peu la brasse, puis revient au crawl.

Que dirait maman si elle voyait ça ? Papa serait fier, se dit-elle, mais maman, elle n'en est pas si sûre. Cet océan dans lequel elle nage en ce moment, l'océan qui la sépare d'eux, s'est élargi au cours de l'année écoulée. La vie d'avant, la petite fille d'avant, ont commencé à s'évanouir. Elle continue à écrire à ses parents tous les dimanches, mais, désormais, elle a du mal à remplir une page entière. Leurs lettres à eux se font plus courtes également, et moins intimes. Comme s'ils ne savaient pas quoi lui écrire. Ils posent beaucoup de questions. Papa ne raconte plus d'histoires drôles. Elle a été heureuse d'apprendre, dans leur dernière lettre, que les bombardements à Londres ont presque cessé. Hitler est passé à autre chose. Mais Londres reste une ville dangereuse : papa a dit dès le début qu'elle ne rentrerait pas avant la fin de la guerre.

Lorsqu'elle lève à nouveau la tête, ses bras et ses jambes sont lourds. Chaque mouvement semble plus dur que le précédent. Mais elle est tout près du but. M. et Mme G ont pris la barque bleue, elle la voit, amarrée près du quai, et elle sait qu'ils ne sont pas loin. Elle commence à nager parmi les bateaux à l'ancre et, sur le pont des plus gros d'entre eux, des gens lui font signe.

— Tu y es presque ! crie un homme. Tu n'en as plus pour longtemps !

Avant son départ, l'idée de nager tout près des bateaux et de leurs occupants l'angoissait, mais elle apprécie maintenant l'attention dont elle est l'objet, elle rend les saluts chaque fois qu'elle le peut. Puis, comme elle voit Mme G en train de faire des bonds sur le quai, elle se rend compte, une fois de plus, que Gerald et Mme G se ressemblent comme deux gouttes d'eau. Elle ne peut pas voir les garçons, mais elle imagine que Gerald est en train de s'agiter de la même façon que sa mère.

Enfin, elle sent sous elle des plantes aquatiques et, après quelques essais, ses pieds entrent en contact avec la douceur des algues. Elle s'arrête de nager pour se mettre à marcher. Les G viennent à sa rencontre sur la plage, et Mme G l'emmitoufle dans une grande serviette de bain jaune, avant de l'embrasser sur la joue un nombre incalculable de fois.

— Tu as réussi, dit-elle, je savais que tu y arriverais.

M. G sourit.

— Ma petite fille, répète-t-il, et elle aimerait qu'il la serre à nouveau dans ses bras, mais, surtout, elle aimerait entendre son père lui dire ces mots-là.

Avant qu'ils ne quittent tous la plage, elle se détourne des Gregory pour regarder vers l'est, vers l'île et, au-delà, la mer.

Millie

Cette séparation, Millie a fini par le comprendre, revient à survivre à un deuil. Le chagrin va et vient par vagues, mais maintenant que cela fait plus d'un an, les bas sont moins fréquents. Dans une certaine mesure, c'est comme si Beatrix était partie pour de bon. Millie a entendu dire que des mères ont rendu visite à leurs enfants placés à l'étranger, mais elle sait que ce n'est pas possible pour elle. Reg a été clair à ce sujet, surtout après avoir appris qu'un navire avec d'innombrables enfants à son bord avait été torpillé. La prochaine fois qu'elle verra Beatrix, ce sera lorsqu'elle sera de retour à Londres, une fois la guerre terminée. Jusqu'à un certain point, c'est cette certitude qui lui a permis d'avancer. Parfois, elle a l'impression que cela fait une éternité, comme si sa maternité avait concerné quelqu'un d'autre. Cette Américaine a l'air de bien se débrouiller. De temps en temps, cependant, elle permet à sa jalousie de s'insinuer. Peut-être Nancy est-elle une meilleure mère qu'elle l'a jamais été. Il ne fait pas de doute que Beatrix se révèle souvent plus heureuse là-bas qu'elle ne l'était ici et, là-dessus, Millie est incapable de s'appesantir longtemps. Elle se sent mieux lorsqu'elle parvient à ne plus y penser du tout. Ce qu'à présent, elle arrive à faire durant de longues périodes.

Le visage de Londres a radicalement changé depuis l'arrêt des bombardements. Millie a l'impression de respirer à nouveau. C'en est fini des nuits de terreur constante. Le black-out est toujours d'actualité, mais ils restent désormais dans l'appartement. Ou elle reste dans l'appartement. Souvent, Reg rejoint son unité. Il y a tellement d'hommes d'un certain âge dans la Home Guard qu'on y tient Reg pour l'un des plus robustes et des plus en forme. Il a atteint le sommet de la hiérarchie, bien sûr, il est donc de service de plus en plus souvent.

Millie aussi est occupée. Durant la semaine, elle se charge maintenant de la comptabilité de plusieurs magasins de quartier. En sa qualité d'ambulancière bénévole, elle passe en outre le week-end, ainsi qu'une soirée de temps à autre, à sillonner les rues de Londres. Elle compte parmi les rares femmes, dans les forces armées, à avoir appris à conduire – dans la ferme de ses grands-parents. À Londres, ce sont surtout les femmes de la classe supérieure qui savent conduire. Elle fréquente donc un nouveau cercle, constitué de femmes qui ont grandi sur Eaton Square et passé leurs étés dans le sud de la France.

Une nuit, elle fait équipe avec Julia Ainsley et, dans l'obscurité de l'habitacle, elle lui parle de Beatrix et de l'endroit où elle vit dans le Massachusetts.

— Oh, Boston, c'est très beau, commente Julia. Je suis certaine qu'on s'occupe bien d'elle.

— Oui, répond Millie. Tu as sûrement raison.

— Mais ce doit être dur, dit Julia, de la savoir si loin. Mon fiancé se trouve quelque part en France. Il y a des nuits où je me réveille parce que j'entends sa voix. Ça t'arrive aussi ?

— Non, répond Millie. Au début, mais plus maintenant. Je ne sais même plus à quoi elle ressemble.

Elle s'arrête et regarde à travers la vitre, mais elle n'y discerne que son reflet. C'est facile de parler à une inconnue. Il lui arrive rarement de confier ses états d'âme à Reg. Elle allume une cigarette, baisse la vitre pour évacuer la fumée.

— Ce n'est pas seulement le fait de ne plus entendre sa voix, enchaîne-t-elle.

Elle est incapable de poursuivre.

Ce qu'elle redoute le plus est de ne pas la reconnaître quand elle reviendra. Elle a entendu parler de mères dont les enfants, à leur retour, passent à côté d'elles sans les voir. Quel genre de mère, se demande-t-elle, oublierait à quoi ressemble son propre enfant ? Elle écrase la cigarette dans le cendrier.

— Ça suffit, dit-elle à Julia. Parlons d'autre chose.

Reginald

La plupart du temps, pendant la semaine, Reg passe la nuit à l'usine. Les jours où il est en service, dès qu'il a terminé son travail, il enfile son uniforme et s'en va en patrouille. Tout en marchant, il pratique le peu d'allemand qu'il connaît, les rudiments qu'on leur a appris au cas où ils appréhenderaient un soldat. Mais il reste également à l'usine lorsqu'il n'est pas en service, affirmant à Millie que la Home Guard l'accapare presque tous les soirs.

Ces soirs-là, il se rend au pub avec ses camarades, puis retourne à la caserne. Il aime dormir sur la couchette du haut, puis, à son retour chez lui, un peu éméché, détendu, il lui arrive souvent d'écrire à Beatrix.

« Beatrix, ma chérie, écrit-il. Comme j'ai hâte de te voir. Comme j'aimerais faire connaissance avec la grande fille que tu es devenue. Te souviens-tu du temps où je te lisais des histoires et te bordais dans ton lit ? Tu dois être trop grande pour cela, maintenant. »

Il ne parvient pas à imaginer son retour. Lui qui craignait qu'elle ait du mal à s'adapter en Amérique, il est à présent persuadé qu'elle ne reviendra jamais.

Il n'envoie pas les lettres. Le lendemain matin, devant une tasse de café, il les relit pour découvrir entre ces pages une version affaiblie de lui-même. L'ombre de celui qu'il était. Il refuse que Beatrix apprenne l'existence de cet homme-là. Il brûle les lettres. Un matin, enhardi, furieux contre le monde entier, il écrit à Ethan Gregory en lui demandant de lui répondre à l'usine, dont il lui communique l'adresse. Il expose à l'homme que Millie s'inquiète pour Beatrix. Il raconte certaines histoires qui courent au sujet des enfants placés à la campagne.

« Nous économisons de l'argent pour vous rembourser les dépenses supplémentaires que vous pourriez avoir engagées », écrit-il, même si ce n'est pas vrai. Des économies, ils n'en ont pas du tout. Il s'attend plus ou moins à ce que l'homme ne lui réponde jamais.

Au lieu de quoi, une lettre arrive, beaucoup plus tôt qu'il ne l'aurait cru possible. Il a mal jugé cet homme, incontestablement. C'est Nancy qui se charge d'écrire chaque semaine, et il s'agit de missives joyeuses, pleines de points d'exclamation – elle y glisse même, parfois, le dessin d'un cœur ou d'une fleur. Ethan, Reg s'en avise à présent, est quelqu'un de plus grave. Impossible d'en être sûr, certes, mais il lui fait aussi l'effet d'un homme honnête, et non pas d'un type capable de rabrouer, de frapper ou, à Dieu ne plaise, maltraiter sa petite fille. Ils entament une correspondance dans laquelle, bien sûr, il est question de Beatrix, mais aussi de Churchill et de Roosevelt, de la pression constante exercée par les Allemands, du Japon. Ethan lui dit de ne pas s'inquiéter pour l'argent, bien qu'il fasse savoir à Reg que les Gregory ne sont pas particulièrement fortunés.

« Notre richesse tient tout entière dans la pierre, écrit-il, pas dans les billets de banque. C'est Nancy qui est issue d'un milieu privilégié. »

Ethan mentionne le club d'échecs de l'école, dont il s'occupe, signalant à Reg qu'il n'a pas réussi à intéresser Beatrix à ce jeu.

« Chez moi, personne ne joue aux échecs, écrit-il encore. Nancy est trop distraite. Gerald aussi – il leur arrive rarement d'avoir trois coups d'avance. William, lui, serait un excellent joueur, s'il consentait à passer du temps avec son vieux père. »

La dernière fois que Reg a joué aux échecs, il n'était qu'un enfant, mais il se hâte de répondre :

« Si ça vous dit, je suis prêt à faire une partie avec vous. »

Ils commencent à jouer aux échecs par correspondance, faisant circuler leur carte dans les deux sens au-dessus de l'Atlantique. À peine a-t-il envoyé la sienne que Reg se rend chaque jour à la boîte aux lettres de l'usine. Il éprouve de la joie à découvrir la carte au courrier ; c'est comme si le fait de jouer avec Ethan le rapprochait de Beatrix.

Il ne parle à Millie ni de ses échanges épistolaires avec Ethan, ni de leurs parties d'échecs. Un jour, dans l'une de ses lettres, Nancy se réjouit que les deux hommes se soient découvert un centre d'intérêt commun.

« Après la fin de ce conflit, ajoute-t-elle, il faudra que nous nous rencontrions. Vous viendrez sur l'île. »

Reg craint que cette histoire d'intérêt commun ne fasse tiquer Millie. Au lieu de quoi c'est l'île qui la fait sourciller.

« Je suppose qu'elle écrit ça pour être gentille, mais franchement. Nous n'irons pas en Amérique après le retour de Beatrix. Lorsque cette guerre sera finie, Beatrix rentrera définitivement à la maison. »

Reg sait qu'il devrait lui parler des échecs, de sa correspondance avec cet homme. Mais il ne le souhaite pas. Il veut tout garder pour lui.

Gerald

Gerald a convaincu Bea de faire une partie de Monopoly. Elle adore ce jeu, il le sait, mais elle déteste son interminable longueur. Il s'agit de la version Gregory, que maman a fabriquée pour un Noël, avec la maison sur Hillside Avenue, l'école des garçons, l'île et le quai flottant. En plus, Willie est parti avec ses amis, il n'y aura donc pas de compétition. Ce sera amusant, c'est tout. La dernière fois qu'ils ont joué tous les trois, Willie a renversé le plateau, puis jeté des billets de banque et des petites maisons. On l'a envoyé au lit sans souper.

Trois heures plus tard, Bea, sur le canapé, gémit.

— Pour l'amour du Ciel, G, dit-elle. On ne peut pas simplement arrêter ? Tu as gagné.

Il lui sourit. Aucun d'eux ne se soucie beaucoup de remporter la partie. Maman apporte un plateau chargé de biscuits aux flocons d'avoine et des tasses de chocolat.

— Il fait un temps épouvantable, dit-elle. Cela devrait vous réchauffer.

Elle allume la radio pour écouter de la musique. Papa écoute le même programme dans son bureau, au bout du couloir.

« Stéréo, dit toujours Willie en roulant des yeux, puis, faisant semblant d'être un adulte, il ajoute d'une voix affectée : Nous sommes une famille résolument moderne. »

Une fois, Gerald s'était faufilé dans la cuisine un dimanche après-midi pour y allumer la radio à son tour. « Hé, Willie, avait-il crié. Comment ça s'appelle, quand il y a trois haut-parleurs ? »

La musique s'arrête brusquement et les mains de maman se figent, ses aiguilles à tricoter formant un X.

— Oh, Seigneur, dit-elle. C'est donc aujourd'hui ?

Son visage reflète le choc. De quoi parle-t-elle ? se demande Gerald.

— Ethan, appelle-t-elle.

Une voix d'homme, à la radio, déclare sans aucune introduction : « Les Japonais ont attaqué Pearl Harbor, dans l'État d'Hawaï, par voie aérienne, vient d'annoncer le président Roosevelt. »

— Oh, Seigneur, répète maman, puis papa paraît sur le seuil de la pièce.

Ils se regardent, l'homme à la radio continue de parler, et Beatrix, assise bien droite, a le visage très blanc.

Bea

Les filles populaires forment un petit groupe autour de Bea à l'heure du déjeuner. Elles lui posent des questions sur le ruban adhésif qu'on colle sur les vitres, les rations, la pénurie de viande. Bea essaie de répondre à leurs questions de son mieux, mais, comme toujours à présent, ce qu'elle a vécu à Londres et l'enfant qu'elle était alors lui semblent très loin.

Elle a rêvé que ces filles-là l'accueillent dans leur cercle. Jusqu'à maintenant, celles qui se sont liées d'amitié avec elle sont les plus réservées, les gentilles, pas vraiment le genre de filles qu'elle a envie de côtoyer, même si elle devine que c'est à cette catégorie qu'elle appartient. Les autres sont amusantes, elles rient fort et échangent des regards entendus. Le style de filles qui ne se soucient d'elle que pour lui demander de les aider en latin, ou de lui parler de William. Un jour, Lucy Emery s'est approchée d'elle après le déjeuner.

— Est-ce que ta chambre est à côté de celle de William ? a-t-elle demandé. Tu l'as déjà vu en sous-vêtements ?

Bea ne savait pas quoi dire.

— Au bout du couloir, a-t-elle répondu, se jugeant inintéressante. Sa chambre est au bout du couloir.

C'est vrai, mais les deux chambres sont contiguës. Avant de se coucher, il lui arrive de poser une main sur le mur mitoyen, sachant qu'il se trouve juste de l'autre côté.

Tout le monde se focalise sur la guerre. L'école construit à la hâte une plateforme d'observation au sommet de la chapelle, située sur un coteau, et établit un emploi du temps, afin que les enseignants et les garçons les plus âgés se relaient pour détecter d'éventuels avions ennemis. À la surprise de Bea, William est l'un des premiers à se porter volontaire, allant jusqu'à choisir le quart de 6 h 30, avant le début des cours.

Tous les matins, Bea l'écoute se préparer dans la chambre voisine, puis dévaler l'escalier. Quelques instants plus tard, elle entend la porte de derrière qu'il ouvre, puis ses pas tandis qu'il court vers la chapelle. Durant deux semaines, elle reste couchée, puis, un matin de janvier, elle s'habille et descend dans la cuisine à 6 h 15. Lorsqu'il fait irruption dans la pièce, il est en train d'enrouler une écharpe autour de son cou.

— Qu'est-ce que tu fais ? demande-t-il en s'emparant d'un muffin et d'une pomme.

— Je vais avec toi, dit-elle.

— Non, répond-il. Pas question.

Bea hausse les épaules.

— Pour quelle raison ?

— C'est interdit aux filles.

— C'est complètement idiot, rétorque-t-elle. Je connais mieux la guerre que toi. Pourquoi ne pourrais-je pas t'accompagner ?

William secoue la tête et sort à toute vitesse.

— Je vais être en retard, lance-t-il, et elle lui emboîte le pas, sachant pertinemment qu'il l'entend dans son dos.

Pourtant, il ne se retourne pas. Il court plus vite qu'elle, mais pas beaucoup plus, si bien qu'il est encore en train de sortir le matériel lorsqu'elle le rejoint sur le toit après avoir gravi l'étroit escalier en colimaçon.

— Je vais avoir des ennuis, dit-il sans la regarder, en calant un stylo derrière son oreille, après quoi, le bloc-notes à la main, il se met à scruter le ciel.

— William Gregory, dit-elle en riant, depuis quand crains-tu d'avoir des ennuis ? Tu ne veux pas de moi ici.

— Je me fiche bien que tu sois là, répond-il, mais ne te mets pas dans mes pattes. Il s'agit d'un travail important.

Un mois plus tôt, elle lui aurait ri au nez. Lui aussi aurait raillé quiconque se serait exprimé de cette façon.

— Un travail important, aurait-il répété en ricanant.

Mais William a changé. Bea connaît bien ce changement. Elle l'a vu s'opérer chez son père en 1939, même si elle était alors trop jeune pour le comprendre. Mais maintenant, elle comprend. C'est de la peur, qui devient réelle. Avant la déclaration de guerre, celle-ci plane, menaçante, au-dessus de tout, c'est un lourd fardeau, une inquiétude constante. Mais une fois que votre pays est en guerre, cela devient concret, creusant son chemin sans jamais repartir. Il y aura des conséquences. Des gens, parmi ceux que vous connaissez et que vous aimez, vont mourir. Elle avait entendu ses parents se disputer la veille de son départ de Londres.

— Je ne veux pas qu'elle grandisse aussi vite, a dit papa. Je tiens à ce qu'elle reste une enfant le plus longtemps possible.

Elle s'est roulée sous les couvertures, écrasant ses poings contre ses oreilles. J'ai cessé d'être une enfant le jour où la guerre a été déclarée, avait-elle envie de crier. Et vous avez tous les deux disparu, alors même que vous restiez auprès de moi.

Elle s'assoit à côté de William et scrute le ciel gris foncé comme il est en train de le faire. Elle se rappelle le ciel depuis le navire, cela fait si longtemps.

— Difficile de voir quoi que ce soit, dit-elle.

— Pour le moment, répond-il en hochant la tête. Mais le soleil va se lever dans… (Il consulte sa montre.) Dans onze minutes. Ça va être magnifique.

Elle hoche la tête.

— On cherche quoi ? demande-t-elle.

Il lui explique et lui montre comment remplir le formulaire.

Plus tard, lorsqu'il redescend, il s'arrête en bas de l'escalier et lui fait face. Il est plus grand, tout à coup, son visage plus anguleux.

— Ne dis à personne que tu es montée là-haut, d'accord ?

Bea hausse les épaules.

— Ça ne me dérange pas que tu sois là, dit-il, et elle sait combien c'est dur pour lui de dire une chose pareille.

Elle lui touche le bras pour le remercier. Ils dévalent le flanc de la colline, puis elle bifurque pour se diriger vers l'école des filles.

— À plus, William, lance-t-elle.

Elle se sent plus heureuse qu'elle l'a jamais été depuis la déclaration de guerre.

Millie

Il vient à l'esprit de Millie, assise à l'église le dimanche de Pâques, que Beatrix pourrait rentrer à la maison maintenant. Les bombardements ont cessé. L'Amérique est en guerre. Est-elle vraiment plus en sécurité là-bas ? Alors qu'elle réfléchit à la question, humant l'odeur du vieux bois et des livres de prières, chantant les cantiques dont elle connaît les paroles par cœur, elle s'étonne de ne pas y avoir pensé plus tôt. Pourquoi n'en a-t-elle pas parlé avec Reg ? Ils n'ont jamais envisagé la possibilité que Londres devienne plus sûr que l'Amérique.

Elle ferme les yeux pendant le sermon et se souvient d'un jour de Pâques, avant la guerre. Il ne s'agissait pas de cette église, mais de celle qui a été bombardée au début du conflit. L'église où Beatrix a été baptisée. Beatrix portait une robe adorable, avec des smocks et un petit col Claudine. Cerise sur le gâteau, Millie avait acheté des souliers assortis, faisant promettre à Beatrix de ne jamais confier à son père qu'elles avaient dépensé autant d'argent pour des chaussures habillées. Comme elle était belle. Des rubans bleu lavande servaient de lacets aux souliers, dont la couleur était exactement la même que celle de la robe. Reg et Millie ont pénétré dans l'église avec Beatrix entre eux, tous trois se tenant la main, et elle a entendu soupirer une dame.

— Oh, comme c'est exquis, a-t-elle murmuré. Regardez-moi cette petite fille.

Ils sont ensuite rentrés à pied, car il faisait exceptionnellement beau, le ciel était d'un bleu éclatant. Ils ont dégusté un vrai déjeuner de Pâques : rôti de bœuf et puddings du Yorkshire, tarte au citron en dessert. Ils n'étaient que trois, dans la petite cuisine, mais elle a orné la table d'une nappe en dentelle qu'elle tenait de sa mère, et mis des bougies neuves dans les bougeoirs en cristal que les parents de Reg leur avaient offerts pour leur mariage. On n'avait pas l'habitude d'utiliser des bougies, à l'époque. À présent, les chandeliers disparaissent presque sous les couches de cire, à force de servir tous les jours.

Pourquoi se souvient-elle de ce jour de Pâques en particulier ? Pour tout un tas de raisons, probablement : la journée elle-même, la robe, les puddings qui avaient parfaitement gonflé. La vie telle qu'on la menait alors, lorsqu'on pouvait accorder une réelle importance à ces petits moments de joie. Avant que la peur ne se glisse dans chaque respiration.

Il s'agissait aussi de l'époque où Beatrix et elle étaient proches l'une de l'autre. Un an ou deux plus tard, lorsque la fillette a fêté ses neuf ans, elle a commencé à se tourner davantage vers Reg, lui demandant de lui faire la lecture avant qu'elle aille se coucher, de jouer aux cartes avec elle. C'était un changement silencieux et subtil, que Millie n'a réellement perçu qu'une fois qu'il s'était accompli. Elle savait qu'il était plus drôle qu'elle. Toutefois, Beatrix s'était toujours confiée à elle, elle lui racontait ce qui se passait à l'école, se précipitait vers elle lorsqu'elle venait la chercher dans la cour de récréation, elle jetait ses bras autour de sa taille en lui résumant sa journée. Du jour au lendemain, semble-t-il, il y eut de la distance entre elles. Et ce fossé ne cessa plus de se creuser. Bien sûr, Beatrix était persuadée que c'était Millie qui insistait pour qu'elle parte.

Ils rentrent chez eux après l'église, les rues sont bondées, Millie jette un coup d'œil en direction de Reg.

— Tu ne crois pas, commence-t-elle, que ce serait une bonne idée de faire revenir Beatrix à la maison ?

— Non, répond Reg sur un ton catégorique, les yeux obstinément baissés. La guerre n'est pas finie. Nous nous sommes mis d'accord sur ce point.

Elle lui prend la main.

— Londres est beaucoup plus sûr maintenant, prononce-t-elle d'une voix qu'elle sait implorante. Tu as lu comme moi sa dernière lettre. Elle guette d'éventuels avions ennemis avec le garçon plus âgé. On dirait bien que les bombes risquent plus de tomber là-bas qu'ici.

— Non, répète Reg. Elle ne rentrera pas à la maison pour le moment. Pas avant que la paix ait été signée. C'est plus sûr pour elle de rester en Amérique.

Comment se fait-il, pense Millie, qu'il parvienne ainsi à établir toutes les règles ? Pourquoi a-t-il décidé qu'elle partirait ? Pourquoi, maintenant, décide-t-il qu'elle peut rester là-bas ?

À l'intérieur d'une boîte, dans le placard de l'entrée, Millie trouve la fameuse robe de Pâques, avec les smocks et le col Claudine. Les chaussures ont disparu depuis longtemps. Elle fait don de la robe, ainsi que d'autres affaires, à l'église.

William

William dévoile son plan à table, après que les assiettes ont été servies, mais avant que maman saisisse sa fourchette.

— Bon… fait-il en tripotant sa serviette, plus nerveux qu'il ne l'imaginait. Je veux rester ici cet été. Bobby Nelson et moi allons tondre des pelouses pour gagner un peu d'argent. Ce qui me permettra de continuer l'observation antiaérienne, voire de faire chaque jour quelques heures supplémentaires.

N'osant pas lever les yeux ni croiser le regard de quiconque, il garde la tête baissée, l'œil rivé sur sa purée de pommes de terre.

— Qu'est-ce que tu racontes ? réagit Gerald. Tu viens avec nous dans le Maine. Comme tous les ans.

William le fusille du regard à l'autre bout de la table. Il savait que Gerald serait le premier à parler. Les autres sont en train d'assimiler l'information, de décider comment réagir. Il se demande ce que pense Bea.

— Oh, non, dit maman, et William se tourne vers elle juste assez pour la voir regarder fixement papa. Tu ne vas pas rester ici cet été.

Elle lui tapote la main.

— Franchement, William, à quoi penses-tu ? Nous nous rendons dans le Maine en famille. Il s'agit de nos vacances. Nos vacances en famille.

Il la regarde de nouveau à la dérobée, et elle fixe toujours papa :

— Ethan, dis quelque chose. Raisonne un peu ton fils.

Le regard de William glisse de sa mère à son père. Papa enlève ses lunettes, en nettoie les verres avec sa serviette, d'abord un verre, puis l'autre. Jamais la pièce n'a été à ce point silencieuse. Papa semble déterminé à nettoyer ses lunettes du mieux possible avant de s'exprimer. Il plonge sa serviette dans son verre d'eau, frotte une tache invisible.

— Papa, fait Gerald, dis à William qu'il ne peut pas rester ici. Nous avons déjà prévu de passer presque toutes les nuits dans les tentes, au milieu de la forêt. Pas vrai, Bea ? Donne-moi un coup de main !

Beatrix secoue la tête mais ne dit rien. Elle regarde ses cuisses.

Papa continue à nettoyer ses lunettes. Il ne dit toujours rien. William se racle la gorge.

— Bobby a déjà parlé à ses parents, dit-il. La chambre de David est vide depuis son départ pour l'Europe. Ils seraient ravis de m'accueillir chez eux.

Papa regarde d'abord maman, puis se tourne vers William, qu'il observe par-dessus ses lunettes.

— Non, répond-il calmement. Il n'en est pas question.

— Mais papa, insiste William, la voix plus haut perchée qu'il ne le souhaiterait. Je veux gagner de l'argent, cet été. Je veux continuer à participer à l'effort de guerre. Partir dans le Maine, c'est juste... c'est juste... je ne sais pas, moi... futile.

— Oh, franchement, s'immisce maman. Tu n'es encore qu'un enfant. Arrête de vouloir grandir si vite.

— Je ne suis plus un enfant, maman. Je vais avoir quinze ans cet été. Dans trois ans, je pourrai m'enrôler dans l'armée. Aller dans le Maine est futile, répète-t-il. C'est une perte de temps.

Il se lève et repousse sa chaise.

— Tu ne comprends pas, dit-il. Tu ne comprends jamais.

Il s'efforce de ne pas pleurer.

— Je n'ai pas faim. Puis-je sortir de table, s'il vous plaît ?

Maman le regarde, et il lit de l'épuisement dans ses yeux, tandis qu'il pousse sa chaise.

— Oui, répond-elle.

— Non, intervient papa. Rassieds-toi et finis de manger.

— Laisse-le partir, dit maman. Laisse-le tranquille.

Il y a quelque chose de coupant dans sa voix, une âpreté que William a rarement entendue auparavant. Du coin de l'œil, il voit papa secouer la tête, sans rien ajouter cependant. Gerald se tait, pour une fois. Lorsque Bea lève enfin les yeux vers lui, il se révèle incapable de déchiffrer l'expression de son visage. S'agit-il de déception ? William quitte la salle à manger et monte dans sa chambre.

Plus tard, maman lui apporte son dîner sur le plateau en bois bleu équipé de pieds pliants. Le plateau qu'elle utilise toujours quand ils sont malades et restent dans leur lit.

— Oh, mon chéri, dit-elle en s'asseyant sur le lit d'appoint. J'aimerais que la vie telle qu'elle est te satisfasse davantage. Profite de ce que tu as.

— Mais, maman. Que vais-je faire tout l'été dans le Maine ?

— Tu peux très bien y tondre aussi des pelouses, répond-elle. Sur le continent, beaucoup en possèdent une. Et je peux te trouver des corvées à faire, si tu veux, pour lesquelles je te paierai.

Il hoche la tête, radouci.

— Je suis prête à parier que, là-bas, tu pourras même participer à l'effort de guerre.

Elle l'embrasse sur la tête avant de se lever pour partir. Il voit les larmes dans ses yeux.

Elle a presque atteint la porte lorsqu'il dit, sans réfléchir :

— Pourquoi papa dit-il toujours non à tout ce que je propose ? Pourquoi est-il toujours si dur avec moi ?

Elle se retourne et hausse les épaules.

— C'est comme ça, William, dit-elle. N'oublie pas que vous vous ressemblez beaucoup, tous les deux. C'est ce qui vous jette souvent l'un contre l'autre, mais essaie, de temps en temps, de considérer les choses de son point de vue. Il aimerait t'aider à faire des devoirs, tu sais. Et il adorerait jouer aux échecs avec toi.

William roule presque des yeux. Ça, jamais, pense-t-il.

— Je sais, dit-il. Merci de m'avoir apporté mon dîner.

Elle referme doucement la porte derrière elle.

Bea

Assise sur son lit, son devoir d'anglais ouvert sur ses genoux, elle essaie d'entendre la conversation de l'autre côté du mur. Le dîner a été horrible. Les conflits sont rares dans cette famille. Elle s'est rendu compte, en comparaison, que ses parents se disputaient beaucoup. Parfois, ils essayaient de le lui cacher, mais l'appartement était si petit qu'elle entendait tout. Elle s'est souvent demandé si M. et Mme G s'étaient déjà querellés. Elle ne les a jamais entendus.

Un jour, elle a interrogé Gerald :

— Tes parents ne crient jamais ? Est-ce que ça leur arrive de ne pas être d'accord ?

— Non, a répondu Gerald, surpris. La plupart du temps, ils s'entendent bien. C'est William et moi qui nous disputons.

Durant la première année qu'elle a passée chez eux, elle a cru qu'ils étaient parfaits. Mais ensuite, elle a commencé à remarquer certains détails, la façon dont ils s'ignoraient ou se regardaient quelquefois. Comme pendant le dîner de ce soir, quand Mme G a permis à William de quitter la table. La fureur dans le regard qu'elle a lancé à M. G a rappelé à Bea sa propre mère, mais il ne lui est arrivé que rarement de voir Mme G dans cet état. Et M. G n'a pas réagi. Si la mère de Bea avait regardé son père de cette façon, il aurait explosé.

William aurait dû lui parler de son plan. Elle lui aurait indiqué la marche à suivre, même si elle sait que M. et Mme G ne le laisseront jamais rester ici pendant les vacances. Quelle mouche l'a piqué d'assener une chose pareille au beau milieu du dîner, en présence de tout le monde ? Non qu'il soit égoïste, pas vraiment, mais il ne réfléchit guère. Pas étonnant que les autres aient réagi comme ils l'ont fait. Il devrait savoir qu'annoncer quelque chose d'important pendant le dîner ne mène à rien. Le dîner est le domaine de M. G. Il aime y contrôler la conversation, se tenir au courant de la journée de chacun, faire des projets. Quoi qu'il en soit, elle se sent soulagée qu'ils ne lui aient pas permis de rester ici. Que serait le Maine sans lui ? Tout se passe bien avec Gerald, qui déborde d'idées, qui est toujours réconfortant, mais c'est William qui constitue le centre de leur monde. C'est lui qui fait avancer les choses.

Bea entend Mme G quitter la chambre de William. Elle attend cinq minutes, puis frappe le mur suivant le code inventé par Gerald dans le Maine. Trois séries de deux coups pour lui demander si elle peut entrer. Un silence, puis la réponse : un coup. Elle pousse la porte de sa chambre, dans laquelle il est assis sur son lit, en train de dîner.

— Je sais, fait-il. Inutile de me le dire. C'était une idée stupide.

— Non, réplique-t-elle en s'asseyant sur sa chaise de bureau, tournant sur elle-même, ce n'est pas une idée stupide. Mais tu n'aurais jamais dû l'aborder de cette façon. À part ça, je croyais que tu aimais le Maine.

— Oui, dit-il. Mais tu n'as jamais l'impression... (il s'assoit, se penche vers elle, et elle s'arrête de tourner pour l'écouter) qu'on perd du temps ? Qu'on attend juste que quelque chose se passe ? Je veux faire quelque chose d'important. Nager jusqu'au continent, pêcher, cueillir des myrtilles. Tu trouves ça bien, alors que nous sommes en guerre ?

Bea hoche la tête et baisse les yeux. Elle adore que William se confie à elle. Mais c'est elle qui devrait en faire plus, elle qui ne devrait pas s'amuser. Il peut à présent se passer une journée entière sans qu'elle pense à ses parents. Elle se sent mal quand elle se rappelle où ils sont, ce qu'ils font. Malgré le rationnement, la guerre lui semble très lointaine.

— Pourquoi tu ne m'en as pas parlé ? demande-t-elle, tournoyant à nouveau sur son siège, évitant le regard de William en dirigeant le sien vers les photos de Bobby Doerr et de Ted Williams, sur les murs de la chambre. Pourquoi ne m'as-tu même pas dit que tu y pensais ?

Il hausse les épaules.

— C'était seulement un truc que nous avons échafaudé l'autre jour avec Nelson, quand je suis allé chez lui. C'est venu juste après que nous avons calculé le nombre de jours qu'il nous reste avant de pouvoir nous enrôler dans l'armée. Moi (il vérifie sur un morceau de papier posé sur sa table de chevet), il me reste 1 198 jours. Lui, 193 de moins : 1 005 jours.

Bea le regarde. Il a les joues rouges et l'air désemparé. Elle est incapable de lui en vouloir longtemps.

— C'est dans une éternité, William, dit-elle. Vraiment. Il faut que tu te trouves autre chose à quoi penser, quelque chose à entreprendre dès maintenant. Que dirais-tu de faire des projets pour cet été ? J'ai entendu ta mère te parler de tondre des pelouses sur le continent. Je pourrais t'aider, on pourrait faire ça ensemble.

— Hors de question, répond-il en lui lançant son oreiller. Tu es une fille.

Il finit par presque sourire. Elle adore ce regard, le regard qui lui rappelle le jour où ils se sont rencontrés.

Ethan

La veille de leur départ pour le Maine, la maison est en pleine effervescence. C'est comme si Nancy avait partagé son énergie avec chacun des enfants. L'entrée à l'arrière de la maison et l'office débordent de sacs et de boîtes ; Ethan sait qu'il faudra sacrifier certaines affaires. Ils ont juste assez de carburant pour effectuer le voyage, et il ne veut pas de surpoids. Bien sûr, c'est à lui que revient la tâche de charger la voiture le jour du départ, mais à la fin, immanquablement, Gerald se mettra à pleurer ou William sera contrarié. Bea a tendance à en emporter moins que les garçons, bien qu'Ethan se demande s'il en ira toujours ainsi cette année. Elle a changé, plus qu'il ne l'aurait cru possible.

Il est en train de boire une tasse de thé dans son bureau en lisant le journal du soir lorsque Nancy pousse la porte, les bras chargés de serviettes.

— Je n'arrive pas à mettre la main sur les maillots de bain des enfants, dit-elle. Où peuvent-ils bien être ? Crois-tu que nous aurions pu les laisser là-bas l'été dernier ?

Ethan ne répond pas. Il n'a aucune raison de le faire. Elle va trouver une solution, et les maillots seront là-bas ou pas ; de toute façon, il y aura mille autres choses à faire. Il lui fait un signe de tête, comme s'il l'écoutait, puis retourne à son journal. Au moment où elle reprend son souffle, il lui indique, sans lever les yeux, qu'il tient à prendre la route à 8 heures le lendemain matin.

— Ce qui signifie charger la voiture à 6 h 30, poursuit-il. Dis aux enfants que tout doit être en bas ce soir, avant que nous allions nous coucher.

— Oui, oui, oui, répond Nancy en se retournant pour quitter la pièce. Il reste tellement à faire. Et je dois donner leur bain à Gerald et Bea.

— Non, dit Ethan, et il n'en revient pas de mettre ce sujet sur le tapis ce soir, mais il enchaîne. Tu n'as pas besoin de leur donner le bain. Cet été, ils auront respectivement onze et treize ans. Tu n'as plus besoin de leur donner le bain.

Nancy, qui lui tourne le dos, se tient immobile, et il voit la colère lui monter dans la nuque. Il savait que cela l'arrêterait net dans son élan. Mais cela l'incommode depuis plusieurs semaines, plusieurs mois, même. Il a commencé à se demander s'il était judicieux pour Nancy de se comporter ainsi avec Gerald. William, lui, n'avait pas encore dix ans lorsqu'elle a cessé de lui donner le bain. Et puis il s'est mis à penser à Bea.

Il hésite à intervenir, parce qu'il sait qu'elles apprécient ces moments l'une et l'autre. Parfois, comme il se dirige vers la chambre, il les entend murmurer. Il perçoit le parfum du savon et, une fois, en posant doucement une main sur la porte, il a senti la vapeur. Il sait que cela les réconforte toutes les deux. Et il est vrai que, les premiers temps, tout ce qu'ils étaient en mesure de faire pour que Bea se sente à l'aise revêtait une grande importance. Mais jamais il n'aurait pensé que les bains du soir s'éterniseraient. Il y a quelque chose de résolument étrange dans le fait qu'une femme donne un bain à une enfant déjà grande. Une enfant qui n'est pas la sienne, de surcroît. Cela représente sans doute une grande partie du problème.

Par ailleurs, il craint que Bea, si elle préférait mettre un terme à ce rituel, ne sache pas comment le formuler. Elle est certes devenue plus audacieuse, elle fait valoir ses opinions, allant jusqu'à prendre position de loin en loin. Il devine, cependant, combien le terrain pourrait se révéler glissant pour elle. Cela le ronge, et même s'il n'avait pas prévu d'aborder la question ce soir, en cette soirée frénétique d'avant le départ, il l'a fait.

Nancy se retourne, le visage encore plus rouge que d'habitude. Elle écarte ses boucles de son front en sueur.

— Ne me dis pas comment élever mes enfants, dit-elle à voix basse. Toi qui restes assis ici, à boire ton thé et à lire le journal. Toi qui te fiches de tout comme de l'an quarante.

Croisant son regard furibond, il répond avec lenteur, la voix basse à son tour.

— Cela ne se fait pas, Nan. Elle est trop grande, à présent. Et elle n'est pas ta fille. Comment réagiraient Reginald et Millie, d'après toi ? Penses-tu vraiment qu'ils verraient cela d'un bon œil ?

Elle pose les serviettes sur le fauteuil vide et se met à faire des allées et venues, elle s'empare d'un gant de toilette, l'enfile, le retire pour l'agiter en l'air.

— Il s'agit d'un bain, Ethan. D'un simple bain. Il n'y a rien de déplacé là-dedans. Tu veux que j'arrête de donner son bain à Gerald ? Bien. Mais je continuerai à donner son bain à Bea. C'est notre moment rien qu'à nous.

Elle se tourne vers lui, le fixe sans ciller, baisse encore la voix :

— Ce moment-là, je l'attends avec impatience tous les jours.

Ethan soupire et replie son journal.

— As-tu demandé son avis à Bea ? dit-il en élevant la voix. Sais-tu ce qu'elle en pense ?

Il tape des doigts sur la table en attendant sa réponse.

— Je suis certaine que ça lui convient, répond Nancy, mais il discerne son hésitation, et il sait qu'elle ne s'est jamais posé la question. Comme à moi, ajoute-t-elle. Si cela ne lui plaisait pas, elle le dirait.

Ethan hausse les sourcils.

— Je n'en suis pas si sûr, commente-t-il en se levant.

Il avale une dernière gorgée de thé sucré. Il est prêt à mettre un terme à cette conversation.

— Bea ne demande qu'à faire plaisir. Si elle a compris que c'était important pour toi, elle ne voudra pas te décevoir.

— Parle moins fort, dit Nancy. As-tu vraiment envie que les enfants t'entendent ?

Elle s'approche de lui, cela fait des lustres qu'elle ne s'est pas tenue si près de lui.

— Regarde-moi, Ethan Gregory, dit-elle. Regarde-moi.

Ethan considère son visage las et familier.

— Je ne te dis pas comment enseigner à tes élèves, je ne te dis pas comment réparer le toit, je ne te dis pas comment payer les factures. Alors, en échange, ne me dis pas comment élever les enfants. Il s'agit de mon travail. Une mère, voilà ce que je suis. Mon rôle de mère représente tout pour moi.

Elle croise les bras et le fixe, les lèvres pincées.

Ethan lui retourne son regard, puis recule, trébuchant contre la table d'appoint. Il ramasse son journal et se dirige vers la porte, se retournant au moment de quitter la pièce.

— Ce n'est pas ta fille, Nan. Bientôt, elle s'en ira et ne reviendra jamais. Ne l'oublie pas.

Il pénètre dans le jardin, la porte moustiquaire claque dans son dos tandis qu'il regarde les arbres en train de s'assombrir. Il n'a fait qu'énoncer la vérité, bien sûr, mais il sait que c'était cruel. Il n'en reste pas moins qu'elle s'est éprise de cette enfant et que, ce faisant, elle a commis une erreur. Mieux vaut, toujours, préserver son cœur. Il pense à ses propres parents, couchés dans le cimetière d'en face. Nancy y a planté des bulbes, choisis pour qu'il y ait des fleurs durant tout le printemps. Pour quoi faire ? a-t-il envie de lui demander, mais jamais il ne lui pose la question. Pour qui ces bulbes fleurissent-ils ?

Reginald

Gertrude, la mère de Millie, insiste. Elle se penche vers Reginald et Millie au-dessus de la table basse, les mains tendues.

— Je paierai le voyage, dit-elle. Je suis allée à la banque et j'ai retiré toutes mes économies. C'est suffisant pour le billet aller-retour.

Elle observe Reginald, qui voit face à lui la femme qu'il craint que Millie devienne un jour. Ce qu'elle est déjà devenue à certains moments de la journée, certains jours de la semaine. Une femme en colère et triste, déconnectée de sa propre vie.

Millie regarde sa mère en secouant la tête.

— Maman, prononce-t-elle en s'exprimant avec lenteur et distinctement. Nous ne pouvons pas aller en Amérique pour le moment. Ce serait imprudent. Elle vit là-bas parce que nous tenons à ce qu'elle soit en sécurité. Cela n'a pas de sens de prendre des risques, uniquement pour lui rendre visite. Elle va bien. Elle sera de retour en moins de temps qu'il n'en faut pour le dire.

— Mais j'ai l'argent, insiste Gertrude.

Elle se précipite dans la pièce de devant, où est son bureau, et revient avec des billets de banque plein les mains.

— C'est suffisant, dit-elle, j'ai vérifié le taux de change. Tu peux partir, Millie, tu peux aller la voir pour t'assurer que tout se passe bien.

Reg s'efforce d'éprouver de la compassion pour elle. La mort d'Albert, trois mois plus tôt, a été un choc pour eux tous – un cancer du poumon découvert trop tard. Depuis, Millie fait des allées et venues entre ici, à la campagne, pour lui donner un coup de main, et chez eux. Elle lui a expliqué qu'elle allait mal, mais il n'avait pas mesuré à quel point.

Gertrude passe une main dans ses cheveux.

— Tu as dit toi-même que tu te faisais un sang d'encre pour elle. Rien ne vaut de te rendre là-bas pour découvrir comment elle se porte.

— Elle va bien, maman, répète Millie. Elle va bien. Arrête, s'il te plaît.

Gertrude commence à compter l'argent, égrenant les chiffres à mi-voix. Comme elle ne répond pas à Millie, celle-ci débarrasse la table.

— Que dirais-tu d'une petite promenade le long du canal, maman ? Il fait beau aujourd'hui, et j'ai envie de voir les jardins.

Plus tard, tandis qu'ils sont allongés dans le lit d'enfant de Millie, elle touche le visage de Reg dans le noir.

— Merci d'être venu, dit-elle. Ce n'est pas facile d'être ici avec elle.

Il se tourne vers elle, surpris par son geste, par ses paroles.

— Je sais, répond-il. Je ne m'étais pas rendu compte.

Millie roule sur le flanc, pour lui faire face.

— Tout est ma faute, dit-elle. J'ai eu la bêtise de lui raconter qu'on m'avait parlé d'une femme qui avait rendu visite à sa fille dans le Maryland.

— Je m'étonne que certaines personnes choisissent de courir un tel danger, commente Reg. De prendre le bateau en ce moment.

— Je sais, mais le fait est que cette femme s'est lancée. Elle est allée là-bas et, Reg, c'était affreux. Sa fille partageait une chambre avec trois autres petites Londoniennes. Deux gamines par lit. Et elle s'est demandé si elles fréquentaient régulièrement l'école.

Reg l'interrompt :

— Allons, Millie. Nous savons qu'avec Beatrix on n'est pas dans ce cas de figure. Nous savons que tout va bien. Elle excelle à l'école !

— Je sais. D'ailleurs, ce n'est pas ce que j'ai dit. Je te parle seulement de l'expérience vécue par cette femme. Cela m'a permis de m'apercevoir que nous avons beaucoup de chance.

Il hoche la tête, soulagé d'éviter une dispute.

— Je me sens très loin d'elle, c'est tout. La semaine prochaine, elle aura treize ans. Ce n'est plus une petite fille.

Reg la prend dans ses bras, dans le petit lit. Elle colle son corps contre le sien et soupire. Ils se taisent quelques instants.

— J'en rêvais, pourtant, reprend Millie. D'aller là-bas pour la voir. Tu n'as pas envie de découvrir la grande maison dans laquelle elle habite ? De faire connaissance avec Nancy, Ethan et leurs fils ? De mieux comprendre en quoi consiste au juste son arrangement avec William, dont elle nous a parlé dans l'une de ses lettres ?

Reg sourit dans l'obscurité. Il s'agissait de sa dernière lettre en date : Beatrix et William effectuent des travaux de jardinage pour des familles du Maine. Chaque matin, ils se rendent sur le continent et passent une grande partie de la journée à tondre des pelouses et à désherber des jardins. Parfois, ils vendent en ville des fruits rouges et d'autres produits. L'essentiel de leurs gains, ils en font don pour l'effort de guerre. Ils ont même donné un nom à leur petite entreprise : WB Aménagement paysager. Il est fier d'elle. L'enfant qui les a quittés il y a presque deux ans a bien changé. Évidemment. Elle est en train d'éclore.

— On peint le tableau ?

Cela fait longtemps qu'ils ne l'ont pas fait. Peu après le départ de Beatrix, ils l'imaginaient ensemble : sur le bateau, dans sa nouvelle maison. Mais ensuite, il leur est devenu trop difficile de se la représenter.

— Nous descendons du train à Boston, dit Reg, ils nous attendent à la gare. Ethan est… Il ressemble à quoi, d'après toi ?

— Oh, dit Millie, il a quelques kilos en trop. Comme sont ces hommes-là, avec le ventre par-dessus leur ceinture.

Une moustache, mais pas de barbe. Des lunettes, sans aucun doute.

— Oui, dit Reg, je suis d'accord. Peut-être chauve, aussi. Oui, chauve, c'est sûr.

Millie répond en passant une main dans les cheveux bouclés de Reg.

— Pas comme mon beau mari.

Ils se sourient dans le noir. Depuis quand n'ont-ils pas parlé ainsi ? Elle ne l'a pas touché depuis des mois.

— Et Nancy, dit-il, désireux de faire durer ce moment le plus longtemps possible, à quoi ressemble-t-elle ?

— Eh bien, on sait qu'elle est blonde, n'est-ce pas ? répond Millie, d'une voix un peu âpre. Beatrix nous l'a écrit. Une blonde platine, parce qu'elle fait partie de ces femmes qui n'acceptent pas de vieillir.

— Soit, rit Reginald. Un peu vachard, mais soit. Un peu trop grassouillette, elle aussi, je crois. Elle passe son temps à cuisiner.

Cette fois, ils rient tous les deux, et Millie cache sa bouche derrière ses mains.

— Oh, Reginald, dit-elle, nous sommes méchants. Nous ne devrions pas nous moquer.

— Et alors ? dit-il. On a le droit.

Ils se représentent à la fois les garçons, la gare et la ligne des toits, ni l'un ni l'autre n'ont envie de se figurer Beatrix au sein de ce monde-là. Ils se dirigent à présent vers les voitures – il y en a forcément deux, nombreux comme ils sont –, et les voilà dans l'auto conduite par Ethan. Reg est assis à l'avant, Millie et Beatrix sur la banquette arrière. Ce n'est qu'à cet instant que Millie se tourne vers Beatrix, pour la voir pour de bon.

— Elle est belle, dit-elle à Reg, elle est magnifique, avec ses cheveux d'un noir brillant retenus par des peignes, avec ses beaux yeux, et elle rit. Ses traits sont plus anguleux qu'avant, ses pommettes plus saillantes. Elle porte une robe en lin rose. Elle est bronzée, à force de passer autant de temps dehors. Elle a des taches de rousseur, Reg, sur le nez et les joues. Et le plus merveilleux, c'est que… C'est que…

Millie s'est mise à pleurer et Reg sent couler ses larmes sur sa poitrine.

— C'est qu'elle a l'air tellement heureuse.

Cela, Reg en est convaincu, ce n'est pas le fruit de leur imagination. C'est la vérité.

Gerald

C'est le deuxième anniversaire de l'arrivée de Bea en Amérique, et maman prépare un festin. Des moules que Gerald a ramassées tôt ce matin avec papa, et qu'il aime plus que tout. Il serait sans doute capable de les manger toutes, si on le laissait faire. Épis de maïs. Tarte aux myrtilles sauvages qu'on trouve sur la colline. Bea a passé toute la matinée à en cueillir. Lorsqu'elle a eu apporté à maman de quoi préparer deux tartes, elle a ramé jusqu'au continent avec le reste des myrtilles, qu'elle a vendues sur un étal près de la bibliothèque. Gerald voulait l'accompagner, mais elle l'en a dissuadé.

— Mieux vaut que je me débrouille toute seule, G, a-t-elle dit avec un sourire, en plongeant les rames dans l'eau. Je serai de retour avant le dîner.

Gerald se tient sur le rivage, il regarde la barque rapetisser. Ils ont repeint la flotte plus tôt cet été, si bien que le bateau blanc capte la lumière du soleil, à mesure que Bea se rapproche de la terre ferme. Voilà à quoi ressemble cet été. On l'a laissé ici, sur l'île, tandis que Willie et Bea faisaient toutes sortes de choses passionnantes ensemble, sur le continent. Tondre la pelouse. Tailler les buissons. Vendre des fruits rouges. On n'a presque pas fait la course jusqu'au quai flottant. Willie avait promis à Gerald de faire la course avec lui autour de l'île, mais, ça non plus, ils ne l'ont pas encore fait, même si Gerald lui en a reparlé tous les jours. Or, avant la fin de la semaine, ils seront partis.

Gerald ne voit presque plus le bateau. Willie est allé tôt ce matin peindre une maison avec son ami Fred. Papa s'est rendu à Portland pour acheter des feux d'artifice. Maman s'affaire à la cuisine.

— File, lui dit-elle en désignant la porte moustiquaire avec sa cuiller de bois. Lis un livre. Va jouer dans les bois. Je ne veux pas te revoir avant l'heure du dîner.

Gerald ramasse un caillou, qu'il lance contre d'autres cailloux.

— La vache... fait-il à voix haute en regardant autour de lui pour s'assurer que personne ne l'entend. C'est pourri, ici. J'ai onze ans, je devrais avoir le droit d'aller sur le continent.

Il jette des cailloux, les uns après les autres, certains d'entre eux se fendent en deux, il court pour les ramasser, pressé de voir ce qu'il y a dedans. De temps en temps, il en trouve un plein de cristaux. Maman en possède un, violet à l'intérieur, qu'elle utilise comme serre-livres. Cela ressemble à un secret. L'extérieur est gris, sans attrait, mais l'intérieur est somptueux, les cristaux captent toute la lumière.

Gerald erre dans la forêt, sans but. Il reste plusieurs heures avant le dîner, avant que tout le monde revienne. Cela lui laisse beaucoup de temps pour faire le tour de l'île à la nage. Ce n'est pas comme nager jusqu'au continent, où il faut qu'on vous surveille. Ici, la terre ferme n'est jamais bien loin, elle reste à vos côtés. Toutefois, lorsqu'il se glisse dans la maison pour enfiler son slip de bain, il le fait aussi discrètement que possible. Maman est dans la cuisine, on passe du swing à la radio, elle aime cette musique, d'ailleurs il l'entend chanter. Il se rend à pas de loup dans sa chambre, redescend, toujours silencieux, il évite la troisième marche, ainsi que la cinquième, qui grincent.

Il traverse la forêt jusqu'à la plage côté continent. Presque tous les après-midi, c'est ici qu'il attend le retour de William et Bea. Il regarde se rapprocher le bateau, il les entend parler et rire. Puis Bea le salue d'un geste de la main, lui pose des questions sur sa journée mais, déjà, ils foncent devant lui, rentrent à la maison, parlent des gens qu'ils ont vus, des travaux qu'ils ont effectués et de leurs projets pour le lendemain. Pendant le dîner, il les surprend en train de se regarder, de se sourire, et il regrette que William ne soit pas resté à Boston, car il aurait eu Bea pour lui tout seul.

Il laisse sa serviette de bain sur les rochers et entre dans l'eau. Elle n'a jamais été aussi chaude de tout l'été, mais elle est encore froide. Il avance lentement jusqu'à avoir de l'eau jusqu'au ventre, puis il commence à nager. Il inspire du côté du continent, ouvrant les yeux de temps à autre pour voir les bateaux, le clocher de l'église, la grande maison du cap. Bientôt, il contourne l'île et, lorsqu'il ouvre les yeux, il ne voit plus, cette fois, que le ciel et l'eau.

C'est une belle journée, claire, et Gerald se sent fort. De loin en loin, il se détend en nageant la brasse, ou bien il fait la planche. Il aime la façon dont l'eau s'élève puis redescend sous lui, à chaque vague qui se dirige vers le rivage. Il surveille la distance qui le sépare de l'île, il ne veut pas trop dévier de sa trajectoire.

À mi-chemin, il se hisse sur le quai flottant, s'y allonge sur le ventre, le bois frappé par le soleil le réchauffe. Pourvu que sa mère ne soit pas en train de regarder par la fenêtre de la cuisine. Mais il sait bien comment elle se comporte lorsqu'elle prépare un festin. Elle ne pense plus qu'à la nourriture, à la table qu'il faut dresser, tout doit être parfait. Elle ne regarde pas dehors. Il est prêt à parier qu'elle n'ira même pas se baigner comme elle le fait tous les jours, car elle sera trop occupée avec les préparatifs. Il se tourne dans l'autre direction, loin de l'île. Vers l'Angleterre. Bea lui a appris une chanson que son père chantait toujours en faisant la vaisselle, lui a-t-elle dit. Chaque fois qu'elle passe à la radio, elle monte le son et ils chantent tous les deux.

Il aime bien le dernier couplet :

Il y aura toujours une Angleterre
Et l'Angleterre sera libre

Si l'Angleterre compte autant pour toi
Que l'Angleterre compte pour moi.

Il commence à chanter la chanson, il entend la voix de Vera Lynn dans sa tête, et, avant qu'il ne s'en rende compte, il se tient debout sur le quai flottant, tapant du pied et saluant cette terre par-delà l'océan. Il ne s'arrête plus, désireux de chanter d'une voix aussi grave que celle de William, et ce n'est qu'une fois assis sur le quai, son piétinement ayant fait osciller la structure, qu'il entend crier son nom.

Gerald se tourne vers l'île. Debout sur le rivage, maman agite un torchon.

— Gerald Gregory, entend-il, reviens immédiatement. Qu'est-ce que tu fabriques ?

Il lui fait signe, avant de plonger dans l'eau froide, puis de rejoindre le rivage. C'est en sortant de l'eau qu'il s'aperçoit combien elle est en colère. Elle se fâche rarement contre lui.

— Gerald Perkins Gregory, lance-t-elle. Tu connais les règles. Il ne t'est pas permis de nager tout seul jusqu'au quai.

— Je sais, répond-il, brûlant de lui avouer qu'il a également fait un demi-tour de l'île à la nage, mais soulagé, dans le même temps, qu'elle n'en sache rien. Je m'ennuyais tellement. Je n'ai rien à faire.

Son visage s'adoucit, comme souvent.

— Je sais, dit-elle, j'aurais dû te demander de m'aider.

Il s'ébroue.

— Je peux t'aider ? S'il te plaît ? Qu'est-ce que je peux faire ? Je peux t'aider à préparer les tartes ?

— C'est d'accord, répond-elle en lui frappant le bras de son torchon.

Sur le chemin du retour, d'abord elle reste silencieuse, puis :

— Pas un mot de cela à ton père, tu m'entends ?

— Oui, maman, répond Gerald. Tes désirs sont des ordres.

Elle roule des yeux.

— Je suis sérieuse. Cela restera entre nous, d'accord ?

Il hoche la tête. Un nouveau secret à ranger par-dessus un autre. Il a des secrets, comme les autres. Il a fait un demi-tour de l'île à la nage. Il sait à présent qu'il peut en faire le tour complet. Il ne lui reste plus qu'à convaincre Willie et Bea de l'accompagner avant le retour à Boston.

Millie

Dans une pièce, quelque part derrière Millie, au bout d'un couloir, puis d'un autre et d'un autre encore, Reg est dans le coma. Elle est assise, seule, dans la salle d'attente froide. On a sonné à la porte de l'appartement au milieu de la nuit, incessamment, et elle a dévalé l'escalier en robe de chambre pour se retrouver face à un homme en uniforme, les yeux hagards.

— Je m'appelle Brian, a-t-il dit. Reg vous a peut-être parlé de moi.

— Oh, mon Dieu, que s'est-il passé ?

— Ce n'est pas une bombe. Il a fait une crise cardiaque.

Une crise cardiaque. Évidemment. Comme son frère. Pourquoi ne l'a-t-elle pas vu venir ? Pourquoi ne s'est-elle préoccupée que des bombes ?

— Je peux vous conduire à l'hôpital, a-t-il proposé en désignant sa moto.

Alors elle a passé ses bras autour de la taille de cet inconnu, a mis ses mains sur son ventre mou, cet homme dont Reg ne lui a jamais parlé, pas une seule fois. Ils ont roulé dans les rues sombres, sous la pluie froide.

— Il faut attendre, a dit l'infirmière, il n'y a rien d'autre à faire.

Elle se tient assise là. Elle voudrait être n'importe où, sauf ici. Elle voudrait être avec Beatrix. Avec sa mère. Avec Reg, mais pas ici. Elle ne peut pas s'asseoir dans la pièce où se trouve le corps immobile de Reg. Elle voudrait s'enfuir loin et ne jamais revenir. Comment a-t-il pu la laisser seule ?

Nancy

Le télégramme arrive en milieu de journée ; le porteur, tête baissée, le tend à Nancy sur le seuil de la porte d'entrée. Nancy s'apitoie sur le sort du jeune homme, qui retourne à son vélo, tandis qu'elle ouvre le télégramme. Il doit en apporter, des mauvaises nouvelles, chaque jour que Dieu fait. Même dans leur petite ville, nombreux sont les parents à avoir vu partir leurs fils. Les quatre garçons Swift, qui habitent en bas de la rue, se trouvent à présent à l'étranger. Elle lit le télégramme, porte une main à sa bouche, sans émettre aucun son. Elle se précipite vers le bureau d'Ethan sans retirer son tablier, sans plus se soucier du ciel très bleu ni des feuilles très jaunes.

— C'est Reginald, déclare-t-elle en faisant irruption dans la pièce, avant même qu'il lui ait dit d'entrer. Mais il ne s'agit pas de ce à quoi nous avons si souvent pensé. Il a fait une crise cardiaque alors qu'il était de garde. Il est mort, Ethan, il est parti. Comment allons-nous réussir à l'annoncer à Beatrix ? Devrions-nous aller la chercher à l'école ? Quelle horreur…

— Non, répond Ethan. Non.

Il saisit le télégramme qu'elle lui brandit sous le nez pour le poser sur son bureau, puis le lire après avoir ôté ses lunettes.

— Calme-toi, Nan.

Il relit le télégramme.

— Assieds-toi, s'il te plaît, fait-il d'un ton sec. Tu me rends nerveux.

Nancy s'assoit sur la chaise sur laquelle un nombre considérable de jeunes gens se sont assis au fil des ans. Elle vient rarement ici. Elle se sent pareille à l'un de ces garçons, elle attend qu'il parle. Comme elle a les jambes plutôt courtes, ses pieds ne touchent pas tout à fait le sol, aussi est-elle tentée de les balancer d'avant en arrière. Ethan nettoie ses lunettes avec son mouchoir. Sa technique pour gagner du temps.

— C'est triste, lâche-t-il enfin. Et tellement brutal. Pauvre petite.

Sa voix s'amenuise.

— Comment dois-je m'y prendre pour lui annoncer la nouvelle ? s'enquiert Nancy. Quelle est la meilleure façon de dire à une jeune fille que son père est décédé ?

Ethan secoue la tête.

— Non, dit-il.

Il se lève, marche jusqu'à son bureau, faisant face à Nancy.

— Tu ne vas rien lui dire. C'est moi qui m'en chargerai à mon retour.

— Oh, Ethan, non. Je ne me sens pas capable de passer l'après-midi avec elle sans rien lui dire. Dans ce cas, arrange-toi pour rentrer plus tôt.

— Non, dit-il. C'est impossible. Contente-toi d'attendre.

Elle a envie de le gifler. Il la traite comme une enfant. Mais elle sait déjà qu'elle ne parviendra pas à le faire changer d'avis.

— Très bien, dit-elle, très bien, et elle claque la porte du bureau en sortant.

De retour à la maison, elle arpente la cuisine en regardant la pendule. Elle ne sait pas quoi faire du télégramme. Elle le plie en deux, puis en quatre. Elle le range dans le tiroir du haut de son bureau mais, craignant ensuite que Bea n'aille y chercher des timbres, elle le glisse dans la poche de son tablier, où elle le touche de temps en temps pendant qu'elle fait du ménage et commence à préparer le dîner. Elle n'arrive à se concentrer sur rien. Elle rate son pain de maïs en ajoutant un quart de tasse de sel au lieu de sucre. Ce n'est pas bien de laisser Bea dans l'ignorance. De quoi va-t-elle lui parler ? Elle sait que Bea lira tout sur son visage.

Avant le retour des enfants, elle sort le télégramme et le relit. REG À L'HÔPITAL STOP CRISE CARDIAQUE STOP MORT 7 heures CE MATIN STOP DE L'AMOUR À MA FILLE STOP. Nancy se rend dans le patio à l'arrière de la maison, craque une allumette et brûle le télégramme. Elle le tient entre ses doigts jusqu'à ce que les flammes se rapprochent dangereusement de sa main, après quoi elle le jette au sol, piétine les cendres, qu'elle pousse dans la terre.

Elle obéit toujours à Ethan. La plupart du temps, elle est d'accord avec lui. Mais en ce qui concerne Bea, ils ne sont pas du même avis. Elle le soupçonne d'être jaloux de leur relation. Elle a arrêté de donner son bain à Bea l'été dernier, après qu'il le lui a demandé, et ces moments d'intimité lui manquent. À la place, elles ont pris l'habitude de passer leurs après-midi dans la cuisine, où Bea fait ses devoirs pendant que Nancy prépare le dîner. Ethan avait probablement raison à propos du bain. Mais aujourd'hui, il se trompe. Il ne devrait pas être le seul de la famille à lui annoncer la mort de Reg. Cela ne correspond pas à ce que Millie a demandé. Ce n'est pas de cette façon qu'on pourra donner de l'amour à Beatrix.

À leur retour de l'école, les enfants prennent leur goûter, après quoi Nancy envoie les garçons dans leurs chambres. Elle s'assoit ensuite à la table de la cuisine, prend les mains de Bea dans les siennes et lui annonce la nouvelle.

William

Au milieu de la nuit, William entend Bea renifler. Elle n'a pas beaucoup pleuré depuis qu'ils ont appris la mort de son père. C'était il y a une semaine. Néanmoins, elle n'est pas attentive. Il a l'impression qu'elle est ailleurs. Elle met plus de temps que d'habitude à répondre. Comme à son arrivée en Amérique. Il y a quelque chose derrière ses yeux, quelque chose d'illisible, mais que, pourtant, William comprend presque. Le chagrin, la solitude, la perte. Ce doit être à cela que ressemble le deuil.

Il est resté éveillé jusqu'à une heure tardive cette semaine, se demandant si elle avait envie de parler, mais sans jamais trouver le courage de se rendre dans sa chambre. Cette fois, il frappe à sa porte, sans se servir de leur code.

— Bea, murmure-t-il. Tu dors ?

Elle ouvre la porte, vêtue d'une chemise de nuit en flanelle. Ses pieds nus sur le sol sont pâles. Il entre, ferme la porte derrière lui tandis qu'elle se recouche, tirant la courtepointe sur ses jambes. William se tient maladroitement entre la porte et le lit.

— Ça va ? demande-t-il. Je ne sais pas quoi dire. Je ne sais pas comment t'aider.

Elle lui adresse une ombre de sourire.

— Ne fais pas cette tête-là, dit-elle. Il n'y a rien à faire. Mon père est mort. Ma mère est toute seule. Et je suis ici, et non pas avec elle. Je ne peux même pas assister à l'enterrement, William. Quelle fille faut-il être pour ne pas se rendre à l'enterrement de son père ?

Puis elle se met à rire.

— C'est tellement absurde. Il survit au Blitz, il sauve des gens piégés dans des bâtiments en feu, il monte la garde nuit après nuit, au cas où les Allemands arriveraient, et puis il meurt parce que son cœur s'arrête de fonctionner… Ça ne rime à rien.

— Je comprends, dit-il. Quel genre de dieu accepterait une chose pareille ?

— Un dieu stupide, répond-elle, puis elle fronce le nez et secoue la tête. Il ne faudrait pas que ta mère m'entende dire ça.

Elle se penche vers lui.

— C'est pourtant ce que tu pourrais faire, William. Jouer les intermédiaires. Je sais qu'elle est pleine de bonnes intentions, mais je refuse d'en parler. Je refuse de parler de lui. Je veux juste que tout continue comme avant.

— C'est d'accord, dit-il. Je vais m'en occuper.

Elle reste silencieuse quelques instants.

— J'ai une idée, annonce William.

Elle lève les yeux.

— Puisque tu ne peux pas te rendre aux funérailles, nous pourrions en organiser ici, qu'en dis-tu ? Rien que pour toi et moi.

— Comment ferions-nous ?

Il se met à faire les cent pas entre la fenêtre et la porte.

— On pourrait organiser quelque chose dans les bois. Dans le cimetière. Ou peut-être dans la chapelle.

Il ne sait pas ce qu'il raconte, il sait seulement qu'il tient à agir pour l'aider un peu.

— Tu te rappelles, je t'ai montré la porte latérale, qui n'est jamais fermée à clé.

N'ayant jamais assisté à un enterrement, il n'a qu'une idée très vague de la manière dont la cérémonie se déroule. Mais elle a l'air d'approuver son idée.

— Oui, répond-elle, et leurs regards se croisent. Ça me plaît. C'est d'accord.

Plus tard, dans sa chambre, allongé sur son lit, il contemple le plafond. Il court si ardemment après son approbation que, parfois, cela l'effraie. Comme il court après son sourire.

Bea

Bea décide de proposer à Gerald de venir aussi. Après le dîner, elle l'attire à l'office, dont elle ferme la porte derrière eux.

— G, dit-elle, William et moi allons à la chapelle ce soir.

— Pour quoi faire ?

— Dire au revoir à mon père. Tu veux venir ?

— Bien sûr.

Elle pose un doigt sur ses lèvres.

— Pas un mot à tes parents.

Il la regarde avec de grands yeux.

— Promis.

— Nous sortirons de la maison à 23 h 30. Pas un mot, répète-t-elle avant de rouvrir la porte.

William et elle se sont disputés à ce sujet, William estimant que Gerald risque de faire échouer leur projet.

— Il va prévenir maman. Il lui raconte tout.

— Je tiens à ce qu'il soit présent, insiste-t-elle. Je vous veux là-bas tous les deux.

Il est incroyablement facile de sortir de la maison au beau milieu de la nuit. Serrés les uns contre les autres, ils observent la maison. Les lumières, dans la chambre de M. et Mme G, ne s'allument pas.

— Rien, dit William, ils n'ont rien entendu.

Gerald se tait. Bea sait pourtant qu'il meurt d'envie de poser un million de questions, mais il ne se trouve ici que parce qu'elle l'a invité, et William lui criera dessus s'il ouvre la bouche.

— Allons-y, dit-elle, et tous trois se mettent à courir en file indienne dans le chemin.

La lune est à moitié pleine, le ciel dégagé et les étoiles brillantes. Il fait froid, pour une mi-novembre. Bea regrette de ne pas avoir enfilé des mitaines.

À l'intérieur de la chapelle, ils attendent que leurs yeux s'habituent à l'obscurité avant de s'engager dans la travée centrale. Ils se sont aussi querellés à propos des bougies. Bea souhaitait en allumer une, certes pour y voir clair, mais aussi parce qu'elle estimait que les circonstances s'y prêtaient.

— Quelqu'un verra forcément la lumière, a répliqué William, quelqu'un se lèvera pour promener son chien, ou ce sera quelqu'un qui rentrera tard chez lui… Peu importe. Nous ne pouvons pas courir ce risque.

— D'accord, a-t-elle abdiqué, sachant qu'il avait raison.

Ils forment un cercle à l'avant de la chapelle.

— Papa, énonce-t-elle, et elle sent William et Gerald se serrer, la tête baissée.

Elle lève les yeux vers le grand vitrail, derrière l'autel. Le dimanche, pendant l'office, lorsque le soleil frappe le verre et que les couleurs se mettent à danser sur les murs, elle trouve cela très beau. En pleine nuit, il lui est impossible de discerner les images. Elle a oublié tous les récits.

— Papa, répète-t-elle, nous sommes là pour te dire au revoir.

Plus tard, les trois enfants gravissent l'escalier menant à la plateforme d'observation. Bea se met à sautiller sur place.

— Je meurs de froid, murmure-t-elle. Qui aurait pu deviner qu'il ferait aussi froid en novembre ?

William sort une bouteille de derrière le meuble de rangement.

— Tiens, fait-il, ça va nous réchauffer.

— William, s'offusque Gerald, sur le ton que prendrait Mme G à sa place.

C'est la première fois qu'il ouvre la bouche de toute la nuit.

— Quoi ? dit William sans le regarder. Une gorgée, peut-être deux, je ne vois pas où est le mal. Tu vas rentrer à la maison en courant pour tout raconter à maman ?

— Non, répond Gerald. Arrête de me traiter de cette façon.

— Les garçons, intervient Bea, adoptant à son tour le ton de Mme G. Pas ce soir, s'il vous plaît. Une goutte de whisky, ça me paraît bien, William.

Elle n'a encore jamais bu d'alcool, mais l'odeur, alors que William dévisse le bouchon, lui est familière. Cela sent comme M. G. Comme son père.

William lui tend la bouteille en premier, elle porte le goulot à ses lèvres, penche la tête en arrière. Le goût est épouvantable, mais le liquide qui glisse dans sa gorge lui réchauffe la poitrine. Elle secoue la tête en plissant les yeux.

— OK, G, lâche-t-elle. À ton tour.

Gerald la fixe, les yeux écarquillés.

— C'est pas dégoûtant ? murmure-t-il sans regarder William.

— Si, plutôt, mais vas-y.

— D'accord.

Il avale une gorgée, avant de tendre la bouteille à William. Ce dernier la lève avant de boire à son tour.

— À ton père, déclare-t-il. Qu'il repose en paix.

L'espace d'un instant, Bea a oublié la raison pour laquelle ils se trouvent là.

— À mon père, dit-elle. Je regrette que vous ne l'ayez pas connu.

Elle pose une main sur celle de William et, quelques secondes plus tard, Gerald pose une main sur la sienne.

— À ton père, répète Gerald.

Une larme coule sur sa joue, que Bea essuie de son index. En levant la bouteille, ils renversent tous les trois la tête en arrière pour contempler le ciel.

Millie

Quelques jours après les funérailles, Brian apporte à Millie, dans son appartement, un sac contenant les affaires de Reg.

— C'était dans son casier de vestiaire, dit-il. J'ai pensé que vous voudriez tout récupérer.

Millie ne l'invite même pas à prendre une tasse de thé.

— Merci beaucoup, souffle-t-elle, c'est gentil.

Elle cache le sac dans le placard de l'entrée, derrière les produits ménagers et les manteaux d'hiver. Pendant plusieurs mois, elle l'abandonne là sans l'ouvrir. Elle passe Noël et le jour de l'An à la campagne, avec sa mère. De retour à Londres, elle s'installe dans une routine. Elle déniche un autre emploi de comptable et se porte volontaire pour conduire une ambulance trois nuits par semaine et une journée complète le week-end. Mieux vaut supprimer le temps libre.

Durant les jours qui ont suivi la mort de Reg, elle ne désirait qu'une chose : que Beatrix rentre à la maison. Elle esquisse un nombre incalculable de messages, dans lesquels elle demande aux Gregory de la mettre à bord du prochain navire. Mais elle ne parvient pas à envoyer son télégramme. Il était entendu, du vivant de Reg, qu'elle resterait en Amérique jusqu'à la fin de la guerre. Reg serait déçu. Elle sait en outre que son état l'empêcherait de prendre soin d'elle. Là-bas, Beatrix est heureuse. Cela lui fait mal de le reconnaître, mais c'est la vérité. En s'en tenant au plan initial, elle rend hommage à Reg. C'est ainsi qu'elle doit agir.

Un dimanche de la mi-février, Julia vient boire un verre chez Millie après leur service. Après avoir balayé l'appartement du regard, elle commence à ouvrir les placards.

— Tu as des cartons vides ? demande-t-elle. On va déblayer tout ça.

Millie secoue la tête.

— Non. Je m'en chargerai. Au printemps.

— Non, rétorque Julia. On s'y met maintenant. Tu vis au milieu des vêtements de Reg, ce n'est pas bon pour toi. Garde quelques bricoles, bien sûr, des choses qui vous permettront, à Beatrix et toi, de vous souvenir de lui ; mais tout le reste, on va s'en débarrasser.

Millie proteste à nouveau.

— Millie Thompson, fait Julia. Sais-tu combien de personnes ont besoin de vêtements chauds ? Et toi, il faut que tu ailles de l'avant. Je n'aurais jamais cru que tu étais du genre à te vautrer dans ton chagrin. Tu te fais du mal.

Millie hoche la tête. Julia a raison. Le discours que celle-ci vient de prononcer, elle l'a tenu elle-même, à quelques mots près, lorsque l'avion de son fiancé a été abattu au-dessus de l'Allemagne.

Après avoir bu un verre, elles vident son placard et sa commode. Millie garde un pull qu'elle a tricoté pour Reg avant leur mariage, ainsi qu'un béret écossais qu'il a acheté à Édimbourg. Elle ne sait pas ce que Beatrix aimerait conserver. Puis elle tombe sur sa veste en tweed, celle avec les coudières en cuir. Elle le revoit en train de soulever Beatrix dans le parc, pour l'installer sur ses épaules, puis la faire tourner. Millie emballe le vêtement pour Beatrix, avec plusieurs de ses livres.

Dans le tiroir du haut de son bureau, elles découvrent une pile de photos : Beatrix bébé, puis Beatrix toute petite, puis voici la fillette qu'elle était avant de partir. Viennent ensuite des photos d'Amérique : Beatrix à côté du sapin de Noël avec les garçons ; en maillot de bain sur un ponton, en train de gonfler les biceps avec un large sourire ; vêtue d'un manteau de laine rouge, les bras chargés de livres. Dans le même tiroir est rassemblée entre autres choses une collection de photos de Millie.

— Oh mon Dieu, souffle-t-elle, j'avais oublié cette robe. C'était au Nouvel An, un an avant notre mariage.

— C'est magnifique, commente Julia. Vous formiez un superbe couple.

— Ça fait si longtemps, répond Millie. J'étais quelqu'un d'autre, à l'époque.

— Nous changeons tous, dit Julia.

Elles n'ont pas remarqué que le soleil s'est couché pendant qu'elles s'affairaient. Millie allume les lumières, leur verse un autre verre. Elles s'effondrent sur le canapé, enlèvent leurs chaussures, et Millie allume une cigarette à celle de Julia.

— Ça en fait, des trucs, dit Millie en considérant tous les cartons empilés les uns sur les autres. C'est donc tout ce qui reste à la fin ?

Julia sourit.

— Mais tu as toujours Beatrix, dit-elle. Ne l'oublie pas. Pense à quel point ce sera merveilleux, le jour où tu la reverras.

Elles évoquent leur travail, les nouvelles recrues qui ne savent pas conduire mais qui se sont enrôlées quand même, elles parlent de l'homme avec qui Julia vient de commencer à sortir. Julia s'endort. Millie la couvre d'une courtepointe, puis éteint la lampe sur la table d'appoint.

Lorsqu'elle range le balai, elle tombe sur le sac que Brian lui a apporté quelques mois plus tôt. Ça suffit, se dit-elle, je n'en peux plus. Mais soudain, le désir d'en finir pour de bon la submerge et, après s'être emparée du sac, elle se dirige vers la chambre. Elle le vide sur le lit, le secouant jusqu'à ce qu'il ne reste plus rien à l'intérieur.

Sa tenue de travail. Son uniforme de la Home Guard, comprenant un casque et un vieux sac à dos. Un livre consacré au jeu d'échecs. Une écharpe qu'elle ne reconnaît pas. Un paquet de lettres retenues par une ficelle, qu'elle dénoue. Et c'est ainsi qu'elle découvre, l'une après l'autre, les lettres d'Ethan. D'Ethan ! Les lettres qu'ils ont reçues chaque semaine d'Amérique, c'est Nancy qui les a rédigées, Ethan n'y ajoutant qu'une ou deux lignes. Et voici un nombre incalculable de pages, une multitude de nouvelles. Les deux hommes parlent surtout de politique et de la guerre. De loin en loin, cependant, quelques lignes sont consacrées à Beatrix – elle a réussi un devoir, elle s'est révélée d'une aide précieuse pour Nancy lors d'une réunion de famille. Millie lit plusieurs lettres, du début à la fin, dans une sorte de stupeur, sa colère s'accroît au fur et à mesure de sa lecture. Toutes ces lettres ont été adressées à Reg, à son travail. Il lui a dissimulé tout cela sciemment. Elle se mord un doigt jusqu'au sang. Pourquoi s'est-il comporté de cette manière ? Pourquoi ces cachotteries ?

Elle va chercher des ciseaux dans la cuisine. Réveillée entre-temps, Julia la suit dans la chambre.

— Qu'est-ce que c'est que ça ? demande-t-elle.

— Mon cher mari envoyait des lettres d'amour à un autre homme.

— Quoi ? Qu'est-ce que tu racontes ?

Millie secoue la tête.

— Ethan, le père de famille en Amérique, tu sais, là où vit Beatrix… Ils ont échangé des lettres pendant plus d'un an. Pendant plus d'un an, Julia ! Et jamais il ne m'en a parlé. Jamais.

Plantée au milieu de la pièce, elle brandit les ciseaux.

— Je vais les détruire jusqu'à la dernière. Je le déteste. C'est lui qui a voulu que Beatrix s'en aille, mais il lui a laissé croire que j'étais à l'origine de cette décision. Sur ce, il est mort d'un seul coup. Et maintenant, je découvre qu'il m'a caché tout ça.

Julia lui prend les ciseaux des mains.

— Millie, calme-toi. Tu exagères. Ne les détruis pas. Pour le moment, garde-les. Plus tard, tu auras peut-être envie de les relire plus attentivement. Il se peut aussi que Beatrix souhaite les voir un jour.

Millie soupire et s'assoit sur le lit. Julia a raison. Mais elle se sent tellement fatiguée.

— J'ai besoin d'un autre verre, dit-elle en s'essuyant les yeux.

Plus tard, après le départ de Julia, alors qu'elle remet presque toutes les affaires dans le sac, elle trouve une carte postale jaune figurant un échiquier au recto et des mouvements d'échecs au verso. C'est Ethan qui l'a envoyée, deux semaines avant la mort de Reg. Elle fouille dans le sac et en sort le livre sur les échecs, entre les pages duquel elle glisse la carte. Millie ne connaît pas grand-chose au jeu d'échecs. Son père, qui y jouait, avait essayé de lui apprendre les règles, mais elle n'avait pas eu la patience de suivre son enseignement. Elle ignorait que Reg savait y jouer. Ethan attend. Ils étaient en pleine partie.

Nancy

Pour Pâques, Nancy décide d'emmener les enfants à New York. L'hiver a été long et neigeux. Ils ont tous besoin de changement. Depuis plusieurs mois, William se montre maussade, ne demandant qu'à quitter la maison dès qu'il rentre chez eux, tandis que Gerald semble ne jamais vouloir partir. Bea aussi a changé. Elle est devenue quelqu'un d'autre. Elle demeure certes polie et serviable, mais c'est comme si elle avait reculé d'un pas, comme si elle aspirait à autre chose qu'au réconfort qu'elle avait trouvé auprès de Nancy. Cela tient à la mort de Reg, bien entendu, mais, surtout, elle grandit, elle a besoin d'indépendance. Bea lui manque, la fillette qu'elle était à son arrivée lui manque. Il est rare, à présent, qu'elle rentre directement à la maison après l'école. Nancy ne se souvient pas de la dernière fois où elles se sont assises dans la cuisine pour bavarder.

Installées l'une à côté de l'autre, Nancy et Bea sont à bord du train pour Grand Central ; les garçons sont assis en face d'elles, ils dorment, ils lisent. Mais Bea, à la fenêtre, observe le rivage. Le train file à toute allure. Le temps est gris, la pluie éclabousse par moments les vitres sales. Nancy n'aime pas New York, mais elle perçoit l'ivresse dans le corps de Bea. Elle comprend cette fièvre à l'idée de découvrir cette ville pour la première fois.

— J'ai envie de passer du temps avec ma sœur, dit-elle à Bea en lui tapotant le bras, mais, vous trois, vous feriez mieux d'explorer New York.

— Nous en avons déjà parlé, dit Bea, le visage illuminé. Gerald tient à me montrer le Muséum américain d'histoire naturelle. William a parlé de Central Park et de l'Upper West Side.

— D'excellentes idées, commente Nancy. Il faut également que tu ailles au Metropolitan, qui se situe tout près de chez ma sœur. C'est un endroit superbe où passer l'après-midi.

Nancy retrouve la Bea d'avant, une Bea enthousiasmée par tout ce qui l'entoure. Elle en profite pour lui suggérer une visite chez B. Altman & Co.

— Mon magasin préféré à New York, ajoute-t-elle, presque aussi bien que Jordan Marsh.

— Bonne idée, répond Bea, j'adorerais ça.

Elle tripote un fil au poignet de son vêtement.

— Madame G, commence-t-elle, certaines de mes camarades de classe…

Sa voix s'éteint et elle regarde par la fenêtre, avant de se tourner vers les garçons. Mme G les observe, elle aussi. William dort, la tête en arrière, la bouche ouverte. Gerald, une pile de bandes dessinées sur les genoux, sourit à ce qu'il découvre sur l'une des pages. Plus rien ne compte autour de lui.

— Certaines filles, reprend Bea en baissant la voix. Vous savez, elles ont commencé à porter des sous-vêtements… différents. Elles ont laissé tomber les maillots de corps.

— Oh, mon Dieu, réagit Nancy, dont les oreilles et les joues ont rougi.

Comment a-t-elle fait pour ne pas y penser ? Elle l'a pourtant vue se développer, mais maintenant qu'elle ne l'accompagne plus dans la salle de bains, et parce qu'en hiver on porte de gros pulls et des vestes, elle n'y a tout simplement pas pensé. Le fait est que ce n'est pas encore flagrant, que rien ne justifie, pour l'heure, le port d'un soutien-gorge, mais elle sait comment les choses se passent entre filles. Lorsqu'elle avait l'âge de Bea, sa mère a refusé de lui en acheter un. Elle a mis de côté son argent de poche, puis s'est rendue chez Jordan pour s'offrir son premier soutien-gorge, toute seule.

— Oui, dit-elle, bien sûr. Ils ont un rayon lingerie de premier choix.

— Merci, dit Bea. Je sais bien que je n'en ai pas vraiment besoin. D'ailleurs, je n'en aurai sans doute jamais besoin. Ma mère est plate comme une limande.

— Contrairement à moi, se met à rire Nancy, et elles observent toutes deux sa poitrine, puis Bea détourne le regard, manifestement gênée.

S'ensuivent des instants de malaise, comme chaque fois que Millie s'invite dans la conversation. Nancy perçoit sa présence, Millie écoute et juge. Elle aurait emmené Bea acheter des soutiens-gorge il y a déjà plusieurs mois, elle. Elle aurait su l'aider à surmonter son chagrin. Nancy a l'habitude des garçons. Lorsqu'ils étaient petits, elle jalousait ses amies, ses sœurs, à cause des poupées, des dînettes et des jolis livres. Mais maintenant qu'ils ont grandi ? Eh bien… Elle ne sait pas comment s'y prendre. Dieu devait savoir ce qu'il faisait, se dit-elle.

Mais cette discussion soulève une autre question qu'elle n'a pas eu le courage ou l'occasion d'aborder. Elle ignore si Bea a ses règles. Que sait-elle seulement sur ce sujet ? Nancy a prévu de demander conseil à sa sœur, car Sarah a quatre filles, presque adultes à présent, elle est donc déjà passée par là. Leur mère, pour sa part, n'avait rien fait ni dit. C'est Sarah qui lui a expliqué l'essentiel, probablement quand elle avait à peu près l'âge de Bea.

Nancy jette un coup d'œil vers elle, qui regarde à nouveau par la fenêtre. Le rivage du Connecticut est magnifique, même dans la brume ; un délicat voile vert pâle s'est posé sur les branches des arbres. Et le bleu profond du détroit de Long Island, qui s'étend au loin. Elle adore le début du printemps, même quand il pleut comme aujourd'hui. Les bulbes précoces : les crocus, les tulipes, les narcisses. Les jacinthes. Ses préférées.

— Ma chérie, dit-elle en regardant le magazine sur ses genoux, dont elle tourne les pages. As-tu déjà eu tes petites affaires ?

Bea se tourne vers elle. Seigneur, quelle belle fille elle est devenue. Cette peau mate. Ses cheveux épais, presque noirs. Ses jambes interminables. Nancy discerne l'adulte qu'elle sera bientôt. Elle ressemblera à Millie.

— Non, répond-elle calmement en guignant les garçons. Mais la plupart de mes camarades de classe, si.

— Oui, dit Nancy, cela ne m'étonne pas. Mais nous sommes toutes différentes.

Elles détournent le regard l'une et l'autre.

— Tu sais quoi ? enchaîne Nancy. À notre retour, j'irai te chercher ce qu'il faut. Une ceinture, des serviettes. Tu n'auras qu'à les mettre de côté, ainsi tu auras tout ce qu'il faut quand tu en auras besoin.

À la façon dont Bea hoche la tête, Nancy comprend qu'elle aurait dû s'en préoccuper depuis longtemps. Mais elle ne peut se résoudre à en dire plus. C'est trop gênant, et s'il est bien quelque chose que déteste Nancy – et Dieu sait qu'il y en a peu –, c'est le malaise. Elle tourne les pages de son magazine.

— Oh, regarde ça, lance-t-elle. Il est joli, ce pull, non ? J'adore les torsades sur les manches.

— C'est beau, dit Bea en regardant de plus près, et ses cheveux lui tombent sur le visage.

— Je pourrais t'en tricoter un du même genre, propose Nancy en passant les cheveux de Bea derrière son oreille. Tu le porterais dans le Maine cet été, le soir. Cela te plairait, ma chérie ?

— Beaucoup. Je pourrais même m'en charger, si vous me donniez un coup de main pour les torsades ?

— Rien ne me ferait plus plaisir, répond Nancy qui, pressant la main de Bea dans la sienne, s'efforce de ne pas pleurer. Chez Altman, ils ont toutes sortes de laines. Nous allons profiter d'être à New York pour nous y rendre.

Elle serre fort la main de Bea, ses doigts refermés sur les siens, plus longtemps qu'elle ne le devrait.

William

Le vendredi, ils prennent le métro dans le West Side, puis en sortent sur la 116e rue. William gravit les marches à toute vitesse, distançant Bea et Gerald.

— Nous y sommes, lance-t-il. L'entrée est juste là.

Ils se tournent vers le campus de Columbia, des arbres couverts de bourgeons bordent une allée en briques. Le campus se déploie autour d'eux, des bâtiments se donnent à voir de tous les côtés. William tourne sur lui-même, les bras écartés. C'est ici qu'il veut être.

— Regardez-moi ça, dit-il. C'est comme une oasis au beau milieu de la ville.

Des étudiants se hâtent en direction de leurs salles de classe, certains portent leur vélo dans les grandes marches de pierre. William se délecte de cette foule, même s'il sait que de nombreux jeunes hommes se trouvent à l'étranger.

— C'est la nouvelle bibliothèque, fait-il en désignant la grande structure au sud. Elle est grandiose, n'est-ce pas ?

— Grandiose, répète Bea. Quel vocabulaire… Que t'est-il arrivé, William Gregory ?

Celui-ci lui fait une grimace. Le campus est encore plus beau qu'il ne l'avait imaginé. Il a toujours aimé New York. Les musées. Les gens. La vie.

— Mais, Willie, intervient Gerald, tu vas aller à Harvard. C'est là-bas que nous allons tous.

— C'est peut-être la chose la plus stupide que tu aies jamais dite, réplique William.

— Mais c'est Harvard, insiste Gerald. Papa y est allé. Son père y est allé. Tous les hommes de la famille de maman aussi. Elle nous appartient presque, cette école.

Sans un mot, William grimpe quatre à quatre les marches de la Low Memorial Library, avant de se retourner une fois parvenu au sommet pour leur faire signe. Ces litanies que Gerald vient de réciter, leur héritage… C'est bien pour cette raison qu'il n'a aucune envie d'aller à Harvard. Il veut à tout prix faire sécession, inaugurer quelque chose de nouveau. Encore deux ans à la maison. Il a hâte de partir. Si la guerre n'est pas encore terminée à ce moment-là, il s'enrôlera le jour de son anniversaire, le 20 août. Sinon, eh bien… il entrera à l'université. Mais assurément pas à Harvard.

— Faisons un tour, lance-t-il aux deux autres. Ensuite, nous traverserons la rue pour aller voir le Barnard College. Pour Bea.

Gerald et Bea grimpent l'escalier, le suivent tandis qu'il contourne la bibliothèque, puis continue à l'arrière d'autres grands édifices, le long d'une allée bordée de buissons entretenus avec soin.

— Je n'irai pas à la fac, lui dit Bea, revenue à sa hauteur.

Maman l'a emmenée récemment chez le coiffeur, où on lui a bouclé les cheveux, quelque chose dans ce genre-là. William n'est pas encore habitué à sa nouvelle apparence. Elle lui paraît plus âgée, elle ressemble davantage aux filles de sa classe.

— Qu'est-ce que tu racontes ? fait-il en s'arrêtant pour lui faire face. Bien sûr que tu iras à l'université. Tu es la plus intelligente de nous tous.

Elle lui rit au nez.

— Non, je n'irai pas. Tu es au courant que cette guerre va se terminer, n'est-ce pas ? À ce moment-là, je retournerai à Londres.

— Personne ne sait quand elle finira, dit-il en s'avisant que jamais il ne pense à son départ.

Il y a songé, au début.

— Tu pourrais au moins rester pour la fac ?

— Non. Mes parents ne sont pas allés à l'université. Je ne suis pas programmée pour ça. Je rentrerai à la maison, j'achèverai mes études, puis je trouverai un emploi.

Gerald, à côté d'eux, les écoute en penchant la tête.

— Je suis d'accord avec William, s'immisce-t-il. Sans doute pour la première et la dernière fois de ma vie. Si quelqu'un doit aller à l'université, c'est bien toi. Tu es beaucoup plus intelligente que moi.

— Oh, G, dit-elle, tu es adorable, mais, vraiment, vous faites fausse route tous les deux. Mon destin n'est pas de m'inscrire à l'université. La guerre va se terminer. Ensuite, je rentrerai chez ma mère.

Ils se promènent sur le campus. William sait que Bea a raison. Jusqu'ici, il n'avait pas réellement pris conscience qu'elle partirait un jour. Il ne s'était pas rendu compte que Bea songeait à son départ, peut-être même l'attend-elle avec impatience. L'existence qu'elle mène ici n'est que transitoire. Un jour lointain, elle regardera en arrière, et cette parenthèse ne sera plus pour elle qu'une histoire qu'elle racontera à ses enfants. Quand j'avais ton âge, commencera-t-elle, j'ai vécu en Amérique pendant quelques années. J'ai été accueillie au sein d'une charmante famille, tout près de Boston. Ces gens avaient deux garçons. Un plus âgé que moi, et l'autre plus jeune. Que dira-t-elle de lui ?

Plus tard, ils trouvent un troquet au coin de la 116e rue et de Broadway. Ils commandent du pain aux noix et des sandwichs au fromage frais, ainsi que des tasses de café noir. Gerald verse la moitié du pot de crème dans le sien, ainsi que trois morceaux de sucre.

— Tu es en train de le massacrer, commente William.

Il s'imagine ici, il vient prendre un café après les cours, il y rejoint une amie pour étudier ensemble en vue d'un examen. Ce n'est qu'aujourd'hui qu'il comprend que, dans sa tête, cette amie n'est autre que Bea.

Ethan

Ethan ne se souvient pas très bien de la dernière fois qu'il a eu la maison pour lui tout seul. Presque une semaine sans Nancy et les enfants. Un calme merveilleux. Il a corrigé l'ensemble de ses copies dès les premiers jours, pour n'avoir pas cette tâche pendue au-dessus de sa tête durant toute la semaine. Puis il a adopté un comportement qu'il sait que Nancy aurait désapprouvé : il n'a pas fait son lit le matin ; il a entassé sa vaisselle dans l'évier ; il a mangé les restes à même le réfrigérateur, une cuiller à la main. Le matin de leur départ, elle lui a montré le menu qu'elle avait élaboré pour la semaine. Chaque repas était préparé et étiqueté, des récipients en verre empilés les uns sur les autres. Elle avait fait un gâteau au chocolat – son préféré – et un pudding au caramel.

Ce matin-là – celui de sa dernière journée, car ils vont rentrer ce soir par le train –, il coupe une grosse part de gâteau, ajoute une généreuse portion de pudding. Il place l'assiette sur un plateau, avec sa tasse de café, et l'emporte au jardin. C'est une belle journée de début du printemps, il est difficile de croire que le monde ne tourne pas rond. La guerre fait rage sur plusieurs continents. Des garçons qu'il connaît, dont il a été le professeur, agonisent sur des champs de bataille. En dépit des restrictions mises en place, on a souvent du mal, ici, à percevoir les effets de la guerre. Il lui arrive pourtant, lorsqu'il fait la queue à la poste ou à la banque, de jeter des regards autour de lui pour se rendre compte qu'il est le seul homme dans la file d'attente. Trop vieux pour cette guerre, trop jeune pour la précédente. C'est sans doute mieux ainsi, se dit-il. Il imagine qu'il aurait été un meilleur soldat qu'il ne l'aurait souhaité.

Certains arbres commencent tout juste à bourgeonner. Ils vont agrandir le potager cette année, sacrifier une partie de la pelouse pour pouvoir cultiver davantage de légumes. On appelle cela un « jardin de la victoire ». Ethan se renverse sur son siège et regarde le ciel. Il y a des moments où il se sent terriblement étriqué, terriblement ignorant. Jamais il n'est allé plus loin que Chicago. Jamais il ne s'est rendu au Canada. Ils devaient passer leur lune de miel à Paris et à Rome, mais le père de Nan est tombé malade et ils sont allés dans le Maine à la place. Sans doute mourra-t-il ici, dans cette maison, le moment venu. Dans la maison qui l'a vu naître.

Il s'étonne toujours que Nancy se soit entichée de lui à l'université. Ils se sont rencontrés lors d'une fête à Wellesley College. Il n'avait pas très envie de s'y rendre, mais ses amis avaient insisté. Assis à une table, il sirotait un scotch d'un air maussade lorsqu'une blonde vint s'asseoir à côté de lui. Quelque chose en elle éveilla son intérêt, sans doute le seul fait qu'elle se fût installée près de lui sans façon.

— Vous mesurez combien ?

Elle lui sourit.

— Parce que quelqu'un vient de me dire que vous mesurez un mètre quatre-vingts. C'est vrai ?

Il ne put s'empêcher de sourire en retour.

— Oui, madame.

— Ça alors. Eh bien, monsieur, figurez-vous que vous mesurez quarante centimètres de plus que moi.

Et elle posa sa main juste à côté de la sienne.

— Et si nous comparions la taille de nos mains ? Montrez-moi la vôtre.

Sa franchise, son aisance et son large sourire le charmèrent.

Et dire que ce sont précisément les traits de son caractère qui lui tapent à présent sur les nerfs. Elle raconte tout à tout le monde. Il arrive fréquemment que, lors d'une réunion entre enseignants, on lui pose des questions sur ses élèves, et il ne fait aucun doute que son interlocuteur sait des choses qui auraient dû rester privées. Elle veut être la mère de tout le monde, y compris d'elle-même. Il regrette les jours où il existait quelque chose entre eux, quelque chose qui n'incluait pas les enfants. Et depuis l'arrivée de Bea, il se sent accablé. Elle essaie à toute force d'être la mère de cette jeune fille. Elle a appris à Bea la mort de Reg sans attendre son retour, se justifiant ensuite en lui assénant que c'était elle qui savait comment s'y prendre. Maintes et maintes fois, il lui a dit que Bea avait une mère, auprès de laquelle elle retournerait dès qu'elle en aurait la possibilité. La présence de Bea le rend heureux – plus heureux qu'il ne l'aurait cru, mais, au moins, il est conscient, lui, qu'elle ne restera pas.

Il passe la matinée à faire la vaisselle et à nettoyer la cuisine. Il fait le lit. Il vérifie ses plans de cours pour la semaine à venir. Enfin, au milieu de l'après-midi, deux heures avant d'aller chercher Nancy et les enfants à la gare, il s'assoit à son bureau et sort la carte qu'il a reçue dix jours plus tôt. Il s'agit de la partie d'échecs qu'il était en train de disputer avec Reg avant sa mort. Il l'a rangée, persuadé que quelqu'un, après l'avoir découverte dans les affaires du défunt, la lui avait renvoyée par la poste. Il n'a pas eu envie de l'examiner. Reg avait-il joué un dernier coup avant de mourir ? Ou lui a-t-on rendu la carte telle qu'il l'avait envoyée ?

Mais lorsqu'il la retourne, il s'aperçoit qu'un coup a bien été joué, mais il ne reconnaît pas cette écriture. Il s'agit en outre d'une piètre manœuvre. Échec et mat en deux coups. Au bas de la carte : « Veuillez me pardonner mes médiocres efforts. Je commence tout juste à apprendre ! Bien à vous et à Nancy, Millie. » Millie ! Qui l'eût cru ? Il sourit, réfléchit attentivement à son prochain coup. Il exclut d'office celui qui le conduirait vers la victoire. Toutefois, il souffre de proposer un déplacement aussi peu judicieux. Millie va voir clair dans son jeu, c'est couru, elle va comprendre qu'il la flatte. Mais son geste ne lui paraît pas déplacé. Nancy lui dit toujours qu'il aime trop la compétition et que, parfois, le plus important est de prendre la bonne décision. Or, il a pris la bonne décision. Il observe à nouveau l'échiquier. Le roi, se dit-il. Le roi en F4.

Bea

Les garçons quittent l'île pour trois semaines : ils partent en colonie de vacances dans le nord du Maine. C'est arrivé du jour au lendemain. Ce matin, Mme G a annoncé au petit déjeuner qu'ils s'en iront dans quatre jours, ils prendront le car à Portland. Bea ignore ce qui s'est passé, mais elle émet une hypothèse. William fréquente assidûment son ami Fred, qui est déjà à l'université. Mme G lui permet rarement de venir sur l'île, si bien que William passe le plus clair de son temps sur le continent. Un soir de la semaine dernière, Bea l'a entendu rentrer, il était presque minuit et, vu le raffut qu'il a fait, elle a compris qu'il était ivre. C'est un miracle qu'il ait réussi à revenir à la rame sans encombre.

Les deux garçons sont furieux de partir. William pour des raisons évidentes.

— C'est l'été et je fais ce que je veux, souffle-t-il dans sa barbe.

Mme G gronde en silence, comme à son habitude, et elle expédie William dans sa chambre.

Et ce pauvre Gerald. Les changements le mettent toujours mal à l'aise. C'est étrange pour un garçon aussi gentil.

— S'il te plaît, maman, s'il te plaît, ne m'oblige pas à partir. J'ai déjà commencé à organiser une autre collecte de ferraille pour le week-end prochain.

— Oh, tu vas bien t'amuser, répond Mme G en agitant sa serviette en l'air. Il paraît que c'est une région superbe. Vous allez dormir dans les bois, comme vous le faites ici. Bea s'occupera de la collecte, n'est-ce pas, ma chérie ?

Tandis qu'elle hoche la tête, Bea se demande ce que pense vraiment Mme G. Ne comprend-elle pas combien il va souffrir de cette situation ?

Bea elle-même ne sait pas très bien quoi penser. Elle aurait tendance à se ranger du côté de M. et Mme G, si l'affaire concerne en partie Fred et ses amis. Ils lui font peur. Une fois, au marché, l'un d'eux l'a frôlée pendant qu'elle faisait la queue à la caisse.

— Hé, Chuck, a-t-il lancé à son ami. C'est elle, la Britannique dont on nous a tellement parlé.

Il l'a alors toisée et, comme elle ne savait pas comment réagir, elle est restée plantée là, stupide et muette. Plus tard, sur le trajet du retour en bateau, elle a imaginé un million de réponses intelligentes. Elle aurait dû se défendre immédiatement. Lorsque, plus tard, elle a parlé de l'incident à William, il a coupé court au sujet :

— Il n'insinuait rien.

Elle ne lui a pas décrit la façon dont le garçon l'observait.

— Qu'as-tu dit sur moi ? lui a-t-elle demandé, et il a secoué la tête.

— Pourquoi veux-tu que je leur parle de toi ? a-t-il répondu sur le ton qu'il prend pour s'adresser à Gerald.

William parle sans arrêt de partir quelque part, de faire quelque chose de différent. Et voilà que la chance lui est donnée de réaliser ses désirs. Elle adorerait se rendre dans le nord du Maine. Passer trois semaines à faire de la randonnée et du camping. Mais G… Elle a du chagrin pour lui. Elle sait à quel point c'est difficile. Elle frappe à sa porte, en utilisant leur code.

— G, dit-elle, viens, on va sur le continent.

Pas de réponse.

— G, répète-t-elle, un peu plus fort. Viens, on y va.

Il ouvre la porte. Il pleure.

— C'est nul, dit-il en se rallongeant sur son lit.

Il manipule sa balle d'élastiques.

— Pourquoi faut-il que je parte sous prétexte qu'ils en ont après Willie ?

— Je comprends, dit-elle. Mais ce n'est que pour quelques semaines.

Elle se dirige vers la fenêtre, dont elle soulève le rideau. L'air est si pur qu'elle réussit presque à distinguer les bardeaux des maisons sur le continent.

— Tu devrais penser à moi, dit-elle, coincée ici avec tes parents.

Elle se retourne alors pour le voir sourire, et elle se souvient de ce jour sur le quai, il y a si longtemps. Son sourire avait été la première chose qui l'avait fait se sentir chez elle.

— Allez, G, répète-t-elle. On fait la course jusqu'au hangar à bateaux !

Plus tard, en ville, ils s'assoient sur le quai avant de rentrer chez eux.

— Tout à l'heure, dit Bea, j'ai repensé au jour où je vous ai tous rencontrés. Je te revois encore te précipiter vers moi pour dire bonjour. William, lui, était bien élevé, mais, toi, tu étais toi.

— Tu devais avoir peur ce jour-là, dit Gerald.

— Sans doute. Mais tout ça est tellement flou, maintenant.

— Tu trouves ça affreux, demande-t-il sans la regarder, que ton père soit mort ?

Bea hausse les épaules.

— Je crois que ce sera pire quand je rentrerai. Ici, ça ne change pas grand-chose.

Elle regarde en direction de l'île.

— Je ne l'avais pas vu depuis plus de deux ans. Il ne fait pas partie de mon quotidien. J'ai du mal à me dire que c'est réel.

— Ouais, répond-il. Je pige.

— Ce que je n'arrive pas à comprendre, dit-elle, c'est où il se trouve. Je lui parle, G. Tu trouves ça bizarre ?

De cela, elle ne s'ouvrirait pas à William. Elle peut tout dire à Gerald, elle sait qu'il comprendra. Il ne juge jamais.

— Non, dit-il en riant. Moi, je parle tout seul. C'est beaucoup plus bizarre. Je me dis : il faut que tu fasses ceci, que tu fasses cela. C'est comme si j'avais maman dans ma tête.

Ils rient tous les deux.

— Parfois, dit Bea, j'ai l'impression que mon père est là, avec moi. Qu'il m'aide à prendre certaines décisions.

— C'est génial, dit Gerald. J'aimerais bien que quelqu'un m'aide.

Puis il se tourne vers elle. Au soleil, elle discerne des taches vertes dans ses yeux. Les yeux de William sont de la même nuance.

— D'après toi, demande-t-il, qu'est-ce qu'il se passe quand les gens meurent ? Tu crois aux trucs de l'église, le paradis, l'enfer… ? Ou alors, tout est fini, simplement. Ton père, il est seulement mort, et c'est tout ?

Bea n'en a pas la moindre idée. Elle a posé ces questions à son père quand elle lui parle tard dans la nuit, quand elle nage ou rame longtemps.

— J'aimerais le savoir, G. Mais je l'ignore. Jusqu'à présent, je n'ai pas vu beaucoup de preuves de cette bienveillance de Dieu dont on nous parle. J'ai du mal à croire ce qu'on nous apprend à l'église.

— Ouais. C'est difficile. Pourtant, j'aimerais y croire, continue-t-il, y croire vraiment. Je veux que tu puisses revoir ton père quand tu mourras. Enfin… et il agite les mains comme pour repousser l'air, je ne veux pas que tu meures. Mais je veux que ton père et toi soyez un jour réunis.

— Oh, G, dit-elle. C'est adorable. Tu es la personne la plus gentille que je connaisse.

Et Bea se penche pour l'embrasser sur la joue.

— Je n'aurais pas pu rêver d'un meilleur frère. J'ai eu une chance folle d'atterrir ici, avec toi.

Les joues de Gerald se sont empourprées et il détourne le regard en direction de l'océan.

— J'aime le Maine, dit-il après un silence. Je veux continuer à venir ici chaque été. Je veux y amener ma famille et mes petits-enfants. Je veux mourir ici et être enterré sur l'île pour ne plus jamais la quitter. C'est le plus bel endroit du monde.

Bea acquiesce. Dire qu'elle aurait pu vivre toute une vie sans jamais voir cette île. Ici, elle se sent chez elle. Elle aime aussi la vue depuis le continent, on découvre l'île tout entière, avec la maison cachée de l'autre côté. Un secret, en quelque sorte, connu d'une poignée de personnes.

Millie

À l'occasion du premier anniversaire du décès de Reg, Millie prend un jour de congé et se rend au cimetière. Après avoir débarrassé la tombe des feuilles mortes, elle s'agenouille sur la terre froide.

— Je n'arrive pas à croire que ça fait déjà un an, dit-elle à voix basse, bien qu'il n'y ait personne aux alentours. Je vais bien. Je m'occupe.

Elle lui parle de son travail, de ses activités d'ambulancière, lui dit qu'elle est allée à la mer avec Julia.

— Juste pour nous changer les idées, précise-t-elle, prendre un peu de vacances.

Elle n'évoque pas les deux hommes qu'elles ont rencontrés là-bas, des pilotes de chasse, encore moins qu'elle prend un verre avec l'un d'eux le week-end. Elle lui donne des nouvelles de Beatrix, qui semble aller merveilleusement bien. Dans sa dernière lettre, Nancy lui a écrit qu'elle s'était fait de nouvelles amies, qu'elle passait moins de temps avec William.

« Ce garçon finira par me faire mourir, a aussi écrit Nancy. Gerald, à l'inverse, ne me pose jamais le moindre souci. »

Millie n'a pas reçu de nouvelles d'Ethan depuis un bon moment. Sur la dernière carte qu'elle a reçue de lui, les déplacements de ses pièces ont été modifiés. Elle en a parlé autour d'elle et a appris que cela arrivait à d'autres joueurs d'échecs. Les autorités pensent qu'il s'agirait de messages codés. Ne sachant que faire, elle a fini par lui envoyer une courte lettre pour lui expliquer la situation, inventoriant avec soin l'ensemble des coups qu'ils ont joués l'un et l'autre jusqu'ici. Pour le moment, elle n'a pas reçu de réponse. Peut-être a-t-on détruit sa lettre. Pour un œil non averti, il est vrai que les échecs par correspondance peuvent faire penser à des messages codés. Il y a encore six mois, c'est ce qu'elle-même aurait cru.

Elle prend une profonde inspiration, balaie le cimetière du regard. C'est un endroit magnifique, quelle que soit la saison, mais en automne les feuilles des arbres prennent des couleurs d'incendie.

— Tu sais, Reg, j'ai déménagé. Chez nous, je ressentais constamment ta présence. Il fallait que je m'installe dans un endroit où tu n'étais pas. Beatrix n'est pas contente, mais j'espère que cela l'aidera aussi, lorsqu'elle rentrera à la maison. Qu'elle s'installera ailleurs que dans un lieu rempli de souvenirs. Le nouvel appartement est plus près de mon travail, ce qui est un atout, et il se situe au deuxième étage, au lieu du quatrième.

Elle a constaté que le deuil était une chose étrange, qui va et qui vient. Certains jours, elle peut penser à lui sans flancher. D'autres jours, néanmoins, il suffit que quelqu'un mentionne le défunt au détour d'une conversation pour qu'elle éprouve ce picotement dans le nez qui l'oblige à se détourner. Quant à la colère, elle s'est presque estompée, bien que, là encore, il lui arrive de surgir aux moments les plus inattendus. Un soir, après avoir bu quelques verres, elle a écrit une lettre à Beatrix pour lui dire que c'était Reg qui avait exigé qu'elle s'en aille. Millie, elle, voulait qu'elle reste, elle l'avait supplié de changer d'avis. Cette lettre, cependant, elle ne l'a pas envoyée. Cela aurait été injuste pour Reg et, un jour, bientôt, espérait-elle, elle pourrait tout expliquer à Beatrix en tête-à-tête.

Elle se remet debout, baise ses doigts avant de les poser sur la tombe.

— Au revoir, mon amour, dit-elle. Je vais revenir bientôt, ajoute-t-elle sans savoir si elle le fera vraiment.

Il est plus facile d'oublier. Mieux vaut passer à autre chose. Elle quitte le cimetière. Elle se rend avec Julia dans une boutique de troc de vêtements pour tenter de dénicher des choses un peu plus à la mode. Un foulard, peut-être, ou une paire de boucles d'oreilles tape-à-l'œil.

Bea

La maison des Emery est éclairée, il y a des bougies à chaque fenêtre, dont la lumière jaune se reflète sur la neige blanche. Un terrible blizzard a sévi le lendemain de Noël, si bien que, près d'une semaine plus tard, le sol est encore couvert d'une trentaine de centimètres de neige. Bea s'inquiète pour ses nouveaux souliers chics, qui ont des petits talons et des rubans de velours bleu en guise d'attaches. Mme G oblige M. G à prendre la voiture, bien que les Emery n'habitent qu'à huit cents mètres. Gerald est resté à la maison et William arrivera plus tard, car il se trouve chez un ami. Cette fête du Nouvel An, tout le monde en parle depuis des lustres.

Les Emery ont engagé des musiciens de swing et, une fois qu'on a ôté son manteau à Bea et qu'on lui a servi un verre, Lucy passe un bras autour de sa taille.

— Viens voir la piste de danse, dit-elle.

Bea constate avec étonnement qu'on a vidé le grand salon de tous ses meubles et roulé les tapis.

Les musiciens sont installés dans le coin le plus éloigné de la pièce et les invités dansent déjà. C'est étrange, se dit Bea, de voir son professeur de français danser avec le professeur de sciences de Gerald.

— Qui aurait imaginé que M. Whitaker mettrait la main aux fesses de Mme Broussard ? lui chuchote Lucy à l'oreille.

— Oh, Lucy, répond Bea, tu es affreuse, après quoi Lucy l'entraîne dans la bibliothèque, où se pressent toutes les élèves de leur classe.

— Bea ! s'exclament les jeunes filles, et Bea fait la révérence et les salue de la main.

— Enfin, tu es là, lui dit Nathan à l'oreille, et elle se retourne pour le voir, il est vêtu d'un smoking.

Tout le monde est bien habillé, mais ce sont surtout les garçons qui paraissent différents de l'ordinaire, avec leurs cheveux gominés et leurs étroites chaussures vernies. Nathan est allé jusqu'à opter pour des chaussures de soirée, Bea le sait parce que M. G porte les mêmes. De la pointe de son soulier, elle donne un petit coup à l'une d'elles.

— Drôlement chic, commente-t-elle, et il donne à son tour un petit coup dans le soulier de Bea.

— Les tiennes aussi, dit-il.

À cause du regard qu'il lui adresse, elle voudrait ressentir quelque chose pour lui. Elle sait qu'il va tenter de l'embrasser ce soir. Elle l'aime bien, mais elle n'a aucune envie de sortir avec lui. Elle n'a aucune envie de sortir avec qui que ce soit. Elle a supplié G de l'accompagner à la fête pour qu'il reste auprès d'elle aux douze coups de minuit.

— Ne me laisse pas seule, lui a-t-elle dit, je ne veux pas embrasser Nathan.

— Tu n'as qu'à aller aux toilettes, a répondu Gerald. C'est toujours ce que je fais quand je ne veux pas qu'on me trouve. Garde juste un œil sur la pendule.

— Je serai Cendrillon et je ne tiens pas à me transformer en citrouille.

Bea parle un peu avec Nathan, puis s'échappe dans la salle de bal, où elle danse avec M. G.

— 1944, dit M. G en la faisant tournoyer, certes pas tout à fait en rythme, mais avec une allégresse qu'elle juge remarquable.

M. G est une tornade dansante.

— Difficile à croire, poursuit-il. Chaque année passe plus vite que la précédente.

Bea hoche positivement la tête, mais elle n'est pas d'accord. Un an, c'est long. Cela fait plus d'un an que papa est mort et, pourtant, il y a des jours où cela la surprend. L'envie lui prend de partager quelque chose avec lui – un livre, une bonne note à l'école, la beauté d'une tempête de neige à Noël –, et la voilà stupéfaite de constater que cela n'est plus possible.

— La guerre se terminera-t-elle en 1944 ? demande-t-elle.

— J'aimerais le savoir, répond-il. Espérons-le. Même si les prières de maman font plus de bruit que notre espoir.

Ils sourient tous les deux. Mme G récite la même prière tous les soirs, au moment du dîner :

— S'il Vous plaît, mon Dieu, dit-elle, faites que la guerre s'achève avant que William et Gerald aient dix-huit ans.

À maintes reprises, William a souligné le ridicule de sa requête :

— Maman, si la guerre se termine avant que j'aie dix-huit ans, elle sera forcément finie avant les dix-huit ans de Gerald.

— Peuh ! fait-elle à chaque fois. Je tiens à inclure mes deux garçons lorsque je demande une faveur à Dieu.

Nathan les interrompt. Bea lâche M. G à contrecœur.

— Une seule danse, dit-elle. Je n'ai encore rien mangé.

— Oui, bien sûr, répond-il, toujours obligeant. Attends un peu de voir les desserts !

William l'a surnommé le golden retriever. « Tu siffles, et il accourt à tes côtés », a-t-il déclaré la semaine dernière en souriant.

William, lui, fréquente une fille du coin, inscrite dans une école rivale. Bea se demande s'il va l'amener chez les Emery. Elle ne l'a pas encore rencontrée, mais Lucy Emery lui a dit qu'elle avait des cheveux blonds et une poitrine opulente.

— Cela ne me surprend pas, a enchaîné Lucy. Toutes les filles avec qui il sort sont bien roulées.

Elles se sont esclaffées toutes ensemble, serrées les unes contre les autres dans le cimetière glacial. Elles partageaient une cigarette. Mal à l'aise, Bea se taisait, comme chaque fois qu'elles parlent de William. À ses yeux à elle, William est William, voilà tout. Ses amies, en revanche, le trouvent à l'évidence très différent des autres. Bea a quand même baissé les yeux sur sa poitrine plate en se demandant si ce que Lucy avait dit était vrai.

Elle se dirige avec Nathan vers la salle à manger, et déjà elle s'éloigne de lui, se perd dans la foule. Assise avec ses amies, Mme G lui fait signe de la rejoindre.

— Quelle jolie fête, dit-elle en lissant les plis de la robe de Bea. Absolument charmante. As-tu vu William ? Cela lui ressemble bien de me faire des frayeurs le soir du Nouvel An, alors que je ne demande qu'à me détendre et à passer un bon moment avec mes amis.

— Il va venir, répond Bea, qui n'en est pas sûre du tout.

— Il a intérêt. Dans le cas contraire, papa risque de sortir de ses gonds.

À 23 h 30, Bea fait à nouveau le tour des pièces, dans l'espoir de semer Nathan, dans l'espoir de semer Lucy, dans l'espoir de dénicher une cachette. Elle découvre un siège, près de la fenêtre la plus proche de la porte d'entrée, partiellement dissimulé derrière un épais rideau de velours, elle s'assoit, tire un peu plus le rideau pour qu'on ne la voie presque plus. Les jambes repliées sous sa robe, elle regarde par la fenêtre, ajuste sa vue, se demande ce que maman a fait ce soir. S'est-elle rendue elle aussi à une fête ? Bea ignore si sa mère fréquente d'autres hommes. Elle ferme les yeux, elle ne veut pas voir ça, un drôle de bonhomme qui a passé son bras autour de sa mère, et sa mère l'embrasse sur la bouche.

Une silhouette sombre se hâte sur l'allée glacée menant à la maison, et Bea se penche, plisse les yeux pour tenter de deviner de qui il s'agit. Ce n'est pas William, elle est déçue, sans savoir au juste pourquoi. Ils se sont à peine vus ces derniers temps. D'ailleurs, elle ne l'apprécie plus beaucoup.

Il est tourmenté, nerveux. Il obtient presque toujours ce qu'il veut mais, pour autant, il est rarement satisfait. Les musiciens jouent l'une des chansons préférées de Bea, une chanson entraînante de Tommy Dorsey, et Bea se met à fredonner en marquant le rythme du pied. Elle adore ses souliers. Récemment, elle a commencé à se demander si elle pourra emporter ses vêtements avec elle lorsqu'elle retournera en Angleterre.

Les invités passent près de son siège, Bea se rencogne davantage. Elle sait que Nathan la cherche. Elle entend passer Lucy, qui discute avec quelqu'un.

— Tout le monde dans la salle de bal, lance une voix.

Bea ferme les yeux, s'appuie contre la vitre froide. Les gens rient et chantent. Un verre se brise. Les musiciens entament un autre morceau. Elle consulte sa montre. Plus que dix minutes avant minuit. Elle sourit pour elle-même. Elle a presque réussi.

— Bea, l'appelle-t-on dans un murmure.

C'est Gerald.

— G ? lance-t-elle en se redressant, surprise.

— Je suis là.

Il passe la tête, puis se hisse à côté d'elle.

— Qu'est-ce que tu fais ici ? demande-t-elle avec un sourire. Je croyais que tu n'avais pas envie de venir ?

Il hausse les épaules.

— Je m'ennuyais à la maison. Et je savais qu'à cette heure-là, tu allais chercher une échappatoire.

Il regarde autour de lui.

— On dirait que tu t'es drôlement bien débrouillée, dis donc.

— Comment m'as-tu trouvée ?

Il soupire.

— Depuis combien de temps jouons-nous à cache-cache ? Tu es très prévisible.

Bea lui tire la langue.

— Je t'assure, continue-t-il, mais je dois avouer aussi que je t'ai d'abord cherchée partout ailleurs. Papa, maman et Willie sont dans la salle de bal.

Bea se redresse.

— William est là ?

Gerald hoche la tête.

— Il était avec une fille. Et maman et papa dansaient.

— Oh, dit Bea, je veux voir ça.

Gerald fronce les sourcils.

— Pour quoi faire ? Ils ne font que danser.

Bea bondit sur ses pieds :

— Mais ils ne se comportent jamais de cette façon. C'est tout juste s'ils se touchent. Viens, G, on va les regarder.

— Non, grogne Gerald. Reste ici avec moi.

Bea lui prend la main.

— Allez, G.

Ils s'élancent en direction de la salle de bal, où ils arrivent juste à temps pour participer au compte à rebours d'avant minuit. Ils demeurent à l'écart de la foule, adossés à un mur. À minuit, tout le monde crie « Bonne année ! ». Les musiciens se mettent à jouer « Auld Lang Syne[1] ». Bea, qui se tourne vers Gerald, serre sa main dans la sienne.

— Bonne année, G, dit-elle.

Il serre sa main à son tour.

— À toi aussi, dit-il, avant de l'étreindre brièvement.

Plus tard, Bea regagne la maison dans la voiture de William.

— Où est passée ta petite amie ? demande-t-elle en montant dans le véhicule. Tu n'étais pas censé la raccompagner chez elle ?

Bea a accepté une seconde danse avec Nathan, qui l'a retrouvée juste après minuit, et elle a vu William danser avec

1. Les paroles de ce chant écrit en 1788 par Robert Burns sont en scots, langue germanique proche de l'anglais et parlée en Écosse, ainsi qu'en Irlande du Nord. Elles évoquent l'importance des souvenirs et du « bon vieux temps ».

la fille blonde, à ce point serrés l'un contre l'autre qu'elle a dû détourner le regard.

— Elle est partie avec ses amies, répond-il. Elles vivent toutes à Wellesley.

Ils font silence, tandis que William engage la voiture dans la rue.

— Je t'ai cherchée, tout à l'heure, dit-il ensuite, les yeux rivés sur la chaussée. Je croyais que tu étais partie.

— Non. J'essayais juste d'échapper à Nathan.

Il sourit.

— Ce n'est pas ma petite amie, lâche-t-il au bout d'un moment, on s'amuse, c'est tout.

— De toute façon, je m'en fiche.

— Je sais. Je voulais seulement que tu le saches.

Elle hoche la tête, après quoi le reste du trajet se déroule dans un silence opaque.

Dans la cuisine où il fait chaud, tandis qu'ils suspendent leurs manteaux et leurs chapeaux, Bea, enfin, l'observe pour de bon. Elle le trouve plutôt élégant dans son smoking. Il aura dix-sept ans l'été prochain ; il est pratiquement adulte.

— Tu es beau, dit-elle, presque malgré elle.

— Toi aussi. Je voulais te le dire plus tôt, mais l'occasion ne s'est pas présentée.

Il s'apprête à ajouter quelque chose quand Mme G surgit par la porte de derrière.

— Oh, Seigneur, on gèle, dehors, et ces routes… ces routes sont perfides. Nous avons tourné dans tous les sens, et papa est un excellent pilote sur glace.

Elle se tourne vers William en agitant son index.

— William Gregory, tu es parti après nous et vous êtes déjà rentrés tous les deux. Tu roules trop vite. Surtout avec une si précieuse cargaison à ton bord.

William l'embrasse sur la joue.

— Bonne année à toi aussi, maman.

Plus tard, pendant que Bea se déshabille, elle discerne le parfum de William sur son châle, en presse la soie contre son visage avant de le plier, puis de le ranger avec précaution dans le tiroir de son bureau.

Nancy

Cette année, c'est Nancy qui n'est pas certaine de vouloir se rendre dans le Maine. Elle consacre de plus en plus de temps à l'effort de guerre : elle tricote des chaussettes pour les soldats, prépare des conserves de légumes, ainsi que de la confiture, et elle vient, au printemps, de démarrer son « jardin de la victoire ». S'ils s'absentent pendant trois mois, il ne restera rien du potager à son retour. Bien sûr, elle pourrait embaucher un garçon du coin pour prendre le relais, mais ce ne serait pas la même chose. Elle estime que c'est trop. Se démener autant, uniquement pour s'asseoir ensuite au soleil et passer du bon temps – cela ne lui convient pas.

— J'éprouve beaucoup d'admiration pour ta mère, dit-elle à Beatrix un après-midi, dans la cuisine, pendant qu'elle prépare des biscuits pour le dîner.

Assise à la table, Bea fait ses devoirs de français.

— Tu te rends compte ? enchaîne Nancy. Elle cumule plusieurs emplois et conduit des ambulances par-dessus le marché.

Bea hausse les sourcils.

— En effet, commente-t-elle. Mais elle n'a pas de maison à tenir, comme vous, madame G. Vous n'arrêtez pas : vous cuisinez pour nous tous, vous faites le ménage, vous organisez des fêtes pour les enseignants. Pour votre groupe de dames. Vous participez aussi à l'effort de guerre. Vous êtes presque au centre de tout.

— Oh, bien sûr que non, répond-elle, mais cela lui fait plaisir.

Elle est à peu près sûre que les garçons ne se rendent pas compte du travail qu'elle abat.

— Nous, les femmes, nous occupons de tout.

Elle baisse la voix.

— Entre nous, je n'imaginais pas que je vivrais ce genre de vie.

Bea penche la tête, sans comprendre.

— J'ai grandi dans une famille nantie, lui expose Nancy. Nous avions des femmes de chambre, des majordomes. Comme chez tante Sarah, à New York, tu te rappelles ?

— Oui. Ils ne vivent pas tout à fait comme nous.

— Moi, c'est de cette façon qu'on m'a élevée. Mais lorsque j'ai épousé papa, eh bien, il n'a plus été question de continuer à vivre ainsi.

— Mais... cette maison... ?

— Cette masure ? fait Nancy en secouant la tête. Elle n'est pas loin de tomber en morceaux. Elle appartient à l'école, ma chérie. Quand nous l'aurons tous quittée, une autre famille d'enseignants s'y installera à notre place. Nous avons beaucoup de chance. Nous n'habitons cet endroit que parce que la famille de papa y a vécu avant nous.

— Je l'ignorais, dit Bea.

— Pourquoi aurais-tu été au courant ? La demeure dans le Maine, en revanche, c'est mon père qui l'a construite. Elle n'intéressait ni mes frères, ni mes sœurs, si bien qu'à sa mort j'en ai hérité. Je n'ai rien hérité d'autre, sinon quelques bijoux. Mais l'île...

Elle mélange les ingrédients secs et humides.

— Mais quoi ? demande Bea.

Nancy en a trop dit. Doit-elle confier à la jeune fille qu'Ethan et elle envisagent de la vendre ? Les frais d'entretien sont trop importants. Cette perspective lui est insupportable, évidemment, elle veut se débrouiller coûte que coûte jusqu'à la fin de cette maudite guerre, après quoi William et Gerald continueront à grandir, ils trouveront un emploi, ils seront alors en mesure de prendre le relais. L'île peut devenir la leur. Chaque nuit, elle demande à Dieu que les choses se déroulent de cette façon. Mais Ethan l'a fait venir dans son bureau pour lui montrer des pages emplies de chiffres qu'elle est incapable de comprendre.

Elle sait que c'est en partie pour cette raison qu'elle ne veut pas aller dans le Maine. Cela lui brisera le cœur de se trouver là-bas, de voir l'endroit qu'elle aime et qu'elle va peut-être perdre. « Tous mes souvenirs sont sur cette île », déclara-t-elle un soir à Ethan. Elle était déjà couchée, lui se déshabillait.

— C'est chez moi. C'est ma boussole.

— Tu garderas tes souvenirs, répondit-il. Personne ne va te les confisquer.

— Oh, pour l'amour du Ciel ! répliqua-t-elle en jetant son livre sur le lit avec une telle violence que le chien détala. Tu n'as donc pas de cœur ? Tu ne comprends pas ce que l'île représente pour moi ?

— Bien sûr que si, répondit-il de cette voix posée qui lui donne envie de hurler. Mais toi, tu dois comprendre que nos dépenses passent avant tout. Dans un an, nous aurons les frais de scolarité de William à payer, pour Harvard, en plus de tout le reste.

Elle posa les yeux sur la couverture, dont elle se mit à lisser les plis, incapable de le regarder. Elle déteste sa rationalité.

Elle se tourne à présent vers Bea.

— Je m'inquiète pour mon île une fois qu'elle sera passée aux mains de William et Gerald. À quoi ressemblera-t-elle, d'après toi ? Comment réussiront-ils à s'en occuper ensemble ? Il faudra que tu joues les médiatrices.

Un ange passe. Bea baisse les yeux sur son cahier, termine la phrase qu'elle était en train d'écrire. Cette belle écriture assurée. Bea lui écrira-t-elle une fois de retour à Londres ? Resteront-elles en contact ? Ou Bea va-t-elle tout bonnement se volatiliser ? Nancy juge cette hypothèse insoutenable.

— C'est idiot, dit-elle enfin, tandis que Bea poursuit ses devoirs, la tête baissée. Quelle idiote je fais. Bien sûr que, d'ici là, tu auras regagné l'Angleterre. Mais tu nous rendras visite, n'est-ce pas ?

Et Nancy retourne à son bol, pétrissant la pâte sans ménagement.

Puis, de sa main recouverte de farine, elle allume la radio et se met à chanter avec les Andrews Sisters en étalant la pâte, qu'elle découpe ensuite à l'aide d'un verre, elle lave le bol. Lorsqu'elle se retourne vers la table, Bea est partie.

Bea

Bea est seule dans la maison. Ils rentrent d'un court séjour dans le Maine, où ils ont fêté leurs anniversaires. Tout le monde est sorti, chacun vaquant à ses occupations, et Bea erre de pièce en pièce, King à ses côtés. Depuis que Mme G lui a dit que la maison ne leur appartenait pas, elle la regarde autrement. Elle ne peut pas imaginer une autre famille installée entre ces murs, et se demande ce qu'éprouve M. G, qui vit ici depuis toujours. Que ressent-on à n'avoir occupé qu'un seul lieu ? Bea en a déjà connu deux et, lorsqu'elle rentrera, elle en découvrira un troisième, car sa mère a emménagé dans un nouvel appartement. Elle le lui a décrit dans ses lettres. Il y a deux chambres. Maman a trouvé de nouveaux meubles pour la sienne, dont la fenêtre donne sur la rue.

— Au deuxième étage, ma chérie. C'est tellement plus pratique pour les courses.

Bea ne parvient pas à se représenter les lieux avec les descriptions de sa mère, elle ne connaît pas non plus le quartier, même si maman lui a affirmé qu'ils sont passés devant un million de fois.

Depuis plusieurs années, elle s'accroche à l'image de leur appartement, de son père en train de faire la vaisselle, de sa mère fermant les rideaux, elle se remémore l'odeur d'oignon qui montait de l'appartement du dessous. La fissure au plafond du salon, courant d'un coin à l'autre. Le grincement de la porte quand papa rentrait. La nuit, allongée dans son lit, elle se souvient, se cramponnant à chaque détail. C'était chez elle. Il y a quelques années, elle a dessiné un plan de l'appartement, qu'elle garde dans le tiroir de son bureau, mais les lisières de sa mémoire commencent à s'effriter. Y avait-il une chaise dans sa chambre ? De quel bois était faite sa commode ? Qu'est-il advenu de toutes ses affaires, de tout ce qu'il y avait dans son placard ? Elle avait toujours pensé qu'elle retournerait là-bas, là où son père vit encore dans son esprit.

Bea flâne au deuxième étage avec King. Les lits jumeaux de la chambre de M. et Mme G ne sont séparés que par une trentaine de centimètres, par une petite table d'appoint sur laquelle reposent une lampe et des livres. Leur arrive-t-il parfois de se tenir la main lorsqu'ils sont couchés ? Un jour, elle a interrogé Gerald sur le fait qu'ils ne dormaient pas dans le même lit. Sa curiosité l'a surpris.

— Ç'a toujours été comme ça, a-t-il répondu. Tous les parents dorment dans des lits séparés, non ?

Chaque fois qu'ils se trouvaient ensemble chez quelqu'un et que Bea repérait un lit à deux places, elle allait chercher Gerald pour le lui montrer.

— C'est normal, lui murmura-t-elle lors d'une visite à tante Sarah, à New York.

Gerald la rembarra, ce qui ne lui arrivait presque jamais.

— Tu te trompes, fit-il en rougissant. Ce n'est pas bien que les parents dorment ensemble quand il y a des enfants à la maison.

Elle devine dans lequel des deux lits dort chacun des parents en examinant les livres posés sur la petite table : un roman d'amour du côté de Mme G, un livre d'histoire pour M. G, ainsi qu'une paire de demi-lunes. Bea s'enfonce dans le lit de Mme G, dont le matelas est mou et creusé là où son corps repose toutes les nuits. Le lit de M. G a la même odeur que lui et, comme lui, se révèle beaucoup plus raide. Elle l'imagine allongé sur le dos, ses pieds dépassant légèrement au bout du lit. Elle tend la main vers l'autre lit. « Bonsoir, Nancy », l'imagine-t-elle dire, de sa voix de professeur. Soudain, elle est horrifiée de s'être à ce point glissée dans leur intimité, elle bondit sur ses pieds avant de lisser les courtepointes.

— Viens, King. Motus et bouche cousue.

La chambre de Gerald lui est beaucoup plus familière. Son lit, son bureau en acajou. La balle d'élastiques de plus en plus grosse qu'il sacrifie chaque mois à l'effort de guerre, avant de recommencer tous les premiers du mois. Une malle portant le monogramme doré de son grand-père, dans laquelle il range ses jeux et ses jouets. Combien de fois se sont-ils allongés sur ce tapis pour jouer au Monopoly ? Combien de milliers de parties de cartes ont-ils disputées ? Récemment, Gerald s'est mis à collectionner des petits soldats en métal, il leur consacre presque toute sa tirelire – le samedi matin, il se précipite au bazar pour agrandir ses armées, après que M. G leur a distribué leur argent de poche. Une bataille fait actuellement rage sur le rebord de sa fenêtre, les Alliés affrontent les Allemands. William se moque de lui, et Bea a remarqué qu'il cache tous ses soldats dans sa malle quand quelqu'un vient dans sa chambre pour jouer. Il a eu treize ans cet été et, pourtant, il semble être resté le garçon qu'elle avait découvert à son arrivée. Il y a une innocence en lui, une candeur qu'elle n'a jamais discernée chez personne d'autre. C'est sur cette fragilité que se rue William, alors que Bea tient plus que tout à protéger cette émotivité.

Elle se tient devant la porte de William. Sa chambre est en désordre. Il n'a pas défait ses bagages depuis le retour du Maine, des valises et des sacs en toile jonchent le sol. Des battes, des gants et des cartes de baseball s'entassent sur son lit d'appoint. « Oh, William », se dit Bea. Une autre différence entre les deux garçons : la chambre de Gerald est toujours impeccable, la chaise rangée sous son bureau, le lit fait. Le samedi matin, il est le premier à finir son ménage. William enfourne tout dans son placard. Elle se blottit contre King, qui vient de sauter sur le lit de William, elle passe un bras autour de son cou.

L'oreiller sent l'odeur de William. Bea serre King dans ses bras un peu plus fort et, tout près de s'endormir, elle entend des pas dans l'escalier. William apparaît sur le seuil. Il devait être en train de s'entraîner avec Bobby Nelson. La sueur a assombri les boucles de ses cheveux au niveau de son front.

— Qu'est-ce que tu fabriques ? Pourquoi es-tu dans ma chambre ?

Son cou rougit :

— Pourquoi es-tu sur mon lit ?

Bea se redresse, confuse.

— En passant devant ta chambre, j'ai vu King couché sur ton lit, alors je suis entrée pour le caresser. C'est tout. Je ne voudrais pour rien au monde m'installer dans ton lit crapoteux.

— Sors de ma chambre, fait-il et, encore une fois, elle a l'impression qu'il s'adresse à Gerald.

— Eh bien, commente-t-elle, tu es d'une humeur charmante.

William soupire.

— Je ne m'attendais pas à trouver une fille dans ma chambre.

— Une fille ? répète Bea en le regardant dans les yeux, les mains sur les hanches. Quelle mouche t'a piqué, aujourd'hui ?

William se dirige vers la fenêtre et observe le jardin. Il a grandi d'une dizaine de centimètres durant l'été, il s'est également étoffé. Il empêche la lumière de pénétrer dans la chambre. Son dos se détend, il prend une profonde inspiration avant de se retourner.

— Pardon, dit-il. Je n'avais pas l'intention de me comporter comme un crétin. J'ai été surpris, c'est tout.

Bea roule des yeux :

— Dans une certaine mesure, tu n'as fait que dire ce que tu penses vraiment.

— Qu'est-ce que tu racontes ?

— Laisse tomber, dit-elle. Ce n'est rien. Allez, viens, King.

Le chien, docile, descend du lit et la suit hors de la pièce. Elle se dirige vers sa chambre, en se disant que William va peut-être la suivre. Au lieu de quoi elle entend sa porte claquer, elle entre dans sa chambre et claque sa porte à son tour. Elle s'assoit à son bureau. Elle est à cran, ces jours-ci, irascible. L'incertitude la mine. Elle ne sait pas où est sa place. Certains jours, elle ne demande qu'à vivre ici pour toujours. Mais d'autres jours, elle désire rentrer chez elle. Elle veut voir sa mère. Elle a envie de redécouvrir Londres, de voir ce que la guerre a fait de la ville, de porter sur elle un regard plus mûr. Londres lui redeviendra-t-il aussitôt familier ? Ou a-t-il tellement changé qu'elle verra en lui une autre ville, un endroit totalement différent ?

Bea sort du papier à lettres.

« Chère maman, écrit-elle, j'espère que tu te portes au mieux. Ici, tout va bien. »

Elle lui raconte qu'elle est rentrée du Maine et qu'elle se prépare pour la rentrée scolaire. Lui parle de sa nouvelle coupe de cheveux. Du fait qu'elle va devoir suivre les cours de latin avec les garçons, car, en latin, elle est la seule fille de son niveau. Elle conclut sa lettre par une demande : « S'il te plaît, promets-moi que tu me feras revenir dès que cela sera possible, dès que cette affreuse guerre sera terminée. Je me sens prête à rentrer à la maison. »

Pendant plusieurs jours, elle promène la lettre avec elle sans se résoudre à la poster. Est-elle réellement prête à partir ?

Millie

Alors que Millie et Tommy quittent la petite chapelle, Julia et les autres jettent du riz et applaudissent. C'est un mariage modeste, auquel n'ont été invités qu'un petit cercle d'amis et la famille proche de Tom. Millie n'a rien dit à sa mère. Et elle ne l'a pas dit non plus à Beatrix.

Elle avait prévu de porter une vieille robe, celle qu'elle avait achetée à Paris avec Reg, il y a de nombreuses années, mais Julia l'a obligée à acheter une nouvelle tenue. Elles ont déniché un joli tailleur crème à la boutique de troc de vêtements, avec un liséré en satin. On aurait dit qu'il n'avait jamais été porté. Julia a trouvé des bas au marché noir, dont elle lui a fait cadeau.

— Avec des coutures et tout le saint-frusquin, a-t-elle dit à Millie en les lui offrant. Quand on a des jambes comme les tiennes, on se doit de les montrer.

La pluie et le vent, plus tôt dans la journée, ont fait tomber les dernières feuilles des arbres ; ils avancent avec précaution sur les trottoirs humides et glissants, en direction de l'appartement de Julia où va se tenir la réception. Millie va de l'un à l'autre, soucieuse de parler à tout le monde. Elle se demande si les invités sont plus heureux qu'elle. C'est le problème, avec la fin de cette guerre qui se rapproche : on attend depuis tellement longtemps de pouvoir s'amuser qu'on éprouve une joie décuplée.

La fête est bientôt terminée, Millie se laisse tomber dans un fauteuil, dans un coin du salon, et enlève ses chaussures. Tommy se trouve à l'autre bout de la pièce, avec son frère, ils se tiennent par la taille en riant. Il lui plaît. Elle ne l'aime pas, elle le sait, et elle le soupçonne de le savoir aussi, même si, depuis plusieurs mois, elle lui dit consciencieusement qu'elle l'aime. Mais il est solide, elle le sent, il sera là pour elle. Ce qu'elle apprécie par-dessus tout, c'est qu'on lit dans son visage comme dans un livre ouvert. Elle sait quand il est contrarié, en colère ou heureux. À cet égard, et à tant d'autres, il est l'opposé de Reg. En contrepartie, elle le sait aussi, il se révèle moins intelligent que Reg, moins complexe, moins intéressant, peut-être. Mais tout ce qu'elle veut, à présent, c'est qu'on la protège. Elle apprécie ce qu'elle éprouve lorsqu'il la prend dans ses bras.

Elle se demande cependant jusqu'à quel point il sera facile à vivre. Tommy était pilote de chasse pendant la guerre, il a effectué suffisamment de missions au-dessus de l'Allemagne pour que l'armée le renvoie déjà dans ses foyers. Il adore raconter des histoires sur la guerre, et tout le monde l'écoute, comme on est justement en train de le faire. Elle sait qu'il ne leur donne à entendre que le côté positif, ses récits ne visent qu'à les divertir. Il évoque rarement la face sombre de la guerre, même s'il la connaît forcément. Comment peut-il en être autrement ? Pas de cicatrices physiques, comme le frère de Reg pendant la Première Guerre, mais elle présume qu'il se trouve beaucoup de choses sous la surface. Beaucoup de choses dont il ne lui parlera probablement jamais.

Le fait est qu'il est beau, et jeune. Très jeune. Neuf ans de moins qu'elle. Elle l'a emmené dans son ancien quartier pour le présenter à quelques-unes des filles qu'elle y connaissait, et elle a lu de la réprobation dans leurs yeux. Due en partie, elle en est sûre, au fait qu'il leur est impossible de la voir avec quelqu'un d'autre que Reg. Elle n'avait que quinze ans lorsqu'ils ont commencé à se fréquenter. Mais bon… Ses amies ambulancières l'ont soutenue, plaisantant à propos de leur différence d'âge, évoquant sans gêne les prouesses sexuelles des hommes plus jeunes. Millie a ri en cachant sa bouche avec sa main :

— Oh, les filles, franchement…

Le fait est que c'est épatant. Elle comprend enfin de quoi tout le monde parle depuis des années. Elle a aimé Reg, passionnément, profondément, même s'ils se disputaient, même si leur relation semblait irréparable. Mais elle ne s'était jamais réellement souciée du sexe. Elle était pressée que cela s'arrête. Avec Beatrix dans la pièce voisine, il était plus facile de ne pas faire d'effort. Mais avec Tommy, c'est autre chose, indubitablement. Elle s'abandonne comme elle ne l'a jamais fait avec Reg. Il est tellement sûr de lui. Ensuite, il se promène nu dans l'appartement ; au début cela la choquait et la mettait mal à l'aise, mais, désormais, après un verre ou deux, elle en fait autant. Elle connaît déjà son corps plus intimement qu'elle a jamais connu celui de Reg. Elle se sent en sécurité auprès d'un homme à ce point physique, d'un homme tellement bien dans son corps. Lui aussi connaît bien le corps de Millie ; parfois, il compte chaque petit grain de beauté sur sa poitrine et sur son ventre.

Tout semble aller à l'envers, en quelque sorte. Les plaisirs du sexe ne devraient-ils pas accompagner un amour profond ?

C'est pour cette raison qu'elle n'a rien dit à Beatrix. Certes, elle lui a parlé de Tommy dans ses lettres, elle lui a dit qu'ils sortaient ensemble, elle est même allée jusqu'à lui rapporter certaines des histoires qu'il lui raconte du temps où il était pilote de chasse. Beatrix a lu ce passage de la lettre aux garçons. « Maintenant, William veut être pilote de chasse, a-t-elle écrit. Et ils ont adoré tous les deux l'histoire des avions qui reviennent la veille du réveillon, illuminés comme un sapin de Noël. »

Mais elle ne lui a pas dit que Tom n'avait que trente et un ans. Elle est certaine que Beatrix, comme les femmes de son ancien quartier, verra cela d'un mauvais œil, qu'elle se sentira mal à l'aise. Pourquoi critique-t-on les femmes qui épousent un homme plus jeune qu'elles ? Reg avait presque dix ans de plus que Millie et personne n'y trouvait rien à redire ; elle connaît beaucoup de femmes qui se sont mariées avec des hommes nettement plus âgés. Dans sa prochaine lettre, elle parlera à Beatrix du mariage. Elle mettra sa mère au courant. Mais peut-être taira-t-elle l'âge de Tommy pendant encore un petit moment.

Tommy la regarde et lui adresse un clin d'œil. Elle lui fait un signe de la main, lève sa coupe de champagne. Il lève la sienne en lui soufflant un baiser. Elle pense à Reg, et elle touche la perle à son cou, qu'elle n'en finit plus de faire rouler entre ses doigts.

Gerald

Gerald envoie King récupérer le journal du matin. Il a suivi attentivement le déroulement de la bataille des Ardennes – elle a commencé en décembre et, à présent, à la mi-janvier, il se pourrait que la situation tourne. Il ne veut pas laisser l'espoir prendre le dessus, mais les Alliés paraissent tout près de remporter la victoire. Un éditorial, dans le journal d'hier, est allé jusqu'à dire que cela pourrait fort bien annoncer la fin de la guerre.

Il adore cartographier ce qu'il lit, afin de bien se rendre compte de la façon dont tout cela fonctionne. Il comprend toujours mieux les choses lorsqu'il peut les voir. Il a décalqué avec soin les cartes dans son atlas, puis marqué la progression des différentes armées avec des crayons de couleur : les Alliés en bleu et les Allemands en rouge. Il aime étudier la guerre de cette façon, la regarder du dessus, réfléchir à la stratégie qu'elle implique. C'est la seule manière pour lui de prendre part à une guerre. Il sait qu'il ne veut pas se battre. Jamais. Il ne peut déjà pas tuer une fourmi. Comment pourrait-il tuer un homme ?

Gerald espère que cela signifie pour de bon la fin de la guerre. Il veut aller à l'université, étudier, en apprendre davantage sur le monde. Il songe à quitter la maison, à déménager très loin d'ici, en Californie, peut-être, bien qu'il n'en ait jamais parlé à personne. Il veut être près de l'océan, et il aime le décor de la Californie du Sud, avec ses palmiers et ses kilomètres de plages. Ça fait quoi, de regarder le soleil se coucher sur l'océan Pacifique ? Mais voilà qu'il s'interroge sur la pertinence de s'installer aussi loin. Peut-être vaut-il mieux rester à proximité.

Maman entre dans la cuisine et lui embrasse le sommet du crâne.

— Bonjour, mon chéri, dit-elle. Que disent les journaux ?

Gerald lui sourit :

— Ils pensent que c'est le début de la fin.

Il regarde maman en train de nouer son tablier autour de sa taille. Cela fait plusieurs jours qu'il souhaite lui demander quelque chose, et c'est peut-être le bon moment.

— Qu'est-ce que cela implique pour Bea ? fait-il. Elle va bientôt rentrer en Angleterre ?

— Oh, inutile d'y penser déjà, répond maman en cassant des œufs les uns après les autres dans le grand bol bleu. La guerre n'est pas terminée. Les déplacements resteront limités. Ils vont devoir d'abord rapatrier tous les soldats. Et si la guerre en Europe se termine, on continuera sans doute à se battre dans le Pacifique. Ne t'inquiète pas, mon chéri.

Maman commence à fouetter les œufs à l'aide d'une fourchette, elle tient le bol dans le creux de son bras et, sans répit, la fourchette en frappe la paroi.

Gerald sait qu'elle tente de s'en convaincre, qu'elle tente d'enfouir le fait que Bea va s'en aller. Il l'a entendue en parler avec tante Sarah la semaine dernière au téléphone.

— Franchement, Sarah, qu'est-ce que je vais devenir ? Chaque fois que je pense à son départ, je fonds en larmes.

Elle a baissé la voix.

— Je me sens plus proche d'elle que de William. Qu'est-ce que cela dit de moi ? Quel genre de mère ose seulement énoncer cela à haute voix ?

Gerald comprend ce qu'elle veut dire. Quand ils étaient plus jeunes, à table, William posait des questions telles que : « Si tu te retrouvais tout seul sur une île déserte, quels sont les deux objets que tu voudrais avoir avec toi ? Si tu pouvais choisir une personne, une seule personne, avec laquelle passer le reste de ta vie, qui choisirais-tu ? » Et ainsi de suite. Gerald détestait ces questions car, à l'époque, les réponses n'allaient pas de soi dans son esprit. Il ne désirait pas avoir deux objets avec lui, il en voulait six. Il ne pouvait pas choisir une seule personne, même s'il savait que cette personne serait William, mais, bien sûr, il voulait également être avec maman et papa, ainsi qu'avec plusieurs de ses cousins et son ami du bout de la rue.

C'était avant Bea. Maintenant, il choisirait probablement Bea et maman, peut-être même Bea plutôt que maman, mais il ne choisirait certainement pas William. Lorsqu'il est dans la même pièce que lui, l'atmosphère devient hasardeuse, tendue et prête à exploser. La plupart du temps, il n'est pas à la maison. Gerald regrette le William qu'il a connu. Il sait que Bea est souvent en colère contre son frère, mais il devine que c'est parce que, elle aussi, le William d'avant lui manque.

Lorsque Bea s'en ira, il sera vraiment seul. Il ne peut pas souhaiter que la guerre se poursuive indéfiniment, car ce ne serait pas juste pour le monde ni pour les hommes qui ont besoin de rentrer chez eux. Pourtant, dans le secret de ses prières du soir, il demande à Dieu de bien vouloir permettre à Bea de rester.

William

La réponse positive d'Harvard est arrivée en automne, accompagnée d'un mot chaleureux du responsable des admissions en personne, pour l'accueillir au sein de l'université. Mais William a également postulé auprès d'autres écoles, auxquelles il a indiqué l'adresse de Bobby Nelson pour la réponse. Ce matin, au moment du salut militaire, Nelson fait passer plusieurs enveloppes de rang en rang, lève un pouce à l'intention de William, à l'autre bout de la classe. William range les enveloppes dans son cartable, il attend la fin de la journée pour les ouvrir. Il veut être seul, aussi se dirige-t-il vers le cimetière, dont il gagne le fond, là où les arbres verdissent sur leurs branches sombres. Son préféré est un érable, celui qui se penche au-dessus de l'étang. Il se débarrasse de son cartable, cale son dos contre l'écorce, puis allume une cigarette avant d'ouvrir les enveloppes.

Il a du mal à se rendre compte qu'il entrera à l'université à l'automne. Il a la date de son dix-huitième anniversaire en tête depuis si longtemps, ainsi que la ferme intention de se rendre le jour même à Boston pour s'y enrôler. Après qu'on lui aura enseigné les rudiments, il partira en Europe ou dans le Pacifique, n'importe où on aura besoin de lui. Mais il semble à présent que la guerre en Europe ne tardera plus à cesser, les autorités vont y envoyer moins de troupes.

Les soldats qui se battent en Europe seront envoyés dans le Pacifique.

Il glisse son doigt sous le rabat de la première enveloppe pour s'emparer de la lettre. Le refus de Columbia. La seconde : refus de Yale. Comme il ferme les yeux, il entend les oiseaux voleter au-dessus de lui dans l'arbre. Il ne veut pas aller à Harvard. C'est ce que tout le monde attend de lui. Il veut découvrir quelque chose de nouveau. Et maintenant qu'il sait qu'il ne partira pas à la guerre, il a encore moins envie de fréquenter cet endroit. Hélas, il n'a pas d'autre choix.

Avant le dîner, il frappe à la porte de Bea en utilisant leur code spécial, celui que Gerald a créé.

— Entre, répond Bea.

— Bonjour, dit-il en entrouvrant la porte. On peut parler ?

Avec un visage dénué d'expression, elle hausse les épaules sans le regarder.

— Je suppose que oui, répond-elle, mais j'ai beaucoup de devoirs.

— Ça ne prendra pas longtemps, dit-il en s'asseyant sur la chaise du bureau, d'où on voit le jardin. Il fait un temps splendide. Le ciel ressemble à celui du Maine, tu ne trouves pas ?

Elle ferme un manuel scolaire pour en ouvrir un autre ; des livres et des cahiers jonchent son lit.

— Qu'est-ce que tu veux, William ? Je suis occupée.

Il se penche vers elle.

— Je n'ai pas été pris à Columbia, fait-il à voix basse, alors elle lève les yeux sous le coup de la surprise.

— Tu avais postulé ?

Il hoche la tête.

— Mais je n'en ai parlé à personne. À Yale aussi, on m'a refusé.

Bea hausse les épaules.

— Tant pis pour eux, commente-t-elle sur un ton peu convaincant.

— J'y ai cru, dit-il en se retournant vers la fenêtre pour lui cacher ses larmes.

— Je suis surprise. J'ai toujours été persuadée que tu pourrais t'inscrire n'importe où.

— Mes notes sont mauvaises. Tu le sais.

Il se laisse glisser pour s'asseoir sur le sol, le dos contre la porte du placard, puis il s'empare d'une des chaussettes de Bea, la fait passer d'une main à l'autre.

— Je ne sais pas quoi faire. Je ne veux pas aller à Harvard.

— C'est idiot, décrète Bea avec rudesse, les oreilles rougissantes. C'est ridicule. Tu as la possibilité de fréquenter l'une des meilleures universités et tu ne vas pas t'inscrire sous prétexte que tu es un garçon gâté et irascible ?

— Lâche-moi, rétorque-t-il, soudain contrarié et évitant son regard. Ce n'est pas pour ça que je ne veux pas aller à Harvard. Je veux faire mes propres choix, pour une fois. Et ce que je te demande, c'est comment en parler aux parents. Ne déforme pas tout sous prétexte que tu es en colère contre moi, toi aussi.

Il s'allonge sur le sol et pose ses pieds sur son lit, les bras croisés derrière sa tête. Il veut s'en aller loin.

— Tu ne comprends pas, Bea, enchaîne-t-il. Je suis prêt pour quelque chose de nouveau.

Elle pose son stylo et le regarde fixement, d'un regard inquisiteur qui lui rappelle l'ancienne Bea, du temps où ils étaient très proches, tous les deux. Mais, depuis, elle a changé. Elle s'est construit un solide groupe de copines, au centre duquel elle se tient. Autant dire qu'il a du mal à lui parler en tête à tête et, quand il y parvient, elle l'éconduit. Elle avait pris l'habitude de toquer contre son mur, le soir, et dès lors ils se racontaient leur journée. Mais elle ne toque plus depuis des lustres.

Elle soupire.

— Soit… Que veux-tu faire ? Renoncer à Harvard ?

Il hausse les épaules, puis acquiesce.
— Et tu ferais quoi, à la place ?
— Je n'en sais rien. Je pourrais peut-être voyager ? Ou trouver un emploi loin d'ici ?
Bea secoue la tête.
— Les soldats américains commencent à rentrer, dit-elle. Tous les emplois que nous avons occupés, que les femmes et les enfants de ce pays ont exercés, ils vont disparaître. Pour ce qui est de voyager… Comment vas-tu t'y prendre ? Avec quel argent ?
Il hausse à nouveau les épaules :
— J'ai mis de l'argent de côté. Je pourrais me débrouiller.
Elle n'essaie même pas de comprendre. Elle retourne à ses livres, dont elle tourne les pages.
— Tu n'es pas réaliste, déclare-t-elle sans lever les yeux. Absolument pas. Les sommes d'argent que nous économisons ne suffisent pas pour vivre.
— Comment le sais-tu ? s'emporte-t-il. Qu'est-ce que tu y connais, à tout ça ?
Il se lève pour se diriger vers la porte, mais, à l'instant où il l'ouvre, elle reprend la parole :
— Tes parents ont des soucis, en ce moment. Je suis sûre que tu n'as rien remarqué. Ils refuseront que tu t'écartes de la voie tracée. Fais ce que tu veux, mais sache que tu n'obtiendras peut-être pas ce que tu désires.
William, qui fait la sourde oreille, claque la porte derrière lui.
Durant le dîner, il observe ses parents en silence en songeant à ce que Bea lui a dit à leur sujet. À ses yeux à lui, rien n'a changé. Ils n'ont pas changé. Maman : trop occupée, trop gaie, trop énergique. Et papa ? Qui peut le savoir ? Il y a quelques années, William a dressé la liste de tout ce qui pourrait faire de lui un meilleur père. Il se rappelle qu'une fois, dans le Maine, quand il était petit, il s'est réveillé tôt le matin et, par la fenêtre, il a vu ses parents, debout sur le rivage, en train de regarder le lever du soleil. Maman

se tourna vers papa, fit une révérence, après quoi il la prit dans ses bras et la fit tourner, tourner, tourner… Et maman riait lorsqu'il la fit redescendre, pile au bord de l'eau. Il se rappelle aussi que, parfois, lorsqu'il pénétrait dans la cuisine, il la trouvait assise sur les genoux de papa, et elle se remettait debout, troublée, et commençait à pétrir la pâte, à couper des pommes ou à laver une casserole. À présent, il ne se rappelle même plus la dernière fois qu'il a vu papa dans la cuisine.

Après le dîner, il frappe à nouveau à la porte de Bea, qu'il ouvre sans attendre sa réponse.

— Franchement, William, qu'est-ce qu'il y a encore ? J'ai un contrôle de français demain. Ça fait un an que je ne te vois plus, et voilà que tu ne me lâches plus.

Il regarde le sol, ses mains enfoncées dans les poches de son pantalon.

— Tu me manques, dit-il.

Lorsqu'elle lève les yeux vers lui, il sait qu'enfin il a dit ce qu'il fallait.

Bea

Dans les bois derrière la maison, Bea a un endroit préféré. Il y a un arbre déraciné, couvert de mousse, dont le tronc barre le chemin, et maintenant, à la fin du printemps, on ne le voit plus du tout depuis la maison. Elle se retire là de plus en plus souvent. Allongée sur le tronc, elle lève le regard, à travers les jeunes feuilles d'un vert tendre, vers le ciel bleu au-delà.

William remplit ses pensées. Au cours des dernières semaines, alors que les journées de printemps commencent à se fondre dans l'été, ils ont pris l'habitude de quitter la demeure en silence, après que le reste de la maisonnée est allé se coucher, pour s'allonger ensemble dans le hamac, bras et jambes se touchant, protégés du froid par une épaisse couverture en coton. Ils parlent peu, regardent les nuages glisser avec lenteur au-dessus de leurs têtes, les étoiles suspendues dans le bleu. Il leur arrive de s'endormir. Elle a voulu l'embrasser, faire davantage que lui tenir la main, mais il lui semble que la situation est précaire, qu'ils sont, en quelque sorte, sur le fil du rasoir, et qu'aller plus loin reviendrait peut-être à en demander trop. Comme elle désire faire durer chaque instant, elle ne se précipite pas trop vite vers le suivant.

Mais la nuit dernière, une fois la vaisselle terminée, M. G se trouvant dans son bureau, Mme G dans sa chambre et Gerald dans la sienne, William lui a pris la main pour l'attirer dans le garde-manger, où il l'a embrassée assez longtemps pour lui donner envie d'en avoir plus. Et ce matin, au petit déjeuner, il a glissé un mot sur ses genoux – lui demandant de le rejoindre au cimetière après l'entraînement de baseball cet après-midi – et lorsqu'il a quitté la table, à l'insu des autres, il s'est penché pour l'embrasser dans le cou, repoussant ses cheveux de sa main. Elle sait qu'ils viennent de franchir une ligne, et elle ne pense plus à rien d'autre.

Mais une autre lettre de sa mère est arrivée. Bea n'a pas répondu à celle qu'elle a reçue il y a six semaines, celle dans laquelle sa mère lui annonçait son mariage, et quatre lettres se sont succédé depuis. Elle sait qu'elle doit répondre, mais elle est furieuse. Elle se sent trahie. Elle ignore ce qui la met le plus en colère : que maman se soit remariée ou qu'elle ne lui ait rien dit avant la cérémonie.

« Ma chérie, commence ainsi la lettre. Tommy ayant certaines relations, nous avons commencé à chercher un moyen de te permettre de rentrer à la maison. Rien de définitif pour l'instant, mais les rouages tournent. » Sa mère poursuit en lui décrivant leur nouvel appartement, ajoutant qu'en plus d'une chambre Beatrix aura aussi sa propre salle de bains. L'appartement se situe dans un quartier de Londres que Bea ne connaît pas du tout. Un quartier chic. Elle doute que sa mère se souvienne de la première lettre des Gregory, dans laquelle ils précisaient également qu'elle jouirait d'une salle de bains privée. Elle n'a pas consulté cette lettre depuis très longtemps, mais elle se trouve en bas de la pile posée sur son bureau.

Difficile de croire qu'il s'est écoulé presque cinq ans depuis cette lettre. Comme tout était différent alors. Et maintenant, maintenant que tout le monde attend avec impatience la fin de la guerre, le retour à la normale, Bea souhaite le contraire. Elle n'arrivait pas à savoir où elle se sentait vraiment chez elle. Mais aujourd'hui, elle n'a aucune envie de retourner chez sa mère et son nouveau mari – comment est-il possible qu'un adulte se prénomme Tommy ? –, ni de s'installer dans un nouvel appartement, ni de terminer ses études dans une nouvelle école. Elle veut rester ici, avec ses amies, puis aller à l'université. Nombre de ses camarades espèrent intégrer Wellesley ou Radcliffe, afin de ne pas quitter la région. De pouvoir continuer à faire du shopping chez Jordan. Continuer de flâner dans le quartier de Fenway-Kenmore. De rester auprès de William. Pourtant, elle sait que ce n'est pas possible. Tout cela n'aura été que temporaire. La guerre se termine et elle regagne Londres. Fin de l'histoire.

Des tensions apparaissent. William s'oppose à ses parents depuis plusieurs semaines à propos d'Harvard. M. et Mme G sont stressés et de mauvaise humeur. Même Gerald, qui, jusqu'ici, a toujours été là pour elle, disparaît souvent dans ses cartes, dans ses autres mondes. Il a l'air d'en vouloir à Bea, il se montre plus distant qu'il l'a jamais été.

Hier, comme elle regardait par la fenêtre de la bibliothèque, elle a vu Gerald traverser le campus, seul ; il placardait des affiches annonçant la collecte de ferraille de ce mois-ci. Il a déjà rempli une place de garage avec du métal et du caoutchouc, et il espère doubler la mise avec les dons récoltés samedi. Un peu plus loin dans la bibliothèque, elle a entendu rire des garçons de sa classe.

— Pauvre petit Gregory, a lancé l'un d'eux. Toujours en train de faire les poubelles. Personne ne l'a prévenu que la guerre en Europe était finie ?

Elle s'est dirigée vers eux pour se planter à leurs côtés, les bras croisés sur sa poitrine.

— Laissez-le tranquille, a-t-elle asséné d'une voix dure, et ils ont hoché la tête, les yeux écarquillés. Il a fait plus pour l'effort de guerre que vous tous réunis.

Elle était certaine qu'aucune fille du niveau supérieur ne leur avait jamais parlé sur ce ton. Qui le protégerait une fois qu'elle serait partie ? Bea relit la lettre de sa mère. Elle la plie en deux, puis la déchire, les petits morceaux de papier jonchent le sol, elle saisit son cartable et s'élance à travers bois, souriante à présent, car elle sait que William l'attend près du vieil érable.

Millie

Dès que cela est faisable, Tommy s'adresse à quelqu'un qui s'adresse à quelqu'un d'autre et, déjà, tout est réglé. Une place est réservée au nom de Beatrix à bord d'un navire qui quittera New York le 26 août pour atteindre Southampton le 31. Millie fixe le morceau de papier que Tommy rapporte à la maison, sur lequel sont indiquées les dates à l'encre noire. 31 août. Dans moins de trois semaines, elle attendra sur un quai, et sa petite fille descendra la passerelle.

Tommy prépare des cocktails, ils s'installent sur les chaises du jardin.

— Elle va rentrer à la maison, dit Millie. Elle rentre pour de bon.

Tommy sourit.

— J'ai hâte de rencontrer ta gamine. Qui aurait pu penser qu'un jour je me promènerais au bras de ma belle épouse et de sa jolie fille ?

Millie se détourne de lui et ferme les yeux. Elle en a échafaudé, des scénarios, durant toutes ces années, mais Tom ne se trouvait dans aucun d'entre eux. Reg, si. Ainsi que sa mère. Ou alors elle toute seule. Elle se rend compte que c'est ce qu'elle désire. Rien que Beatrix et elle. Elle tient à lui faire découvrir lentement sa nouvelle vie, sans la moindre trace de Tommy. La présence de Tommy gâchera ce retour dont elle rêve depuis si longtemps.

— Tu sais, dit-elle, le regard fuyant, résolue à s'exprimer avec le plus de légèreté possible, je crois que je vais me rendre seule à Southampton.

— Quelle idée, dit Tommy. Plus vite nous formerons une vraie famille, mieux ce sera.

Elle sait qu'il veut bien faire, mais il a tort.

— Il faut que j'y aille toute seule, insiste-t-elle en se tournant vers lui. Fais-moi confiance.

Il grimace. Il s'agit d'une grimace de dégoût.

— Comme tu voudras, répond-il, mais il ne le pense pas et, lorsqu'il se lève, elle se recroqueville sur sa chaise.

Il regagne l'intérieur de la maison en abandonnant son verre vide sur la table. Quelques minutes plus tard, elle entend la porte d'entrée claquer, puis la voiture démarrer. Qu'a-t-elle fait ? Comment va-t-elle parvenir à faire de cette demeure celle de Beatrix ?

Ethan

Ethan décroche le téléphone à la deuxième sonnerie.

— J'ai un télégramme pour vous, l'informe-t-on. Quelqu'un peut-il venir le récupérer ?

— Je m'en charge, répond Ethan, qui indique à Nan qu'il a une course à faire sur le continent.

Il traverse le port sous un ciel sombre. Il attend d'être ressorti du bureau de la Western Union pour lire le télégramme, adossé contre le mur extérieur, après avoir salué distraitement des amies de Nancy. TRAVERSÉE DE BEATRIX FIXÉE STOP DÉPART NYC 26 AOÛT STOP DÉTAILS À SUIVRE STOP AMITIÉS MILLIE. Il ferme les yeux. Ils savaient que cela ne tarderait plus, ils s'y préparaient depuis plusieurs semaines, voire plusieurs mois, mais, franchement, Millie n'aurait-elle pas pu attendre le mois de septembre ? Ils vont devoir quitter le Maine plus tôt que prévu, peut-être même demain, pour regagner la maison, faire les valises, puis se rendre à New York. Le 26 août. Dans six jours. Dans moins d'une semaine.

Ethan, qui regagne à présent le bateau, a le nez qui coule. La jeune fille va terriblement lui manquer. Il s'essuie le nez d'un revers de main excédé, tête baissée pour éviter de croiser le regard d'une connaissance. Il rame maintenant en direction de l'île, le télégramme froissé dans la poche de son pantalon, et la pluie ne tombe toujours pas. Au lieu de quoi les nuages teintent le ciel vespéral de nuances de rose et de violet. Ethan cesse de ramer, le bateau se met à dériver, à s'éloigner de l'île à cause du courant qui l'entraîne vers le sud-est. Si seulement l'eau pouvait l'écarter toujours davantage de son itinéraire… Il n'a pas la moindre envie d'annoncer cette nouvelle. Il désire se rendre dans tous les endroits qu'il n'a pas encore explorés. Mais au bout d'un moment, il met de nouveau le cap vers la maison.

Nancy

— Oh, Seigneur, se navre Nancy, qu'Ethan a rejointe sur la véranda. Le 26 août ? Mais c'est la semaine prochaine !

— Je sais, je sais.

Elle brasse l'air de ses deux mains.

— Comment allons-nous faire ? Il va falloir partir dès ce soir, je ne vois que cela, nous devons partir immédiatement. Bea doit préparer ses bagages et dire au revoir à ses amies, sans compter que je tiens à lui acheter des vêtements pour la traversée, il faut aussi que je lui fasse couper les cheveux et… Oh, mon Dieu, il y a bien trop à faire…

Ethan saisit le bras de Nancy pour qu'elle arrête de faire les cent pas :

— Assieds-toi.

Elle obéit, se laisse tomber dans le fauteuil à bascule. Elle le regarde dans les yeux, ce qu'elle n'a pas fait depuis longtemps, en quête d'une réponse.

— Comment allons-nous lui annoncer la nouvelle ? hasarde-t-elle. Je ne pense pas en être capable. Et comment mettre les garçons au courant ?

— Nous allons nous en débrouiller, Nan, lui assure Ethan. Nous savions tous que cela pouvait arriver d'un moment à l'autre.

— Je sais. Mais c'est toi qui vas lui parler. Parce que je te préviens qu'à part me noyer dans mes larmes, je ne serai plus bonne à rien.

— À vos ordres, répond-il, et il lui tend les bras afin qu'elle s'assoie sur ses genoux, la tête appuyée contre sa poitrine.

Elle ferme les paupières en écoutant le bruit régulier des vagues, qui lui paraît se caler sur le rythme de sa respiration.

Gerald

Gerald ne quitte plus Bea des yeux. Du moment qu'il la voit, alors elle ne peut pas partir.

— Une partie de Monopoly ? lance-t-il au dîner, avec autant de gaieté qu'il en est capable. Ça te dit ?

— G, répond-elle, je ne pense pas que nous aurons le temps. Il faut que je range toutes mes affaires pour que nous puissions prendre la route le plus tôt possible.

— Je comprends. Mais si je t'aide à faire tes valises ? Est-ce qu'il te resterait assez de temps pour disputer une partie ?

— Peut-être, concède-t-elle en riant. C'est d'accord, je t'autorise à me donner un coup de main.

Mais il ne l'aide pas. Allongé sur le sol, il la regarde s'affairer. Même la préparation de ses bagages lui semble parfaite. Elle n'a pas l'air triste de s'en aller, constate-t-il, mais il n'en est pas tout à fait sûr. Il croyait qu'elle se sentirait au moins triste de quitter William.

— Tu as envie de partir ? finit-il par lui demander, bien qu'il ne souhaite pas particulièrement entendre sa réponse. Te sens-tu prête à nous quitter ?

— Oh, G, répond-elle en se tournant vers lui sans cesser de plier ses chemisiers. Je ne serai jamais prête à vous quitter. Mais je n'ai pas le choix. Je savais depuis le début que cela se produirait un jour, ce qui signifie que, si je puis dire, cela arrive trop tard. Dans une certaine mesure, j'éprouve un soulagement. Plus besoin d'attendre.

Gerald hoche la tête. Il comprend. Lui aussi hait l'incertitude, il déteste ne pas savoir ce qui va se passer ensuite.

— Tu reviendras me rendre visite, n'est-ce pas ? hasarde-t-il en s'obligeant à ne pas pleurer.

— Bien sûr que oui.

Puis elle s'assoit à côté de lui, lui frotte le dos, et il pose sa tête sur le tapis et ferme les yeux.

— Mais il faut que tu m'écrives, G, d'accord ? Tu donneras toutes les nouvelles. Je te promets de te répondre à chaque fois que je recevrai une lettre.

Il hoche la tête.

— Je t'écrirai, dit-il.

Elle se lève pour vider un autre tiroir, profite de lui tourner le dos pour s'essuyer les yeux puis, comme elle lui fait face à nouveau, il désigne une photo dans son cadre, posée sur le bureau de Bea, ils se tiennent tous les trois sur le rivage, c'était il y a plusieurs années. Bea se trouve entre William et lui, son large sourire, ses bras sur les épaules des deux garçons.

— Pourrais-je garder cette photo ? demande-t-il, et il la voit hésiter un instant.

— Bien sûr, répond-elle, mais disons que tu la gardes à titre provisoire. La prochaine fois que nous nous verrons, ce sera à mon tour de l'avoir près de moi, d'accord ? Nous n'aurons qu'à la garder l'un après l'autre. Elle a été prise le jour où j'ai nagé plus vite que William jusqu'au quai. Il n'est pas question que j'oublie un pareil souvenir.

Il hoche la tête, tenant le cadre à deux mains.

— Je vais veiller sur elle, dit-il, ne t'inquiète pas.

Il n'est pas sûr d'accepter un jour de la lui rendre.

William tourne les pages de l'album de photos que Bea a fait pour lui quelques semaines plus tôt. Il s'agit de l'histoire de sa vie. Où elle est née, où elle a vécu, quand elle est arrivée en Amérique. Des clichés de ces cinq dernières années, mais aussi des photos d'avant. Des photos d'elle à Londres, avec ses parents. Il les a examinées à plusieurs reprises. Son sourire n'a pas changé. Et ce regard. Le petit chien en peluche qu'elle tenait dans ses bras. Il ne veut oublier aucun de ces clichés, mais il tient à ce qu'elle emporte l'album. Ç'a été sa façon à elle de les réunir, de mêler le passé au présent.

Elle est dans sa chambre, en train de faire ses bagages avec Gerald. Il entend leurs voix. Il la retrouvera plus tard dans les bois, comme ils en ont pris l'habitude cet été. Elle lui a déjà fait promettre que personne ne serait au courant. Jamais. Cela ne le dérangerait pas, mais c'est important pour elle. Au fur et à mesure que leur relation s'intensifiait, à mesure qu'ils se sentaient de plus en plus à l'aise l'un avec l'autre, Bea s'est montrée de plus en plus stricte avec les règles.

— Ne t'avise pas de me toucher en présence de tes parents, William Gregory, dit-elle, puis elle l'embrassa si fougueusement qu'il trébucha et tomba à la renverse dans les aiguilles de pin. C'est notre secret, d'accord ? insista-t-elle. Le jour de mon départ, peu importe quand ce sera, tu n'auras le droit ni de pleurer, ni de me toucher, ni de faire quoi que ce soit.

— Pleurer ? répondit-il en l'attirant à lui, et il enroulait ses cheveux épais entre ses doigts. Pourquoi voudrais-tu que je pleure ?

Au printemps, elle le convainquit d'intégrer Harvard. Elle déclara qu'il s'agissait d'un cadeau et qu'il devait l'accepter.

— Fais-le pour moi, ajouta-t-elle.

Elle l'aida à choisir ses cours pour l'automne et, l'autre soir, il s'est tourné vers elle dans les bois :

— J'ai vraiment hâte d'y être. Ça me contrarie de te dire ça, parce que tu ne seras pas là-bas avec moi, mais je ne me rappelle pas la dernière fois où je me suis senti à ce point prêt à me lancer dans quelque chose de nouveau.

Elle lui a souri, avant de l'embrasser sur la joue.

— Il me tarde déjà que tu me racontes tout ça, a-t-elle commenté. Il faudra que tu me décrives tout dans le moindre détail.

Il a mal au ventre. Il se sent physiquement attaché à elle, comme si, une fois qu'elle sera partie, il lui manquerait un morceau de lui-même. Il peut lui confier des choses qu'il ne peut dire à personne d'autre. Avec elle, jamais il n'a besoin d'en rajouter. Elle est honnête avec lui, et il s'efforce de l'être aussi. Par-dessus tout, elle apaise quelque chose en lui, quelque chose de profond. La nuit dernière, ils se sont allongés sur les rochers pour contempler le ciel noir. Ce sont les moments qu'il chérit le plus, se trouver à côté d'elle, lui tenir la main sans dire un mot.

Bea

Après le dîner, Bea se rend sur le pont du navire et regarde l'océan noir. Elle sait qu'il n'y a pas de terre en vue. Cela fait trois jours que le bateau a quitté lentement le port de New York, trois jours se sont écoulés depuis qu'elle a vu sa famille rapetisser de plus en plus. Pendant un bref instant, elle les a tenus tous les quatre dans ses paumes, avant qu'ils ne disparaissent.

Tout ce qu'elle veut, c'est revenir. Que le navire fasse demi-tour. Elle veut rester en Amérique. Pour aller à l'université. Préparer des tartes avec Mme G. Jouer aux échecs avec M. G. Partir en exploration avec Gerald. Embrasser William. Épouser William. Faire partie de cette famille pour toujours. Mais elle sait que c'est impossible. Le bateau fend les eaux en direction de sa mère, de son beau-père. Les Gregory ne sont pas sa famille. Ce n'est pas ainsi que l'histoire va se terminer. Il n'en a jamais été question.

Lors de leur dernière nuit ensemble, dans les bois, elle a dit à William de passer à autre chose.

— Non, a-t-il répondu. Nous pouvons nous écrire, je viendrai en Angleterre, et là, elle l'a interrompu :

— Non. Il s'agit d'un rêve, d'un moment hors du temps. Je sais que tu vis de l'autre côté de l'océan auprès de personnes que tu aimes. Nous ne ferions qu'empirer les choses si nous tentions de rester en contact. C'est trop dur. Mieux vaut, pour nous deux, que nous coupions les ponts.

— Mais… commença-t-il, et elle secoua la tête, posa sa main sur sa bouche.

— J'ai raison, et il hocha la tête sans mot dire.

Bien sûr, elle ne croyait pas à ses propres paroles, mais elle savait qu'il n'y avait rien d'autre à faire.

Elle éprouve à présent autant d'incertitude qu'il y a cinq ans, lorsqu'elle a effectué la traversée dans l'autre sens. Néanmoins, elle aimerait pouvoir remonter le temps pour dire à la fillette qu'elle était alors de ne pas s'inquiéter. Que la vie qu'elle mènera en Amérique éclipsera celle d'avant. Que sa famille, là-bas, celle qu'elle ne connaît pour le moment qu'à travers une poignée de lettres, deviendra son nouveau monde. De retour dans sa couchette, elle sort l'album qu'elle a fait pour William, et qu'il a glissé en cachette dans sa malle. Il en a fait leur album à tous les deux. Il a étiré la chronologie jusqu'en 1927, l'année de sa naissance à lui. Il a ajouté des clichés de son enfance, en regard des premières photos de Bea. Une image d'elle dans son berceau, suivie d'une de lui dans un landau. Elle sur la plage de Brighton, lui sur la côte rocheuse du Maine. Un sourire auquel il manque une incisive, leurs visages alignés sur la page comme s'ils pouvaient se voir, comme s'ils pensaient tous deux à la même chose au même instant. Il a aussi dessiné de petites illustrations amusantes : un lit d'hôpital pour le jour où on lui a retiré les amygdales. Des pins pour l'île. Une tasse de café à New York. À la date de leur rencontre, il a dessiné un soleil, un bateau et un quai.

L'album les associe, il leur permet de partager un même passé. Son enfance à lui est son enfance à elle. C'est comme s'ils étaient toujours ensemble, comme s'il n'y avait pas d'avant.

Deuxième partie

Août 1951

William

Ce dimanche matin, William, levant les yeux de son livre, observa les toits de Paris, le bleu du ciel qui commençait à percer la brume. Nelson et lui avaient l'intention de quitter cette ville deux jours plus tard pour se rendre à Rome, ils avaient dressé une liste de musées à visiter et de sites à voir. Ils se déplaçaient à un rythme rapide, en voyaient le plus possible tous les jours, buvaient longuement tous les soirs.

Dans un peu plus d'une semaine, il aurait vingt-quatre ans. Et le voilà dans un appartement du VIe arrondissement de Paris. Un petit balcon donnant sur le jardin du Luxembourg. Les bruits de la rue flottent jusqu'à eux. L'odeur des feuilles qu'on brûle. William et Nelson, ensemble, ce tour d'Europe qu'ils avaient prévu dès leur plus jeune âge. Nelson était entre deux années à la faculté de droit ; William avait accumulé des congés à la banque où il travaillait depuis l'obtention de son diplôme. En début de matinée, tandis que Nelson dormait encore, William avait pris l'habitude de s'asseoir sur le balcon, pour boire un café et fumer une cigarette, une cigarette française, sans filtre, et le soleil lui faisait des clins d'œil derrière les toits ornés. Ce décor était proche du Paris qu'il avait souvent imaginé. Il ne voulait pas que le voyage se termine.

Le téléphone sonna et William renversa son café en rentrant, mais Nelson décrocha avant lui, répondant dans son français parfait. Il écouta, tandis que, tournant la tête vers

William, il haussait un sourcil. « Ta mère », articula-t-il sans bruit. Il hocha la tête et leva un doigt lorsque William esquissa le geste de saisir le combiné. William comprit qu'il se passait quelque chose. Elle n'appellerait pas, sinon, et sûrement pas si tôt le matin. Une tante ? Gerald ?

Nelson lui passa le téléphone.

— Maman, fit William. Que se passe-t-il ?

Il tourna le dos à Nelson, observant à nouveau la ligne des toits, et il sut avant qu'elle ne le lui dise que papa était mort. Une crise cardiaque, pendant qu'il travaillait au jardin. Maman pleurait, et il essayait de comprendre ce qu'elle disait. Il s'efforça d'être patient.

— Maman, s'il te plaît, fit-il enfin. Dis-moi juste l'essentiel. Je vais rentrer à la maison dès que possible.

Il n'arrêtait pas de hocher la tête, tentait de suivre les propos décousus, mais, surtout, il avait honte d'éprouver de la colère. Il en voulait à son père d'avoir gâché son voyage. Il avait refusé qu'il s'en aille. Cette façon dont il l'avait regardé lorsqu'il lui en avait parlé… C'était comme s'il avait de nouveau douze ans.

Il interrompit sa mère au milieu d'une phrase.

— J'enverrai un télégramme pour te tenir au courant.

Il raccrocha après lui avoir dit au revoir, puis se retourna vers Nelson :

— C'est mon père. Il est mort.

— Merde, lâcha Nelson, les larmes aux yeux.

William ne pleurait pas. Nelson connaissait son père depuis presque aussi longtemps que lui. William se sentait étrangement engourdi.

— Qu'est-ce qu'on fait ? demanda Nelson.

— Il faut que je rentre chez moi, répondit William. Maman est à ramasser à la petite cuiller.

Il traversa la Manche à bord d'un ferry de nuit. Au terme d'une discussion, il avait persuadé Nelson de se rendre à Rome comme ils l'avaient initialement prévu.

— Tu n'as pas besoin de rentrer tant que les cours n'ont pas repris, lui avait-il dit. Profites-en. Qui sait quand nous aurons l'occasion de revoir l'Europe ?

Il avait reçu un télégramme de Gerald, la commémoration n'aurait pas lieu avant la mi-septembre, afin que tout le monde, à l'école, puisse y assister. Gerald semblait avoir pris les choses en main. Il était le plus apte à s'occuper de maman, à représenter la famille endeuillée. William, lui, ne ferait que décevoir tout le monde, il le savait.

Après être descendu du train à Londres, le lendemain matin, il se rendit à la billetterie pour voir s'il était possible d'échanger son billet de retour.

— Vous avez de la chance, monsieur, dit l'employée. Nous venons d'avoir une annulation. Une place sur le bateau vous attend dès mercredi.

William lui remit son billet et son passeport, elle prépara le nouveau billet, puis lui rendit le tout. C'était pour cette raison qu'il s'était rendu à Londres ; c'était ce qu'il avait espéré. Il avait deux jours devant lui avant le départ du navire. Il voulait être avec Bea.

Bea

Bea était dans l'escalier, les bras chargés de provisions, lorsqu'elle entendit la sonnerie du téléphone. Elle courut jusqu'à la porte d'entrée, fourragea dans la serrure avec sa clé.

— Ma chérie, fit une voix dans le haut-parleur du combiné.

Il s'agissait de Mme G. C'était tellement bizarre de l'entendre après tout ce temps. Bea laissa tomber ses sacs sur le sol, et plusieurs citrons roulèrent sous le canapé. C'était sa dernière semaine de vacances d'été, avant le début du trimestre d'automne, et tous les enseignants de l'école maternelle se réuniraient mardi soir autour d'un dîner. Elle prévoyait de faire un pudding au citron.

— Oui, dit-elle en s'efforçant de reprendre haleine sans paraître trop essoufflée. Bonjour. Est-ce que tout va bien ?

— C'est Ethan, répondit Mme G, et Bea s'assit. C'est M. G. Il a été victime d'une crise cardiaque.

— Il est à l'hôpital ? demanda Bea, qui n'avait pas compris, ou, plutôt, qui ne voulait pas comprendre ce qui se trouvait au-delà des mots, contraignant Mme G à prononcer ceux qu'elle refusait d'entendre.

— Non, ma chérie, dit Mme G, qu'interrompaient de brefs silences liés aux communications transatlantiques, en sorte que la vérité mit plus de temps encore à sortir du puits. Il est décédé.

Bea plaqua une main sur sa bouche pour obliger tous les sons à demeurer à l'intérieur. Elle secoua la tête, incapable de parler. D'abord papa, puis M. G.

— Ma chérie, fit Mme G, dont Bea aurait souhaité, en cet instant, étreindre la taille généreuse. Est-ce que ça va, ma chérie ? Tu es toujours là ?

— Oui, répondit Bea en enfonçant ses ongles dans ses paumes. Je suis tellement navrée.

— Oui. Nous sommes tous très tristes.

Bea hocha la tête, toujours muette.

— Les garçons sont absents tous les deux, poursuivit Mme G. Mais ils seront bientôt à la maison. L'une de mes sœurs est déjà auprès de moi, et les autres sont en route.

— Tant mieux. C'est important d'être entouré.

— En effet.

Il y eut un silence, puis Mme G se racla la gorge.

— Je ferais mieux de raccrocher, ma chérie. Je tenais juste à te mettre au courant.

— Merci beaucoup, madame G.

— Écris-moi vite, d'accord ? J'ai envie de savoir ce que tu deviens.

— C'est promis, dit Bea. N'hésitez pas à m'écrire non plus. Merci encore.

La communication prit fin, et Bea imagina Mme G, à plusieurs milliers de kilomètres de Londres, de l'autre côté de l'océan, assise sur la chaise, dans le hall d'entrée, à côté du téléphone. C'est le matin, là-bas, le soleil inonde la pièce. Son immobilité a de quoi surprendre, elle qui ne tient pas en place. Elle porte son tablier bleu délavé et remet lentement la boucle d'oreille qu'elle a enlevée pour téléphoner. Elle raye le nom de Bea sur une liste, soupire en examinant les noms qu'il reste, puis elle se penche pour caresser King, allongé à ses pieds. Elle envisage d'aller le promener, maintenant que le soleil est levé, maintenant que la journée est commencée pour de bon.

Mais, bien sûr, cela était impossible, car King était mort depuis plusieurs années. Ils l'avaient enterré dans les bois, derrière la maison, et ils étaient tous là pour lui dire adieu. Gerald lui avait écrit pour l'informer. À présent, M. G venait de mourir et aucun des deux garçons n'était présent. Pourquoi diable s'imaginait-elle qu'ils seraient forcément là l'un et l'autre ? Elle était navrée que Mme G soit obligée d'appeler tout le monde pour annoncer la nouvelle.

Chaque fois que Bea pensait à la famille, elle se les représentait dans la maison. Mme G en train de s'affairer, de cuire du pain ou de dresser une liste. Gerald à la table de la cuisine, absorbé par la lecture du journal, par sa collection d'obligations de guerre[1], par la préparation d'une nouvelle collecte de ferraille. M. G dans son bureau, où il lit, corrige des copies ou joue aux échecs. Bea se figurait la maison aussi distinctement que lorsqu'elle y vivait. Son gigantisme. La lumière. La porcelaine bleu et blanc dans les armoires d'angle. Le tas de bottes près de la porte de derrière. Les interminables couloirs.

Elle a toujours eu plus de mal à localiser William. Parfois, elle le voit, dans un flou de mouvement, en train de traverser

1. Les obligations de guerre sont des titres de créances émis par un État pour se financer en temps de guerre.

la cuisine en courant vers la porte de derrière. Assis à la table, impatient, l'œil sur sa montre, pressé que sa mère avale la dernière bouchée de son dessert. Ou bien elle l'entend monter l'escalier de son pas lourd. Mémoriser les verbes irréguliers en les répétant à haute voix. Fermer violemment un tiroir. Rattraper une balle de baseball dans son gant un nombre incalculable de fois.

Elle se versa un verre de vin, s'affala dans le canapé et feuilleta le courrier. Des factures, une carte postale de maman, qui était en Espagne, un prospectus annonçant une vente dans un magasin de vêtements du centre-ville. « Séjour fantastique, bisous », avait écrit sa mère, et Bea trouva injuste qu'elle passe de bonnes vacances alors que M. G venait de mourir. Elle ajouta la carte postale et les factures à la pile de courrier qui se trouvait déjà sur la table basse, pour les lire plus tard. Lorsque maman était absente, elle ne s'occupait plus de rien : la vaisselle dans l'évier, le lit défait, les produits de maquillage sur le lavabo. C'était sa façon pitoyable d'affirmer son indépendance. Sa liberté. Elle téléphona pour annuler sa participation au dîner de mardi, sans donner de raison valable, se contentant de dire qu'elle était crevée après un long week-end. Comment aurait-elle pu expliquer la mort de M. G à quelqu'un qui ne s'était pas trouvé là-bas ? Comment faire comprendre qu'elle se sentait plus attachée à lui qu'à son propre père ? Si seulement elle avait vécu aux États-Unis, elle aurait pu assister aux funérailles. Elle finit par s'endormir en serrant une photo de M. G dans sa main.

William

William ayant trouvé l'hôtel le plus proche, il se dirigea vers les cabines téléphoniques au fond du hall. Quinze « B. Thompson » dans l'annuaire de Londres. Il commença par le haut de la liste, avec l'espoir que le numéro ne figurait pas sous le nom de la mère de Bea. Il ne le connaissait pas. Sans doute en avait-elle changé en se remariant. Maman lui avait dit qu'elle venait de divorcer. Que faisaient les femmes dans ce cas ? Il n'en avait pas la moindre idée.

À peine ses correspondants avaient-ils dit « Allô » qu'il raccrochait, car il était en quête de la voix de Bea, ou de celle de sa mère. Il ignorait à quoi ressemblait la voix de celle-ci, mais il ne pouvait s'agir de la voix bourrue et encore ensommeillée du 2 Wellington Mews, ni du murmure de cet enfant au 14 Kelross Road. Il barrait les noms au fur et à mesure, à même l'annuaire téléphonique, perdant un peu plus espoir à chaque tentative. Il avait bien songé à appeler sa propre mère pour savoir si elle connaissait l'adresse de Bea, mais il s'était ravisé. Il ne voulait pas que maman sache qu'il était là.

Et soudain :

— Allô ? fit-elle, et c'était Bea, c'était sa voix et il ne pouvait pas raccrocher.

Cette voix.

— Allô ? répéta Bea, puisqu'il ne répondait pas, et il reconnut cette étincelle d'agacement dans sa voix. Il y a quelqu'un ? demanda-t-elle, et c'était bien Bea, même si elle lui paraissait beaucoup plus britannique, d'autant plus qu'elle était en train de s'énerver.

Puis :

— Nom d'un chien ! Arrêtez d'appeler, et elle raccrocha violemment dans l'oreille de William, qui sourit.

Après avoir entouré la ligne dans l'annuaire téléphonique, il déchira la page, même s'il avait déjà mémorisé l'adresse : 283 Liverpool Road. Comme il ouvrait la porte battante de la cabine téléphonique, il remarqua la boutique de souvenirs de l'hôtel sur sa droite. Ça ne se fait pas, d'arriver les mains vides, entendit-il sa mère lui souffler à l'oreille, aussi entra-t-il dans la boutique, regarda autour de lui, se demandant ce qui pourrait plaire à Bea, prenant lentement conscience qu'il n'en avait aucune idée. Elle avait forcément changé depuis qu'elle avait quitté New York, six ans plus tôt. Elle était devenue quelqu'un d'autre. Peut-être avait-elle un petit ami. Peut-être était-elle mariée. Peut-être était-il un imbécile.

Il quitta finalement l'hôtel avec les indications du réceptionniste pour se rendre chez Bea, mais sans cadeau. Puis, passant devant la boutique d'un fleuriste, il demanda à la commerçante de lui faire un joli bouquet. Un bouquet pas trop gros, car il était à présent persuadé que Bea avait un petit ami, en sorte que, quand il sonnerait à sa porte, il les trouverait tous les deux sur le seuil. Ils s'installeraient sur le canapé, Bea allongerait ses jambes nues sur les genoux du garçon, qui lui masserait les pieds. Ce type se sentirait chez lui dans l'appartement. La mère de Bea l'appréciait-elle ? Probablement. Bea prenait rarement des décisions que les autres désapprouvaient.

Mais bon… Il tenait à lui offrir des fleurs. Il ne lui avait jamais acheté grand-chose. La dernière nuit qu'ils passèrent ensemble dans le Maine, dehors, ne regagnant la maison qu'aux premières lueurs du jour, il lui cueillit des fleurs sauvages et, à son retour de New York, où ils l'avaient conduite, il trouva le bouquet dans sa chambre. L'eau finit par s'évaporer, de la poussière de pollen dessinant un cercle jaune autour du vase. Il prit les fleurs, les pressa entre les pages d'un livre important pour un garçon follement amoureux : *Roméo et Juliette*, peut-être, ou *Peines d'amour perdues*. Deux ans plus tard, durant un cours sur Shakespeare, il tourna les pages, tomba sur les fleurs et, dans la bibliothèque Widener, des larmes faillirent couler sur ses joues.

Cette fois, son bouquet à la main, il pénétra dans la station de métro qu'on lui avait indiquée, avec l'impression de descendre dans les entrailles de la terre, après quoi il refit surface dans une autre partie de la ville, très différente de celle qu'il venait de quitter, un quartier avec des landaus, avec des vélos, avec un pub à chaque coin de rue. Des bâtiments couverts de lierre. Des fleurs jaillissant des jardinières. Le quartier de Bea. Il n'arrivait pas à croire qu'hier encore, il contemplait la ligne des toits à Paris. Après être parti dans le mauvais sens à sa sortie de la station, il demanda de l'aide à un passant pour arriver enfin devant son immeuble, et comme il s'apprêtait à presser la sonnette étiquetée « Thompson, 3A », écrit à l'encre noire, une femme sortit du bâtiment en courant, avec un foulard sur ses bigoudis, et lui tint la porte sans sourire. Il entra, gravit l'escalier étroit et sombre. Il se retrouva devant sa porte.

Bea

Au beau milieu de cette longue nuit agitée, Bea sortit toutes ses photos d'Amérique pour les disposer sur la table de la cuisine. Elle ne les avait pas regardées depuis de nombreuses années. À bord du navire qui la ramenait en Angleterre, puis durant les premiers mois suivant son retour, elle les avait feuilletées au moins une fois par jour, comme un jeu de cartes. Les bords étaient abîmés, ramollis, et certaines d'entre elles commençaient à pâlir. Une photo de William, Gerald et elle au tout début : datait-elle de son premier jour d'école ? Comme ils étaient jeunes. Combien d'années s'étaient écoulées ? Elle avait maintenant regagné Londres depuis plus longtemps que n'avait duré son séjour en Amérique.

Le matin, lorsque à son réveil elle éprouva le besoin de se remémorer cette époque, elle décida de disposer les photos dans l'ordre chronologique, mais comme il n'y avait pas assez de place sur la table, elle les posa par terre, sur toute la longueur du salon et jusque dans l'entrée. Puis elle se souvint qu'elle avait encore d'autres clichés, ceux que Mme G lui avait envoyés au fil des années depuis son retour, elle les ajouta aux premiers, l'ensemble s'étirant à présent jusque dans la cuisine.

Sa mère ne connaissait pas ces photos récentes et, les plus anciennes, Bea ne lui en avait montré que quelques-unes. Les dernières en date n'auraient fait que l'agacer. Sa mère lui donnait l'impression de vouloir oublier les Gregory, effacer le temps que sa fille avait passé en Amérique. Elle désirait que Bea en fasse autant. Peu après son retour, Bea lui montra une photo, peut-être celle de la remise des diplômes, où William, Gerald et M. G arboraient de ridicules nœuds papillon écarlates, Mme G portait un chapeau bordeaux orné de plumes, et maman avait renâclé. « Ces gens-là, franchement… », dit-elle, et ces quelques mots firent à Bea l'effet d'une gifle. Elle les aimait, ces gens-là. Ils lui manquaient. Elle comprit ce jour-là qu'il valait mieux cesser d'en parler, les garder pour elle.

Alors qu'elle se déplaçait à quatre pattes dans l'appartement pour disposer les photos dans l'ordre une à une, on sonna à la porte. Elle n'était pas habillée pour recevoir du monde et, lorsqu'elle se remit debout, elle attacha ses cheveux en une queue-de-cheval lâche.

— Oui ? fit-elle, presque à voix basse, réticente à ouvrir, de peur de tomber sur la voisine d'en dessous, qui voulait toujours leur emprunter quelque chose.

Comme on ne répondait pas, elle se rendit à pas de loup jusqu'à la porte, avec l'espoir que l'importun aurait déguerpi, mais on frappa de nouveau, on frappa bizarrement, d'abord un coup puis, ensuite seulement, un autre. Cela lui évoqua le code qu'ils avaient inventé, il y avait bien longtemps, en sorte qu'elle ouvrit la porte à toute volée, et il était là. William. Il était resté le même, bien sûr, mais en version adulte. Épuisé et triste, mais il y avait aussi de la joie. Un formidable mélange de bonheur et de chagrin.

— Oh, William, dit-elle. C'est toi.

William

Il demeura devant la porte un moment avant de sonner, se demandant soudain s'il avait seulement le droit d'être là. Ils avaient été séparés plus longtemps qu'ils n'avaient vécu sous le même toit. Et ils n'étaient alors que des enfants. Entretemps, elle serait devenue quelqu'un d'autre. Et pourtant il était là, avec son sac marin en bandoulière, comme s'il avait prévu de rester. Mais il sonna quand même, perçut un petit bruit à l'intérieur et, comme la porte ne s'ouvrait pas, il frappa à nouveau, puis une autre fois encore, se souvenant du code idiot inventé par Gerald. On déverrouilla prestement la porte, qui s'ouvrit. Elle était là. Presque comme si elle avait pressenti qu'elle le trouverait à sa porte, en train d'attendre qu'elle lui ouvre.

Elle portait un chemisier bleu et une jupe rayée, les ongles de ses pieds nus étaient peints de rouge vif. Elle était très mince, avec les joues creuses et les épaules saillantes. Ils ne s'étreignirent pas, ne s'embrassèrent pas non plus. Ils se regardèrent. William ne savait pas quoi dire. Il avait peur de se mettre à pleurer.

Au bout d'un moment, elle le fit entrer dans l'appartement, insistant pour qu'il s'assoie sur le canapé. Il jugeait inopportun de la toucher, bien qu'il en ait envie. Mais après qu'il se fut installé, Bea toujours debout, c'est elle qui posa une main sur son épaule, qu'elle laissa là longtemps.

— Ta mère a appelé.

— Oui, fit-il. Elle t'a prévenue, alors ?

Il détourna les yeux, son regard balayant la pièce, soulagé de ne pas avoir à lui annoncer la nouvelle. Il avait néanmoins répété les mots qu'il comptait lui dire, réfléchi à la façon dont elle allait réagir. L'appartement de Bea faisait moins de la moitié du sien en termes de taille.

— Je n'arrive pas à y croire, fit-elle. Je ne m'étais jamais dit qu'il allait mourir. Pas déjà.

— Oui, répéta William, sans savoir au juste s'il était capable de dire autre chose.

Rien de tout cela ne paraissait réel. Il ne pouvait pas prendre le risque de regarder son visage. Elle se tenait à ses côtés sans bouger, une main sur son épaule, et il ne désirait qu'une chose : la prendre par la taille. Au lieu de quoi il se souvint des fleurs qu'il serrait toujours dans sa paume humide et les lui offrit.

— C'est pour toi, dit-il.

— Elles sont magnifiques, commenta-t-elle, et elle sourit pour la première fois, de ce sourire qu'il connaissait bien. Absolument magnifiques. Attends, je vais les mettre dans un vase.

Elle disparut dans la cuisine, il entendit couler de l'eau.

— Tu veux du café ? lança-t-elle, et il répondit que oui.

En se penchant sur le côté, il la voyait en train de s'affairer. Comme tout cela était étrange. Se trouver ici, avec elle. S'y sentir à ce point mal à l'aise.

Soudain, elle reparut sur le seuil, le nez froncé comme chaque fois qu'elle s'apprêtait à poser une question. Le temps semblait ne pas s'être écoulé.

— Avec de la crème, ou est-ce que tu le prends noir ?

— Avec de la crème et du sucre, merci.

Il s'exprimait distraitement en contemplant ses cheveux, qui dégringolaient abondamment jusqu'à sa taille. Venait-elle de les détacher ?

Elle haussa les épaules :

— Je m'en veux presque de ne pas savoir, mais c'est idiot. À l'époque, nous ne buvions pas de café. Nous étions des enfants.

Elle s'en fut à nouveau dans la cuisine, d'où elle le héla presque aussitôt :

— Ah mais si ! Tu te rappelles le troquet à New York ?

Il avait oublié.

— Avec Gerald, répondit-il. En effet.

Il examina le salon. Meubles usés. Des affaires partout. Une photo de Bea et de sa mère sur la petite table à côté de lui. Curieusement, étaient disposées par terre une enfilade de photos partant de l'entrée pour s'enrouler ensuite autour d'une ou deux chaises avant de disparaître dans la cuisine.

Bea, qui revenait avec un plateau, le vit observer le sol.

— Ce sont des clichés de vous tous, expliqua-t-elle. Après le coup de téléphone de ta mère, j'ai éprouvé le besoin de me replonger dans mes souvenirs. Et tu me connais, j'aime que tout soit bien rangé.

Elle regarda autour d'elle et éclata de rire :

— Certaines choses mériteraient d'être rangées.

Elle posa le plateau sur la table basse, repoussant plusieurs piles de courrier. Le bouquet de fleurs dans un vase en verre. Deux tasses en porcelaine blanche, avec leurs soucoupes. Une assiette de biscuits. Deux serviettes en lin rose pâle.

— Très chic, fit William. Et tellement adulte.

— Mais je suis adulte, répondit-elle avec un sourire. J'ai eu vingt-deux ans la semaine dernière. Mais c'est maman qui parade avec les cadeaux de mariage.

Elle s'assit à l'autre bout du canapé et lui tendit une tasse sur sa soucoupe.

— Avec le mariage, en revanche, elle parade moins.

— On m'en a parlé, acquiesça-t-il. Elle est ici ?

— Non. En vacances avec des amis.

Elle désigna le courrier sur la table basse.

— Je reçois des cartes postales presque tous les jours. Je pense qu'elle se sent coupable.

Ils échangèrent alors un sourire.

— Toi, fit-elle.

— Toi, répondit-il.

Elle détourna le regard, puis, lorsqu'elle revint à lui, ses yeux s'étaient assombris. C'était ce qu'il se rappelait lors de son arrivée chez eux. Elle avait tellement peur, et cela se discernait dans son regard. Elle demeura silencieuse pendant un moment. Elle avait la peau plus pâle que dans son souvenir, un teint d'ivoire translucide, rehaussé par un rouge à lèvres foncé. Elle n'en mettait pas, à l'époque.

— Je pense qu'il serait content de nous voir ici ensemble, dit-elle.

Il ne sut pas quoi répondre. Elle avait évoqué son père mort de la même façon, de ce qu'il était en mesure de voir, de penser, comme s'il avait plané au-dessus d'elle, comme s'il s'était trouvé dans la pièce. William s'était alors dit que cela l'aidait à traverser cette épreuve. Il l'entendait s'adresser à son père, elle lui racontait sa journée. On avait presque l'impression que son décès n'avait rien changé à leur relation.

Une fois, ils se disputèrent à ce sujet. Ils fumaient une cigarette dans le cimetière, entre deux cours, et elle cria après lui parce qu'il s'était assis sur une pierre tombale.

— Ils sont morts, rétorqua-t-il. Réduits à un tas d'ossements. D'ossements et de vers.

Elle lui fit une grimace.

— Tu es dégoûtant, William Gregory. Il s'agit de leur dernière demeure. Montre-leur un peu de respect.

Il jeta le mégot dans l'étang.

— Je t'entends lui parler, ajouta-t-il en sachant qu'il ne devrait pas dire une chose pareille.

Il le sentit à l'intérieur de son ventre à l'instant où il prononça ces paroles. Ce fut comme s'il était en train de franchir une ligne invisible, de s'immiscer dans l'intimité du père et de la fille. Une veine palpita à son cou lorsqu'elle ramassa son cartable. Elle ne répondit rien, mais le considéra de cette façon-là, de cette façon qu'elle ne réservait qu'à lui.

— Il n'est pas là, insista-t-il. Il est mort.

Elle lui tourna le dos et s'éloigna sans un mot, elle quitta le cimetière par l'arrière et, pour ce faire, escalada une clôture.

Au dîner, il constata que sa jupe était déchirée et qu'il y avait plusieurs mailles filées dans ses collants. Ils ne s'adressèrent plus la parole pendant plusieurs jours, plusieurs semaines peut-être bien. Plus tard, lorsque, vers la fin, ils sortaient ensemble, ils ne revinrent jamais sur l'incident. William le souhaitait, mais il ne savait pas quoi lui dire, ni comment s'y prendre pour retirer les mots qu'il avait prononcés.

William ferma les yeux en se rappelant cet épisode. Dire ou faire ce qu'il ne fallait pas l'attirait. Il avait une propension à la méchanceté. Son père l'avait fait asseoir un après-midi dans son bureau, après qu'il s'était moqué de Gerald le matin.

— Je sais que tu estimes que nous ne nous ressemblons pas, lui avait-il dit, mais sur ce point nous nous ressemblons. Mon père était comme cela, lui aussi. Nous disons ce que nous pensons. Gerald et maman, eux, sont différents, raison pour laquelle tu dois essayer de garder tes opinions pour toi.

— En effet, finit-il par répondre à Bea. Maman sera contente aussi, lorsqu'en rentrant à la maison je lui dirai que je t'ai vue.

Bea hocha la tête.

— Elle m'a dit que tu étais absent, mais sans ajouter que tu te trouvais à Londres. Comment se fait-il qu'elle ne m'ait pas prévenue ? Elle ignore où tu es ?

— Je suis censé être à Paris. Avec Nelson. Cela faisait une éternité que nous avions prévu de faire ce voyage. Mais maintenant, je rentre chez moi.

Comme elle hochait la tête, il vit sur son visage qu'elle avait compris qu'il n'avait pas eu l'intention de lui rendre visite. Que le voyage avait été planifié de manière à éviter Londres. Nelson avait posé la question à plusieurs reprises, mais William s'était montré catégorique. Il ne voulait pas la voir. Mais après avoir appris la mort de son père, il n'imagina pas d'autre endroit où aller. Pas d'autre endroit où il désirait être. Il se dit qu'il allait faire cela pour elle, parce qu'elle aurait besoin de compagnie, mais il savait que ce n'était pas vrai. C'était lui qui avait besoin d'elle.

— Nelson, fit-elle. Bobby Nelson. Je n'ai pas pensé à lui depuis des lustres.

Il lui parla de Nelson et de leur voyage. Des choses incroyables qu'ils avaient vues et faites. Comme ils ne s'étaient pas écrit depuis plusieurs années, il rattrapa de son mieux le temps perdu en évoquant pour Bea la vie à la maison. Son travail à la banque. Ses amis. Enfin, il lui parla de Rose. Du bébé qui allait naître en février. Avant cela, d'ici deux mois à peine, en octobre, ils se marieraient. Il vit passer sur son visage de la surprise, puis de la déception. Il s'étonna que ni maman ni Gerald ne l'aient informée. Elle s'efforça de sourire.

— Un bébé, fit-elle. Tu m'en diras tant.

Elle repartit dans la cuisine en quête d'une bouteille de prosecco, versa les bulles crépitantes dans deux verres étroits, qu'ils entrechoquèrent sans qu'elle croise son regard.

Il l'interrogea sur sa vie à elle, et elle lui parla de sa classe de maternelle, de ses collègues devenues des amies, de sa relation compliquée avec sa mère.

— Je pense qu'elle s'attendait à ce que je me comporte encore comme une petite fille à mon retour, dit-elle. Et Tommy n'a rien arrangé.

Il ne fut question du père de William que brièvement, ni l'un ni l'autre ne se sentant prêts à affronter la situation. À admettre la cruelle vérité. Vint un moment où il leur sembla qu'ils n'avaient plus rien d'autre à se dire. Comme s'ils n'étaient plus que deux inconnus, piégés, sans qu'on sache pourquoi, dans une situation intime. Il était midi. Elle se leva pour aller laver leurs verres. Il la regarda, et encore une fois se remémora les premiers jours, lorsqu'elle se sentait si perdue, lorsqu'il attendait que Gerald fasse une ânerie pour voir se transformer le visage de la fillette.

Ils faisaient silence. Il se leva à son tour, s'étira les jambes, parcourut l'enfilade de photos, il en saisissait une de temps en temps pour l'examiner plus attentivement. Il emporta le plateau, avec les tasses à café et les fleurs, dans la cuisine. Là, il découvrit des clichés plus récents, dont certains qu'il n'avait jamais vus. La toute dernière photo était un portrait de son père, souriant, tenant à la main une carte postale pour une partie d'échecs par correspondance, qu'il désignait du doigt. La photo lui parut récente. Il avait les cheveux plus dorés que roux, avec du gris au niveau des tempes, et William constata combien il avait maigri. Combien il avait vieilli. Jusqu'alors, il ne s'en était pas aperçu. Quand, pour la dernière fois, avait-il vraiment regardé son père ?

— Qu'est-ce que c'est que ça ? demanda-t-il. Pourquoi montre-t-il cette carte ?

Bea se tenait sur le seuil :

— Parce que je l'avais battu. Enfin.

Puis elle le considéra d'un air interrogateur en fronçant le nez.

— Tu n'étais pas au courant ? fit-elle, éberluée, avec un petit sourire. Tu ne savais pas que nous jouions aux échecs depuis des années ?

— Aux échecs ? Tu joues aux échecs ? Tu as joué aux échecs avec lui ?

— Nous avons commencé à jouer l'été où Gerald et toi êtes partis en colonie. Avant que je quitte l'Amérique, il m'a montré comment noter les déplacements sur la carte et, depuis, nous jouions.

Elle se mit alors à pleurer, ses larmes dégouttaient sur son chemisier.

— C'est la seule chose que ma mère a acceptée concernant ta famille après mon retour : que je joue aux échecs avec ton père. Parce que le mien avait joué avec lui, après quoi ma mère avait pris le relais. Je viens de recevoir une carte.

Elle la montra à William.

— Je me demande quoi en faire depuis ce matin. Je trouverais dommage de ne pas jouer le coup suivant. Mais je n'ai personne à qui envoyer la carte.

Il la prit dans ses bras. Il la sentit soudain différente, plus maigre, moins à l'aise, en quelque sorte. Il était accoutumé à Rose, à la courbe de ses hanches, à l'odeur de sa poudre de riz. Et cependant… Tout paraissait soudain si familier. Il n'avait plus la moindre envie de renoncer.

Bea

Bea se rendit dans sa chambre pour se changer avant de sortir avec lui prendre un verre, puis dîner. Elle ferma sans bruit la porte dans son dos, puis s'assit sur son lit. William, ici, chez elle. Elle ne serait pas surprise si, de retour au salon, elle ne l'y trouvait pas, peut-être n'était-il qu'un mirage, qu'elle avait convoqué à force d'examiner les photographies. C'était irréel. Elle avait ouvert la porte de l'appartement, et il était là. Combien de fois avait-elle rêvé de le savoir à Londres ? De le croiser dans son monde à elle ? D'être avec lui à nouveau ?

Néanmoins, comme la plupart des rêves, le sien fit vaciller la réalité. Le William de ses rêves n'était pas celui qui se trouvait là. Celui de ses rêves avait six ans de moins. Il était imprévisible. En colère. Gentil. Prêt à repousser les limites. À foncer droit dans le mur. Le William d'aujourd'hui ne lui ressemblait pas. Il était établi, se disait-elle, il avait enfilé le manteau d'une vie qui ne lui convenait pas tout à fait. Lui jadis capable de sillonner le monde sans peine ; jamais elle n'aurait pensé qu'il finirait par vivre là-bas. C'était comme si le feu en lui s'était éteint. Elle se rappela la fête du Nouvel An, il y avait si longtemps, ils étaient tous tirés à quatre épingles. Se comportant comme les adultes qu'ils désiraient devenir. Il était beau ce soir-là, mais il ne ressemblait pas au William qu'elle aimait. Le William qui se trouvait chez elle aujourd'hui n'était pas, lui non plus, la personne qu'elle avait connue.

Plus elle l'écoutait parler de sa vie, plus elle se sentait triste. Un avenir si prometteur, un formidable potentiel. Elle l'avait convaincu d'étudier à Harvard, d'en faire une expérience pour eux deux. Et au début, il avait joué le jeu. Ses lettres débordaient de l'existence qu'il menait à l'université, de l'enthousiasme qu'il éprouvait. Puis elles se raréfièrent et, à les lire, on avait l'impression qu'il ne savait plus quoi écrire. Elle se fichait bien d'entendre parler de ses vieux amis, des fêtes ou des nouveaux bars qui venaient d'ouvrir. Dans une certaine mesure, elle s'était sentie soulagée lorsqu'il avait cessé d'écrire. Et voilà qu'il était sur le point de se marier, d'avoir un bébé. Certes, il y avait, dans cette fiancée enceinte, une touche du William d'autrefois. M. et Mme G devaient être furieux. Pas étonnant que Mme G n'en ait pas fait mention dans sa dernière lettre.

Elle enfila une robe, se fit une tresse à la va-vite, remit du rouge à lèvres. Lorsqu'elle ouvrit la porte du salon, William s'était rassis sur le canapé, mais lui aussi s'était changé : une chemise propre, une autre cravate. Il avait peigné ses cheveux, à présent si courts. Il ne lui restait plus la moindre boucle. Il se leva et s'inclina.

— Madame, dit-il.

— Monsieur.

Elle fit la révérence, pinçant sa robe des deux mains.

— Qu'est-ce que tu préfères ? fit-elle. Boire un verre dans un pub de quartier ? Ou faire un peu de tourisme au centre-ville ?

— Restons plutôt dans le coin. Dans ton quartier.

Au cours du dîner, ils parlèrent surtout de Londres, des effets de la guerre. Il en avait remarqué aussi les séquelles à Paris. Il lui dit que le nord de la France – qu'il avait vu depuis les fenêtres du train – lui avait paru désolé. Il n'y restait plus que quelques constructions datant d'avant le conflit. Elle lui raconta qu'à son retour elle s'était perdue un nombre incalculable de fois, y compris lorsqu'elle habitait dans son ancien quartier. Elle manquait désormais de repères. Un peu partout, elle distinguait le ciel là où, avant, il n'était pas visible.

— Ce devait être beau, commenta-t-il. Tu te rappelles quand nous nous étions allongés sur l'herbe dans le Maine pour contempler le ciel ?

— Sauf qu'ici, il ne s'agissait pas du ciel du Maine, mais de celui de Londres. Gris la plupart du temps. Pas très beau.

Il hocha la tête, but une gorgée de vin, avant d'appuyer sa tête contre la paroi du box et de fermer les yeux.

— Je rêve du Maine, dit-il. L'eau. Le ciel. Le cri des mouettes. L'odeur des pins. De la même façon qu'il t'a fallu du temps pour réapprendre Londres, il m'a fallu du temps pour admettre que l'île ne nous appartient plus. C'est curieux comme les lieux font partie de notre identité.

— Cette nouvelle m'a attristée. Ta mère devait être effondrée.

— Je suppose qu'ils ont dû se disputer pendant une éternité avant de s'y résoudre. Ils s'étaient débrouillés pour avoir de quoi régler mes frais de scolarité, essentiellement à force d'économiser. Mais il n'y avait pas assez d'argent pour Gerald.

Un jour, au courrier, Bea avait reçu, de la part de Mme G, un grand carton. Il contenait des souvenirs du Maine : un seau plein de baies, une énorme pomme de pin, la couette de son lit. Et un petit mot caché à l'intérieur. « Je tenais à te faire parvenir ces choses, ma chérie. Nous avons dû vendre la maison. Je sais que tu l'aimais autant que nous. Fais-en ton miel. Mets tes souvenirs à l'abri dans ces affaires. Avec tout mon amour, Mme G. » Elle lui écrivit aussitôt, en la bombardant de questions, mais elle n'y répondit jamais. Mme G n'évoqua plus que rarement le Maine. Bea referma le carton, qu'elle rangea au fond de son placard. Elle jugeait trop difficile de faire entrer ces souvenirs dans sa vie quotidienne.

— J'y ai emmené Rose en juillet, reprit William. J'ai emprunté le bateau de M. Lasky et nous avons traversé à la rame, avant de débarquer côté forêt. Lasky m'avait indiqué que les nouveaux propriétaires habitent New York et ne viennent sur l'île qu'en août. Nous avons donc passé une nuit dans la maison, pour que Rose la voie. Pour qu'elle puisse comprendre ce qu'elle représentait.

Enfin, le William qu'elle connaissait. Le William qui prenait des risques.

— Et ? fit-elle. Qu'en a-t-elle pensé ?

— Elle a détesté. Elle n'aime pas les comportements déplacés – dormir dans le lit de quelqu'un d'autre, boire le vin de quelqu'un d'autre… Elle n'a pas vu la maison telle que nous la voyions. Je voulais vraiment qu'elle l'aime, que nous partagions cela tous les deux, mais cela ne s'est pas produit.

— Nous le savons, toi et moi, observa Bea, consciente d'exclure Rose. Il est difficile de comprendre le passé d'autrui.

— Elle l'a trouvée froide et humide, c'est tout.

Il cessa de parler, regarda autour de lui.

— J'essaie d'économiser assez d'argent pour la racheter, déclara-t-il sans la regarder. Je veux la récupérer. Lorsqu'elle est tombée enceinte, que j'ai su que j'allais fonder une famille, j'en ai eu d'autant plus envie. Je tiens à ce que ma fille ou mon fils vive la même enfance que nous. Rose, non. Elle, elle veut acheter quelque chose au cap Cod. Je doute que nous ayons un jour de quoi. Sans compter que je ne désire pas particulièrement aller là-bas.

Bea ne savait que dire. Elle avait oublié, l'espace d'un instant, qu'il était sur le point de devenir père, de se marier, qu'il entamait une nouvelle vie, dont elle ne ferait pas partie. Elle souhaitait continuer à parler du Maine. « Notre » enfance, avait-il dit. Comme s'ils avaient toujours été ensemble.

— Raconte-moi ton meilleur souvenir du Maine, fit-elle. Celui que tu promènes toujours avec toi.

Il sourit, et le William d'autrefois reparut. Pas tant dans l'expression de son visage – il était tellement beau, à présent, qu'on aurait cru une vedette de cinéma, vraiment –, mais dans la façon dont son corps se détendait dans leur box.

— Je ne peux pas n'en choisir qu'un. Voici cependant les premiers qui me viennent à l'esprit : je suis allongé sur le quai flottant, épuisé, je viens de te battre, ou de battre Gerald, ou, encore mieux, de vous battre tous les deux, je sens le soleil sur mon visage. Je fais griller des guimauves sur le feu de camp, des étincelles s'élèvent dans l'air nocturne. Je regarde papa rapporter du bateau ce qu'il vient de pêcher, les verres de ses lunettes sont éclaboussés d'eau de mer.

Il s'arrêta.

— Et toi. Le dernier été.

— Oui, dit-elle. Ce sont tous d'excellents souvenirs.

Elle le regarda, il la regarda, et c'était comme s'ils se trouvaient là-bas, sur l'île, durant la dernière nuit qu'ils avaient passée ensemble. Ils quittent la maison à la dérobée, après que Gerald, M. et Mme G se sont endormis, ils courent sur le sentier, dans les bois. Il ouvre la voie, une main en arrière pour saisir celle de Bea. Ils courent vers le rivage, où elle a appris à nager, où l'eau est un peu plus chaude, ils abandonnent leurs vêtements sur les rochers et se mettent à barboter. Il fait si froid qu'elle met une main sur sa bouche pour s'empêcher de crier, mais, comme elle ne veut pas qu'il voie son corps, elle se déplace le plus vite possible en direction des eaux plus profondes. Elle avance jusqu'à avoir de l'eau au niveau de la poitrine, puis elle retient son souffle et se pince le nez, se baisse, s'immerge, et enfin revient en riant, elle tremble de froid. « C'est bon, on l'a fait », réussit-elle à articuler bien qu'elle claque terriblement des dents. « Alors maintenant, on s'en va », et ils se laissent porter par les vagues vers le rivage. Elle jette un bref coup d'œil au corps de William, avant qu'ils ne s'enroulent dans des serviettes, puis ramassent leurs vêtements, les serviettes faisant office de paravents pendant qu'ils se rhabillent.

Sur le chemin du retour, dans les bois, elle trébuche sur une racine, et ils tombent tous les deux, hors d'haleine, et ils rient. Il s'assoit et la tire vers lui, elle grimpe sur ses genoux de façon à lui faire face. Mais il fait sombre, sous le feuillage des arbres. Le brouillard est épais. Il n'y a ni clair de lune, ni étoiles, et elle n'arrive pas à voir son visage. Elle ne sait pas s'il sourit, alors elle explore ses traits avec ses doigts. Ses pommettes. Ses sourcils. Son menton. La douceur surprenante des poils de barbe naissants sur ses joues. Le grain de beauté à côté de son œil. Sa bouche. Il sourit. Puis vient son tour à lui, il l'effleure avec légèreté. Elle n'aurait pas pensé qu'il pouvait se montrer si doux. Une paupière, puis l'autre. Une oreille, puis l'autre. Son nez. Ils s'embrassent, et il a un goût de sel, puis elle enroule ses bras autour de son cou, il enroule ses bras autour de sa taille et ils s'assoient, la joue de Bea dans le cou de William, son souffle à lui sur ses cheveux à elle, ils ne bougent pas, avec la conviction que toutes ces années qu'ils viennent de passer ensemble les ont précisément menés à cet unique instant. À ce moment superbe.

William

Il ne s'était pas rendu à Londres pour coucher avec Bea. Il avait seulement eu envie d'être avec elle. C'est pourtant ce qui se passa. Ils rentrèrent du pub d'un pas mal assuré, parce qu'ils avaient bu trop de vin, trop évoqué le passé, partagé trop de souvenirs. Le présent, en quelque sorte, fut balayé, oublié. Le passé surgit et les rattrapa. Rose n'existait pas. Son père était encore en vie. Ils devinrent ce qu'ils étaient alors. Des adolescents, désireux d'explorer et d'être explorés. Il ferrailla contre son soutien-gorge, elle tira impatiemment sur le nœud de sa cravate. Exalté, il ne pensa plus qu'à la pénétrer, et lorsque cela fut fait, il ne désira plus que de rester en elle, de s'endormir sur elle. Mais Bea l'embrassa sur la joue, se dégagea, avant de serrer sa main, en manière d'excuse. Elle s'endormit peu après, et, toujours allongé, il la regarda respirer, les lampadaires éclairaient son corps nu.

Lorsqu'il se réveilla au matin, il découvrit un fouillis de draps du côté de Bea, et il lui fallut un certain temps pour se rappeler où il était. La chambre était juste assez grande pour contenir le lit et une petite commode. Par la minuscule fenêtre entrait maintenant un soleil éclatant, trop éclatant. Il se retourna en entendant un bruit, Bea se tenait sur le seuil de la pièce, habillée, une feuille de papier à la main. Elle lui parut nerveuse, comme si c'était elle qui se trouvait dans un appartement inconnu.

— Qu'est-ce que c'est que ça ? demanda-t-il en remontant le drap sur son torse, soudain gêné.

Avaient-ils réellement couché ensemble ? Ou avait-il tout imaginé ?

— Notre programme de la journée, répondit-elle. Je vais te montrer Londres. Mon Londres.

Ils avaient évoqué, la nuit précédente, la difficulté de faire sien le passé de quelqu'un d'autre. Elle avait tenté, à l'époque, de lui raconter sa vie à Londres, mais il n'avait jamais réussi à se la représenter, si bien qu'avec le temps elle avait laissé filer le passé. À la place, elle était devenue une partie de son monde à lui, du monde des Gregory. Et voilà qu'il se trouvait à présent dans son appartement, dans son monde à elle. Les rôles avaient été inversés.

Elle avait déjà fait du café, dont elle lui servit une tasse avant qu'ils s'en aillent. Il la regarda, assise à la petite table de la cuisine, s'emparer de la crème et du sucre, glisser plusieurs tranches de pain dans le grille-pain, couper en triangles les tartines beurrées. Il la saisit par la taille, la serrant contre lui. Elle l'embrassa sur le haut du crâne, avant de se libérer de son étreinte. Elle se déplaçait avec légèreté dans l'espace exigu.

C'était un mardi matin nuageux. Les rues grouillaient de Londoniens qui se rendaient au travail ou faisaient leurs courses, les hommes avaient l'air engoncés dans leurs costumes, ils avaient le front luisant de sueur. Des enfants couraient en riant. Les femmes poussaient d'énormes landaus. Il avait dû pleuvoir beaucoup pendant la nuit, car des flaques d'eau parsemaient les chaussées et les trottoirs.

Bea et sa mère avaient regagné leur ancien quartier après le divorce, et elle commença par emmener William là où se situait jadis son école. Une bombe l'avait détruite peu de temps après son départ. Un nouvel établissement scolaire trônait fièrement à sa place. Sur le mur face à la cour de récréation, elle lui montra les briques de la première école, qu'on avait sauvées puis réutilisées en souvenir. Il se rappela l'histoire des garçons en train de courir dans la cour avec leurs masques à gaz.

Ils se dirigèrent ensuite vers la supérette qu'elle fréquentait depuis sa plus tendre enfance pour y acheter une bouteille de vin.

— Bonjour, Trixie, lança la femme de l'autre côté du comptoir, avec un sourire et un regard appuyé en direction de William. Où est passée ta mère ?

Bea lui expliqua qu'elle était en vacances.

— Elle rentre à la fin de la semaine, ajouta-t-elle, une main sur le coude de William pour le pousser vers d'autres rayons.

— Trixie ? fit-il une fois qu'ils furent entourés de farine et de sucre. Trixie ?

Elle rougit, ce qui lui était rarement arrivé devant lui.

— C'est comme ça qu'on m'appelle, ici. Maman n'a jamais aimé mon prénom. Bea, ça ne lui plaisait pas.

— C'est pourtant comme ça que nous t'appelions tous.

— Pas au début. Au début, vous m'appeliez Beatrix, puis vous avez utilisé le diminutif. Je ne me souviens plus quand c'est arrivé ni qui a commencé en premier. Toujours est-il que ça m'a plu. Je trouvais presque normal d'avoir, en Amérique, un prénom différent de celui que j'avais à Londres. J'étais quelqu'un d'autre. Mais lorsque je suis rentrée, tout le monde ici m'avait toujours connue sous le nom de Beatrix, puis Trix, comme on m'appelait à l'école. Trixie. Voilà toute l'histoire.

— Comment veux-tu que je t'appelle ?

Il était fâché ; il se sentait étonnamment trompé.

— Bea.

Elle le regarda comme elle aurait regardé un demeuré.

— C'est mon nom. Pour toi. C'est comme ça que tu m'appelles.

Elle eut un geste en direction de la porte.

— Attends-moi dehors. Je n'ai pas envie d'expliquer qui tu es à la commère.

Il haussa les épaules et sortit, alluma une cigarette, adossé contre le mur du bâtiment d'en face. Il ne distinguait pas l'intérieur du magasin ; il ne voyait que son propre reflet.

Qui était-il ? Il pensait à mille choses qu'elle aurait pu dire à l'employée :

C'est William, j'ai vécu avec sa famille pendant la guerre.
Tu te souviens, quand je vivais en Amérique ? Le garçon plus âgé dont je t'ai parlé ?
C'est lui !
Pendant cinq ans, ce garçon a été comme mon frère. Et puis, à la fin, il est devenu davantage.
Oh, et, au fait, hier soir, j'ai couché avec lui.

Ils étaient ensemble pour la première fois en public. Il avait envie de lui tenir la main. Il voulait que le monde entier sache qu'ils étaient ensemble. Mais elle le traitait comme un citoyen de seconde zone, comme un domestique. Lorsqu'elle quitta enfin la supérette, elle traversa la rue en courant pour éviter une voiture, et son sourire s'évanouit en voyant l'expression du visage de William.

— Qu'est-ce qu'il y a ? lui demanda-t-elle en se mettant à marcher d'un pas vif, ce qui l'obligea à accélérer pour la rattraper. C'est quoi, ton problème ?

Il attendit que des passants les aient croisés :

— Toi. C'est toi, le problème.

À peine eut-elle passé le coin d'une rue qu'elle s'immobilisa brusquement et se tourna pour lui faire face. Il la bouscula malgré lui.

— Que voulais-tu que je fasse ? Que je raconte ma vie à tout le monde ? Elle connaît ma mère, William. Elle me connaît depuis que je suis toute petite.

Le dessus de ses oreilles virait au rouge vif. Il avait oublié cette réaction.

— J'aurais apprécié que tu trouves autre chose que de me flanquer à la porte.

— Qu'est-ce que j'étais censée lui dire ? Je te présente William, j'ai vécu avec sa famille en Amérique et, oh, tiens, on a baisé hier soir.

Il demeura sans voix. Elle n'avait jamais mâché ses mots. C'était d'ailleurs l'un des traits qui lui plaisaient chez elle, sa façon de se défendre. Mais, cette fois, son impudence le surprit. C'était idiot, mais il n'était pas sûr d'avoir jamais entendu une fille s'exprimer en ces termes. Même Rose, qui n'avait pas la langue dans sa poche, disait toujours « faire l'amour », ce qu'il détestait. Le sexe, songeait-il. Appelons un chat un chat. On va baiser. Mais si Bea le décontenançait, cela l'excitait aussi. Il adorait l'entendre mettre des mots sur ce qu'il venait de penser. Cela s'était produit maintes fois par le passé, comme s'ils lisaient dans l'esprit l'un de l'autre. Il n'avait jamais vécu cela avec quelqu'un d'autre. Pas même avec Rose. Il poussa Bea contre le mur et l'embrassa. Lentement, sans se précipiter. Ils étaient dégrisés maintenant et, tout ce qu'il voulait, c'était l'embrasser. Elle commença par résister, puis elle céda et l'embrassa à son tour.

— Oui, nous l'avons fait, souffla-t-il à son oreille. Et j'espère bien que nous allons recommencer ce soir.

Bea

Elle fut heureuse de trouver William encore endormi lorsqu'elle se réveilla tôt le matin, la lumière pénétrait à peine dans la pièce. Elle étudia longuement son visage, le mémorisa, avec l'intention de s'en souvenir durant les années à venir. Il partait le lendemain matin et elle ignorait quand elle le reverrait. Sans toucher ses traits, elle suivit du doigt les contours de ses lèvres, de ses yeux, de son nez. Les rides qui commençaient à se former autour de sa bouche et de ses yeux. Il était encore plus beau qu'avant.

Elle refusait de penser à ce qui s'était passé la veille. Elle en rêvait depuis si longtemps qu'elle était à présent trop lucide. Ils n'avaient pas couché ensemble avant son départ. Depuis, elle avait eu des relations sexuelles avec quelques garçons, il lui arrivait de penser à lui plutôt qu'à eux, si bien qu'après elle avait du mal à comprendre pourquoi on en faisait tout un plat. Elle se reprochait d'avoir des relations intimes avec des inconnus. Il s'agissait de moments débridés, vite expédiés, durant lesquels il n'était question que de désir et jamais de besoin. Avec William, en revanche, c'était les deux, et elle aurait aimé se sentir légitime auprès de lui. Peut-être pourraient-ils redevenir ceux qu'ils étaient autrefois… Mais ce qui se passait entre eux se révélait inacceptable à bien des égards. Il était fiancé, bon sang. Il allait avoir un bébé avec Rose. Et pourtant, c'était William. Ensemble, ils auraient toujours quinze et dix-sept ans, ils se tiendraient toujours à l'aube d'un bouleversement. Ô combien doux est ce moment, le moment d'avant qu'il se passe quelque chose. On est tout entier dans l'attente. Tout est neuf. Ce moment durant lequel il n'existe pas de conséquences, ce moment sans après.

Elle prit une douche et s'habilla, puis, tandis qu'elle préparait du café, elle décida de l'occuper pour la journée. Pour l'empêcher de penser à son père, pour éviter de revenir sur ce qui s'était déroulé la veille. Elle rédigea un emploi du temps puis, lorsqu'il fut debout à son tour, ils quittèrent la maison. Elle lui montra son quartier. Son école. L'immeuble où elle avait grandi. Leur église. À midi, une pluie fine se mit à tomber et, comme il traînait des pieds, elle lui proposa de faire une pause sur un banc, dans le parc. Elle ouvrit son parapluie pour les protéger de la bruine. Il étendit ses jambes, geignit en allumant une cigarette.

— Tu me fatigues, Trixie, dit-il.

Elle fronça les sourcils et secoua la tête.

— Alors, l'interrogea-t-elle, tu en penses quoi ? Est-ce que cela ressemble à ce que tu avais imaginé ? Te rappelles-tu qu'à l'époque je t'avais parlé de tous ces endroits ?

— Oui, bien sûr que je m'en souviens. Ce n'est pourtant pas ce que j'ai vu. Jamais je n'aurais cru qu'on se trouvait dans un décor tellement urbain. Quelle différence avec la maison. Notre mode de vie a dû drôlement te surprendre.

— En effet. Tout me paraissait immense, par rapport à ce que je connaissais ici.

— À l'inverse, qu'as-tu éprouvé en rentrant à Londres ?

— La ville m'a paru sale, trop dense, grise. Les gens étaient maigres, ils avaient faim. Et pourtant, il y avait aussi de la joie. Des fleurs poussaient dans les ruines. Et puis c'était chez moi, ce quartier vivait en moi. Il faisait partie de qui j'étais. Je m'y trouvais à ma place.

William hocha la tête.

— C'est exactement ce que je t'ai dit hier soir à propos du Maine. J'ai du mal à m'imaginer vivre ailleurs qu'en Nouvelle-Angleterre.

— Bon, lâcha-t-elle en détournant le regard, déçue de son manque de curiosité pour le reste du monde.

Où était passé le garçon résolu à s'enfuir ?

— En somme, ajouta-t-elle, nous voilà l'un et l'autre au bon endroit. Moi dans la vieille Angleterre, toi dans la nouvelle.

— Chacun de son côté de la grande mare.

Ils se turent. Un groupe s'installa un peu plus loin pour jouer au cricket.

— D'où ça vient ? demanda-t-il, les yeux fermés. Cette expression ?

— On l'a apprise à l'école. Elle remonte à loin. À l'origine, on parlait de la « grande mare aux harengs ». Il s'agissait d'un voyage payé par le roi. Une chance d'être transféré dans un autre lieu. Cela se passait au temps de la guerre d'indépendance des États-Unis.

William hocha la tête.

— Ça me plaît, ça, « être transféré dans un autre lieu ».

— Je me souviens d'y avoir pensé lorsque je suis partie pour l'Amérique. L'Atlantique s'étendait à perte de vue. Comme s'il n'y avait pas de terre ferme de l'autre côté. Que nous continuerions à naviguer et puis, qu'un jour, nous nous retrouverions en Grande-Bretagne.

Elle n'ajouta pas que, durant le voyage de retour, en 1945, elle avait souhaité que le bateau ne puisse pas accoster. Que les autorités refoulent les passagers. Ensuite, une fois de nouveau à New York, elle aurait fait du stop jusqu'à Boston, elle aurait pénétré dans la cuisine ensoleillée. « Je suis là, aurait-elle dit. Qu'y a-t-il pour le dîner ? » Ils auraient tous été présents, ils se seraient précipités vers elle pour l'embrasser. Elle aurait été de retour à la maison. Elle n'était pas sûre d'avoir jamais désiré autre chose.

— La Britannique dans toute sa splendeur, enchaîna-t-elle, qui s'imagine que le monde commence et finit ici.

— Nous sommes tous comme ça, tu ne crois pas ? Fidèles.

— Oui. Enfin, c'est moins compliqué pour certains que pour d'autres.

— Que veux-tu dire ?

Il avait l'air contrarié, comme si elle était en train de l'insulter. Cela semblait si facile à Bea de se glisser dans sa peau. Cela ne lui plaisait pas particulièrement.

— Je ne parle pas de toi. C'est à moi que je pensais.

Elle désigna du doigt les joueurs de cricket :

— Je ne connais pas les règles.

— Quoi ? Et alors ? Moi non plus.

— C'est précisément là où je veux en venir. Mon équipe favorite ? Les Red Sox[1]. Mon endroit préféré ? Le Maine. Mon plat favori ? Les muffins de ta mère. Et pourtant, je suis ici. Je suis chez moi. Ma mère vit là aussi. J'appartiens à cet endroit et, pourtant, je suis dans l'incertitude, je me sens tiraillée entre deux mondes. Je n'arrive pas à trouver ma place.

William hocha la tête mais ne répondit rien. Elle se demanda s'il était capable de comprendre. Elle se pencha et l'embrassa sur la joue. Il sourit.

Elle se leva alors, lui tendit la main :

— Allons-y, fit-elle. Il y a encore tellement de choses à voir.

1. Il s'agit de l'équipe de baseball de Boston.

Il lui prit la main et ils se remirent à marcher, ensemble, mais pas vraiment ensemble non plus.

William

Ce dont il se souvint le plus nettement, ce fut d'avoir observé Bea en train de se mouvoir dans son univers. Elle se montrait charmante avec tout le monde, des employés des magasins aux gardiens de musée, en passant par les enfants dans les parcs. Il s'agissait d'une Bea différente de celle qu'il avait connue. Elle avait toujours su quoi faire en fonction des situations – contrairement à lui –, mais il discernait maintenant de l'assurance. De l'élégance. C'était elle qui menait la danse, à présent, c'était elle qui lui montrait le chemin.

Devant les portes du palais de Buckingham, elle discuta avec des touristes américains qui la bombardèrent de questions, que devaient-ils voir, où devaient-ils se rendre. Elle ne leur présenta pas William, ne leur dit pas qu'elle avait séjourné en Amérique. Elle devint la Britannique qu'elle était. Dans un salon de thé, elle interrogea la serveuse au sujet du collier qu'elle portait et sourit au serveur. Au Victoria and Albert Museum, ils tombèrent sur l'un de ses élèves. Le petit garçon, qui l'avait repérée à l'autre bout de la galerie, se précipita pour la prendre par la taille et poser sa tête sur son ventre. Les mains tendrement posées sur son crâne, elle sourit à ses parents, avant de s'agenouiller pour le regarder dans les yeux.

— Tu aimes ton travail ? s'enquit William alors qu'après avoir quitté le musée ils se dirigeaient vers le métro. Ce garçonnet m'a tout l'air d'avoir le béguin pour toi.

— La plupart du temps, oui, répondit-elle, j'aime mon travail. J'avoue que, parfois, ce n'est pas toujours satisfaisant. Et quand je rentre à la maison, je suis moulue. Je m'allonge sur le canapé, après quoi j'irais volontiers me coucher si maman ne m'obligeait pas à dîner. Mais je trouve merveilleux de faire partie de leur vie.

— Si seulement tu avais pu aller à l'université, dit-il. Rends-toi compte de tout ce que tu pourrais faire, maintenant.

Les lèvres de Bea se réduisirent à une ligne mince.

— Ah bon, William ? Le métier d'enseignant ne te semble pas suffisamment honorable ? Je ne suis pas sûre que ton père approuverait.

La fureur d'autrefois brûlait dans ses yeux.

— Ce n'est pas ce que je voulais dire, répliqua-t-il avec l'impression d'être toujours à côté de la plaque, de ne jamais réussir à dire ce qu'il fallait. C'est juste que tu es très intelligente.

— Admettons.

Elle marchait devant lui, et il se souvint d'un nombre considérable de fois où elle l'avait remis à sa place. Il aimait et détestait tout à la fois ce trait chez elle. Il lui saisit la main.

— Ralentis, s'il te plaît. C'était un compliment, nom d'une pipe.

— Tu fais vraiment beaucoup de choses depuis que tu as quitté Harvard ? J'ai plutôt l'impression que tu te contentes de t'asseoir dans un bureau confortable et de remettre de l'argent à des gens.

Elle était toujours en colère.

— Non, je ne fais pas grand-chose. J'exerce un emploi ennuyeux. Mais cela me convient. Pour le moment.

— Où est passé tout ce que tu désirais faire ? Vivre à New York, voyager… Ton visage s'est illuminé lorsque tu m'as parlé de Paris. Je ne crois pas un seul instant que tu sois heureux à Boston. C'est la fable que tu t'es racontée. Pour te donner l'impression d'avoir pris les bonnes décisions. Pour te donner l'impression d'aller dans la bonne direction.

Elle lui faisait face à présent, et les passants les évitaient en détournant les yeux.

— Ces enfants, William, ils ont la chance d'avoir une enfance. Ce qui n'a pas vraiment été mon cas. Les côtoyer chaque jour me ravit. Leur innocence. Leur capacité à s'émerveiller.

— Je suis content pour toi, dit-il. Sincèrement. Je ne suis qu'un idiot. Comme d'habitude. Certaines choses ne changent jamais.

— En effet, dit-elle, mais, cette fois, elle souriait, ce qui n'empêchait pas William de se dire qu'il était en train de creuser un fossé entre eux, de la repousser à chaque mot.

Pourquoi fallait-il qu'ils passent la journée à se disputer ?

— Parle-moi de G, dit-elle. Tu ne m'as dit que quelques mots à son sujet.

— Il va bien, je pense. Harvard semble lui convenir, il possède un solide groupe d'amis.

— Mais, à partir de maintenant… commenta Bea en baissant la voix. Ta mère va avoir besoin de lui. Elle aura besoin de vous deux, mais ce sera lui qui sera en première ligne.

Il savait qu'elle avait raison. Gerald serait là. Gerald serait celui qu'elle voudrait auprès d'elle.

Ils marchèrent un peu sans parler. Il découvrait Londres comme il s'était attendu à le voir. Couvert, pluvieux, avec un soleil qui brillait rarement.

— Tu sais ce qu'il veut faire ?

— Aucune idée. Se spécialiser en psychologie, je suppose. Il a brièvement évoqué un troisième cycle universitaire, mais je n'en sais guère plus. Il passe pas mal de temps à donner des cours particuliers aux enfants du North End[1].

Beatrix sourit :

— Ça ne m'étonne pas. Il a hérité de la générosité de votre mère. Et de sa patience.

— Sans doute.

Si seulement elle avait consenti à le dire une bonne fois pour toutes, qu'il la décevait.

1. Le plus vieux quartier de Boston, un quartier d'immigration, essentiellement italienne à partir du début du XXe siècle.

— Enfin… fit-elle avec trop d'allégresse. Tu vas bientôt devenir père. Tu n'auras plus une minute à toi. Ta mère va adorer être grand-mère. Je suis sûre que ça lui a manqué, de ne plus avoir de jeunes enfants autour d'elle. Et ça l'occupera, maintenant que ton père est parti.

Elle détourna le regard en clignant des yeux.

Il ne voulait pas parler de papa. C'était déjà suffisant de se trouver ici avec elle, qui était aussi en deuil, même s'ils se querellaient pour tout et n'importe quoi. C'était comme ça qu'ils fonctionnaient, après tout. C'était pour cette raison qu'il était ici. Soudain, il fut las de jouer les touristes. Il désirait retourner dans son appartement, l'avoir pour lui tout seul. Il prendrait le train tôt le lendemain matin, il leur restait très peu de temps.

Bea

C'était étrange de passer autant de temps avec William. Après tout, ils avaient rarement été seuls, rien que tous les deux, pendant une durée aussi longue. Même l'été dans le Maine, lorsqu'ils travaillaient sur le continent, ils étaient très occupés. Et à la maison, tout le monde était réuni. Elle discernait en lui une intensité – un défi perpétuel – qu'elle trouvait fatigant. Il l'épuisait. Il y avait également quelque chose d'indéfinissable, enfoui à l'intérieur, une sorte de tristesse, qui s'était toujours trouvée là, s'avisait-elle avec le recul, mais cela lui semblait plus prononcé maintenant. Il n'était pas seulement question du chagrin qu'il éprouvait d'avoir perdu son père. Du fait de sa présence, le reste de la famille lui manquait davantage. Bea se surprit, plusieurs fois ce jour-là, à chercher Gerald.

Le lendemain matin, il quitterait Londres pour regagner l'Amérique, où il épouserait Rose et fonderait une famille. Il était sur le point de commencer une nouvelle vie. Elle songea combien cela avait été important pour elle de comprendre leur passé. Elle avait entendu à maintes reprises des histoires concernant la famille Gregory, des histoires d'avant son arrivée, mais, à les écouter, c'était comme si elle s'était déjà trouvée avec eux à l'époque de ces récits. Elle avait essayé, du mieux qu'elle avait pu, d'entrelacer sa vie avec la leur. Elle n'avait jamais pensé, alors, que l'avenir les séparerait. Qu'ils suivraient des trajectoires très différentes.

Elle n'avait pas imaginé que cela se terminerait de cette façon. Elle pleurait M. G, mais elle pleurait aussi William, alors qu'il se tenait à côté d'elle sur le quai du métro – ils attendaient la rame qui les ramènerait chez elle. Le garçon qu'elle connaissait lui manquait. Elle n'avait jamais cessé de le désirer. S'il n'était pas venu, elle aurait continué de vivre parmi les souvenirs qu'elle gardait de lui. La rame arriva en grondant et elle monta à bord, une main derrière elle pour saisir la sienne, pour l'attirer près d'elle une fois dans le wagon.

Comme ils passaient devant la supérette sur le chemin du retour, il lui demanda s'ils devaient acheter quelque chose pour le dîner. Elle se sentit soulagée ; elle n'avait pas envie de ressortir. Elle avait tout ce qu'il fallait chez elle, aussi secoua-t-elle la tête, ils parcoururent les derniers mètres sans mot dire, toujours main dans la main. Elle voulait dîner, boire du vin et se coucher avec lui. Pas forcément dans cet ordre. Pas forcément non plus pour avoir des relations sexuelles avec lui, mais pour le tenir entre ses bras. Pour qu'il la tienne entre les siens. Pour établir, implicitement, que ces instants seraient les derniers de cette nature qu'ils partageraient ensemble. La prochaine fois qu'elle le verrait, tout aurait changé.

Il faisait déjà nuit, mais elle ne leva pas les yeux vers les fenêtres de l'appartement comme elle avait l'habitude de le faire presque toujours en rentrant chez elle. Un réflexe. Mais, pour une raison inconnue, elle ne le fit pas ce soir-là. Ils gravirent l'escalier, elle tourna la clé dans la serrure, puis ils pénétrèrent dans l'appartement, ils avaient les joues rougies par la chaleur, ils riaient, et maman se tenait dans la cuisine.

— Qu'est-ce que tu fais là ? fit Bea en lâchant la main de William avant de le repousser. Tu es censée être encore en Espagne.

Maman ne lui répondit pas, préférant s'adresser à William, tandis qu'elle essuyait ses mains à son tablier.

— Je suis Millie, la mère de Beatrix.

William hocha la tête et lui sourit.

— Quel plaisir de vous rencontrer en personne, madame Thompson. C'est bien « Thompson », n'est-ce pas ?

— En personne ? Je vous connais ?

— Maman, intervint Bea en posant une main sur le bras de sa mère, je te présente William. William Gregory. Il a voyagé en Europe et s'est arrêté ici sur le chemin du retour. Il prend le train pour Southampton demain matin.

— William… fit maman. Mon Dieu…

Puis elle dévisagea Bea et, dans ses yeux, Bea lut qu'elle avait vu les photographies alignées sur le sol ; les verres à vin et les tasses à café dans l'évier ; sa chambre au lit défait, les draps en désordre, les emballages de préservatifs sur le sol.

— Quel dommage que tu ne m'aies pas prévenue ! Je me serais donné plus de mal pour le dîner. J'étais en train de préparer des omelettes, rien de bien réjouissant.

— Ça m'a l'air parfait, merci, dit William. Je n'ai pas particulièrement faim. Je suis fatigué, en revanche. Votre fille m'a proposé une visite éclair de Londres. Nous sommes allés… où, déjà, Trix ? Nous avons visité un musée, la Tour de Londres et Buckingham Palace.

Il s'assit sur le canapé, là où il s'était assis la veille, les pieds sur le repose-pieds, feignant de ne pas voir le regard glacé de maman. Bea, elle, avait compris qu'il n'était pas dupe, d'ailleurs il ne l'appelait pas Bea. Il poursuivit le récit de la journée. Maman hochait la tête et souriait, William parlait et Bea ne rêvait plus que de disparaître. Jamais elle n'avait eu envie que maman rencontre William. Cela n'aurait pas dû arriver.

Durant la première année suivant son retour d'Amérique, elle rencontra plusieurs jeunes filles qui, comme elle, avaient vécu là-bas. L'une en Virginie, une autre à New York. Leurs mères, elles, avaient trouvé le moyen de leur rendre visite pendant leur séjour. Durant plusieurs semaines, elle s'interrogea : pourquoi maman n'avait-elle jamais évoqué la possibilité d'un tel voyage ? Un soir, au dîner, elle lui demanda si elle avait envisagé de venir la voir.

— Non, répondit-elle, directe, comme toujours. Jamais. Je sais que d'autres parents se sont rendus aux États-Unis, mais c'était compliqué et cela coûtait cher. Ton père et moi étions d'accord.

Elle détourna les yeux.

— Et puis, poursuivit-elle en regardant par la fenêtre, pour quelle raison serais-je allée en Amérique pour te voir ? Chez toi, c'était ici, avec moi. Aux États-Unis, j'aurais dû me contenter de te regarder de l'extérieur. Cela ne m'intéressait pas.

— Ta mère, intervint Tommy en prenant la main de Millie, t'a envoyée là-bas pour que tu y sois en sécurité. C'est une mère formidable, et cette bonne femme, en Amérique, ne lui arrive pas à la cheville.

Bea le fixa sans mot dire.

— J'avais l'impression qu'elle nous regardait de haut, enchaîna maman. Elle s'est empressée d'écrire pour nous dire qu'ils t'avaient appris à nager, qu'ils t'avaient acheté des vêtements chics. Et ces photos qu'elle envoyait régulièrement… Est-ce que c'était pour nous montrer à quel point ils nous étaient supérieurs ?

Sa bouche se tordit.

— Nous étions en pleine guerre. Pendant ce temps-là, elle prenait des bains de soleil et faisait des biscuits.

Bea repoussa sa chaise si violemment qu'elle tomba sur le sol avec fracas.

— Tu ne sais rien, dit-elle. Tu as tout faux. Elle est exemplaire. Comment oses-tu parler de ma famille en Amérique de cette façon ?

— Ta famille ? dit maman. Ta famille ?

Elle se leva et lui fit face. Les voilà nez à nez, fureur contre fureur.

— Ta famille, c'est nous. Ta maison, c'est celle-ci. Tu as passé quelques années là-bas. Rien de plus.

Bea quitta la pièce en courant pour s'enfermer dans sa chambre, où elle disposa toutes les photos sur son lit, avant d'écrire à Mme G pour lui demander si elle pouvait revenir, si cela lui ferait plaisir. Sa mère frappa à la porte jusqu'à ce que Tommy l'éloigne. Plus tard, Bea brûla la lettre, elle la brûla en pleine nuit dans la cour.

Ses deux mondes s'entrechoquaient. Ils s'écrasaient l'un contre l'autre. Elle ne comprenait pas la logique de sa mère : son refus d'aller la voir en Amérique, elle le prenait personnellement. Sa colère envers les Gregory, son rejet de la famille entière la déconcertaient. En revanche, regarder William et maman se tourner autour, l'un et l'autre jouant un rôle, cela lui paraissait plus sensé. Mme G avait répété maintes fois qu'elle voulait que les deux familles se rendent ensemble dans le Maine après la guerre. Insistant sur le fait qu'alors ces deux familles, comme par magie, n'en feraient plus qu'une seule. Elle y avait cru, à l'époque. Le merveilleux optimisme de Mme G, typiquement américain. Mais maman avait raison. Aux États-Unis, elle serait restée à l'extérieur. Tout comme William l'était ici. Ils n'auraient jamais dû se rencontrer. Ils ne s'accordaient pas.

William

Le dîner, ce soir-là, fut un cauchemar. William s'était dit qu'ils se coucheraient, nus, qu'ils mangeraient du fromage et du pain, qu'ils renverseraient du vin sur les draps… Au lieu de quoi, assis tous les trois autour de la petite table de la cuisine, ils bataillaient pour se regarder dans les yeux. Il n'avait jamais vu Bea aussi stressée, toutes les veines de son cou palpitaient, ses lèvres se réduisaient à un trait austère. Elle n'ouvrit pratiquement pas la bouche. Il se sentit obligé de parler, d'entretenir la conversation, d'effleurer son malaise. Elle avait parlé, le soir précédent, de sa relation tendue avec sa mère, mais il n'avait pas compris avec quel acharnement Millie avait tenté d'effacer toute trace de son séjour en Amérique. Cela se devinait dans ses yeux, dans la façon dont elle le regardait comme s'il avait été transparent. Ses yeux… dont Bea avait hérité.

— Depuis combien de temps voyagez-vous ? lui demanda Mme Thompson.

C'était une table pour deux et, chaque fois que son genou heurtait celui de Bea, il bougeait les jambes. Un ventilateur bancal brassait l'air bruyamment.

— Quelques semaines. Mais je dois écourter mes vacances parce que…

Il se tourna vers Bea et, comme elle hochait la tête, il poursuivit :

— Parce que mon père est mort. Brutalement.

— Oh, non, fit Mme Thompson et, pour la première fois, il entrevit la femme dissimulée sous le vernis.

Il ne faisait pas de doute qu'elle était sincèrement touchée :

— Oh, mon Dieu, que s'est-il passé ?

— Crise cardiaque.

Elle hocha la tête, détournant le regard.

— Comme Reg, ajouta-t-elle pour elle-même. Qu'est-ce qui ne tourne pas rond avec ces hommes et leur cœur ?

Elle le regarda.

— Comme le père de Beatrix.

Elle posa des questions sur les dispositions qui avaient été prises, demanda comment allait sa mère. Puis elle l'interrogea sur son voyage. Alors, il lui parla de Paris. Il lui parla de son travail. Il n'évoqua ni Rose, ni le bébé. Elle ne posa aucune question à propos de Gerald. Elle lui donnait l'impression de ne l'écouter qu'à peine. On finit par se taire, à court de sujets de conversation. Des sons montaient de la rue en contrebas.

William savait qu'il ne pouvait pas passer la nuit ici. Après le dîner, il se glissa dans la chambre pour faire son sac, pendant que Bea s'occupait de la vaisselle. Lorsqu'il reparut dans le salon, Mme Thompson, sur le canapé, leva les yeux vers lui.

— Ce fut un plaisir, William, dit-elle. N'hésitez pas à revenir. Avec de meilleures nouvelles, je l'espère.

Elle ne se leva pas mais lui tendit la main pour qu'il la serre.

— Comptez sur moi, répondit-il.

— Saluez votre mère de ma part. Je suis vraiment désolée pour votre père.

Il acquiesça.

— Je lui transmettrai, merci.

Bea fit un geste en direction de la porte.

— Je vais le raccompagner, indiqua-t-elle à sa mère, sans la regarder. Je reviens tout de suite.

Dans l'escalier, ils n'échangèrent pas le moindre mot et ne se touchèrent pas. Il se sentait comme un enfant qu'on aurait renvoyé. Dehors, le soleil s'était couché et l'air était frais. Bea saisit sa main pour l'entraîner dans la rue, puis elle s'engouffra soudain dans une ruelle sur la droite.

— Je suis désolée, dit-elle en se tournant vers lui. Ce n'était pas ce que j'avais prévu.

Il hocha la tête, se sentant impuissant et fiévreux :

— Et si tu venais avec moi ?

— William… Tu vas te marier.

— Je sais. Ce soir, je voulais dire.

Elle soupira.

— Non. Sinon, j'en entendrai parler jusqu'à ma mort. Je ne peux pas.

— C'est donc ici que nous allons nous dire au revoir ?

— Demain matin, je me rendrai à la gare.

Il acquiesça.

— Je te retrouverai sous l'horloge, côté Grosvenor. À quelle heure part ton train ?

— 9 h 30.

— Rendez-vous à 7 h 30, alors.

Il hocha de nouveau la tête.

— Vendu.

Il posa son sac et prit son visage entre ses mains.

— Je t'aime, William Gregory, dit Bea. Je tenais seulement à ce que tu le saches.

— Je t'aime aussi, Beatrix Thompson.

Ils s'étreignirent, puis s'embrassèrent, mais tout avait changé. Il s'agissait cette fois d'un baiser entre deux vieux amis. Bea s'écarta la première. Elle posa une main sur la poitrine de William, avant de faire demi-tour pour regagner son immeuble. Il prit la direction opposée, vers le métro. Il ne se retourna pas.

Il regagna l'hôtel situé près de la gare, où il obtint une chambre pour la nuit. Il déverrouilla la porte, laissa tomber son sac dans un coin et s'allongea sur le lit dur. Après avoir longuement fixé l'ampoule nue au plafond, il s'assit pour ouvrir la bouteille de vin qu'ils avaient achetée plus tôt dans la journée. Il ne dormit qu'une heure ou deux. Les toilettes se trouvant dans le couloir, il entendit tous ceux et celles qui s'y rendirent dans la nuit.

Ce n'était pas de cette façon qu'il voulait que cela se termine. Il aurait aimé passer plus de temps avec Bea, lui poser les questions qu'il n'avait pas encore posées, étirer chacun des instants passés ensemble. Il allait rentrer chez lui, épouser Rose. Il continuerait à exercer son emploi ennuyeux. Il subviendrait aux besoins de sa famille. Bea resterait à Londres, enseignerait et, un jour, elle aussi se marierait. Ils faisaient l'un et l'autre ce qu'ils étaient censés faire. Il avait compris depuis longtemps qu'ils n'étaient pas faits pour vivre ensemble. C'était pour cette raison qu'il avait cessé de lui écrire. Il fallait qu'il la laisse partir. C'était pour la même raison qu'il n'avait pas souhaité lui rendre visite durant son voyage. Il voulait la garder intacte dans ses souvenirs. Mais on ne pouvait nier ce qu'ils éprouvaient l'un pour l'autre. Il l'aimait d'un amour singulier, différent de ceux qu'il avait connus jusqu'alors. Mais ce week-end lui avait montré que Bea était passée à autre chose. Elle n'était plus la jeune fille d'autrefois.

Étendu sur son lit, il se demanda ce qu'il devait dire à Rose. Elle était au courant de l'existence de Bea, mais pas davantage. Pour elle, il s'agissait d'une fillette qui avait vécu chez eux pendant cinq ans. La générosité dont ses parents avaient fait preuve en lui ouvrant ainsi la porte de leur maison l'avait stupéfiée, une générosité que jamais William n'avait mise en doute.

— Qui ferait une chose pareille ? dit-elle. Je veux dire… c'est très bien, mais, franchement, ils auraient pu se retrouver avec un enfant porteur de maladies. Ou qui les aurait volés.

— Non, répondit-il, étonné de n'être pas, pour une fois, le plus désabusé des deux. Il s'agissait d'enfants. Des enfants dans le besoin. Nous aurions fait la même chose.

Mais de cela, il n'était pas certain.

Il décida de ne pas lui dire grand-chose. Pas question de lui avouer qu'ils avaient couché ensemble. Pourquoi aurait-elle eu besoin de savoir ? Deux amis, se remémorant de vieux souvenirs, c'est tout. Il lui dirait qu'il avait vu Bea, qu'ayant deux jours à tuer à Londres il l'avait appelée et qu'elle lui avait fait découvrir la ville. Que disait toujours Nelson ? Les meilleurs mensonges sont toujours des demi-vérités.

Bea

— Si seulement tu lisais mes cartes postales, dit maman. Je t'avais prévenue. Je t'ai expliqué que nous devions écourter notre voyage.

Elle haussa les sourcils, finit d'essuyer la vaisselle, puis retira son tablier, qu'elle accrocha à son clou.

Il ne fut question ni de William, ni de ce que sa mère avait trouvé dans l'appartement. Elle avait fait le lit de Bea, balayé le sol et suspendu ses vêtements de la veille dans le placard. Quant aux photographies, elle les avait toutes ramassées avant de les poser, en piles régulières, sur le bureau de sa fille. Ne parvenant pas à dormir, Bea les regarda de nouveau cette nuit-là, elle en voulait à sa mère d'être rentrée plus tôt, elle se sentait embarrassée par ce qu'elle avait fait avec William. Peut-être s'agissait-il d'une terrible erreur. Le présent avait disparu sous le poids du passé.

Dès que le ciel blanchit, elle s'habilla, puis quitta l'appartement sans faire de bruit. L'air était frais, les rues paisibles, tout juste entendait-on, de loin en loin, le moteur du camion d'un laitier. À 7 heures, elle était à la gare, elle prit un café, puis patienta aux abords de l'horloge. Elle savait que William serait là à l'heure et, d'ailleurs, il arrivait, se frayant un passage parmi les premiers voyageurs. Il lui prit la main pour la guider jusqu'à un banc situé à deux pas du retrait des bagages. Il s'assit à côté d'elle, passa un bras autour de ses épaules avant de l'embrasser sur la joue, puis de l'attirer plus près de lui.

— Bien dormi ? s'enquit-il, et ils s'efforcèrent de sourire, sachant pertinemment que la réponse était la même pour l'un comme pour l'autre. Il me semble que tu m'as un jour parlé de cette horloge, dit-il en levant les yeux vers elle. Il y avait quelque chose à propos d'une horloge.

Elle acquiesça.

— Celle dont je t'ai parlé, c'est celle de la gare de Paddington, d'où je suis partie. Je me rappelle avoir regardé les aiguilles de l'horloge, tandis que la lumière baissait et que nous étions tous là, debout, à attendre le train sans savoir où il nous conduirait.

Ils levèrent les yeux vers la voûte. Tout là-haut, les extravagances de la structure métallique faisaient voler la lumière en éclats.

— Quel mélange de lourdeur et de légèreté, observa William. Les courbes sophistiquées, ce plafond cintré, le métal, le bruit sourd des trains.

— Les bâtiments victoriens sont les cathédrales de la révolution industrielle.

— Exactement. Presque aussi exaltants.

— Au fait, tu ne m'en as rien dit, mais je suppose que Rose est catholique ?

— En effet, dit-il. Nous allons nous marier dans sa paroisse.

— Je parie que ta mère a failli en mourir.

— Probablement. Mais elle survivra.

Ils se regardèrent, navrés l'un et l'autre d'avoir utilisé ces mots-là.

— Pardon, firent-ils en chœur, puis ils éclatèrent de rire.

— Tu n'as pas l'intention de te convertir ?

— Mon Dieu, non. Je suis un protestant exécrable, je ferais un catholique encore plus lamentable.

— Mais à quoi crois-tu ?

Il serra plus fort la main de Bea dans la sienne.

— Je n'en sais rien. Je n'y pense pas souvent, ça me donne mal à la tête. Et toi ? Autrefois, tu avais plus de convictions que moi.

— J'ai toujours voulu croire à l'existence d'un paradis. Ton père et le mien y sont assis tous les deux, enfin réunis. Sans doute jouent-ils aux échecs.

William sourit, puis se tourna vers elle.

— Pourquoi tu ne m'en as jamais parlé ?

— Des échecs ? Je l'ignore. Ça ne me paraissait pas important.

— Pour quelle raison as-tu continué d'écrire à Gerald ?

Bea demeura silencieuse un moment. Elle doutait qu'il puisse un jour comprendre.

— J'étais inquiète pour lui, finit-elle par répondre. Je tenais à m'assurer qu'il allait bien.

— Moi, j'aurais dû continuer à t'écrire. Parce que si nous étions restés en contact…

Sa voix s'éteignit et il détourna le regard.

— Quoi, William ? Tu n'aurais pas rencontré Rose ? Tu ne l'aurais pas fréquentée ? Elle ne serait pas tombée enceinte ? Allons. La vie a continué. Pour nous deux. Nous étions encore des enfants.

— Comment s'est comportée ta mère après mon départ ? demanda William en observant les passants autour de lui, refusant de se laisser entraîner dans une querelle.

— Comme je m'y attendais, répondit Bea. C'était comme si tu n'avais jamais mis les pieds chez nous.

— Aïe, fit-il, et ils se mirent à rire tous les deux, la tension s'était relâchée.

Elle tendit l'oreille en direction des annonces brouillées :

— Pour Southampton, c'est le quai numéro 10.

Elle se leva et lui tendit la main :

— Nous ferions mieux d'y aller. À cette période de l'année, le train sera forcément bondé.

Il resta assis, la regarda.

— Ne m'oblige pas à partir, dit-il. S'il te plaît.

— Ne sois pas stupide, répondit Bea, mais, dans le même temps, elle tentait de deviner l'avenir dont il avait envie.

Elle ne pouvait plus s'imaginer en couple avec lui. Elle y avait pourtant pensé pendant de nombreuses années. Elle ne souhaitait rien d'autre. Jamais plus ils ne s'appartiendraient l'un à l'autre. Et elle savait qu'il le savait aussi.

— Reste avec moi. Je monterai dans le train au dernier moment.

Elle se rassit sur le banc et lui, encore une fois, l'attira contre lui. C'était bon de se trouver avec lui, et elle posa sa tête sur sa poitrine. Il n'y avait plus rien à dire.

Il n'avait jamais été doué pour les adieux. Il préférait s'éclipser. Mais là, dans la gare Victoria, il n'en était pas question. Bea l'accompagna sur le quai, ils s'étreignirent une dernière fois, puis il monta à bord du train. Il y trouva une place, non pas à la fenêtre mais dans l'allée, à côté d'une vieille dame coiffée d'un chapeau, si bien que Bea ne pouvait pas le voir, même si lui la voyait. Elle le chercha, mais c'était lui qui avait la chance de pouvoir la regarder, de mémoriser les traits de son visage, ses cheveux de part et d'autre de son cou, la grâce des mouvements de ses mains.

Puis le train commença à avancer et il se pencha en avant, au-dessus de la femme à côté de lui, plaqua sa paume contre la vitre. Cette fois, elle le vit et lui adressa un signe de la main, après quoi le train prit de la vitesse en sortant de la gare, tandis que la lumière inondait maintenant le compartiment ; ils quittaient Londres. Il la perdit de vue, se rassit sur son siège et ferma les yeux.

Plus tard dans la journée, le navire s'éloigna du port, avec une telle lenteur d'abord qu'il ne s'en rendit pas compte. Debout sur le pont, il examinait les visages sur le quai en contrebas, les gens saluaient frénétiquement leurs proches. Si seulement Bea s'était trouvée là elle aussi, ils auraient rejoué la scène de son départ à elle, le jour où elle avait quitté les États-Unis. Au lieu de cela, il ne connaissait personne. Il fut tenté de faire un signe, pour feindre d'avoir, lui aussi, quelqu'un à saluer, mais il ne put s'y résoudre. Il savait qu'il était seul.

Lorsque la nuit tomba, il s'enveloppa dans une couverture pour contempler les étoiles. Sa visite à Londres, décida-t-il, demeurerait un secret, un secret à ne jamais partager. Il garderait cet épisode pour lui. Il pourrait ainsi se retrouver avec Bea à n'importe quel moment, pour plusieurs jours, pour le reste de sa vie. Certains secrets se révèlent lourds à porter. D'autres sont des cadeaux, ils vous réchauffent, ils sont faits pour qu'on y retourne sans cesse. Personne d'autre n'avait besoin de savoir. Personne d'autre n'avait le droit de savoir. Ce secret était à eux, et à eux seulement.

Dans l'obscurité bleu marine, il salua en direction de l'est.

Bea

Elle regarda le train qui emportait William jusqu'à ce qu'il disparaisse dans la courbe. Comme elle n'avait pas envie de rentrer chez elle, de se colleter avec sa mère et subir la déception qui flottait dans l'air, elle se dirigea vers St James's Park après avoir quitté la gare. C'était une journée agréable, le soleil perçait de temps en temps entre les nuages, tenant la pluie à distance.

Trois jours plus tôt, la vie était différente. M. G vivait encore. William était en Amérique. Sa mère en Espagne. Entre-temps, tout avait basculé. L'appel téléphonique. Le coup à la porte. Elle ne regrettait pas d'avoir vu William, et elle ne regrettait pas d'avoir couché avec lui. Elle continuait de penser qu'ils avaient eu raison. Qu'il s'agissait de la meilleure manière de clore le chapitre. Elle avait du mal à séparer son chagrin d'avoir perdu M. G de celui d'avoir perdu William. À ses yeux, il existait un lien entre eux et, dans un cas comme dans l'autre, c'était définitif, comme si les deux événements simultanés relevaient de la nécessité, formant à eux deux un mur entre le passé et le présent. Tandis qu'assise dans le parc elle regardait se hâter les pas sants, elle en vint à considérer ce qui était arrivé comme un moment inévitable dans leur histoire. Il fallait qu'ils s'unissent pour se séparer.

Lorsqu'elle ferma les yeux, elle entendit M. G chanter l'un de ses cantiques préférés en faisant la vaisselle du dîner, après avoir retroussé les manches de sa chemise et noué un tablier autour de sa taille. Gerald dévale l'escalier pour poser des questions à Bea :

— Mais les montagnes sont-elles vertes ? Les prairies sont-elles agréables ? Les usines sombres et sataniques[1], c'est quoi ?

— Va-t'en ! répond-elle en riant, mais elle n'a pas envie qu'il s'en aille, elle souhaite au contraire partager avec lui ce moment : M. G, de sa belle voix de ténor, en train de chanter un air superbe.

Elle se joint à lui pour le troisième couplet, debout à côté de lui devant l'évier, l'un et l'autre brandissant un ustensile de cuisine encore humide, en chantant à tue-tête.

Apportez-moi mon arc d'or flamboyant ;
Apportez-moi mes flèches de désir ;
Apportez-moi ma lance ; ô nuées déployées !
Apportez-moi mon chariot de feu !

M. G chante seul le dernier couplet, elle l'écoute, imitant les gestes d'un chef d'orchestre à l'aide d'une fourchette et d'un couteau. Mme G, qui affirme toujours qu'elle ne sait pas chanter, mais qui chante plus fort que tout le monde le dimanche, dans la chapelle, est appuyée au chambranle de la porte de la salle à manger, elle sourit, les bras autour des épaules de Gerald. William n'est pas là. Est-il sorti ? Est-il en train de lever les yeux au ciel dans sa chambre ?

Elle sortit la carte postale de son sac. Elle avait finalement opté pour un bon coup, qui permettrait à la partie de se poursuivre. Pas de fin en vue. Elle se dirigea vers la Tamise, comme elle l'avait prévu. Elle plia la carte en forme de petit bateau, ainsi que son père le lui avait appris, puis elle descendit les escaliers menant au fleuve. Elle était venue ici une fois, tard le soir, avec un homme qu'elle avait rencontré dans un bal. Il lui avait affirmé qu'on pouvait avoir accès aux eaux de la Tamise, mais elle ne l'avait pas cru.

1. Ces questions font écho aux paroles du cantique que M. G est en train de chanter, *Jérusalem*, adapté, par Hubert Parry, d'un poème de William Blake (1757-1827), et devenu un air patriotique anglais.

Nous ne sommes pas à Paris, lui avait-elle répondu, aussi avait-il dû lui prouver qu'elle se trompait. Ils ne restèrent pas longtemps, mais ils burent une demi-bouteille de vin rouge, et elle rentra chez elle d'un pas mal assuré, ses vêtements sentaient le vin et le fleuve.

Elle se pencha pour déposer le bateau sur la surface de l'eau. Celle-ci était calme, le vent soufflait à peine, l'embarcation fit du surplace pendant quelques instants, avant de se mettre à flotter lentement vers l'aval. Elle interpella le petit bateau, sans se soucier de qui pourrait l'entendre.

— Bon voyage, monsieur G, dit-elle. Vous vous dirigez vers la mer du Nord. J'ai pensé que vous aimeriez la découvrir. Ensuite, ce sera à vous de choisir votre destination : la France ou la Belgique. Ou la Hollande. Si vous le souhaitez, vous pouvez aller encore plus au nord, pour visiter l'Écosse. Vous m'avez souvent dit que vous auriez aimé vous y rendre, pour découvrir la terre de vos ancêtres.

Elle se releva, brossa sa robe en allumant une cigarette, et regarda le petit bateau ondoyer au gré du courant.

— Faites attention à vous, lança-t-elle. Votre présence sur cette terre va me manquer.

Comme elle se dirigeait vers le métro, elle repensa à sa première rencontre avec M. G, sur le quai, ce matin-là, il y avait si longtemps. D'abord, elle fait la connaissance de William, puis vient Gerald, puis Mme G. M. G s'entretient avec cette horrible bonne femme avec ses papiers, ensuite, seulement, il les rejoint. Il est grand et très mince, porte un pantalon taille haute, dont la ceinture est très serrée. Il est roux, comme Gerald, et, lorsqu'il marche, il le fait avec détermination, la tête baissée, en balançant les bras.

— Oh, Ethan, lui dit Mme G, une main sur son bras. Cette charmante jeune fille n'est autre que Beatrix. Ce sont les garçons qui l'ont trouvée !

Il hoche la tête vers elle, avec beaucoup de raideur, puis il lui tend la main pour qu'elle la serre. Elle n'a encore serré la main de personne, elle tend donc la sienne à son tour et, sans même réfléchir, exécute une petite révérence en baissant la tête.

— Je suis ravie de vous rencontrer, monsieur, dit-elle.

— Bienvenue à Boston, répond-il. Nous sommes très heureux de t'avoir parmi nous.

Il regarde le quai.

— Tu as des bagages ?

Beatrix acquiesce.

— Je n'ai qu'une petite valise. C'est la marron, là-bas.

— William, fait-il en désignant l'objet, va chercher la valise de Beatrix. Nous vous retrouverons à la voiture.

Mme G la prend par le bras et se met à lui parler de tout et de rien, du Maine, de la circulation automobile, des préparatifs pour l'école, et d'un carton de jouets ayant appartenu à des cousins. Beatrix hoche la tête et sourit, mais elle ne dit pratiquement rien. Ils arrivent à la voiture, où William les attend, Mme G en fait le tour pour prendre place sur le siège passager, tandis que William et Gerald grimpent à l'arrière après avoir hissé la valise dans le coffre. M. G ouvre la portière à Beatrix, qui le remercie à voix basse, juste avant de monter dans la voiture.

— Tu t'habitueras à son bavardage.

— Oh, répond-elle, tout va bien.

— Tu vas t'y habituer, répète-t-il. Elle a un cœur d'or.

— Oui, monsieur, dit-elle.

Dans la voiture, Gerald n'arrête pas de lui sourire.

M. G était mort. William était parti. Il était temps pour elle aussi de passer à autre chose. Elle repensa au coup frappé à la porte, deux jours plus tôt. Le code que Gerald avait jadis inventé. Elle finirait par l'oublier. L'espace d'un instant, elle avait éprouvé de la déception. Elle avait ouvert la porte dans l'espoir de découvrir Gerald.

Troisième partie

1960-1965

Gerald

Comme il est étrange pour Gerald d'être de retour sur la côte Est. Lorsque le directeur lui annonça au téléphone qu'ils cherchaient quelqu'un pour diriger le nouveau centre de soutien scolaire et d'aide psychologique, et qu'ils n'imaginaient pas meilleur candidat que lui, Gerald refusa. Cependant, il ne pouvait s'empêcher d'y penser, puis maman lui téléphona à son tour, car on l'avait mise au courant.

— Je t'en prie. Je t'en prie, rentre à la maison.

Il ne pouvait pas lui dire non. Pour être tout à fait honnête, pendant les sept années qu'il avait passées dans l'Ouest – d'abord en tant qu'étudiant à l'université, puis en tant que thérapeute –, il avait eu l'impression que quelque chose lui manquait. Lorsqu'il accepta le poste, il fut soulagé d'un poids. Ses amis de Berkeley ne pouvaient pas comprendre. Il avait presque trente ans, tous les autres se mariaient, avaient des enfants, commençaient à vivre leur propre vie. Il tenta de faire valoir que maman était seule, que les enfants de William, maintenant âgés de huit et six ans, grandissaient loin de lui. Cela comptait, certes, mais surtout il aspirait simplement à retrouver le confort de la maison.

William fut consterné, au point de l'appeler dès que maman lui annonça la nouvelle.

— G, dit-il, ne fais pas ça. Tu en es sorti. N'y retourne pas.

Une fois que Gerald lui eut clairement indiqué que sa décision était prise, William abandonna. La direction de l'école avait aimablement permis à maman de rester dans la maison aussi longtemps qu'elle le souhaiterait, étant donné les liens unissant depuis des décennies la famille de papa à l'établissement scolaire. Mais Gerald ne voulait pas y vivre. Il emménagea dans une résidence universitaire, à l'autre bout du campus, mais il passa les mois de juin et de juillet à effectuer des réparations dans la demeure familiale, en sorte qu'il dîna presque tous les soirs avec sa mère. Un matin de la fin août, il découvre maman dans la cuisine, en train de dresser une liste de courses.

— Les enfants arrivent, lui annonce-t-elle en souriant. William vient d'appeler !

Gerald se verse une tasse de café et s'assoit. William passe son temps à déposer les enfants avant de disparaître. Cela rend maman heureuse – cela lui donne quelque chose à faire, quelque chose à planifier, de quoi réveiller son enthousiasme d'antan. Mais Gerald s'agace déjà. Il ignorait que cela se produisait aussi souvent. Lui aussi aime les enfants, et aime passer du temps avec eux, mais il déteste les façons de William. Et si maman avait des projets ? Mais elle en a rarement et, lorsque c'est le cas, elle annule ou reporte. William ne le sait que trop bien.

Maman ouvre le réfrigérateur, commence à s'y affairer.

— Je ne me souviens jamais, dit-elle en lui tournant le dos. Kathleen aime les framboises et Jack les myrtilles ? Ou est-ce que c'est l'inverse ?

Gerald soupire. Il est impossible de ne pas se laisser embarquer. Il adore ses neveux.

— Jack ne mangera des framboises que si elles sont entières, répond-il.

— Pas de framboises en morceaux, c'est ça. Je savais bien que tu t'en souviendrais.

Plus tard, après le dîner, Gerald s'assoit sur le lit de Kathleen, entre la fillette et le petit garçon – tous deux ont pris leur bain et enfilé leur pyjama –, pour leur lire *Alice au pays des merveilles*. Kathleen est folle de ce livre.

— Oh, s'exclame-t-elle. Relis-nous ce passage.

Jack se penche en avant pour regarder les illustrations, Alice en train de s'allonger « comme le plus grand télescope qui fût jamais ».

— C'est comme si elle était devant un miroir déformant à la foire, remarque-t-il. Tu te souviens, Kat, quand on est allés à la kermesse avec papa ? J'avais l'air très mince, et toi, tu étais très grosse.

Kathleen lui tire la langue.

— Tais-toi, Jack. Laisse oncle Gerald continuer à lire.

Kathleen a fait sienne la chambre de Bea. Après le départ de celle-ci, maman n'a rien changé. Gerald, à l'époque, y a trouvé sa mère assez souvent, en train de regarder par la fenêtre, ou assise sur la chaise de bureau. Chaque fois qu'il la surprenait ainsi, elle se troublait, affirmant qu'elle se contentait de faire le ménage, mais il devinait qu'elle essayait aussi de rester proche de Bea. À plus d'une occasion, surtout après le départ de William pour Harvard, il s'est faufilé ici, lui aussi, pour dormir dans son lit, dont le matelas avait gardé la forme de son corps, et il étreignait un oreiller comme s'il s'agissait de Bea. À présent, Kathleen dort systématiquement dans cette chambre, cependant que Jack dort dans celle de William. Ils sont ravis d'avoir chacun leur propre chambre ; chez eux, ils partagent la même pièce exiguë, leurs lits n'y sont séparés que d'un mètre. Lorsqu'ils dorment chez leur grand-mère, Gerald fait de même la plupart du temps, les enfants le réveillent au matin, les yeux brillants.

Comme c'est étrange de se tenir sur le lit de Bea, de voir ce qu'elle voyait au moment de s'endormir, puis de se réveiller. Une jolie vue sur les jardins, qui ne sont jamais plus beaux qu'à la fin de l'été. Les murs sont tapissés d'un papier peint jaunissant, abîmé, semé de violettes minuscules. Gerald a toujours aimé ce lit, si haut qu'on a besoin d'un repose-pieds, et les enfants l'adorent également. Aussi fâché soit-il contre William, se trouver ici avec Kathleen et Jack se révèle un moment de pur bonheur. C'est pour cette raison qu'il est revenu à la maison. Il ne comprend pas pourquoi William passe autant de temps à essayer de fuir.

Rose

Rose a dit à William que les filles et elle passaient le week-end dans le New Hampshire, mais, à l'heure qu'il est, elle se trouve sur le siège passager du cabriolet de Sheila, qui fonce sur l'autoroute en direction du cap Cod. Elles sont quatre dans la voiture, meilleures amies depuis l'école primaire, mariées et mères d'enfants en âge d'aller à l'école. C'est l'anniversaire de Sheila. Le dernier week-end avant l'effervescence de la fête du Travail et de la rentrée scolaire. Cela faisait un mois qu'elles mettaient leur plan sur pied.

— Je sais où Rose veut aller, déclare Sheila en lui jetant un coup d'œil.

Rose grimace.

— Évidemment, répond-elle. Qui n'a pas envie de se rendre à Hyannis Port[1] en été ?

Elle sait que son engouement pour les Kennedy est un peu ridicule. Les filles la taquinent tout le temps. William refuse d'en parler avec elle.

— Puisque tu les connais, a-t-elle plaidé plus d'une fois, tu pourrais leur proposer un rendez-vous autour d'un verre ?

— Je ne connais pas le sénateur, répond William. Je te l'ai déjà dit. Et je connais à peine Teddy. Il était à Harvard en même temps que Gerald, mais pas dans la même promotion. Nous ne sommes pas amis.

Elle avait organisé une fête chez eux pendant la Convention du parti démocrate, décoré la véranda avec des banderoles et

1. Quartier résidentiel et cossu du cap Cod, Hyannis Port abrite notamment le domaine de la famille Kennedy.

des ballons rouges, blancs et bleus. Lorsque Jack[1] remporta l'investiture, Rose s'empressa de resservir du champagne à tout le monde. Elle se tint au fond de la salle durant tout son discours, et les larmes coulaient sur son visage tandis qu'il déclarait qu'être catholique représentait un obstacle, qu'il définissait la « nouvelle frontière[2] » et évoquait ce qu'il demanderait à chaque Américain de faire pour le pays.

— Donnez-moi votre soutien, votre main, votre voix, votre vote, lança-t-il.

Rose, qui adorait cette phrase, l'apprit aux enfants, leur demandant de la réciter en même temps que leurs prières du soir.

Elle fut déçue que Jackie ne le rejoigne pas sur l'estrade. Plus tard, elle apprit qu'à cause d'une grossesse difficile elle devait rester à Hyannis Port jusqu'à la naissance du bébé. Quelle chance ils ont d'avoir un autre enfant. Une fausse couche en 1955, le même mois que celle de Rose, et le bébé mort-né en 1956. Mais c'est alors que Caroline a vu le jour. Rose prie chaque soir pour que tout se passe bien et que la grossesse de Jackie arrive à terme.

Rose sait qu'elles ne rencontreront ni même ne verront Jackie ou Jack. Mais elles pourraient fort bien croiser d'autres membres de la famille Kennedy, dans un bar ou dans un restaurant. Elle regarde ses amies dans la voiture. Sans crier gare, les voilà qui ont trente ans, Sheila en aura trente et un ce week-end. Elles sont en forme, elles ont perdu les kilos superflus liés aux grossesses – elles ont enfanté tous les deux ans, réglées comme du papier à musique, mais, maintenant, c'est terminé, du moins l'espèrent-elles. Elles sont bronzées, elles ont passé l'été dehors. Elles ont appris à dissimuler leurs déceptions. Elle sait qu'elles vont faire tourner les têtes en

1. Surnom de John Fitzgerald Kennedy, 35e président des États-Unis, de 1961 à son assassinat le 22 novembre 1963 à Dallas (Texas).

2. « La nouvelle frontière dont je parle n'est pas un ensemble de promesses – c'est un ensemble de défis. Elle ne résume pas ce que j'ai l'intention d'offrir au peuple américain, mais bien ce que j'entends leur demander. »

entrant toutes ensemble dans les bars. Cela lui manque de ne plus sentir des yeux braqués sur elle de cette façon.

— Il est un peu plus haut dans les sondages, crie Rose dans le vent. J'ai bon espoir.

Marie secoue la tête.

— Michael dit qu'il ne peut pas gagner, crie-t-elle en retour. Ce pays n'élira jamais un catholique.

— Je crois qu'il va gagner, insiste Rose, lasse de cette discussion qu'elle aura eue tout l'été. Je pense que nous ne donnons aucune chance au reste du pays.

Indépendamment du pessimisme ambiant, tous leurs amis soutiennent certes Jack, mais, qui plus est, ils participent activement à sa campagne. Rose a fait du porte-à-porte à Quincy durant tout l'été.

— Tu prêches des convertis, lui a dit William à maintes reprises, alors qu'elle se dirigeait vers la porte avec ses tracts et ses pancartes. Bien sûr que tous les catholiques irlandais de Boston vont voter pour lui.

Une fois à Hyannis Port, Rose indique l'itinéraire à Sheila.

— Tout droit, puis tu ralentiras en t'approchant de l'eau.

— Bonté divine, fait Sheila quelques minutes plus tard, et les quatre jeunes femmes restent bouche bée : la palissade blanche, les gigantesques demeures en planches de bois grises, la pelouse verte qui s'étend jusqu'à la mer.

— Ça doit être quelque chose, de vivre ici, observe Mary, et Rose sait que chacune d'entre elles imagine leurs maisonnettes en enfilade, mitoyennes les unes des autres, avec leurs tuyaux qui fuient et les escaliers trop étroits, une dispute entamée dans l'une des habitations se répandant à l'intérieur de la suivante.

— Je vous l'avais bien dit, dit Rose. Je vous avais dit que c'était magnifique.

Elle est venue ici à plusieurs reprises. Au début de leur mariage, lorsque William réussissait dans son travail, que Kathleen était encore toute petite, ils ont envisagé d'acheter une maison au cap Cod. Il parlait sans cesse de cet endroit dans le Maine. Il l'a même forcée à s'y rendre une fois. Une île, mon Dieu, avec une seule maison dessus. Qui aurait envie d'habiter là ? Alors ils sont descendus vers le cap Cod, ont repéré plusieurs endroits à proximité. Elle s'est arrangée pour diriger William vers ce quartier de la ville à chacune de leurs visites.

Mais ils n'ont plus d'argent de côté. Ils ont déménagé trois fois depuis leur mariage. Leur retour à Quincy ne plaît pas à Rose. Bien sûr, elle se réjouit d'être près de ses parents et de ses vieilles amies, mais, pour le reste, tout lui semble trop familier. Elle fréquente l'église où elle a été baptisée. Elle fait ses courses dans le magasin où sa mère l'asseyait jadis dans son caddie lorsqu'elle s'y rendait. C'est comme si elle n'était jamais partie. C'est comme si elle était encore une petite fille.

— Peut-être, dit-elle, que Jackie est dans l'une des pièces de la maison en ce moment même. En train de s'occuper de la petite Caroline. De lui lire son livre préféré.

— Allons, répond Sheila. Ils ont des employés pour faire ça à leur place.

— J'aimerais avoir des employés, moi aussi, intervient Susan. Elle doit passer toute sa journée au lit, à manger des chocolats, à lire, à faire tout ce que les riches font dans un lit.

Elles se mettent à rire.

— J'aimerais bien faire ce qu'elle fait au lit avec Jack, observe Sheila.

— Sheila, siffle Rose. C'est dégoûtant. Il va devenir président.

Une voiture roule dans leur direction, après avoir fait marche arrière pour quitter l'une des allées. Elles tendent le cou dans l'espoir d'identifier le conducteur, mais elles ignorent de qui il s'agit.

— Un larbin, conclut Mary. Sans doute parti faire leurs courses.

— Sur ce, les filles, fait Sheila en rallumant le moteur de son cabriolet. Allons nous installer au motel pour nous changer. D'ici moins d'une heure, je veux être à une terrasse, avec un verre dans une main et une cigarette dans l'autre, en train de contempler le ciel rose et les beaux garçons.

Tandis qu'elles s'éloignent à vive allure, Rose regarde dans le rétroviseur en retenant l'écharpe sur ses cheveux. La vie qui est en train de disparaître derrière elle, c'est celle dont elle avait rêvé.

Millie

Debout sur une chaise, Millie enroule du papier crépon bleu autour des tringles à rideaux. Elle prépare sa fête d'anniversaire, qui aura lieu ce soir. Cinquante-cinq ans. C'est affreusement vieux. Elle a piqué une crise en constatant que George avait mentionné son âge sur le brouillon de l'invitation. La plupart du temps, lorsqu'elle se regarde dans le miroir, elle se dit qu'on pourrait ne lui en donner que cinquante. Elle rit avec ses amies car ce n'est pas sur son âge qu'elle doit tricher, mais sur celui de Beatrix. Elle a eu trente et un ans cet été. Trente et un ! Lorsque Millie avait trente et un ans, Beatrix en avait déjà sept.

Elle entend la voiture s'arrêter et George franchir la porte d'entrée tant bien que mal, chargé de paquets.

— S'il te plaît, dis-moi que c'est de l'alcool, dit Millie. J'ai absolument besoin d'un verre.

Il lui sourit.

— Attends que je pose tout ça, puis je t'en servirai un. Mais on ferait peut-être mieux d'installer d'abord toutes les décorations ? Il s'agirait de ne pas les mettre à l'envers !

— J'ai presque fini, répond-elle. Il ne me reste plus qu'à attacher le papier crépon au plafond. Tu vas me guider.

Elle descend de la chaise, entortille le papier crépon, puis remonte dessus au milieu de la pièce. George la tient par la taille pendant que, sur la pointe des pieds, elle colle un morceau de ruban adhésif au plafond.

— Parfait, commente George. C'est beau.

Millie pose doucement une main sur sa tête chauve, il la soulève et la dépose sur le sol. Elle traîne la chaise à l'autre bout de la pièce pour fixer le dernier morceau de papier crépon, après quoi elle examine l'ensemble.

— On s'en contentera, dit-elle.

— C'est épatant, tu veux dire. Digne d'une reine.

— Beatrix va bientôt arriver avec des fleurs, et elle a fait un gâteau.

— Oh, commente George en se tapotant le ventre. J'aurais dû sauter le déjeuner.

— Mais non, réplique Millie en le prenant par la taille, dont ses bras ne font pas tout à fait le tour. Tu es superbe. Ne t'occupe pas de ton poids.

Elle se dirige vers l'entrée, où elle s'empare de deux sacs rapportés par George. Dans la cuisine, elle les vide et commence à trier les légumes pour les hors-d'œuvre. Elle demandera à Beatrix de rapporter le reste du gâteau à la maison après la fête. Pour éloigner la tentation.

George est un homme bon, se rappelle-t-elle en coupant finement des branches de céleri. Un homme bon. Un soutien de famille hors pair. Soudain, Beatrix, de l'extérieur, lui demande de venir l'aider. Lorsque Millie sort par la porte de derrière, Beatrix est en train de descendre de sa voiture, les bras chargés de fleurs.

— Oh, voyons, Beatrix, dit Millie. Il ne fallait pas.

— Bien sûr que si. Ce n'est pas tous les jours qu'on a cinquante-cinq ans.

Après avoir récupéré, sur la banquette arrière, autant de fleurs qu'elle peut en porter, Millie suit Beatrix à l'intérieur. La cuisine déborde de fleurs, c'est une véritable débauche de couleurs. Millie s'assoit à la table pour continuer à couper les légumes, tandis que Beatrix arrange les fleurs sur le plan de travail.

— Où as-tu appris à faire ça ? demande Millie. Jamais je n'ai réussi à faire des bouquets aussi beaux.

Beatrix porte une jupe rouge qui lui arrive juste au-dessus du genou, des ballerines assorties, ainsi que la veste de Reg, celle avec les coudières en cuir, cette fichue veste qu'elle ne quitte pas. Lorsque Beatrix se retourne pour lui répondre, elle surprend Millie en train de regarder ses chaussures. Elle brandit ses ciseaux de jardinage dans sa direction :

— Ne le dis pas, lance-t-elle. Ne dis rien concernant mes vêtements. J'ai apporté une tenue plus acceptable pour la fête. Je savais que ça te mettrait en colère.

— Non, non, dit Millie. C'est très bien. Tu as la silhouette qu'il faut pour porter ça.

C'est peu de le dire. Comme elle est grande et mince, sa jupe courte met en valeur ses jolies jambes.

— Je sais que c'est la nouvelle mode.

Beatrix se retourne sans rien dire. Elles travaillent en silence, Millie coupe les légumes, Beatrix coupe les tiges des fleurs en biseau.

— Tu ne portes pas de bas ? s'enquiert Millie moins d'une minute plus tard, la tête penchée sur les carottes.

— Maman, fait Beatrix avec un soupir volontairement retentissant, toujours sans se retourner. Je viens de te dire que j'ai apporté des vêtements de rechange.

— Est-ce la charmante Trix que j'entends ? lance George depuis l'avant de la maison, où il a installé les boissons alcoolisées sur une table.

— En effet, répond-elle. En train de se disputer avec sa mère.

George paraît sur le seuil de la cuisine, embrasse Beatrix sur le front. Ils s'apprécient, songe Millie. Ils ont vraiment l'air de bien s'aimer. Tant mieux. Il forme un pont entre la mère et la fille.

— Pourquoi vous disputez-vous, mes adorables ? s'enquiert George, sans forcément attendre une réponse. Aujourd'hui, on fait la paix, d'accord ?

— Rien d'important, dit Beatrix avec un sourire. C'est notre façon de fonctionner.

Lorsqu'elle a fini ses bouquets, elle quitte la cuisine avec les vases.

— Ton petit ami va se joindre à nous ? lui demande George. Ça nous ferait plaisir.

— Oh non, dit Beatrix, pas ce soir. Ce soir, c'est l'anniversaire de maman, elle sera entourée de ses amis. Il ne serait pas à sa place.

— Pourquoi ? s'étonne Millie. Dis à Sam de venir. Nous ne l'avons vu qu'une fois, quand nous sommes tombés sur vous dans la rue. Tout juste si nous avons eu le temps de lui dire bonjour.

Il est beau, cet homme qu'elle fréquente, mais elle semble vouloir le tenir loin de sa famille, pour une raison que Millie ne comprend pas. Millie ne connaît que quelques-unes de ses amies. Elle en sait si peu sur sa vie.

— Maman, fait Beatrix d'un ton cassant, en agitant une main. George vient de nous demander de bien nous tenir. Ne commence pas.

Millie attend que Beatrix ait le dos tourné pour agiter une main à son tour en l'imitant. George pose un doigt sur ses lèvres. Il tapote le dos de Beatrix.

— Bientôt, alors, d'accord ? dit-il. J'ai juste envie de faire sa connaissance, c'est tout. Sur ce, mesdames, j'ai besoin de conseils vestimentaires. Faut-il que je porte un nœud papillon ? Un gilet ? Un veston ?

Beatrix monte à l'étage avec George pour l'aider à choisir sa tenue. Elle est devenue l'une de ces personnes sur qui tout le monde compte. Millie regrette de ne pas pouvoir la voir exercer son métier : elle est maintenant directrice adjointe de son école, et Millie est sûre que, là-bas aussi, elle accomplit sa tâche sans effort. Elle est fière d'elle, mais, dans le même temps, elle éprouve le sentiment de n'avoir pas grand-chose en commun avec la femme que Beatrix est devenue.

Millie termine les hors-d'œuvre et place le plateau sur le plan de travail. Elle ne peut s'empêcher de jeter un coup d'œil dans la boîte à gâteaux. Un délicieux Madeira cake[1], avec un glaçage au citron et des marguerites blanches éparpillées sur le dessus. « Joyeux anniversaire ! » a-t-on tracé d'une belle écriture. Beatrix est désormais une pâtissière exceptionnelle.

— Reg, chuchote Millie. Notre fille m'a fait un gâteau d'anniversaire. Tu te rends compte ? Le vent a drôlement tourné.

Elle repense au dernier anniversaire de Beatrix avant son départ pour les États-Unis, elle avait dû emprunter du sucre à un voisin. Elle n'avait pas assez d'œufs. Pas de glaçage. Le gâteau était presque immangeable et il était affreux. Elle avait pleuré dans le cou de Reg cette nuit-là.

« C'est ce que ma fille retiendra de moi, avait-elle murmuré. Que je lui ai organisé la pire fête d'anniversaire de tous les temps.

— Ne dis pas de bêtises, avait-il répondu. Tu as fait de ton mieux. C'est tout ce qui compte. Et elle le sait. Ou elle le comprendra plus tard. »

Millie s'interroge à ce sujet. Beaucoup de temps a passé, et pourtant, elle se sent souvent plus éloignée de Beatrix qu'elle ne l'était lorsque celle-ci vivait en Amérique. Elle sait qu'elle a commis des erreurs – épouser Tommy se classe probablement en tête de liste –, mais Beatrix et elle ne se sont pas encore retrouvées. Elle n'est pas certaine qu'elles y parviendront un jour. Elle referme la boîte à gâteaux, dénoue son tablier.

— Beatrix, appelle-t-elle au pied de l'escalier. Laisse tomber monsieur. C'est moi qui ai besoin de toi, maintenant.

1. Le Madeira cake, originaire d'Angleterre malgré son nom (qui vient du fait qu'autrefois on aimait le déguster avec un verre de vin de Madère), est un gâteau moelleux, proche du quatre-quarts.

William

William est assis dans la cuisine, habillé, il boit sa quatrième tasse de café. Les enfants étaient debout avant l'aube, excités par Noël et, à 7 heures du matin, ils avaient déjà ouvert les cadeaux et inspecté le contenu des chaussettes. La journée lui semble déjà trop longue. L'église, le repas de Noël avec la famille de Rose, puis la visite à sa mère dans l'après-midi, où ils resteront pour le souper. Il a l'impression que cette journée ne finira jamais. Il songe à verser un peu de whisky dans son café, mais il est trop tôt. Il ne manquera pas d'occasions d'ici ce soir.

Kathleen dévale l'escalier et fait irruption dans la cuisine, dont la porte battante oscille.

— Papa, je ne veux pas porter de collants, déclare-t-elle. Elle me dit qu'il faut que je le fasse. Ils me grattent et je les trouve horribles.

Elle se tient au centre de la petite cuisine, les mains sur les hanches, les pieds écartés. Lorsqu'elle se fâche, elle blêmit, cela fait ressortir les gerbes de taches de rousseur sur son nez et ses joues. Il lui fait signe de s'approcher et pose ses mains sur ses épaules.

— Ma puce, dit-il, dehors il fait moins trois. C'est Noël. Tu dois obéir à maman.

— Mais, papa, gémit-elle. Je ne peux pas me contenter de mettre un pantalon ? Pourquoi Jack n'est-il pas obligé de porter des collants ?

— Tu le sais bien, répond-il. Jack, lui, doit porter une veste et une cravate.

William saisit sa propre cravate, qu'il tient comme il le ferait d'un nœud coulant, il penche la tête sur le côté et tire la langue.

— Crois-moi, dit-il, c'est pire.

Un petit sourire se dessine sur les traits de Kathleen. C'est presque toujours le cas. Parfois, sa ressemblance avec Gerald est telle qu'il en a le souffle coupé. C'est une Gregory. Il n'y a pas en elle ne serait-ce qu'une once de Rose. Jack, à l'inverse, est un Kelly : cheveux noirs, yeux bleus, petit gabarit. Lorsque les douze petits-enfants se réunissent pour une photo, Kathleen fait figure d'intruse, avec sa chevelure rousse et sa taille imposante. Elle doit se tenir au dernier rang, avec les enfants plus âgés, même si elle n'a que huit ans. Rose surveille son poids.

— Elle deviendra comme ta mère si elle ne fait pas attention, répliquera-t-elle lorsqu'il lui dira de la laisser un peu tranquille. Et à Dieu ne plaise qu'elle devienne aussi grande que ton père.

Il fait surgir de la poche de son veston un chocolat enveloppé dans du papier d'argent, qu'il lui présente dans sa paume ouverte.

— Ne dis rien à maman, la met-il en garde, un doigt sur ses lèvres. Dépêche-toi de le manger. Ensuite, tu iras mettre tes collants. Nous allons bientôt partir.

Il est assis à côté du père de Rose durant le repas, les enfants et elle se trouvent à l'autre bout de la longue table. Cette maison est devenue un autre chez-lui. À certains égards, il s'agit de la famille qu'il a toujours voulue. Ici, il ne déçoit personne. Personne ne s'attend à ce qu'il soit plus que ce qu'il est. Cependant, comme Kathleen, il sait qu'il détonne. On le traite différemment des autres époux. Personne d'autre n'est diplômé d'Harvard. Personne d'autre ne travaille dans une banque. Le père de Rose travaille dans l'immobilier. Son unique frère est prêtre et ses trois sœurs sont mariées à des hommes qui exercent des métiers moins prestigieux : l'un est propriétaire d'un bar, l'autre d'une entreprise de construction et le troisième est pompier. Ils le traitent avec plus de respect qu'il ne le mérite. Il leur a dit à plusieurs reprises qu'ils avaient de meilleurs emplois que lui, mais il sait qu'ils ne le croient pas.

Aujourd'hui, tout le monde parle du nouveau président. Michael, le pompier, l'interpelle à travers la table pour l'interroger au sujet de Gerald :

— Il connaît Teddy, non ? Tu crois qu'il pourrait nous avoir des billets pour la cérémonie d'investiture ?

William hausse les épaules.

— Ils étaient à l'école ensemble, dit-il. Mais il ne le connaît pas vraiment.

William ne mentionne pas qu'il a rencontré Jack à quelques reprises, à Harvard, à l'époque où Kennedy était membre de la Chambre des représentants. Un type plutôt intelligent, supposait-il, mais il ne l'appréciait pas beaucoup. Il était mielleux. Il ne l'estimait pas digne de confiance, à l'époque. Il a voté pour lui, bien sûr, et il en sait assez pour se taire à cette table, entouré d'hommes qui se reconnaissent dans Kennedy, persuadés qu'à partir de maintenant tout va devenir possible. L'espoir qui flotte dans cette pièce est presque palpable.

Même Christopher, le prêtre, porte un toast à Kennedy. C'est le préféré de William dans la famille de Rose, un homme grave, fait pour l'église. William aime leurs conversations, lorsqu'ils ont l'occasion de s'éloigner des autres, lorsqu'il peut lui poser des questions sur la religion, sur la philosophie, sur ses croyances. Ils sont allés à l'opéra ensemble, une ou deux fois, et il ne déplaît pas à Chris de visiter un musée quand William le lui propose. Avant, Rose, elle aussi, s'intéressait à ces choses-là. Mais la dernière fois qu'il lui a suggéré de confier les enfants à une baby-sitter un samedi, afin qu'ils puissent voir la nouvelle exposition au musée Isabella-Stewart-Gardner, elle lui a ri au nez :

— Tu es fou. Kathleen a son cours de danse classique le samedi après-midi. Et Jack est invité à une fête d'anniversaire. Et si j'engage une baby-sitter, c'est parce que j'ai envie de sortir le soir, de dîner avec des amis, de passer un moment agréable, pas de déambuler dans un faux palais italien en plein après-midi.

— Ce n'est pas grave, a dit William, qui regrettait de lui avoir fait cette proposition. Je peux très bien y aller pendant ma pause déjeuner.

Dans la famille de Rose, les adieux durent une éternité, mais, cette fois, ça y est, ils sont enfin de retour dans la voiture, ils roulent en direction de la maison de sa mère. « De la maison », tout court, c'est ce qu'il se dit, mais Rose se moquerait de lui s'il l'exprimait à haute voix. Les deux enfants s'endorment presque immédiatement, la tête de Jack ballotte sur l'épaule de Kathleen. Rose resserre son manteau autour de ses épaules.

— Je meurs de froid, dit-elle. Vivement que cette journée se termine. Il ne fera guère plus chaud chez ta mère. Et je n'ai plus de place pour avaler quoi que ce soit.

— Il le faut, pourtant. Ils nous ont attendus toute la journée. Et tu sais aussi bien que moi qu'elle a cuisiné pour un régiment.

Rose soupire.

— C'est ce qui m'inquiète, dit-elle. Je suis si fatiguée. Je n'ai plus qu'une envie : me mettre au lit.

Elle tourne la tête vers la fenêtre et ferme les yeux.

Kathleen se réveille à leur arrivée, mais Jack dort encore profondément. William le porte jusque dans la demeure, où il s'engage dans l'escalier en faisant signe à sa mère et à Gerald qu'il monte le coucher le temps d'une sieste. Peu de choses ont changé ici au fil des ans. Sa chambre comporte toujours deux lits jumeaux ornés chacun d'une courtepointe blanche et d'un oreiller brodé. L'enfance de William se trouve toujours là, elle aussi, sur les étagères et sur le bureau. Vieux gants de baseball usés, de différentes tailles. Les lettres des facs lorsqu'il était au lycée. Une boîte qu'il a fabriquée, destinée à contenir son nécessaire de cirage. Il s'assoit à côté de Jack, tire sur lui la couverture. Rose a raison. Il fait froid dans cette maison.

Au rez-de-chaussée, il retrouve Gerald, maman et Kathleen dans la cuisine.

— Où est Rose ? demande-t-il, et maman désigne le salon :

— Elle s'est allongée. Elle ne tenait plus debout, la pauvre chérie.

Il sait qu'elle se réjouit que Rose ne soit pas restée avec eux, et lui aussi s'en félicite. Il juge épuisant de les voir toutes les deux feindre de s'apprécier, dire une chose alors qu'elles en pensent une autre. Il aurait cru qu'à ce stade elles se seraient montrées tout bonnement honnêtes l'une envers l'autre, ainsi qu'envers elles-mêmes. Il comprend désormais que cela ne se produira jamais.

— Assieds-toi, assieds-toi, dit maman en désignant sa chaise. Kathleen vient de nous parler des merveilleux cadeaux que le Père Noël lui a apportés.

Kathleen, sur les genoux de Gerald, saupoudre de sucre rouge et vert des biscuits en forme d'étoiles disposés sur une plaque.

— J'attendais l'arrivée de Kathleen pour les mettre au four, dit maman, car personne ne décore les biscuits mieux qu'elle.

Kathleen sourit à maman, la mine affable et candide. Bouleversé, il se laisse tomber sur sa chaise, détourne les yeux et allume une cigarette.

— Tu parles d'une journée, dit-il.

— Ce n'est pas une journée comme les autres, papa, intervient Kathleen, c'est Noël ! Le plus beau jour de l'année.

— Tu as raison, commente Gerald en la serrant contre lui. Et nous sommes très heureux de pouvoir le passer avec vous !

Dès que Kathleen a fini de décorer les biscuits, maman l'emmène dans la salle à manger pour y dresser la table. William pose ses pieds sur la chaise de papa et dénoue sa cravate.

— Franchement, G, dit-il. Pourquoi personne ne m'a parlé des horreurs qui allaient s'accumuler durant cette journée ? Je crois bien que je suis en train de vivre le jour le plus long de tous les temps.

— « G », fait Gerald en souriant. Plus personne ne m'appelle comme ça.

Kathleen se précipite dans la pièce.

— Regarde ce que j'ai trouvé dans le buffet. Nana voudrait savoir si vous les reconnaissez, dit-elle en posant un paquet de cartes sur la table.

— Ce sont des cartons de table, dit Gerald en les feuilletant. Ils te permettent de savoir où t'asseoir autour de la table.

— Je sais ce que c'est, répond Kathleen en fronçant les sourcils. Mais Nana ne se souvient pas de ces cartons de table en particulier.

William s'en empare, les dispose un à un sur la table en les lisant à haute voix :

— M. G, Mme G, William, Gerald, Bea.

Maman sait pertinemment que c'est Bea qui les a confectionnés. Il la soupçonne de n'avoir pas souhaité expliquer à Kathleen qui était Bea.

— C'est une petite fille qui les a faits, dit William. Une petite fille qui vivait ici avec nous, quand nous étions enfants.

Il saisit la carte de Bea et la montre à Kathleen.

— Elle s'appelait Bea.

Kathleen prend la carte dans sa main.

— Une petite fille vivait ici ? Avec oncle Gerald et toi ?

— Oui, répond Gerald. Elle avait dû s'installer ici parce qu'il y avait la guerre dans son pays.

— Oh, non, se navre Kathleen et, une fois encore, William détourne le regard.

Elle est hypersensible. Il a peur que ses émotions la submergent.

— Est-ce qu'elle va bien maintenant ? demande Kathleen.

William l'ignore. Il n'a pas reçu de nouvelles de Bea depuis longtemps. Ils ont échangé quelques lettres après son retour d'Europe. Mais ensuite, il s'est marié, Rose et lui ont eu Kathleen, ils étaient débordés. C'est lui, encore une fois, qui a cessé de répondre.

— Elle se porte très bien, répond Gerald, et William lève les yeux avec surprise. Elle dirige une école maternelle à Londres.

— Elle quoi ? demande William. Tu es donc toujours en contact avec elle ?

— Comme tu peux le constater, répond Gerald avant de disparaître dans le hall.

William se tourne vers Kathleen.

— Elle exerce le même métier que le directeur Stevens, dit-il.

Kathleen sourit.

— C'est l'homme le plus gentil du monde, dit-elle. Mais, Bea, elle était ici toute seule ?

— Oui, dit maman en les rejoignant dans la cuisine, et William sait qu'elle a patienté de l'autre côté de la porte, qu'elle a écouté la conversation pour savoir comment elle allait se dérouler. Elle était très courageuse, enchaîne-t-elle. Elle a effectué toute seule le voyage jusque chez nous. Tu t'imagines, Kathleen, en train de monter toute seule à bord d'un grand paquebot ?

— Non ! s'exclame Kathleen.

Gerald revient avec une photo encadrée à la main.

— Voici Bea, dit-il en tendant le cliché à Kathleen. Avec ton père et moi. Cette photo a été prise le jour où elle a battu ton père à une course de natation.

— Une fille a battu papa ?

Kathleen sourit en écarquillant les yeux, après quoi elle rend la photo à Gerald et se met à fourrager dans le tiroir de la table :

— Je vais fabriquer de nouveaux cartons, annonce-t-elle. Pour nous.

Elle s'installe à la table, où elle en confectionne six.

— La carte de Noël, dit Gerald à William. Dans le salon.

William acquiesce. On parle de tout et de rien, William suit du bout de l'index les lettres dessinées sur les cartons de table, de cette écriture qu'il connaît si bien, puis Jack, qui s'est réveillé, se joint à eux, puis Rose fait elle aussi une apparition sur le seuil de la pièce, une couverture sur les épaules. À l'insu de tous, William glisse les cartons dans la poche de son veston. Plus tard, il pliera celui de Bea pour le mettre dans son portefeuille, derrière la photo de Kathleen et Jack.

Beatrix

Beatrix organise un dîner dans son nouvel appartement. Elle a déménagé, l'été dernier, avant la rentrée scolaire, dans un quartier éloigné de l'école. Elle ne voulait plus croiser des élèves alors qu'elle avait un foulard sur les cheveux ou qu'elle portait un jean. Et même si cela ne s'était pas produit, elle craignait toujours de rencontrer un parent en quittant un bar, tard le soir ou, à Dieu ne plaise, dans le bar lui-même, après quelques verres. Elle est également plus loin de sa mère, ce qui signifie qu'elle n'a plus à la voir aussi souvent. Le soir, Beatrix répond rarement au téléphone. Elle sait que c'est maman qui l'appelle pour se plaindre de George. Ce n'est qu'une question de temps avant que ce mariage-là ne se termine aussi.

Il lui a fallu du temps pour s'habituer au trajet, mais cela en vaut la peine. Un certain nombre de ses amis vivent à proximité et se retrouvent régulièrement pour prendre un verre ou dîner. Une fois par mois, l'un d'entre eux reçoit les autres chez lui pour un repas à la fortune du pot et, ce soir, c'est enfin son tour. C'est un samedi froid et pluvieux de février, le moment idéal pour se rassembler. Ils ne seront pas nombreux : Sam, son petit ami, et deux autres couples. L'appartement possède une belle et grande cuisine, ainsi qu'une cheminée et, à l'arrière, un petit jardin. Il s'agit du premier appartement dans lequel elle se sent vraiment chez elle.

Elle consacre la matinée à l'aspirateur et au ménage. Elle dresse la table, puis considère l'appartement d'un œil critique.

George l'a aidée à accrocher quelques tableaux lorsqu'elle a emménagé, mais ils appartenaient à maman, et elle ne les a jamais beaucoup aimés. Dans le fond du placard de l'entrée est posé un carton envoyé par Mme G. Lorsque Beatrix s'est installée ici, elle lui a envoyé une carte pour lui communiquer sa nouvelle adresse et, quelques semaines plus tard, elle recevait ce carton. Beatrix n'est pas restée en contact aussi assidûment qu'elle estimait devoir le faire, elle est très occupée, le temps lui manque. Après la mort de M. G, elle a écrit à Mme G tous les dimanches soir pendant près d'un an. Mais peu à peu, elle a renoncé à cette routine, réservant ces soirées à la planification de la semaine à venir. À mesure que l'école se développait, ses responsabilités se multipliant d'autant, les lettres devinrent moins fréquentes. Au cours des dernières années, elle s'est contentée d'une carte de Noël et d'une lettre de loin en loin.

Beatrix ouvrit le carton dès qu'elle le reçut : il contenait des tableaux encadrés, ainsi qu'une courte lettre. « Chère Bea, avait écrit Mme G. J'ai vidé le garage et pensé qu'ils te plairaient peut-être. Ils sont à toi, ma chérie. J'espère que tout va bien. » Beatrix rangea le carton, à la fois désireuse et réticente à l'idée d'en découvrir le contenu. Elle a déployé tellement d'efforts pour reléguer les Gregory dans le passé. Aujourd'hui, elle sort deux grands tableaux du carton, qu'elle reconnaît tous les deux, peints l'un et l'autre par M. G, dont la signature apparaît dans le coin droit. Ils étaient suspendus au mur du salon dans le Maine. L'un représente un coucher de soleil sur le continent depuis l'île, les rochers et la forêt encadrant la vue. On y découvre la barque orange, dont le propriétaire gérait le marché. L'embarcation capte les dernières lueurs du soleil. On la croirait presque en train de brûler.

Sur l'autre tableau, le soleil est haut, le ciel se révèle d'un bleu sans nuage et le quai flottant se trouve sur la gauche. Elle lève le tableau vers la lumière terne, près de la fenêtre, pour examiner les trois personnages sur le quai : l'un est allongé et les deux autres sont assis l'un à côté de l'autre, les jambes dans l'océan. On distingue également King, dont la tête dépasse hors de l'eau. Combien de fois se sont-ils assis de cette façon, Gerald et elle, en balançant leurs pieds d'avant en arrière. Elle accroche les deux toiles au-dessus du canapé du salon, mais elles sonnent faux. Son mobilier est moderne, son goût plutôt minimaliste. Les couleurs, ça ne va pas du tout.

Elle s'empare du carton avec l'intention de le mettre à la poubelle, lorsqu'elle s'aperçoit qu'il contient un troisième tableau, plus petit, dissimulé dans le fond du paquet, sous un journal froissé. L'œuvre, avec son mince cadre en bois, est à peu près de la taille d'un livre, et elle ne lui dit rien. Elle s'assoit à la table de la cuisine pour l'examiner plus attentivement. Il ne s'agit pas d'aquarelle mais de peinture à l'huile, et les âpres remous de la matière ajoutent à la richesse des couleurs. Les bords sont également plus nets. On découvre un couple dans un dancing, en train de virevolter. L'homme est vêtu d'un smoking, la femme porte une robe d'un bleu pâle, dont les plis s'écartent pendant qu'elle tournoie, la main de l'homme contre son dos. Derrière eux, un big band, des trompettes d'or étincelantes. Beatrix peut presque entendre la musique en contemplant le tableau, quand donc M. G l'a-t-il peint ? Il y a longtemps, c'est indéniable, peut-être même avant la naissance de William. Fréquentaient-ils alors des clubs ? Elle considère le couple de plus près. Il ne peut pas s'agir des Gregory. Ils sont trop bien assortis. Et pourtant, ce sont eux : la manière dont la femme regarde le visage de l'homme, la façon dont la tête de l'homme est doucement tournée vers la sienne. Ce tableau, elle l'aime bien, elle l'accroche dans l'entrée, face au miroir. Elle est encore en train de se préparer lorsque Sam arrive, sa clé tourne délicatement dans la serrure.

— Salut ! lance-t-elle. Je n'en ai plus que pour une seconde.

Lorsqu'elle pénètre dans le salon, il est en train d'empiler des bûches dans la cheminée ; elle se penche pour lui donner un baiser.

— Qu'est-ce que c'est ? demande-t-il en désignant les tableaux au-dessus du canapé. Je les ai déjà vus ?

Elle les observe.

— Qu'en penses-tu ? s'enquiert-elle.

— Je les trouve bien. Un peu amateurs, peut-être, mais mieux que ce qu'il y avait avant. Tu sais quelque chose à leur sujet ?

Elle hausse les épaules.

— C'est Mme Gregory qui me les a envoyés, dit-elle. Tu sais, la famille chez qui j'ai vécu en Amérique. Je crois me souvenir de les avoir vus là-bas, dans leur maison.

Elle ne veut rien lui dire d'autre. Elle ne veut pas les regarder, en parler, réfléchir à ce qu'ils représentent.

— En réalité, dit-elle, ils ne me plaisent pas. Pendant que je finis à la cuisine, pourrais-tu les décrocher, puis raccrocher ceux d'avant ?

— Bien sûr, répond Sam.

Le lendemain, le ciel est clair et le soleil brille. Dans l'après-midi, Beatrix et Sam entrent dans une galerie d'art située à deux pas, qui présente le travail de photographes locaux. Ils choisissent deux tirages en noir et blanc, des clichés contemporains de Londres, et Sam insiste pour payer avec elle.

— Un jour, bientôt, dit-il, nous habiterons au même endroit.

Beatrix suspend les clichés au-dessus du canapé. C'est parfait. Elle écrit à Mme G pour la remercier de lui avoir offert les tableaux. Elle lui pose des questions concernant le plus petit, le couple de danseurs. « M. G l'a-t-il peint il y a très longtemps ? C'est vous deux qu'il a représentés ? Je ne me souviens pas de l'avoir vu dans la maison. »

Elle attend. Une lettre finit par arriver, mais elle ne contient aucune réponse à ses questions. Mme G lui fait part de ses projets pour son jardin et glisse une phrase ou deux concernant Gerald et William. Elle ne mentionne ni Rose, ni les enfants. En revanche, elle inclut sa recette des muffins aux myrtilles. « Ce sont incontestablement les meilleurs, ma chérie, confectionnés avec des myrtilles sauvages du Maine. Mais, ces baies, tu n'en as sans doute pas à disposition. Dans ce cas, utilise la même quantité de myrtilles ordinaires, mais garde en tête qu'ils n'auront pas tout à fait le goût de ce dont tu te souviens. » Elle a raison, comme toujours, bien que Beatrix ait multiplié les tentatives.

Nancy

Dans un mois, cela fera dix ans qu'Ethan est parti. Nancy peine à y croire. Elle lui rend visite au cimetière chaque jour, par tous les temps. Cela devient un peu plus difficile désormais, mais tant pis, sauter ne serait-ce qu'une journée ne lui paraît pas convenable. Une compensation au fait de ne plus aller dans le Maine.

Les garçons voient cela d'un mauvais œil. Elle sait qu'ils en parlent en son absence. Elle déteste qu'ils s'inquiètent pour elle, persuadés qu'ils sont de pouvoir s'occuper d'elle mieux qu'elle n'est capable de le faire elle-même. Pourquoi a-t-elle demandé à Gerald de rentrer à la maison ? L'hiver dernier, un matin de blizzard, alors qu'il était venu pelleter la neige dans l'allée, il tenta de l'empêcher de sortir en se plantant devant la porte.

— Qu'est-ce que tu fais, maman ? demanda-t-il. Il n'est pas question que tu quittes la maison un jour comme aujourd'hui.

— Oh, ne sois pas ridicule, répondit-elle. Ce n'est jamais qu'un peu de neige.

Elle coiffa son chapeau le plus chaud.

— On est solide, en Nouvelle-Angleterre.

(Le fait est qu'elle tomba lourdement, ce jour-là, mais jamais elle n'en informa Gerald, au lieu de quoi elle soigna son côté gauche, couvert d'ecchymoses bleues et noires, et ce durant un bon mois. Affalée dans la neige, à l'endroit où elle avait chuté, elle regarda descendre les flocons qui, peu à peu, couvraient son corps et son visage.) Elle ne veut pas qu'Ethan se sente seul, c'est tout. Il aurait envie de savoir tout ce qui se passe. Il n'a pas vu les garçons devenir adultes, il ne les a pas vus tracer leur route dans le vaste monde.

Encore maintenant, il arrive que le chagrin la tétanise. Il surgit de nulle part. Un dimanche, dans l'église, quelqu'un lui dira en passant combien il regrette de ne plus entendre Ethan chanter les cantiques. Kathleen posera une question sur le grand-père qu'elle n'a jamais connu. Gerald hochera la tête de cette manière unique, qui n'appartient qu'à lui, ainsi qu'à William et leur père, et la voilà soudain aussi éplorée que le jour où elle l'a découvert dans le jardin, sa main tenant toujours le déplantoir, ses yeux ouverts regardant le ciel, la regardant elle mais ne la voyant pas.

Elle n'a pas oublié sa façon de la faire se sentir insignifiante, la façon dont il lui coupait la parole. Mais elle n'est pas stupide. Lorsqu'elle observe ses amies et leurs époux, elle se dit qu'elle s'en est plutôt bien tirée. Ethan était un homme doux, qui faisait de son mieux. Leur petite vie tranquille leur convenait à tous les deux. Que demander de plus ? Elle se surprend encore à jeter un coup d'œil dans son bureau, elle s'attend presque à l'y trouver en train de corriger des copies, de jouer aux échecs ou de lire. Il la regarde par-dessus ses lunettes, ses cheveux brillent à la lumière de la lampe.

— Je t'écoute, dit-il, et elle lui sourit.

Aujourd'hui, cependant, elle emmène Jack au cimetière avec elle. Il ne s'y est encore jamais rendu, et elle estime qu'il est temps. Il a sept ans et demi, c'est un grand garçon et il a besoin d'en apprendre plus sur son grand-père. Elle soupçonne Rose de ne lui dire presque rien. C'est comme si William et leurs enfants avaient été absorbés par la famille Kelly, comme si le nom de Gregory et les gènes des Gregory ne signifiaient plus grand-chose.

— Oh, dit-elle à ses amies en agitant une main, je comprends, je comprends tout à fait. Ici, je veux dire, il n'y a plus que moi dans une grande et vieille maison. Tandis que là-bas, à Quincy, il y a des cousins, des tantes, des oncles, il se passe des choses passionnantes. Kathleen est allée jusqu'à grimper à bord d'un camion d'incendie, rendez-vous compte, avec son oncle pompier.

Nancy a du mal à se rappeler qui est qui. Ces garçons se ressemblent tous, en sorte qu'elle a renoncé, depuis déjà plusieurs années, à tenter de les différencier. Sauf Christophe. Le prêtre.

Mais elle tient à ce que Jack en apprenne davantage sur son grand-père. Kathleen est plus proche de lui, en quelque sorte, car Rose était déjà enceinte d'elle quand il est mort. La fillette lui a demandé un jour si son grand-père l'avait touchée.

— Cela n'aurait pas été possible, ma chérie, répondit Nancy. Tu sais bien qu'à ta naissance il nous avait déjà quittés.

— Non, insista Kathleen, est-ce que grand-père a touché le ventre de maman pour me sentir, pour savoir si je donnais des coups de pied ?

— Ma parole, mon enfant, répondit Nancy en se retournant vers elle dans la cuisine. Quelle drôle de question ! Je pense que non. Ton grand-père n'était pas le genre d'homme à toucher le ventre des femmes !

— Oh, fit Kathleen, troublée. Tante Anna est enceinte et Papi lui caresse sans arrêt le ventre et parle au bébé.

Nancy s'est efforcée de dissimuler sa consternation.

— Chacun ses goûts, ma chérie, commenta-t-elle. Mais, tout ce qui importe, c'est que ton grand-père savait tout de toi, et qu'il savait aussi que tu allais bientôt voir le jour. C'est cela que tu dois garder à l'esprit.

Elle ne peut pas en dire autant à Jack, né plus de deux ans après la mort d'Ethan. Aujourd'hui, Jack est seul avec elle, parce que Kathleen est partie en colonie de vacances.

Nancy emballe un pique-nique, après avoir récapitulé avec Gerald ce qu'elle devait emporter : des sandwichs au beurre de cacahuète et à la gelée, ainsi que des brownies. Une fois sortie par la porte de derrière, elle prend la main de Jack pour traverser la rue. Au cimetière, il lui tient toujours la main. Cela ne lui ressemble pas. D'ordinaire, il s'empresse de se mettre à courir, peu importe où ils se trouvent. Nancy ne sait pas de quoi lui parler. Elle se sent beaucoup plus proche de Kathleen. Elle se réjouit d'avoir à nouveau une petite fille auprès d'elle. Quel dommage, vraiment, qu'elle n'en ait pas eu une à elle. Elle ne sait jamais si elle peut se permettre de compter Bea parmi ses enfants.

Ils marchent en silence pendant quelques minutes, la route serpente entre les tertres, au milieu des tombes. C'est une belle journée de juillet, pas encore trop chaude, pas trop humide. Une belle journée. Le genre de journée qui aurait été parfaite dans le Maine.

— Tu ne trouves pas ça un peu effrayant ? finit par demander Jack. Tu sais, tous ces morts ?

— Oh, non, mon chéri, répond Nancy en serrant légèrement la main de l'enfant. Il s'agit d'un lieu de repos. Je trouve cet endroit plutôt paisible, pour tout dire.

— Mais ils sont morts, siffle Jack. Il y a des morts de tous les côtés, presque sous nos pieds.

Nancy se tourne pour faire face à son petit-fils. Il y a de l'inquiétude dans ses yeux bleu foncé. Il lui est arrivé de temps en temps, en se sentant coupable, de se demander si Jack était bel et bien un Gregory. Il a tout hérité de Rose.

— Que penses-tu qu'il se passe quand quelqu'un meurt ? lui demande-t-elle.

— Son âme va au ciel, en enfer ou au purgatoire, répond Jack.

— D'accord, commente-t-elle, en résistant à la tentation de lui expliquer que le purgatoire n'existe pas – mais elle se promet d'en parler à William plus tard.

Il est certes possible d'ajuster le dogme traditionnel pour faire une place à la pensée rationnelle.

— Alors, que reste-t-il ? demande-t-elle.

— Leur corps ? dit Jack.

Elle hoche la tête et continue à marcher. Elle se demande si elle va avoir des ennuis pour ce qu'elle s'apprête à dire.

— Lentement, dit-elle, lentement le corps se décompose. Tu sais ce que cela signifie ?

— Il retourne à la terre, répond Jack, et Nancy écarquille les yeux.

— En effet. Donc, la plupart de ces gens autour de nous ne possèdent plus d'existence physique, nous sommes d'accord ? Certains d'entre eux sont morts il y a plus de cent ans.

— Mais mon père nous a dit que tu venais ici tous les jours, réagit Jack. Pour parler à grand-père.

— Ton père a raison. Mais c'est à son esprit que je m'adresse, pas à son corps. Je sais qu'il sera forcément dans cet endroit, voilà tout. Disons que je sais où le trouver.

— D'accord, fait Jack, manifestement peu convaincu.

— Va faire un tour pour voir si tu arrives à repérer la tombe de grand-père. Elle se situe tout droit, là-bas, près de l'étang et du saule. Ethan Putnam Gregory, est-il écrit. 1900-1951.

Jack se met à courir, les bras écartés pour imiter les ailes d'un avion, il court de-ci de-là.

— « Donnez-moi votre soutien, votre main, votre voix, votre vote », répète-t-il sans relâche et de plus en plus fort.

Nancy le suit, d'humeur plus légère à présent. Comme c'est merveilleux d'être un enfant. On se sent soudain déconcerté puis, l'instant d'après, tous les soucis se sont dissipés. Comme par magie.

L'ayant rejoint sur la tombe, elle déballe la couverture et les aliments. Il a l'air content, il mange son sandwich, lui demande à combien de brownies il a droit. « Bonjour, Ethan, prononce-t-elle dans le silence de son âme. Je te présente Jack, ton petit-fils. Il était grand temps que vous fassiez connaissance. »

— Ton grand-père, commence-t-elle, était un homme merveilleux. Je regrette que tu ne l'aies pas connu.

Des larmes surgissent, toujours aux mauvais moments, qui la rendent muette. Nancy s'essuie les yeux du revers de sa main.

— Que veux-tu que je te raconte ? demande-t-elle. Pourquoi ne me poses-tu pas de questions sur lui ? Je te dirai tout ce que tu souhaites savoir.

— Je sais déjà tout sur grand-père, dit Jack. Papa nous raconte des histoires sur lui presque tous les soirs. Il nous a dit que c'était un excellent pêcheur. Qu'il aimait chanter. Que c'est grâce à lui qu'oncle Gerald et lui sont devenus très bons en maths.

Nancy sourit. Elle ignorait que William parlait ainsi d'Ethan à ses enfants. Jack la considère avec inquiétude. Ces maudites larmes.

— Tout va bien, mon chéri, le rassure-t-elle. Ne t'en fais pas pour moi.

La gardienne, c'est elle. Elle ne supporte pas qu'on veuille prendre soin d'elle.

William

Depuis douze ans qu'il travaille, William a compris à peu près comment tirer le meilleur parti d'un emploi abrutissant. Durant les premières années après l'université, il s'est laissé dévorer par l'ennui de la routine. Il se sentait enchaîné, prisonnier, dépendant de supérieurs dont l'incompétence le désappointait. On l'avait renvoyé de ses deux premiers postes parce qu'il avait suggéré un changement, parce qu'il avait exprimé ce qu'il pensait vraiment. Dans l'emploi qu'il exerce à présent, il s'est forcé dès le début à ne plus se tracasser, à prendre ses distances avec le travail qu'on lui confiait. Il s'est mis à en faire de moins en moins, passant plus de temps à l'extérieur du bureau que dedans. À sa grande surprise, personne ne s'en est aperçu. L'avantage, ne tarda-t-il pas à comprendre, d'avoir des cheveux blonds et des yeux verts. D'avoir étudié à Harvard. C'était simple comme bonjour : une fois qu'on avait cessé de se tourmenter, une fois qu'on avait jeté son ambition aux orties, tout s'équilibrait beaucoup plus aisément.

À midi, il lui arrive fréquemment d'annoncer à sa secrétaire qu'il a rendez-vous pour déjeuner, ce qui lui permet de s'éclipser durant quelques heures, pour se rendre au musée des Beaux-Arts de Boston ou au musée Isabella-Stewart-Gardner. Assis sur un banc, il contemple un tableau, s'évade dans son univers. Une fois, par une belle journée d'été, il a pris un bateau touristique qui faisait le tour du port de Boston, uniquement pour être sur l'eau. Il se sentait décalé avec son costume-cravate, entouré d'adolescents en short et en T-shirt qui, ignorant ostensiblement leurs parents, regardaient à peine l'océan et se glissaient près du moteur pour y fumer une cigarette. Il aurait aimé les secouer, secouer le garçon qu'il avait été autrefois, allongé sur un quai flottant au large des côtes du Maine. Profitez-en bien, avait-il envie de leur dire. Profitez de l'instant présent. Si seulement il avait été l'un des leurs, si seulement il se trouvait encore là où tout semble possible.

Ce soir, il se dirige vers Revere, où existe un club appelé le Wonderland Ballroom, qui a ouvert ses portes plus tôt cette année. Il est situé tout près de l'eau, ce qui le rend beaucoup plus agréable que les clubs du centre-ville. William a pensé pendant toute la semaine à cette escapade. Il s'installera à une table près de la fenêtre, un verre à la main, et il s'en mettra plein les yeux. Les trompettes hurlent. Les couples tourbillonnent. La musique se révèle si forte, si impétueuse qu'elle l'emplit tout entier. La dernière fois qu'il est venu, il discernait le bruit régulier des vagues chaque fois que les musiciens faisaient une pause et, lorsqu'il se dirigea vers sa voiture, il découvrit le ciel immense au-dessus de la plage en forme de croissant. Il demeura là pendant près d'une heure, le regard dirigé vers l'est, la musique continuant à palpiter en lui.

Mais cela fait une trotte depuis Quincy, si bien que, les deux dernières fois, il a dû partir plus tôt qu'il ne l'aurait souhaité. Si seulement ils habitaient sur la rive nord. Ce soir, cependant, il va pouvoir rester jusqu'à la fermeture, il aura le droit de franchir en dernier la porte du club. Peut-être même ira-t-il jusqu'à dormir dans sa voiture en contemplant l'océan noir, son siège en position horizontale. Il recule dans l'allée, après avoir déposé les enfants chez maman. Il va se changer rapidement, puis prendra la route.

Rose se maquille devant sa coiffeuse, sur le miroir de laquelle elle a collé des photos de Jackie Kennedy. Il a remarqué qu'elle les regardait pendant qu'elle se coiffait. Elle a fait couper sa frange, le mois dernier, pour imiter la dernière coiffure en date de Jackie.

— Vous allez où, les filles et toi ? demande-t-il – assis sur son lit, il retire sa cravate.

— Chez Sheila, répond-elle en se penchant vers le miroir, pour appliquer du mascara. Ensuite, peut-être irons-nous prendre un verre.

Elle se lève et lui fait face, une main sur la hanche. Elle porte une robe rouge moulante, qui lui arrive juste en dessous du genou. C'est uniquement pour aller prendre ce verre qu'elles se retrouvent, cela ne fait pas un pli.

— Et toi, dit-elle. Qu'as-tu prévu ?

Il y a quelques mois, assis l'un en face de l'autre à la table de la cuisine, tous deux plus malheureux qu'ils auraient jamais cru pouvoir l'être, ils ont convenu qu'un samedi sur deux chacun disposerait de sa soirée à sa guise. C'était William qui avait fait cette suggestion, et Rose avait accepté à contrecœur. Leurs familles se partagent la garde des enfants : un samedi chez la famille de Rose, puis, deux semaines plus tard, on les confie à maman. Tout le monde y gagne, se dit William. Leurs familles ignorent qu'ils sortent chacun de son côté. Ils s'imaginent, au contraire, qu'ils se retrouvent en amoureux. Et le plus drôle, c'est qu'ils ont souvent des relations sexuelles ces nuits-là, lorsque William parvient à revenir avant le lendemain matin, bien longtemps après le retour de Rose, à moitié ivre. Il se hisse dans son lit, nu. Elle se retourne toujours pour l'accueillir, comme si elle attendait, comme si c'était seulement en passant du temps loin l'un de l'autre qu'ils parvenaient ensuite à se retrouver.

— Je ne sais pas encore, répond-il. Je vais peut-être aller chez Nelson. Ou bien je rejoindrai plusieurs de mes collègues, qui se réunissent au centre-ville. Je n'ai pas encore décidé.

Rose hoche la tête et il sait qu'elle ne le croit pas non plus. Serait-ce plus simple s'ils se disaient la vérité ? Pourquoi est-il incapable de lui dire où il va ?

— Tu es superbe, poupée, dit-il, et elle sourit en examinant sa robe dans le miroir en pied.

Il ne ment pas à ce sujet. Elle est encore plus belle que lors de leur première rencontre. Tous ses amis le lui disent. C'est en partie, il le sait, parce qu'après la naissance de Jack c'en a été fini des grossesses. Après une troisième fausse couche, on lui a ligaturé les trompes. Les autres épouses autour d'elle ont eu quatre enfants, parfois davantage. Sheila et Michael en ont sept.

William la regarde mettre ses boucles d'oreilles. À l'époque, elle s'était sentie désemparée à l'idée de ne plus enfanter. Lui, en revanche, avait éprouvé du soulagement, dont il n'avait parlé à personne. Il aime leurs deux enfants. Mais pourquoi charger la barque ? Ils ont déjà du mal à joindre les deux bouts avec son salaire. Toutefois, cela lui a fait de la peine de la voir à ce point affectée durant plusieurs mois. Aujourd'hui, elle semble plus heureuse, même s'il la soupçonne de ne guère apprécier leurs samedis soir en solo. Il aimerait qu'elle se détende un peu. Qu'elle cesse de s'inquiéter de ce que les autres pensent. C'est un cadeau qu'il lui a fait. Une soupape de sécurité, se dit-il. Une façon pour eux deux de se sentir toujours désirés. Vivants.

Elle vaporise un peu de Chanel N° 5 dans l'air, passe dessous à plusieurs reprises, avant d'enfiler ses chaussures.

— Il faut que je file, dit-elle en saisissant son étole sur son lit. Les filles m'attendent.

Elle lui fait un signe sur le seuil de la chambre.

— Je serai de retour avec les enfants à midi, dit-il, et elle fait un signe à nouveau dans sa direction.

Il reste assis, l'écoute descendre précautionneusement l'escalier, puis quitter la maison.

Moins d'une demi-heure plus tard, à son tour il roule en direction du nord. Les G-Clefs jouent ce soir, et il n'est pas question pour lui de manquer la moindre note.

Gerald

Maman a passé le week-end d'avant Thanksgiving à préparer des tartes, et les voilà maintenant sur le buffet toutes les trois, leur bord est légèrement noirci, croustillant, et le jus des fruits suinte de petites fissures. Kathleen et Jack se tiennent à côté, humant leur odeur et les désignant du doigt – laquelle auront-ils envie de manger en premier ?

— Celle aux myrtilles, déclare Kathleen.

— Tu es devenue folle ? dit Jack. En premier, ce sera celle à la citrouille. Puis celle aux pommes. Celle aux myrtilles, on la mangera en dernier.

Linda, qui, avec Gerald, les observe sur le seuil de la pièce, se met à rire :

— Les frères et les sœurs n'arrivent jamais à se mettre d'accord, quel que soit le sujet.

Elle sourit et lui serre le bras avant de retourner dans la cuisine pour aider maman. William s'est installé sur le canapé du salon, près du feu, et Gerald, qui le rejoint, s'assoit dans le fauteuil de papa, avant de poser ses pieds sur le vieux pouf brodé.

— Elle est épatante, dit William en haussant les sourcils, et il lui tend la bouteille de whisky, que Gerald refuse d'un geste de la main.

— Oui, commente-t-il. Je sais.

Il soupçonne William de vouloir dire, en réalité, que Linda n'est pas le genre de femme qu'il s'était attendu à découvrir. Trop belle. Trop blonde. Trop pleine de vie. C'est la première fois que William la rencontre, et Gerald savait qu'il serait surpris. Elle travaille également à l'école, où elle enseigne le latin – elle occupe également le poste de surveillante dans l'un des dortoirs des filles. Gerald se garderait bien de l'avouer à William, mais lui aussi s'étonne, chaque jour, qu'elle ait envie d'être avec lui.

William fronce les sourcils.

— Il faut que tu quittes cette ville, G. Comment peux-tu sortir avec une fille qui habite dans un dortoir ? Bon sang...

— On y arrive, répond Gerald, qui ne souhaite pas que William lui dise ce qu'il sait déjà. Le tout est d'agir en silence.

— Impossible, insiste William. Ce genre de relation ne marche jamais.

William se penche assez près pour que Gerald sente l'odeur d'alcool dans son haleine.

— Un de mes amis d'Harvard cherche à louer sa maison à Cambridge. Je lui dirai que ça pourrait t'intéresser.

Gerald secoue la tête. Pourquoi William continue-t-il à insister sur le fait que lui seul sait comment son cadet devrait mener sa vie ? Gerald a envie de lui dire : « Parle-moi de ton travail, William, ce travail que tu ne supportes même plus d'évoquer. Parle-moi de ta femme, qui n'est jamais là. » Au lieu de quoi, il dit :

— Merci d'avoir pensé à moi, mais je suis plutôt heureux ici. Je finirai peut-être par prendre un appartement en ville, mais, pour l'instant, le logement qui dépend de l'université me convient.

Gerald recale les bûches dans la cheminée, les flammes jaillissent à nouveau.

— Où est Rose ? demande-t-il à William en se rasseyant, et il hausse les sourcils. Elle ne fête plus Thanksgiving ? Rien ne mérite sa gratitude ?

— C'est à cause de sa mère, dit William, avec une telle douceur dans la voix que Gerald comprend qu'il a répété avant – William évite résolument de se retrouver au beau milieu d'une bataille.

— Elle ne va pas bien. Il fallait que Rose se rende auprès d'elle.

— Tant pis pour nous, dit Gerald. Je crois qu'elle s'entendrait très bien avec Linda.

Ils se taisent pendant quelques instants, le regard rivé sur les flammes.

— Les Thanksgiving d'avant me manquent, dit William, avec tous les cousins.

Gerald hoche la tête. Le bois craque et se brise.

— C'était ma fête préférée quand j'étais petit, répond-il. Encore plus que Noël. La nourriture est meilleure. Et j'aimais le désordre de ces Thanksgiving. Maman qui courait dans tous les sens, papa qui se cachait dans son bureau.

« Désordre » n'est pas tout à fait le mot juste, mais il ne parvient pas à expliquer ce qu'il ressent. Un vide, le désir de quelque chose, mais il n'est pas certain de savoir quoi.

— Ça ne te dirait pas de remonter le temps, lui demande William, presque comme s'il avait lu dans ses pensées. Jusqu'à cette époque-là ? Quand tout était si simple ?

— Non, répond Gerald, je ne sais pas. Je me sens beaucoup plus heureux maintenant, en tant qu'adulte. Je sais qui je suis, je sais ce qui est important pour moi.

Et c'est on ne peut plus vrai. William s'est peut-être enfermé dans une vie qu'il n'apprécie pas, mais ce n'est pas le cas de Gerald. Sa vie à lui commence à peine.

Linda revient de la cuisine avec un plateau de crackers et de fromage.

— Encore des hors-d'œuvre, lance-t-elle gaiement. Je pense que ta mère table sur plusieurs milliers de convives.

— Elle fait toujours ça, commente William en se redressant un peu pour lui faire face. Avant, nous recevions beaucoup plus de monde qu'aujourd'hui.

— C'est ce que Gerald m'a dit, répond Linda. Vous deviez passer de très bons moments. De mon côté, il n'y avait que mes parents et moi. Thanksgiving ressemblait presque à n'importe quel autre jour de l'année, mais nous mangions de la dinde et une tarte.

— Tu te souviens de Bea, pour son premier Thanksgiving ? demande William en se penchant vers Gerald, qu'il regarde, et Gerald s'aperçoit qu'il est déjà très aviné. Elle n'y connaissait strictement rien. Nous avions dû lui fournir des explications. Le ragoût de patates douces lui faisait horreur, tu te rappelles ?

Bien que Gerald ne se souvienne de rien, il hoche la tête. À quoi cette conversation va-t-elle les mener ? William se tourne vers Linda.

— Gerald t'a parlé de Bea, n'est-ce pas ? dit-il en jetant un coup d'œil en direction de son frère.

— La petite fille, rappelle Gerald à Linda. La petite Britannique qui vivait avec nous.

— En effet, répond-elle, oui, il m'a parlé d'elle. Vos parents ont fait là un formidable geste.

— Que t'a-t-il dit à son sujet ? insiste William, comme si Gerald n'était pas dans la pièce.

Gerald se cale dans le fauteuil de papa. Le mieux est de laisser les choses suivre leur cours. Linda hausse les épaules.

— J'ai cru comprendre qu'elle a fait le bonheur de toute la maisonnée. Ta mère m'a parlé d'elle, elle aussi. Elle m'a dit que Kathleen lui rappelait Bea.

Gerald réprime un sourire. Linda a manœuvré comme un chef en ramenant la conversation sur William.

— Je n'étais pas au courant, commente William, agacé. Kathleen n'a rien à voir avec Bea.

— Oh, que si, insiste Gerald. L'expression qui se peint sur son visage lorsqu'elle est en colère. Sa façon de se défendre.

William hausse les épaules, puis se penche vers Linda.

— Savais-tu que notre Gerald avait le béguin pour elle ?

Linda se met à rire, et Gerald, dans un rare accès de rage absolue, ne rêve que de fourrer William dans la cheminée en briques. Au lieu de quoi, croisant le regard de Linda, il secoue la tête.

— À table ! hurle Jack, et tous les trois se lèvent et se dirigent vers la salle à manger.

William, qui a tiré Gerald en arrière, passe un bras autour des épaules de son frère.

— Je regrette qu'elle ne soit pas avec nous, dit-il. Pas toi ?

Gerald est las de penser au passé. Après s'être défait du bras de William, il rattrape Linda, qu'il saisit par la taille. Elle lui sourit et il se penche pour l'embrasser.

Millie

— Maman, avertit Beatrix. Ne commence pas.

— Quoi ? réagit Millie. Je n'ai rien dit.

Elles s'apprêtent à dîner très tôt. Avec l'emploi du temps de Beatrix et le fait qu'elle vit maintenant à l'autre bout de la ville, ce n'est qu'ainsi que Millie peut la voir. Ce ne sont jamais des dîners très réussis : Beatrix est fatiguée, grincheuse, elle consulte sa montre sans arrêt. Millie la bombarde de questions. Le fossé, entre elles, ne se comble toujours pas.

Mais elles ont au moins ces dîners. Pendant plus d'un an, après que Millie a quitté George, elles se sont rarement vues. Beatrix avait toujours une excuse, une chose à faire qui ne souffrait pas de retard. Millie mentait à ses amies, évoquait pour elles leurs dîners hebdomadaires, leurs vacances entre mère et fille. Lorsqu'elle lui téléphonait, la sonnerie retentissait indéfiniment, Millie savait pourtant que Beatrix était chez elle, qu'elle refusait de lui répondre, quitte à manquer l'appel d'un ou d'une amie.

— Tout ce que je dis, reprend Millie en redressant ses couverts sur la table, c'est que je n'ai pas envie que tu passes à côté. La plupart de tes amis sont déjà mariés, ils ont déjà des enfants.

Millie avale une gorgée de vin et s'essuie les lèvres avec sa serviette. Elle essaie de réduire sa consommation d'alcool lorsqu'elle est avec Beatrix. Juste un verre de vin. Elle croise les jambes, replace sa serviette sur ses genoux mais ne regarde toujours pas Beatrix dans les yeux.

— C'est juste que Sam avait l'air d'être le bon. Je n'ai pas envie que tu attendes trop longtemps.

Elle lève alors les yeux et ce qu'elle voit ne la surprend nullement : le visage grave et froid de Beatrix, son visage fermé. Ce beau visage. Elle sent néanmoins qu'elle doit s'exprimer. Elle s'efforce d'être plus directe avec elle, de lui dire ce qu'elle pense. En fait, elle a toujours dit ce qu'elle pensait. Mais elle veut avoir avec Beatrix une relation plus franche.

Comme c'est difficile, cependant, avec son propre enfant. Modifier les schémas établis, inventer une nouvelle façon d'être ensemble. Elle pense au chemin que des pas ont creusé peu à peu dans le parc proche de son appartement, l'herbe disparaît lentement. Il s'agit d'un passage illégal, lui a-t-on dit. Le plus court chemin pour aller d'un point à un autre. Pour quelle raison ne parvient-elle pas à réussir ça avec sa propre fille ? Elle pense à la fille de Julia, Louisa, âgée de quatorze ans, qu'est-ce qu'elles s'amusent, toutes les deux. Elle adore emmener Louisa faire du shopping. Le mois dernier, Louisa a passé le week-end avec elle, Joe et Julia ayant quitté la ville. Comment Beatrix et elle en sont-elles arrivées là, assises face à face, avec l'impression de se tenir aux antipodes l'une de l'autre ? Elles sont presque devenues des étrangères. Certes, elles se revoient. Mais cela ne fait qu'accentuer son désespoir.

Millie se penche en avant et saisit la main de Beatrix.

— Ma chérie, dit-elle. J'ai manqué presque toute ton enfance. Je veux passer plus de temps avec toi. Accepterais-tu de me faire une place dans ta vie ?

— Bon sang, maman, répond Beatrix en retirant sa main, qu'elle passe dans ses cheveux. Tu essaies de me faire avaler que c'est à moi que tu penses, alors qu'il n'est question que de toi. Comme souvent.

Elle s'empare de son menu, qu'elle étudie, bientôt imitée par Millie. Elle ne dit jamais ce qu'il faut, même lorsqu'il s'agit de ce qu'elle a le plus envie de dire. Elles se plongent dans leurs menus trop longtemps. Le silence devient insupportable.

— Dis-moi, tente à nouveau Millie. Comment ça se passe, au travail ?

— Ça va, répond Beatrix, qui ne lève toujours pas les yeux. Je ne chôme pas. Nous avons signé un accord pour pouvoir nous installer dans un autre bâtiment, où nous aurons plus de place, ce qui nous permettra d'ouvrir une classe supplémentaire. Nous allons emménager cet été.

— Oh, commente Millie en hochant la tête, c'est merveilleux. Pourras-tu quand même partir en vacances ?

Elle a envie d'aller quelque part avec elle. Rien qu'elles deux.

Beatrix hausse les épaules.

— Ce n'est pas sûr. Peut-être.

Elle avale une gorgée d'eau. Millie ne comprend pas très bien pourquoi Beatrix lui en veut à ce point. Lorsqu'elle a quitté George, Beatrix était furieuse. Elle est pourtant restée avec lui plus longtemps qu'elle ne l'aurait souhaité, avec l'espoir, peut-être, de finir par se convaincre que leur mariage valait le coup. Sans compter que George était, est, un chic type. Mais elle désirait être seule. Elle voulait être toute seule. Pas seule comme elle l'avait été après la mort de Reg, elle n'avait pas choisi sa solitude. Plus jamais, a-t-elle dit à Beatrix lorsqu'elle l'a aidée à déménager.

— Je ne me remarierai pas. Trois fois, ça suffit.

Sur le visage de Beatrix s'était peint un mélange de déception, de colère et d'incrédulité, mais elle n'avait pas dit un mot.

Les plats qu'elles ont commandés arrivent. Millie pousse la nourriture sur les bords de son assiette.

— As-tu des nouvelles des Gregory ? demande-t-elle au terme d'un long silence.

Beatrix relève la tête.

— Rarement, répond-elle. Des cartes de Noël, surtout.

— Qu'est-ce qu'ils t'ont dit cette année ? s'enquiert Millie. Comment vont-ils ?

Un bref silence, puis Beatrix répond, sa fourchette à la main.

— Mme Gregory a l'air de bien se porter. Gerald s'est réinstallé dans l'est des États-Unis depuis déjà plusieurs années. Il est enseignant.

— Et William ? embraie Millie, sur le ton le plus léger possible.

Elle n'a pas mentionné son nom depuis qu'il a quitté l'appartement, il y a bien longtemps.

— Où en est-il ?

Beatrix balaie la salle du restaurant du regard avant de revenir à Millie, puis, encore une fois, elle détourne les yeux.

— Il est marié, il a deux enfants.

Beatrix croise le regard de Millie.

— Que se passe-t-il, maman ? Pourquoi cet intérêt soudain pour les Gregory ?

Millie enfonce ses ongles dans sa paume.

— Je me demandais, c'est tout, répond-elle. Je sais combien ils sont importants pour toi.

Beatrix hausse les épaules.

— Ils l'étaient, rectifie-t-elle.

Le silence retombe.

— Nancy ne s'est jamais remariée ? insiste Millie. Depuis la mort d'Ethan ?

Beatrix secoue la tête et sourit presque.

— Je n'arrive même pas à me l'imaginer. Jamais elle n'aurait désiré une chose pareille.

— Le fait est qu'elle est toute seule, observe Millie, consciente que sa propre solitude lui a dicté la plupart de ses choix. Elle ne souffre pas trop de cette situation ?

— Je l'ignore, répond Beatrix. Gerald, qui vit tout près, lui tient probablement compagnie. Ses petits-enfants ne vivent pas bien loin non plus.

Beatrix pose sa fourchette et repousse son assiette. Elle n'a presque rien mangé.

— Tu sais, maman, dit-elle. Mme G se préoccupait de toi.

— De moi ?

La surprise de Millie est sincère.

— Elle ne me connaissait même pas.

— Mais je lui parlais de toi tout le temps. Je crois même qu'elle était un peu jalouse de toi. Parce que tu travaillais, et qu'en plus tu conduisais une ambulance, que tu prenais soin de papa. Sa mort l'a bouleversée. Pendant un mois entier, après son décès, elle m'a apporté des biscuits pour le déjeuner. Elle entrait dans le réfectoire avec ses biscuits encore chauds, à peine sortis du four. Presque toute leur ration hebdomadaire de sucre passait dans la préparation de ces biscuits. J'ai cru que j'allais mourir de honte. Tu comprends, tout le monde trouvait ça formidable mais, moi, j'avais l'impression d'être redevenue une toute petite fille.

Millie ne sait pas quoi répondre. C'est plus que ce que Beatrix lui a livré à propos des Gregory depuis des années.

— C'était adorable de sa part, dit-elle. Je me réjouis d'apprendre qu'elle a si bien pris soin de toi.

Millie sait qu'à l'époque, au contraire, elle se serait braquée. Elle aurait jugé cette initiative ridicule, elle se serait demandé ce que cette femme tentait de prouver en se comportant de cette façon. À présent, elle considère ce geste pour ce qu'il était : un véritable acte d'amour. Cette femme aimait Beatrix autant qu'elle. Elle le comprend maintenant, plus clairement qu'elle a jamais réussi à le faire.

Beatrix la regarde attentivement.

— Et si… propose Millie, et la tête lui tourne à cette idée, et si nous partions en Amérique toutes les deux cet été ? Nous pourrions nous rendre à New York, puis à Boston. Nous pourrions rendre visite aux Gregory. J'ai économisé suffisamment pour nous offrir le voyage à toutes les deux.

Le visage de Beatrix se referme, comme de coutume.

— Non, répond-elle, le cou raide, et Millie se dit que la porte qu'on venait de lui entrouvrir, on la lui a aussitôt claquée au nez.

— Ce que je veux dire, maman, ajoute Beatrix, un peu radoucie, c'est que nous pouvons nous rendre toutes les deux à New York, d'autant plus que tu n'y es jamais allée, mais je ne veux pas aller à Boston. Ma vie est ici, maintenant.

Millie hoche la tête. Elle esquisse sa signature dans l'air, pour indiquer à la serveuse qu'elle désire payer l'addition. L'espoir s'épanouit dans sa poitrine.

Rose

Rose embrasse Kathleen sur la joue et ébouriffe Jack avant de quitter la cuisine de sa mère. Les enfants courent dans le couloir jusqu'au salon. Rose les soupçonne d'être plus heureux ici que chez eux. Sa mère l'accompagne à la porte, elle sort sur la véranda latérale.

— William et toi allez passer un joyeux dîner de Saint-Valentin, dit-elle.

— En effet, dit Rose, qui déteste mentir à sa mère, mais elle n'a pas le choix. Ne laisse pas les enfants se coucher trop tard. Et s'il te plaît, emmène-les à l'école à l'heure.

Sa mère hoche la tête.

Elle passe devant de nombreux restaurants sur le chemin du retour, elle décide finalement de dire à sa mère qu'ils ont dîné à la Chowder House. Elle a vu, par la fenêtre, qu'ils ont troqué les nappes rouges contre des blanches, et que sur chaque table trône une rose rouge. Elle dispose d'assez de détails pour que son récit soit crédible. Le poisson est toujours bon là-bas, et elle dira qu'elle n'a pas pris de dessert, qu'elle s'est contentée d'un café, ou alors, ils ont partagé une mousse au chocolat.

Arrivée chez elle, elle se déchausse pour enfiler ses pantoufles. Elle a dit à William, ce matin, avant de s'en aller, qu'elle s'était arrangée pour que les enfants restent chez sa mère. Il a hoché la tête, sans faire de commentaire. Elle ignore s'il rentrera à la maison après le travail, ou s'il se volatilisera. Elle ignore où il passe ses soirées. Lorsqu'il rentre et se couche, tard en général, parfois si tard que l'aube est en train de poindre, il sent le whisky et la fumée de cigarette.

Rose aimerait pouvoir le détester. Cela rendrait la situation beaucoup plus facile. Elle en a parfaitement le droit. Il ne fait presque rien à la maison. Il n'a guère eu d'augmentation depuis des années. Il ne tient pas ses promesses. Ils ne parlent plus que rarement d'autre chose que des enfants. Ceux-ci l'adorent, et c'est un père merveilleux, à condition qu'il se montre ; à condition qu'il ne les déçoive pas. Elle regrette l'époque où il la regardait comme il les regarde. Il y a longtemps, ils étaient amoureux.

Le samedi soir, elle s'efforce de se distraire. Au début, il y a le frisson, on s'habille, on flirte avec quelqu'un dans un bar. Un inconnu fait glisser sa main le long de son dos. Il la serre contre lui lorsqu'ils se mettent à danser. Mais elle n'est pas allée plus loin qu'un baiser. Aller plus loin, cela ne se fait pas. Maintenant, après le départ de William, elle reste à la maison. Elle essaie une nouvelle recette de cuisine. Elle s'attarde dans la baignoire, des magazines à portée de main. Puis elle enfile sa chemise de nuit en dentelle. Elle attend qu'il rentre à la maison. Il se déshabille dans les premières lueurs du jour, elle le regarde, elle se sent tout près de retomber amoureuse, et elle se gronde. Parfois, il est tellement ivre qu'il s'endort sur elle, elle le fait alors rouler à côté d'elle pour le chevaucher, pour poser la tête sur sa poitrine, et elle allonge ses jambes sur les siennes en écoutant se calmer les battements de son cœur. Lorsqu'il paraît, le lendemain matin, vieilli, titubant en direction de sa tasse de café, c'est comme si rien ne s'était jamais produit. Sait-il seulement qu'ils ont des relations sexuelles ? Ce n'est assurément pas l'idée qu'elle se faisait du mariage, et elle se pose des questions sur les autres couples. La vie conjugale de William et Rose est-elle normale ?

Il lui arrive de songer à le quitter. Mais elle a été témoin des conséquences. Son amie Mary a divorcé l'année dernière. Comme elle, elle n'aurait plus qu'à retourner vivre chez ses parents. Son père serait furieux. Sa mère aurait honte. Même son frère, Chris, serait déçu par son comportement. Elle a lu dans ses magazines que le divorce n'est pas bon pour les enfants. Et le pire de tout, peut-être, c'est qu'elle n'a pas tout à fait cessé d'aimer William, bien qu'elle le soupçonne de ne plus l'aimer depuis longtemps.

Mais ce soir… ce soir, il n'est question que de Jackie. CBS va diffuser la visite de la Maison Blanche. Rose tenait à ce que les enfants quittent la maison pour pouvoir se concentrer sur l'événement, pour ne rien perdre des paroles de Jackie, pour ne rien perdre de ce que fait Jackie. Pour s'asseoir tout près du poste de télé et ne rien manquer. Cela faisait longtemps qu'elle ne s'était pas sentie à ce point électrisée. Elle réchauffe les restes de ragoût de la veille, se verse un verre de vin rouge, puis s'installe dans son fauteuil pour regarder Walter Cronkite ; une couverture sur les jambes, elle ramène ses genoux contre sa poitrine.

À 19 h 15, ayant entendu du bruit sur la véranda, elle se retourne vers la porte d'entrée. Celle-ci s'ouvre dans une bourrasque d'air froid et William apparaît, le col remonté contre le vent, le chapeau bas sur le front. Elle fait un geste dans sa direction du fond de son fauteuil, mais, déjà, elle se reconcentre sur la télévision, agacée. C'est sa maison, mais quand même. Il savait qu'elle tenait à regarder ce programme. N'aurait-il pas pu la laisser tranquille ?

— Bonsoir, dit-il, puis il fait surgir de derrière son dos un bouquet de roses jaunes.

Ses préférées. Combien de fois s'est-elle laissé séduire par sa capacité à se faire pardonner ? Mais, désormais, cela ne fonctionne plus aussi bien.

— Oh, William, dit-elle, tu n'aurais pas dû – et elle regrette pour de bon qu'il lui ait acheté des fleurs.

Elle va devoir dénicher un vase, puis les mettre dans l'eau, elles sentent si bon – sans doute devrait-elle se mettre aux fourneaux, maintenant, mais elle risque de manquer le début de l'émission.

— Je vais m'en occuper, dit-il en reprenant les fleurs.

— Merci, dit-elle en levant les yeux vers lui, et il sourit.

Oh, ce sourire…

— Tu as déjà mangé ? lui demande-t-elle tandis qu'il fait couler de l'eau au robinet de la cuisine. Je peux te réchauffer des restes.

— Pas la peine, répond-il. J'ai mangé un morceau après le travail.

Il rapporte les fleurs dans leur vase, ainsi qu'un verre de vin qu'il pose sur la table d'appoint, entre son fauteuil et le canapé. Il s'assoit, dénoue sa cravate, puis met ses pieds sur la table basse, après s'être débarrassé de ses chaussures. Cronkite rend l'antenne et Rose se lève.

— Ne me crie pas dessus, dit-elle, mais je vais m'asseoir par terre. De cette façon, je verrai et j'entendrai absolument tout.

William hoche la tête et Rose rougit. Elle se sent sotte. Pourquoi fallait-il qu'il rentre ce soir ? Ce soir, précisément. Elle s'installe là où Kathleen et Jack s'assoient pour regarder la télé – elle tourne le dos à William.

— Je sais que tu te moques de moi, dit-elle sans se retourner et se tenant bien droite.

— Non, dit-il.

Durant l'heure qui suit, il n'est d'autre son, dans la pièce, que la voix douce de Jackie, qui répond aux questions de Charles Collingwood. Elle est ravissante, bien sûr, et elle connaît sur le bout des doigts l'histoire de la Maison Blanche et des objets qui la peuplent. En fin d'émission, le président s'exprime pendant quelques minutes, insistant sur la manière dont Jackie, par son intervention, contribue à faire revivre les hommes qui ont un jour habité ce lieu. Et les femmes aussi, pense Rose. Et les enfants. La Maison Blanche ne se réduit pas aux présidents. Ensuite, il déclare que si les enfants d'aujourd'hui considèrent cet endroit comme un lieu où l'histoire se déroule, alors ils auront peut-être envie de venir vivre ici à leur tour. Y compris les petites filles, ajoute-t-il avec un sourire.

Rose éteint la télévision, vide son verre de vin, tournant toujours le dos à William. Ils ne se sont pas dit un mot durant l'émission.

— Qu'en as-tu pensé ? s'enquiert William, et elle entend ses genoux craquer tandis qu'il étire ses jambes.

Elle fronce les sourcils.

— Ça ne me plaît pas, répond-elle. Son mépris des filles ne me plaît pas.

Elle se retourne pour lui faire face.

— Pourquoi Kathleen n'aurait-elle pas le droit de désirer devenir un jour présidente des États-Unis ? À l'entendre, elles ne peuvent réussir, au mieux, qu'en tant que première dame.

— Je te l'avais dit, commente William. Ç'a toujours été un connard.

— William ! s'insurge Rose. Tu parles du président.

Elle se lève, ramasse la bouteille de vin vide.

— Un acte dont le passé est le prologue, dit William en fermant les yeux, répétant ce que le président a dit.

— Quel acte ? demande Rose. J'ai l'impression d'avoir déjà entendu ça quelque part.

Elle regarde William en fronçant les sourcils.

— Shakespeare, dit-il – elle était sûre qu'il saurait. Dans *La Tempête*. Avant que deux hommes ne décident de commettre un meurtre, l'un d'eux dit à l'autre qu'ils sont destinés « à accomplir un acte dont le passé est le prologue[1] ». En d'autres termes, on n'échappe pas à son destin.

Rose hoche la tête. C'est ce truc de libre arbitre, de prédestination dont il est question à l'église. Elle n'a jamais vraiment tout compris. Soyez une bonne personne, dit-elle aux enfants, et tout ira bien. Mais elle se pose la question : la punit-on pour des choix qu'elle a faits autrefois ? Que pense Dieu de William et d'elle ?

William se penche en arrière et bâille.

— Je serai debout dans un instant, dit-il alors qu'elle s'empare des verres vides, et elle sait que demain matin, lorsqu'elle se lèvera, elle le trouvera allongé sur le canapé, profondément endormi.

Rose se dirige vers la cuisine.

— Merci pour les fleurs.

Il fut un temps, au début, où il lui apportait des fleurs tous les vendredis soir, leur parfum embaumait la petite maison. Quelque part, elle a des journaux remplis de fleurs pressées. Nul doute que leurs pétales sont tombés en poussière.

Beatrix

Beatrix attend au bar près de son appartement, une vodka tonic à la main. Ayant repéré Robert à la porte, elle lui fait signe. Il se fraye un chemin à travers la foule et l'embrasse sur la joue.

— Salut, dit-il en enlevant son chapeau, avant de le poser sur le comptoir, puis d'avaler une copieuse lampée de la boisson qu'elle a commandée pour lui.

Il repose le verre, soupire et lui sourit.

1. Acte II, scène I (traduction de Benjamin Laroche).

— Rien ne vaut la première gorgée, dit-il.

Il est toujours fatigué à la fin de la semaine ; il travaille dans la vente de publicités pour ITV[1]. Beatrix ne comprend pas ce qu'il fait au juste, mais elle sait qu'il est doué dans son domaine. Il enchaîne les réunions et les déjeuners.

Elle aussi est épuisée. Elle est pressée d'emménager dans le nouveau bâtiment. Plans d'architecte, schémas électriques, plomberie. Entrepreneurs et fonctionnaires de la ville. Tout est important, elle le sait, mais cela l'ennuie. Elle finit par ne plus penser aux enfants.

— J'ai reçu une lettre de Mme Chisholm, dit Robert. Ils ont prévu de venir en juillet. Ils seront ici pendant trois jours, pile au moment où tu seras à New York. Autrement dit, le timing est parfait.

Robert a été envoyé en Amérique pendant la guerre, lui aussi. Il a vécu aux abords de New York chez les Chisholm pendant un an, puis on l'a transféré dans un pensionnat du New Hampshire.

— Ils t'ont mis à la porte ? lui demanda-t-elle lors de leur premier rendez-vous. Le pensionnat, ce n'était pas nécessaire.

Il haussa les épaules.

— Ça me convenait. Je me plaisais dans cette école. De toute façon, je ne les ai jamais beaucoup vus. Il y avait des nounous. Une superbe maison, au demeurant. Et à l'école, c'était épatant d'être avec des petits garçons jour et nuit.

Ils s'étaient rencontrés par l'intermédiaire d'une amie commune, ravie de les mettre en contact.

— Oh, Trixie, avait-elle dit. Il est parfait pour toi. Vraiment. Vous avez tellement de choses en commun !

En règle générale, Beatrix hésitait à rencontrer des personnes qui, comme elle, avaient été envoyées à l'étranger durant la guerre. Les expériences se révélaient souvent très différentes de la sienne, et il ne lui prenait que rarement l'envie de revisiter le passé. Au début, elle avait supposé que

1. Réseau de télévision privé lancé en 1955.

tout le monde avait vécu la même chose qu'elle. L'expérience de Robert était plus classique. Il était plus âgé. Pour lui, il s'agissait d'un événement qui s'était produit dans son existence, une chose nécessaire, quelques années qui ne s'étaient pas déroulées comme il l'avait initialement prévu. Voilà de quoi il s'agissait. D'un mauvais moment à passer. Évoquer cette période ne l'emballait pas particulièrement, ce qui convenait bien à Beatrix, même s'il avait hâte de faire visiter Londres aux Chisholm cet été, de les emmener dans ses restaurants favoris.

Beatrix aime bien Robert. Ils sont ensemble depuis près d'un an, et ils s'entendent vraiment bien. Ils sortent pour boire, manger, danser. Ils jouent régulièrement au tennis – elle n'avait plus touché une raquette depuis son retour d'Amérique –, et elle s'est remise à suivre le baseball à cause de lui. Elle tente même d'apprendre les règles du cricket. L'existence est facile, avec lui, jamais il ne fait pression sur elle concernant l'avenir, au contraire de Sam, dont elle a entendu dire qu'il était déjà marié et qu'il allait avoir un enfant. Robert vit dans l'instant, et elle trouve cela plutôt réconfortant. Elle a cependant du mal à les imaginer en couple pour toujours. Elle se demande si elle manque de réalisme, si elle court après quelque chose qui n'existe pas, si elle ne met pas tant de cœur à ne pas ressembler à sa mère qu'elle finira seule. Ses amis lui disent qu'elle est trop difficile. Elle ne sait même pas ce qu'elle cherche. Lorsque ses critères ne sont pas tout à fait remplis, en revanche, elle le sait.

— Tous les Américains rêvent d'aller prendre le thé chez Harrods, tu te rends compte ?

Beatrix acquiesce.

— Tu pourrais leur proposer un spectacle, suggère-t-elle. Au Aldwych Theatre, par exemple.

— Oui, oui, dit Robert. Bien sûr. En plein dans le mille.

Il fait une pause.

— Je n'arrête pas de penser à eux tels qu'ils étaient, dit-il, c'est bizarre, non ? Figés dans le temps. Comme s'ils n'avaient pas vieilli. Mais bien sûr qu'ils ont vieilli. Ils doivent avoir au moins soixante-dix ans. Sans doute davantage.

Beatrix pense à Mme G. Gerald lui a écrit pour lui dire qu'elle était tombée dans l'escalier de service. Pendant cinq heures, elle était restée allongée sur le sol de la cuisine, incapable d'accéder au téléphone. « C'est là que je l'ai retrouvée, écrivit-il, sur le dos, en train de lire l'un de ses romans d'amour. C'est un miracle qu'elle se soit seulement cassé la cheville. Et elle a eu une chance folle que je sois passé cet après-midi-là. » Beatrix n'a pas su quoi répondre. Elle ne se l'était pas vraiment représenté là-bas, elle n'avait pas particulièrement réfléchi au fait qu'il prenait soin d'elle, et elle regrettait qu'il en soit venu à jouer ce rôle. Une part d'elle-même brûlait de lui dire de s'enfuir, d'épouser cette enseignante avec laquelle il sortait, de foutre le camp. Mais elle savait qu'il n'en ferait rien. Elle voyait d'ici Mme G en train de pleurer sur son livre, assurant à Gerald que c'était trois fois rien, qu'elle avait glissé, rien de plus. Quelle idiote je fais, disait-elle. Quelle pauvre idiote.

— Ils ont changé, dit Beatrix à Robert. Nous sommes déjà au milieu de l'année 1962. Il s'est écoulé vingt ans depuis notre séjour en Amérique.

Et, en effet, ses souvenirs de ce temps passé aux États-Unis ont perdu en netteté.

— Je pense à ton voyage, dit Robert, et il semble que les Yankees[1] marchent du feu de Dieu cette année. Et si tu assistais à un match quand tu seras là-bas, Trixie ? Laisse ta mère se débrouiller et fonce vers le Bronx. Tu pourrais voir Mickey Mantle ! Tu pourrais même attraper une balle au vol.

Beatrix sourit.

— Bonne idée, dit-elle.

1. L'équipe new-yorkaise de baseball.

— Ça, c'est ma Trixie !

Elle adorerait aller à un match de baseball. Elle n'en avait même pas envisagé la possibilité.

William

William se tient près de l'évier de la cuisine, il finit son café en attendant que les enfants s'habillent. Rose vide le congélateur pour le dégivrer, en empile le contenu sur le plan de travail, la glace fond, dégouline sur le sol. Il s'apprête à se rendre à Gloucester avec les enfants pour déjeuner, passer la journée au bord de l'océan. Il se penche en avant pour apercevoir le ciel, à peine visible au-dessus de la maison du voisin à deux mètres de là. Il semble que ce soit une belle journée d'août, le ciel est d'un bleu éclatant.

— Empêche Kathleen de manger des glaces, dit Rose. Je te jure qu'elle a pris cinq kilos cet été.

William hausse les épaules sans se retourner, mais ne répond pas.

Kathleen, qui dévale l'escalier vêtue de sa chemise de nuit, jette ses bras autour de sa taille, et il la serre contre lui. Il ne l'a presque pas vue cette semaine. Son visage est magnifique : un million de taches de rousseur ceignent des yeux d'un bleu saisissant, ainsi que des lèvres généreuses, dont les mouvements suffisent à deviner son humeur du moment.

— Nous allons toujours à Gloucester, papa ? s'enquiert-elle.

Il hoche la tête, la poitrine soudain serrée de constater qu'elle en sait suffisamment sur lui pour prendre la précaution de lui poser cette question. Il est le maître du changement de dernière minute. Jack ne l'a pas encore compris, mais cela ne saurait tarder.

— Mais oui, ma puce. On prend le petit déjeuner, on s'habille et on s'en va.

— Mets un chemisier à manches longues, dit Rose, la tête toujours dans le congélateur. Je ne tiens pas à ce que tu attrapes des coups de soleil.

— Tu viens avec nous, maman ? demande Kathleen.

Rose secoue la tête.

— Tu sais ce que j'éprouve pour le homard, répond-elle. Avec son horrible odeur.

Kathleen sourit. Elle fait le tour de la table de la cuisine en dansant sur la pointe des pieds, sa chemise de nuit tourbillonne autour de ses chevilles.

— « C'est la voix du homard, je l'entends déclarer... »

Elle récite ses passages favoris d'*Alice au pays des merveilles*.

William lui prend la main et elle virevolte en passant sous son bras :

— « Vous m'avez trop grillé, et pas assez sucré. »

Kathleen joint les talons, met les pieds en canard, un sourire se lit dans ses yeux.

— « Comme fait le canard, avec son nez rugueux, il astique sa pince et peigne ses cheveux... »

William bat des bras et chuchote :

— « Quand le sable est sec, il est gai comme un pinson, et parle du requin, méprisant, sur un de ces tons ! »

Kathleen s'accroupit, puis se redresse lentement, sa voix s'adoucit au fur et à mesure qu'elle parle.

— « Mais quand monte le flot et que le squale est proche, sa voix n'est plus qu'un timide et tremblant reproche. »

Elle se laisse tomber entre ses bras et il l'étreint. Rose secoue la tête :

— Franchement, tous les deux... Vous devriez faire du théâtre. Je crois que tu as raté ta vocation, William.

Il sait qu'elle déteste quand il s'amuse avec les enfants. « Tu les énerves », dit-elle toujours. « Qu'est-ce qui te dérange, au juste ? », a-t-il envie de répliquer, mais il ne le fait jamais. C'est mieux qu'un père qui se barricade dans son bureau.

— Allez, file, dit-il en donnant une petite tape sur les fesses de Kathleen. Va t'habiller.

Plus tard, ils écument les boutiques de Main Street et du port, puis rendent visite au vieux pêcheur en bronze.

— J'adore cette statue, dit Kathleen. Chaque fois que je pense à un pêcheur, c'est à celui-là.

— « Ceux qui étaient descendus sur la mer dans des navires[1] », lit Jack sur la plaque.

— Ça fait peur, dit Kathleen, la façon dont la phrase est tournée.

— Tu as raison, dit William. C'est un travail dangereux. Beaucoup d'hommes ont perdu la vie.

Au restaurant, Jack se tient près de l'aquarium, le nez contre la vitre, il regarde les homards se déplacer dans l'eau trouble. William se demande si Jack comprend que ces homards vont bientôt mourir, détenus dans cette prison avant d'être immergés dans l'eau bouillante. Il allume une cigarette et souffle la fumée en anneaux gris pâle, qu'il regarde se dissiper à mesure qu'ils s'élèvent.

— Papa, crie Jack. Regarde celui-là ! Il lui manque une pince !

William hoche la tête à l'autre bout de la salle, où Kathleen et lui se sont installés dans un box en bois sombre dont la fenêtre donne sur les quais. Le restaurant est vide, c'est la période paisible de la journée, entre le déjeuner et le dîner ; toutes les fenêtres sont ouvertes pour laisser entrer l'air.

Kathleen est occupée à construire une maison avec des sachets de sucre. Sa patience l'étonne. La maison légère et fragile s'écroule sans arrêt, soit à cause de sa main, soit à cause de la brise venue de la mer et, à chaque fois, elle rassemble les sachets et recommence.

— Parle-moi de la maison dans le Maine, dit-elle. Il y a combien de chambres à l'étage ? Je veux que la maison que je construis soit pareille.

1. La Bible, Psaume 107 (extrait).

— Vingt-cinq, répond-il, et elle sourit, mais elle ne lève pas les yeux de sa tâche.

— Papa, dit-elle, allez. Combien ?

— Quatre, dit-il, quatre chambres à l'étage.

On leur apporte leurs assiettes et Jack arrive en courant. Ils nouent tous les trois leurs bavoirs en plastique blanc et se penchent sur les homards, à présent d'un beau rouge vif. Ils se mettent au travail, ouvrent les carapaces avec leurs ustensiles en argent, William aide Jack, et Kathleen hurle de plaisir lorsque le jus du homard gicle, puis retombe sur le visage de William.

— Il y avait des homards dans le Maine, papa ? demande Jack.

— Bien sûr, répond William. Ils sont encore meilleurs là-bas. Parfois, nous les achetions sur le continent, puis nous retournions sur l'île. Un jour, poursuit-il, l'un d'eux, qui n'était pas bien attaché, a rampé hors du sac. Nana a failli piquer une crise.

— Quelqu'un a dû l'attraper ? s'enquiert Kathleen en fronçant le nez.

William acquiesce. Il s'en souvient comme si c'était hier : c'est Bea qui s'en est chargée. Elle tendit la main, attrapa le homard par le milieu et le tint en l'air, tandis que les pinces s'agitaient furieusement.

— J'ai de la peine pour eux, dit Kathleen. Ils doivent sentir qu'ils sont tout près de l'eau. Ils doivent juste avoir envie de retourner dans la mer. C'est toi qui t'en es occupé, dit-elle encore. Jamais oncle Gerald n'attraperait un homard en train de ramper.

— C'est moi, dit William. J'ai serré ce homard entre mes mains jusqu'à l'arrivée sur l'île.

Il essuie son visage avec sa serviette… L'odeur du homard sur ses doigts… Il ne voit plus que Bea dans le bateau.

Nancy

Gerald vient dîner ce soir et Nancy a passé une partie de la matinée à sortir tous les écrins du petit placard de sa chambre, l'endroit où elle a caché les bijoux de famille. Elle ne les a pas ouverts depuis de nombreuses années. Ils se les sont partagés après la mort de sa mère, et Nancy ne s'était pas beaucoup souciée de ce qu'elle allait obtenir, heureuse de laisser les autres choisir.

— Vous vivez tous des vies où ces parures sont nécessaires, avait-elle dit. Tandis que moi, je n'ai pas besoin de bijoux pour travailler au jardin.

Quand William s'est fiancé, il lui a dit qu'il ne désirait pas voir ses bijoux ; Rose voulait une bague neuve, alors il est allé chez Long's, sur Summer Street, et lui a acheté un diamant d'une taille déraisonnable. Nancy l'a toujours trouvé tape-à-l'œil. Aux diamants, elle préfère les pierres précieuses, les saphirs, les émeraudes, les rubis.

Nancy se demande ce qu'il adviendra de tous ces bijoux. Des chaînes en or, des pendants d'oreilles, et même un diadème couvert de diamants. Elle se souvient d'une histoire à propos des boucles d'oreilles : lorsque sa mère était petite, un incendie avait éclaté dans leur maison, et l'une des femmes de chambre avait jeté presque tous les bijoux par la fenêtre. La maison fut réduite en cendres. Les domestiques passèrent la journée du lendemain à quatre pattes, pour passer au peigne fin l'herbe brûlée à la recherche des bijoux, en particulier de ces boucles d'oreilles.

Enfin, elle trouve l'émeraude, blottie dans un petit écrin doublé de velours. Elle essaie de glisser la bague à son annulaire droit, mais elle est trop petite, alors elle la met à son auriculaire, puis tend la main pour mieux admirer la bague. Un ovale magnifique, serti de minuscules diamants. Le tout est assez imposant pour être remarqué, mais pas trop ostentatoire. Elle-même porte un saphir. Ethan avait fait retravailler la bague de sa grand-mère. Elle est à son doigt depuis si longtemps qu'elle n'imagine pas sa main sans elle. Elle ne peut même plus l'enlever. Quelle drôle de chose, une bague de fiançailles, une alliance. Cette façon de faire savoir autour de soi qui on est. Ethan avait toujours porté une alliance, une alliance assortie à la sienne. Nancy en était fière. Les époux de beaucoup de ses amies et de ses sœurs n'en avaient jamais porté.

Au dîner, elle fait surgir l'écrin de la poche de son tablier et le pose sur la table, le fait glisser de l'index en direction de Gerald.

— J'ai pensé que tu voudrais peut-être ceci, dit-elle.

Gerald regarde l'écrin, mais ne l'ouvre pas, ne s'en empare même pas.

— Maman, commence-t-il, sur un ton qu'elle connaît bien, un ton que William adopte aussi quelquefois.

Elle ne s'est jamais dit qu'elle pourrait un jour se lasser de ce mot, mais, prononcé de cette manière, il l'irrite.

— Nous ne sommes pas… fait-il, mais il s'interrompt et regarde son assiette.

Puis il la regarde droit dans les yeux. Comme elle aime ce visage. Plus il vieillit, plus il ressemble à Ethan. Il a même commencé à porter certains nœuds papillon qui lui appartenaient. Elle craint de se tromper un jour et de l'appeler par le prénom de son père.

— Elle est épatante, maman, reprend-il enfin. Je l'aime. Et je pense qu'elle m'aime aussi. Mais je ne suis pas encore prêt pour cela. Je ne suis pas sûr qu'elle le soit non plus.

— Mais, Gerald, répond Nancy, d'une voix ferme qu'elle veut empêcher de virer à la plainte, tu as trente et un ans. Il faut que tu ailles de l'avant. Tu n'as pas envie de fonder une famille ?

Il pose sa fourchette et s'essuie la bouche avec sa serviette.

— Si, mais pas pour le moment.

Gerald prend une autre bouchée de poulet. Nancy soupire. Tout était si facile quand ils étaient petits. C'était ce qu'elle préférait dans son travail de mère : faire en sorte que tout se passe bien. L'un des deux se blesse, on fait des biscuits aux pépites de chocolat et tout va bien dans le meilleur des mondes. Cela change lorsque les enfants grandissent.

— Je ne veux pas que tu passes à côté, dit-elle.

— Maman, répète-t-il sur le même ton que tout à l'heure. S'il te plaît, arrête. Si je décide de la demander en mariage, je te le ferai savoir, d'accord ?

Elle ouvre la bouche et il se penche sur la table pour poser son doigt sur ses lèvres :

— N'en parlons plus. Écoute. Je vais emporter la bague avec moi et je la garderai. Le moment venu, je l'aurai sous la main. Qu'en dis-tu ?

Ce n'est certes pas ce qu'elle a prévu, mais il faudra faire avec. Elle hoche la tête :

— Tu ne veux pas la voir d'abord ? Pour t'assurer qu'elle te plaît ?

Il ouvre la boîte.

— Elle est belle, cela ne fait aucun doute.

Gerald referme l'écrin, ce qui met un terme à la conversation, et ils se taisent pendant quelques minutes, tandis qu'ils finissent de manger. Le vent souffle dehors et l'un des volets cogne contre le mur de la maison, sans discontinuer.

— Je vais m'en occuper, dit Gerald. Il faut aussi que je nettoie toutes les gouttières ce week-end. Bientôt, il commencera à neiger.

Nancy lui sourit et lui tapote la main. Comment a-t-elle permis à leur relation de devenir ce qu'elle est ? Il ne devrait pas s'occuper d'elle. Il faut qu'elle embauche un homme à tout faire. Il faut qu'elle le laisse vivre sa vie.

— J'ai tellement de chance, dit-elle. Que ferais-je sans toi ?

Beatrix

Pour le premier Noël après son retour, en 1945, Beatrix avait fait des cadeaux à tous les Gregory, qu'elle leur avait envoyés début décembre, pensant qu'ils auraient largement le temps d'arriver à destination. Au lieu de quoi Mme G lui écrivit qu'ils avaient reçu le colis à la mi-février – il avait dû faire le tour du monde. La moitié des cadeaux s'étaient volatilisés, le paquet ayant été ouvert et refermé à plusieurs reprises. L'année suivante, comme Noël approchait, Beatrix acheta quelques cadeaux, mais finit par n'envoyer qu'une carte.

Cette année, dix-sept ans plus tard, elle les ajoute à sa liste de courses de Noël. Elle reçoit des nouvelles de Gerald tous les quelques mois maintenant. Comme il lui a récemment écrit que la cheville de Mme G continuait à la faire souffrir depuis sa chute, elle déniche une canne ancienne dans une boutique, un objet magnifique peint de fleurs des champs. Pour Gerald, un petit jeu d'échecs pour son bureau à l'école. Il a créé un club d'échecs et tient à ce que les garçons puissent venir à leur guise aux abords de son bureau pour y jouer quand bon leur semble.

Le cadeau qu'elle réserve à William est celui qu'elle a le plus envie d'envoyer, pourtant elle a du mal à rédiger le petit mot censé l'accompagner. Lorsqu'elle s'est rendue à New York avec maman, en juillet, elles ont assisté à un match de baseball, le premier d'un programme double. Elle avait demandé des mois plus tôt à l'agent de voyages de consulter l'horaire, dès que Robert lui en avait parlé, sans savoir si elle avait réellement envie de se rendre à un match des Yankees. Mais ensuite, lorsqu'elle apprit que les Red Sox seraient à New York fin juillet, elle planifia leur voyage en fonction du match. Elle persuada même maman d'y assister aussi. C'était une belle journée de juillet et, lorsqu'elles débouchèrent du tunnel sombre, lorsque la lumière et le vacarme du stade leur sautèrent à la figure, avec le ciel bleu au-dessus, même maman demeura bouche bée.

Ce ne fut pas un voyage facile. Maman fit des efforts, mais elle n'aimait pas New York. Elle le jugea sale et bruyant, elle trouvait les habitants agressifs et difficiles à comprendre. Une fois qu'elles entraient dans un musée, un théâtre, ou bien dans l'hôtel, tout se passait bien la plupart du temps, mais à l'extérieur cela devenait épouvantable. Or, Beatrix, elle, ne demandait qu'à sortir, à marcher toute la journée. Elle n'avait pas la moindre envie de prendre le métro, un taxi ou un autobus. Elle voulait marcher jusqu'à appartenir à la ville, jusqu'à ce que flanchent ses pieds, tout simplement.

Ayant trouvé leurs sièges, elles s'y installèrent.

— Tu veux un hot dog ? proposa Beatrix, et maman grimaça.

— C'est dégoûtant, dit-elle, mais elle avala la moitié de celui de Beatrix.

— Pas mal, commenta-t-elle à contrecœur.

Les Red Sox battirent les Yankees, au grand désarroi de la foule, mais Beatrix applaudissait discrètement chaque fois qu'une autre balle était frappée, une autre base atteinte, un autre point marqué. Elles virent jouer Mantle, ce qui constituait un formidable spectacle, et Beatrix s'enticha de la nouvelle star des Sox. Elle avait oublié la sensation d'être assise dans les gradins, avec le match qui se déroule en contrebas tandis que, là-haut, les nuages se déplacent. Il y avait aussi le soleil, marquant l'écoulement du temps – elles passèrent, durant le match, de l'ombre à la lumière et vice versa. Il y avait l'odeur de la bière et de la moutarde. La foule.

— Qu'en as-tu pensé ? demanda-t-elle à maman dans le métro – jamais, depuis de longs mois, elle ne s'était sentie aussi légère.

— Eh bien... Ce n'était pas aussi long que je le craignais.

Plus tard, sans maman, elle s'arrêta dans une boutique de cadeaux du centre-ville, où elle tomba sur une figurine à tête branlante de Mantle. Beatrix éclata de rire, sans pouvoir s'empêcher de le faire danser. Elle en acheta deux : une pour elle et une pour William. Une blague, en quelque sorte. Elle savait qu'il détestait tout ce qui se rapportait aux Yankees. Mais elle savait aussi que cela lui plairait. Parce qu'elle était prête à parier qu'il regardait en secret jouer Mantle. Il avait adoré Bobby Doerr. Sa chambre était tapissée de photos de lui, qu'il découpait dans des journaux et des magazines. Il écoutait le match à la radio une batte à la main et, lorsque Doerr intervenait, il se balançait en même temps que lui, imitait sa façon de se tenir.

— William Gregory ! hurlait Mme G en le voyant faire. Combien de fois faudra-t-il que je te le dise ? Pas de batte dans la maison.

Mais comment pouvait-elle lui annoncer qu'elle s'était rendue aux États-Unis sans aller à Boston ? Elles se tenaient dans le hall immense de la gare de Grand Central Terminal, avec la gigantesque horloge suspendue au-dessus des guichets, lorsque Beatrix entendit qu'on annonçait le train pour Boston.

— Une horloge à quatre faces, fit remarquer maman. Comme Big Ben. Ces Américains ne peuvent-ils donc jamais rien créer par eux-mêmes ?

Beatrix l'ignora. Une partie d'elle voulait fuir sa mère, sauter dans ce train, regarder la côte changer d'aspect en direction du nord, descendre à la gare, faire irruption dans la cuisine à temps pour le dîner. Tout comme elle avait voulu le faire tant d'années auparavant.

— Allons-y, maman, dit-elle à la place. Nous avons des billets de théâtre pour ce soir, et je veux me changer avant d'y aller.

« Cher William, écrivit-elle enfin. Je n'ai pas pu résister. C'est une merveille, n'est-ce pas ? Mantle, je veux dire. J'en ai acheté un pour moi aussi. L'idée m'a plu : ces deux Mantle en train de dodeliner de la tête pour se faire signe de part et d'autre de la grande mare. (Tu te souviens de ça ?) Donc, oui, je suis allée là-bas, je suis allée à New York. Ne m'en tiens pas rigueur. Tu n'as pas été loin de faire la même chose. Tu me manques, mon ami. Je vous aime, ta famille et toi, et je vous souhaite un joyeux Noël, Bea. »

Elle emballe les cadeaux, les orne tous d'un nœud avec du ruban, les protège avec du papier journal froissé. Elle ne connaît pas l'adresse de William. Elle regroupe donc l'ensemble dans un grand carton adressé à Mme G, qu'elle apporte à la poste.

— L'Amérique, fait l'employé en suivant l'adresse du bout de l'index. Vous avez de la famille là-bas ?

— Non, commence-t-elle par dire, puis elle se ravise : Si, dit-elle. Oui.

Gerald

Gerald passe à la maison un dimanche matin, tôt, pour pelleter la neige dans l'allée, pour que maman puisse se rendre à l'église. Le monde est beau dans son silence. Cela fait partie de ce qui lui manquait en Californie, la tranquillité d'un matin comme celui-ci, la sensation de faire partie de cet endroit. Il ramasse le journal et l'apporte à l'intérieur, il laisse ses chaussures mouillées sur le tapis, puis enfile ses vieilles pantoufles, toujours posées près de la porte de derrière. Il prépare du café, sépare les diverses sections du journal. L'ordre dans lequel il le lit n'a pas changé depuis le lycée.

Quelle agitation partout dans le monde… Linda se passionne pour les droits civiques. L'été dernier, pendant leurs congés, elle est retournée chez elle, à Baltimore, où elle a passé ses journées à travailler auprès d'hommes politiques locaux, en contact avec la population. Elle lui avait demandé s'il souhaitait l'accompagner, mais il lui avait répondu qu'il ne pouvait pas. Il devait rester, au cas où maman aurait besoin de lui. Elle savait que ce n'était pas la vérité. Sans doute la décevait-il, bien qu'elle ne l'ait jamais dit. Ce n'était pas qu'il s'en fichait, pas plus qu'il ne pensait que ce qu'elle faisait n'avait pas d'importance. Il a beaucoup appris à son contact. Elle a élargi son horizon. Mais lire et discuter de ces sujets était une chose ; se trouver là-bas, sur le terrain, en était une autre.

Mais moins d'un mois plus tard, elle se mit à lui manquer plus qu'il ne l'aurait cru. Elle effectuait un travail difficile et, pourtant, ses lettres débordaient d'une électricité qui l'enthousiasmait. Une passion. Il voulait être avec elle. Il voulait être à ses côtés. Il fit le vide dans son agenda et prit le train vers le sud. Dans la gare de Baltimore, les lèvres de Linda sur les siennes, ses bras autour de ses épaules, il sut qu'il avait fait le bon choix.

Les six semaines qu'il passa à Baltimore l'aidèrent à réfléchir plus profondément à la question des droits civiques. Il s'aperçut qu'être sur le terrain lui plaisait, qu'il aimait frapper aux portes, parler aux gens. Il lui semblait parfois avoir pénétré dans un autre monde. Et quand ils revinrent dans le Nord, il se mit à faire des plans pour poursuivre partiellement le travail entamé à l'école. Dans cette école, lorsque lui-même y étudiait encore, on ne recensait aucun élève de couleur. À présent, il y en a quelques-uns ; l'été lui fit comprendre à quel point ce devait être dur pour eux. Il n'est que trop conscient de la difficulté d'être différent, de n'être pas dans la norme. Deux de ces garçons habitent Roxbury, et il se demande ce qu'ils se disent lorsqu'ils gravissent la colline, lorsqu'ils observent la mer de visages blancs pendant la réunion du matin.

Une portière de voiture claque dans l'allée et Gerald se met debout pour regarder par la fenêtre. William. Que fait-il ici ? La porte de derrière s'ouvre et il entre en frappant ses chaussures sur le paillasson.

— Bonjour, le salue Gerald. Je ne t'attendais pas.

— J'ai eu envie de passer, répond William. Je ne m'attendais pas à te voir ici non plus.

Gerald désigne la cafetière sur la table, lui apporte une tasse. William porte une tenue de soirée, sa cravate est un peu de travers, ses cheveux ébouriffés. Gerald se sent mal à l'aise dans ses pantoufles. Pourquoi William le fait-il toujours se sentir pareil à un enfant ?

Gerald se rassoit et regarde son frère :

— J'ai l'impression que tu n'es pas rentré chez toi hier soir.

— Possible, répond William.

Gerald insiste :

— Il était trop tôt pour rentrer ? Ou trop tard ?

William hausse les épaules :

— Je vais rentrer chez moi, mais comme je passais par là…

Il avale une gorgée de café.

— Pour quelle raison es-tu ici ? s'enquiert-il. Tu as pourtant un logement bien à toi, non ?

Ils se taisent pendant quelques instants, Gerald tente sans succès de lire le journal, William souffle sur son café avant de boire.

— Il fait plutôt frisquet, finit par hasarder Gerald. Bon sang…

William pose ses pieds sur la chaise, penche la tête en arrière et ferme les yeux.

— Difficile d'être dans cette cuisine sans penser à Bea, dit-il. Tu as eu de ses nouvelles ? Depuis les cadeaux de Noël, je veux dire.

Gerald le regarde un long moment avant de répondre. William est toujours amoureux d'elle. Au bout de toutes ces années. Il a toujours soupçonné que quelque chose s'était passé à Londres, après la mort de papa.

— Non, répond-il. Et toi ?

William secoue la tête.

— Au fait, lance Gerald. Je me suis toujours demandé : quand tu étais en Europe, est-ce que tu l'as vue ?

William fait une grimace en regardant ses mains.

— Quoi ? Ça ne m'est même pas venu à l'esprit.

Il boit une gorgée de café :

— Vous étiez tellement proches, tous les deux. Tu devrais lui rendre visite, un de ces jours. Je suis à peu près sûr qu'elle serait ravie.

Gerald se met à rire.

— Tu me prends pour un imbécile, William ? C'est toi qui te baladais avec elle dans les bois, dans le Maine.

Il a gardé ça pour lui depuis tellement d'années.

— De quoi parles-tu ? lui demande William en se levant pour aller regarder par la fenêtre.

Gerald secoue la tête.

— Papa et maman n'étaient pas au courant, mais moi, si.

Il a envie de sourire face au malaise de William, à la raideur de son dos. Comment pouvait-il penser que Gerald ne savait rien ? Ils galopaient tous les deux dans le couloir, tard le soir, ici et dans le Maine. Et cette nuit-là, dans l'île, alors que Gerald, bouleversé par le départ de Bea, n'arrivait pas à dormir, il les suivit dans les bois. Il les regarda nager dans l'océan, il les vit s'embrasser, se toucher et pleurer. Il resta dans les bois après qu'ils eurent regagné la maison, jusqu'à ce que le soleil se lève complètement, ne sachant que faire de la colère et du sentiment de perte logés dans sa poitrine. Depuis, ils n'ont jamais tout à fait disparu.

— J'ignore de quoi tu parles, insiste William. Peut-être a-t-elle eu le béguin pour moi, mais rien ne s'est jamais passé entre nous. C'est toi qui avais le béguin pour elle.

Gerald se met à rire alors qu'il a envie de pleurer, mais il s'agit d'un rire méchant. Peut-être est-il un Gregory, après tout.

— Tu n'es même pas fichu de dire la vérité à son sujet, dit-il.

Il sait que William a vu Bea à Londres. À son retour, il s'est montré évasif dans les réponses aux questions qu'on lui posait. Il manquait des jours dans son emploi du temps.

Maman apparaît sur le seuil, et William se tourne pour lui sourire, il l'embrasse sur la joue. Elle pose un baiser sur le sommet de la tête de Gerald, ses mains sur ses épaules.

— À quoi devons-nous cette merveilleuse surprise ? demande-t-elle. Pas un, mais deux merveilleux garçons. Mes merveilleux garçons.

William hausse les épaules :

— Je passais par là, explique-t-il, comme je l'ai dit à Gerald.

— Eh bien, dit-elle en sortant un mouchoir en papier de sa manche. C'est adorable.

Ses doigts serrent les épaules de Gerald.

— Puisque tu es là, William, reprend-elle. J'ai quelque chose à te demander.

— Tout ce que tu voudras.

Toujours aussi habile, aussi obligeant, se dit Gerald. Surtout ne pas dire non avant de savoir ce qu'elle veut.

— Je veux aller à l'église avec mes deux garçons, déclare-t-elle, et Gerald entend la joie dans sa voix. S'il te plaît. La plupart du temps, j'y vais seule. Parfois – et elle tapote les épaules de Gerald –, je réussis à persuader celui-ci de m'accompagner. Mais pour ce qui est de m'y rendre avec vous deux… La dernière fois, c'était pour les funérailles de votre père. Il y a onze ans et demi.

À la surprise de Gerald, William répond qu'il serait heureux d'y aller. Ils se rendent à la chapelle à bord de la voiture de William, maman bavarde à l'avant, Gerald se tait sur la banquette arrière. Une fois à l'intérieur, ils empruntent la travée centrale, Gerald en tête. Maman se déplace avec lenteur, elle salue tous les présents les uns après les autres, Gerald identifie les gens mais ne s'éternise pas. Il sent le regard des élèves sur lui. Il ne vient pas souvent à la chapelle. Ils connaissent maman, bien sûr, mais William est une nouveauté pour eux. Demain, à l'école, on lui posera des questions. Gerald s'arrête au quatrième banc sur la gauche, où ils s'asseyaient jadis tous les dimanches. Maman s'assoit à côté de lui, William à côté de maman.

— Mes garçons, dit-elle à voix basse. Il y a bien longtemps que je n'ai pas été aussi heureuse.

Elle essuie ses larmes avec son mouchoir en papier.

Gerald s'est lié d'amitié avec le nouveau pasteur, dont la façon de mener le service l'impressionne – il évoque des sujets qui devraient parler aux élèves. Bien qu'il se demande combien d'entre eux écoutent vraiment lorsqu'ils sont ici. À leur âge, il n'écoutait pas. Il avait toujours la tête ailleurs – il fallait qu'il organise la prochaine collecte de ferraille, qu'il indique sur la carte le mouvement des armées à travers la Belgique. Il regarde le banc devant eux : un garçon tourne chacune des pages de son livre de cantiques vers l'intérieur en forme d'éventail ; un autre dort ; et un troisième – auquel il enseigne les échecs – tente de faire passer un morceau de papier, arraché au livre de cantiques, au banc devant lui, utilisant sa chaussure pour le propulser. Il pense à la nuit où il est venu ici avec Bea et William après la mort de Reg. Il pense aux funérailles de papa et aux dimanches qui ont suivi, quand il levait les yeux de son livre de cantiques, choqué de constater que papa n'était pas là.

Tout le monde se met debout pour chanter le dernier hymne. Gerald lève les yeux vers le tableau, puis trouve le cantique dans le livre. *Jérusalem.* Le préféré de Bea. Celui de papa aussi. L'orgue commence à jouer et les mots dansent sur la page. Maman chante fort, comme toujours, légèrement faux. Gerald regarde William. Il ne l'entend pas, mais il le voit bouger les lèvres. Il n'est pas nécessaire de regarder les paroles dans le livre. Ils les connaissent toutes par cœur. William croise le regard de Gerald et sourit, non pas de son sourire habituel, mais d'un sourire si triste que Gerald détourne les yeux. Gerald passe son bras derrière maman pour poser une main sur l'épaule de son frère. William lève sa main droite pour saisir celle de Gerald. Ils se tiennent ainsi, en chantant, leurs trois voix gagnent en puissance au fur et à mesure que le cantique s'élève jusqu'aux notes finales et douces.

Millie

Millie reconnaît l'écriture manuscrite sur l'enveloppe, même si elle ne l'a pas vue depuis près de vingt ans. Ce sont les caractères ronds de Nancy, qui se situent quelque part entre lettres majuscules et véritables cursives anguleuses. Elle tourne et retourne la lettre dans ses mains, répugnant à l'ouvrir. Elle ne sait pas au juste ce qui l'inquiète tant. Craint-elle que Nancy ait adopté un ton un peu froid, parce qu'elle n'a plus de nouvelles de Millie depuis de nombreuses années ? Elle sait que non. Cette femme se montrerait aimable, sincèrement aimable, avec son pire ennemi, c'est du moins ce que Millie présume.

Elle ouvre l'enveloppe avec son coupe-papier, en sort la lettre, rédigée sur du papier portant, en en-tête, le nom de Nancy et cette adresse qu'elle connaît si bien. « Très chère Millie », ainsi commence la lettre, et Millie ferme les yeux un instant avant de poursuivre sa lecture. Quel effet cela peut-il faire, de posséder autant de cœur ? Elle continue à lire. Il est essentiellement question de Gerald et de William, ainsi que des enfants de William. Quelques nouvelles fraîches de la cheville de Nancy, qui, apparemment, se l'est cassée il y a quelque temps – et un compte rendu de l'état de son jardin. « Mais, chère Millie, conclut Nancy, j'ai envie d'en savoir davantage sur vos activités. Je m'ennuie tellement. Répondez-moi et donnez-moi de vos nouvelles. Et merci beaucoup d'avoir brisé la glace après toutes ces années. »

Depuis qu'elle était rentrée de New York avec Beatrix, Millie n'arrêtait pas de penser à Nancy. Quelque chose, dans le fait de se trouver là-bas, en Amérique, avait donné vie à cette femme sous les yeux de Millie, mais autrement qu'avant ce voyage. Sa sociabilité était un trait typiquement américain, auquel Millie n'avait jamais vraiment cru. Et pourtant, ils étaient là, tous ces Américains, bruyants et amicaux, et prêts à aborder avec vous presque tous les sujets. Un soir, elles étaient allées au théâtre, et la femme assise à côté de Beatrix lui avait parlé d'un bout à l'autre. Avant la fin de la soirée, elles avaient échangé leurs adresses et leurs numéros de téléphone. Jamais cela ne se serait produit à Londres. Jusqu'alors, Millie n'avait pas pris au sérieux cette prétendue qualité des Américains. Mais ensuite, elle y a réfléchi. Il fallait posséder ce trait de caractère pour ouvrir sa maison à une inconnue. Pour aimer, comme le sien, l'enfant d'une autre. Millie se rend compte à présent, découvrant le sujet sous un nouveau jour, que si les rôles s'étaient trouvés inversés, elle n'aurait pas fait la même chose.

Elle a essayé d'écrire à Nancy plusieurs fois, mais son discours sonnait faux, aussi a-t-elle préféré jeter ses brouillons les uns après les autres. Une fois, elle avait même collé le timbre sur l'enveloppe, pour finir par tout mettre à la poubelle. Puis vint une nuit durant laquelle, incapable de dormir, elle enfila sa robe de chambre et ses pantoufles, se rendit dans son bureau. Elle écrivit la lettre d'une traite. Elle ne corrigea rien, ne réfléchit pas. Tout ce qu'elle voulait, c'était ouvrir un canal de communication.

Plus tard, elle rejoint Beatrix dans le parc, à mi-chemin de leurs appartements respectifs, pour une promenade autour de l'étang. Elles ont pris cette habitude lorsque les jours ont commencé à rallonger, et cela s'est bien passé. Lorsqu'on parle en marchant, on n'a pas besoin de regarder son interlocuteur. On peut garder les yeux rivés sur le chemin, sur ses chaussures, sur le paysage. Dans une certaine mesure, on en dit davantage.

— J'ai reçu une lettre de Nancy, aujourd'hui, dit Millie, alors qu'à la moitié de leur promenade elles s'apprêtent à faire une pause.

— Nancy, répète Beatrix en allongeant les syllabes. Ma Nancy ? Mme G ?

— Oui, répond Millie, et elle hoche la tête, songeant que, à une certaine époque, entendre Beatrix dire « ma Nancy » l'aurait mise en colère. Je lui ai écrit il y a quelque temps. Après notre retour de New York.

— Et ? fait Beatrix sur ce ton que Millie connaît bien.

C'est un ton dont elle use aussi. Une façon de feindre de n'être pas intéressé par un sujet quand, au contraire, on brûle d'en apprendre plus.

— Elle va bien et les garçons aussi. J'ai cru comprendre qu'elle s'était cassé la cheville ?

— En effet, répond Beatrix. Il y a déjà pas mal de temps. J'ignorais que ça la gênait toujours.

Elles parlent de Nancy, de Gerald, et même de William. Millie raconte à Beatrix que les enfants sont venus pour le week-end du Memorial Day[1], que Kathleen a aidé sa grand-mère à planter ses dernières laitues.

— J'ai l'impression qu'ils ont un grand potager, fait Millie, et Beatrix éclate de rire.

— Maman, dit-elle, il est presque aussi grand que ce parc. Ils en avaient déjà un lorsque je suis arrivée chez eux, mais, chaque année, elle l'agrandissait. Ensuite, avec la guerre et les « jardins de la victoire », le potager a pris le dessus sur le reste du jardin. Je ne serais pas surprise qu'ils n'aient plus de pelouse du tout. Qu'il n'y ait plus que des légumes. Et des fleurs. Elle aime aussi les fleurs.

Elles marchent un moment en silence.

— Dis-moi, fait Millie, les yeux baissés, décris-moi les extérieurs. Pour m'aider à les visualiser un peu mieux.

Beatrix se tait l'espace d'un instant.

— Derrière le jardin, commence-t-elle, il y a un chemin qui mène dans les bois. Quand on est là-bas, au milieu des arbres, on se sent absolument loin de tout. On a du mal à croire qu'on ne se trouve qu'à quelques secondes de la maison, de l'école ou du cimetière. Je fréquentais les bois en toutes saisons. Il y avait un arbre couché en travers du chemin et c'était là que je m'asseyais. Je lisais tes lettres, maman. Je sortais dans la neige, je suivais les empreintes du chien, ou peut-être celles d'un lapin. Je m'y rendais en automne, quand les feuilles changeaient de couleur, un jaune vif, éclatant, contre un ciel très bleu. En été, il y faisait frais, alors que, partout ailleurs, on avait chaud. Et au printemps, eh bien, le printemps était ma saison préférée.

1. Le Memorial Day est un jour de congé rendant hommage aux membres des forces armées américaines morts au combat, quelle que soit la guerre à laquelle ils ont participé.

Jour après jour, je constatais des changements, les feuilles se déployaient, des plantes sortaient de terre.

Elle cesse de parler, elles sont presque revenues à leur point de départ. Elle vient d'en dire à Millie plus qu'elle ne lui en a dit depuis toutes ces années. Beatrix reprend son évocation, sans se tourner vers Millie.

— Le mieux, dans tout cela, et j'ai honte de le dire, c'est que, là-bas, j'ai pu oublier la guerre. T'oublier toi, et papa. Oublier que papa était mort et que tu étais si loin. Il n'y avait que les bois et moi. Sur l'île, c'était pareil.

— Il faut que je te dise quelque chose, se lance Millie, elle pose ses mains sur les épaules de Beatrix pour l'obliger à lui faire face. Ce n'est pas moi qui t'ai envoyée aux États-Unis. Ton père a insisté.

Beatrix ouvre la bouche pour parler, mais Millie lève une main.

— Je ne le blâme pas. Je dis au contraire qu'il a eu raison. Tu étais en sécurité là-bas. Tu étais heureuse. Qu'aurions-nous pu demander de plus ?

Ces cinq années ont été une bouée de sauvetage. Cet endroit a façonné la femme que Beatrix est devenue. C'est cela qu'elle n'avait jamais vraiment compris.

— Le but, c'était précisément que tu oublies.

Elles rebroussent chemin, sortent du parc, Millie a pris Beatrix par le bras. Elle a hâte de répondre à Nancy.

Rose

La sonnette retentit, tôt un dimanche matin, et le temps que Rose descende, Kathleen a déjà ouvert la porte d'entrée. Elle se retourne vers Rose, la mine inquiète, et Rose voit l'uniforme de policier avant de se rendre compte qu'il s'agit de Jimmy Maguire, l'un des garçons avec qui elle a grandi et qui travaille maintenant dans la police.

— Remonte à l'étage, dit-elle à Kathleen en désignant l'escalier du doigt, retourne là-haut et occupe-toi de Jack.

Kathleen hoche la tête et disparaît, tandis que Rose sort sur l'étroite véranda, avant de fermer la porte derrière elle.

— De quoi s'agit-il ? demande Rose à Jimmy. Que se passe-t-il ?

Manifestement chamboulé, il ôte sa casquette, qu'il serre contre sa poitrine. Elle se rappelle qu'à l'âge de six ou sept ans il a piétiné les jonquilles que sa mère avait plantées devant la maison, et qu'on l'a obligé à s'excuser, debout sur leur véranda, et sa mine ainsi que son embarras sont les mêmes aujourd'hui.

— Rosie, dit-il, je suis vraiment désolé.

— Que se passe-t-il ? répète-t-elle, même si elle le sait déjà.

Le lit de William était vide, et il n'était pas défait.

— C'est William, n'est-ce pas ? demande-t-elle. Qu'est-il arrivé à William ? Dis-le-moi, Jimmy.

Il lève la tête pour la regarder dans les yeux.

— Il a eu un accident de voiture, répond-il. La voiture s'est renversée dans un virage. Pas loin de la plage. Il était presque arrivé chez vous, Rosie.

— Où est-il ?

— À l'hôpital. Mais il nous a quittés.

— Je sais, dit-elle. Je le sais.

L'espace d'un instant, ils se taisent tous les deux.

— Ton frère, dit Jimmy. Tu veux que j'aille chercher Chris ?

— Oui, s'il te plaît. Mais ne préviens personne d'autre.

Une fois dans la maison, Rose referme la porte et s'y adosse. Toutes ces nuits tardives qui se sont changées en petits matins. William revenant d'un dancing à North Shore.

— Je vais écouter de la musique, lui avait-il confié récemment, assis à la table de la cuisine un dimanche matin, encore un peu ivre. Pour regarder les danseurs. La grâce de leurs pas. Le bruit des vagues quand la musique s'estompe.

Elle attendra que Chris l'annonce aux enfants. Il saura s'y prendre mieux qu'elle. Il l'aidera à s'organiser. Elle se laisse glisser le long de la porte pour s'asseoir sur le sol. Elle aurait dû se douter que la mort de Patrick Kennedy[1], il y a deux semaines, était de mauvais augure. Ses poumons minuscules ne lui ont pas permis de vivre. Il n'aura vécu que trente-neuf heures. Elle a pleuré à chaudes larmes en apprenant la nouvelle. À présent, assise dans l'entrée sale, où s'éparpillent les tongs et les baskets des enfants, elle se sent étrangement calme. Il n'y a pas de larmes. Comme si elle avait toujours su que cela finirait de cette façon.

Il est encore tôt, le silence règne encore. Puis elle entend le bruit discret du livreur de journaux en train de descendre la rue, les roues de son vélo font gicler l'eau des flaques, puis vient le bruit sourd du journal du dimanche qui atterrit sur les vérandas, les unes après les autres.

Gerald

Gerald est dehors, il charge les bagages dans la voiture de maman, lorsqu'un véhicule inconnu tourne dans l'allée. Il a emprunté la voiture pour se rendre à Washington pendant une semaine avec Linda, ils vont y retrouver des amis de Berkeley, et participer, le mercredi, à la marche sur Washington[2] pour l'emploi et la liberté. Ils se joindront à la marche. Il a à peine dormi la nuit dernière. Il se tournait et se retournait comme il le faisait jadis, la veille de Thanksgiving.

Il sort la tête du coffre pour observer la voiture qui se rapproche. Le frère de Rose, l'ecclésiastique. Le prêtre. Chris sort de sa voiture et se dirige vers Gerald, il lui tend la main. Non, se dit Gerald, non. S'il vous plaît, mon Dieu,

1. Patrick Bouvier Kennedy, fils du président John Fitzgerald Kennedy et de Jacqueline Kennedy, naquit prématurément le 7 août 1963 et mourut trente-neuf heures plus tard, d'un syndrome de détresse respiratoire.

2. C'est lors de cette marche, qui eut lieu le 28 août 1963, et dont les participants (plus de 250 000 personnes) réclamaient, entre autres, la fin de la ségrégation raciale dans les écoles publiques, ainsi qu'une législation significative sur les droits civiques, que Martin Luther King prononça son célèbre discours, « I have a Dream ».

non. Il s'oblige à rester là où il est, à ne pas bouger d'un pouce, à ne pas se mettre à courir dans la direction opposée. Il croise le regard de Chris tandis qu'il lui serre la main, puis l'autre main de Chris se pose sur celle de Gerald, qu'il berce doucement.

— Oui, dit Chris en hochant la tête avec compréhension. Un accident de voiture.

— Tous ? demande Gerald, l'estomac soudainement vide.

— Non, se dépêche de répondre Chris en secouant la tête, et il serre plus fort la main de Gerald. Non, Rose et les enfants étaient à la maison.

— Dieu merci, dit Gerald, qui a honte de son soulagement. Merci, mon Dieu.

Il baisse les yeux, puis les pose à nouveau sur Chris.

— Cela a été rapide ?

Chris hoche la tête.

— Oui, je ne pense pas qu'il ait souffert longtemps.

— Où ? demande Gerald.

— À Quincy Shore, répond Chris.

Au bord de l'océan, se dit Gerald. Leur endroit préféré à tous.

— Merci d'être venu jusqu'ici, dit-il en regardant l'allée, puis le jardin. Comment va Rose ?

— Elle va bien, répond Chris. Tu la connais. Elle est coriace. Et, comme nous le savons tous les deux, le plus dur, ce seront les semaines, les mois, les années qui vont suivre.

Gerald acquiesce. En effet.

— Et les enfants ?

— Comme on pouvait s'y attendre, dit Chris. Cela prendra du temps.

Gerald est incapable de penser à eux, il ne s'autorise pas à visualiser la bouche de Kathleen ou les yeux sombres de Jack. Chris regarde le ciel.

— Quelle belle journée, dit-il. Je n'arrive jamais à trancher. Est-ce mieux ou pire lorsque le monde nous offre un tel spectacle ? Le chagrin est-il moins vif lorsque le monde tient à ce point à être beau ?

Gerald reste dehors jusqu'à ce que la voiture de Chris disparaisse. Comment va-t-il faire pour entrer dans la maison et annoncer la nouvelle à maman ? Il reste planté devant la voiture garée aussi longtemps que possible. Il y a tant à faire. Il faut qu'il prévienne maman ; qu'il prévienne Linda ; il doit changer ses plans ; il faut qu'ils prennent leurs dispositions. Il faut qu'il appelle ses amis et sa famille. Il se retourne, enfin, vers la maison, maman se tient à la fenêtre de la cuisine. Il lui fait signe et, à la façon dont elle lui répond, il sait qu'elle sait déjà.

Plus tard, ils passent des appels téléphoniques, ils se prêtent le téléphone à tour de rôle, ils font glisser l'appareil à travers la table. Gerald prépare une tasse de thé à maman et, lorsqu'il la pose à côté de son coude, elle lève les yeux vers lui, des yeux fatigués et injectés de sang.

— Il faut prévenir Bea, dit-elle. Et nous devons le faire rapidement car, là-bas, la journée touche à sa fin.

Il hoche la tête.

— Mais, s'il te plaît, Gerald, peux-tu t'en charger ? Je ne me sens plus capable d'annoncer la nouvelle à qui que ce soit.

Une heure plus tard, pendant qu'elle s'endort sur le canapé, il ferme la porte battante de la cuisine et trouve le nom de Bea dans son carnet d'adresses. Maman a toujours utilisé un crayon pour écrire dedans, ce qui lui permet de constater qu'elle a effacé et remplacé les adresses et les numéros de Bea à de nombreuses reprises. Il a reçu une lettre d'elle, la semaine dernière, après qu'il lui a écrit pour lui parler de la marche sur Washington. Elle était ravie d'apprendre qu'il allait y participer, elle lui a demandé de lui en faire ensuite, dans sa prochaine lettre, un compte rendu complet. Il compose le numéro et, après quelques sonneries, sa voix, cette voix reconnaissable entre toutes, se fait entendre.

— Bonjour, dit-elle, et Gerald est surpris de sentir les battements de son cœur jusque dans sa gorge.

— Salut, Bea, fait-il, peinant à s'exprimer. C'est G.

Beatrix

Beatrix raccroche le téléphone après sa conversation avec Gerald et retourne dans son petit jardin. Elle a planté des légumes et des herbes aromatiques cette année, ainsi que des fleurs. Elle soupèse une tomate cerise dorée avant de la cueillir, l'odeur explose dans l'air, puis elle la met dans sa bouche. Il fait chaud. Elle frotte une feuille de basilic entre le pouce et l'index, qu'elle porte ensuite à sa narine. Mme G a toujours cultivé du basilic. Assise sur la chaise de jardin, elle regarde le ciel. Un beau ciel bleu, à l'orée du crépuscule, avant qu'il ne vire au violet. Un ciel du Maine, aurait dit William.

William, mort. Elle a été choquée, mais pas surprise, lorsque Gerald a appelé. Elle avait échangé quelques lettres avec William durant ces derniers mois, après qu'elle lui avait envoyé cette stupide figurine à tête branlante. Il n'avait rien dit de spécial mais, sous et entre les mots, elle discernait son malaise. Non pas de la tristesse à proprement parler, mais le sentiment que rien ne collait tout à fait. Que la vie qu'il avait désirée, celle qu'il attendait, ne s'était pas présentée. C'était comme si le feu qui, autrefois, brûlait dans son ventre – ce désir de connaître le monde – s'était en quelque sorte éteint. Elle se demandait s'il avait jamais été réellement heureux. « Un insatisfait », lui jeta-t-elle un jour à la figure. Avec les enfants, il semblait cependant avoir trouvé quelque chose. Elle sait qu'il les aimait. Elle sait qu'ils lui ont apporté de la joie.

Elle ne veut pas penser aux dernières heures de sa vie, et pourtant elle ne peut pas ne pas le voir dans la voiture. Au bord de l'océan, a dit Gerald. Bien sûr. La voiture s'est retournée et, sans que Gerald sache au juste pourquoi, on l'a retrouvé à une certaine distance du véhicule, allongé sur le dos. En train de se faire bronzer sur une plage éclairée par la lune, à une heure où le soleil commençait à peine à paraître à l'horizon. Elle espère qu'il ne souffrait pas physiquement, elle espère qu'il est mort rapidement.

— Je voulais juste – nous voulions juste – que tu sois heureux, dit-elle à haute voix, en s'adressant au ciel bleu.

Pourquoi tant de gens n'y parviennent-ils pas ?

Comme c'était étrange d'entendre la voix de Gerald après toutes ces années. Toujours aussi sérieux, et direct. Sa voix se brisa légèrement lorsqu'il lui annonça la nouvelle. Mais ensuite, plus tard dans la conversation, un rire à propos de quelque chose qu'elle a déjà oublié fit fleurir soudain une image dans la tête de Bea, Gerald sur le quai, au tout début, son excitation, son sourire de travers. Elle s'assit sur sa chaise de cuisine, le téléphone calé entre l'épaule et l'oreille, et elle sourit en retour.

Nancy

Toute la journée, Nancy reste assise avec Gerald et Linda dans le salon pour suivre la marche sur Washington à la télévision. Elle n'arrive pas à se concentrer sur l'écran ; elle n'arrive pas à cesser de pleurer. À cause de l'humidité, de la sueur perle à sa lèvre supérieure, qu'elle tamponne sans arrêt. Le ventilateur parvient à peine à brasser l'air ambiant. À la façon dont Gerald, penché en avant, l'œil rivé sur l'écran, lui répond distraitement, elle devine qu'il aimerait être là-bas. Aurait-elle dû le pousser à partir ?

Elle a essayé de soutenir son intérêt pour les droits civiques. Depuis l'enfance, il s'engage pour diverses causes, toujours tourné vers le bien d'autrui. Quand il était petit, elle se sentait fière de sa générosité, de son ouverture d'esprit, de son optimisme. Maintenant, elle se retrouve à envier la passion que Linda et lui partagent, la conviction qu'ils ont de pouvoir contribuer à rendre ce monde meilleur. Qu'ont-ils fait, Ethan et elle ? Ethan, au moins, était un enseignant et un modèle. Elle a élevé deux garçons, dont l'un est maintenant parti. Mort. Plus jamais il n'apparaîtra à l'improviste à la porte de derrière pour lui laisser les enfants le temps d'un week-end. Plus jamais il ne jouera les charmeurs en se penchant pour l'embrasser sur la joue. Elle ne reverra plus jamais ce beau visage. C'est une blessure fraîche, qui se rouvre constamment. Elle oublie qu'il est parti, puis doit s'en souvenir encore une fois.

Hier soir, au dîner, avec Linda, ils ont raconté des anecdotes mettant en scène William et, après le dessert, ils ont feuilleté quelques-uns des albums de photos. Gerald a dit à Linda que, quand il était petit, il était jaloux de William parce qu'il ressemblait à leur père.

— Mais aujourd'hui, ajouta-t-il en se tournant vers Nancy, aujourd'hui, je me réjouis de ressembler davantage à maman.

Nancy hocha la tête en lui tapotant le genou. Quelle douceur dans cet homme-là.

— Nous nous ressemblons, oui, dit-elle. Toi et moi.

Elle tourna les pages de l'album, à la recherche du cliché sur lequel William et Ethan fixent tous deux l'objectif avec solennité.

— La mélancolie, dit-elle. Ils ont partagé cela, cela ne fait pas le moindre doute.

Martin Luther King prend la parole. Tout change à une vitesse incroyable. Que penserait sa mère de ce monde nouveau ? Nancy ferme les yeux, s'adosse au canapé. Elle sait que, quelles que soient les dispositions prises par Rose pour les funérailles, cela ne lui conviendra pas. Toutes ces âneries catholiques. Elle veut que la cérémonie se déroule dans la chapelle, comme pour Ethan. Elle veut que William soit enterré dans le cimetière, à côté de la maison, à côté d'Ethan, afin qu'elle puisse lui rendre visite chaque jour. Afin qu'ils soient ensemble.

— Non, a dit Gerald tout à l'heure. C'est à Rose de choisir. Ce n'est pas à toi de prendre ces décisions. Laisse tomber.

Elle sait que Gerald a raison. Nancy fouille dans la poche de son tablier en quête du mouchoir d'Ethan, avec lequel elle essuie sa sueur et ses larmes.

Millie

Millie pousse une enveloppe épaisse sur la table de la cuisine.

— Quelle drôle d'histoire, dit-elle en allumant une cigarette, elle souffle la fumée en direction du plafond, elle a envie de refermer ses mains autour d'une boisson fraîche. Ma mère me l'a donnée il y a une éternité. Elle voulait que j'aille te voir pendant que tu vivais en Amérique.

Beatrix la considère avec perplexité. Millie se demande si elle a dormi depuis qu'elle a appris la nouvelle.

— Mais tu me l'as dit, rétorque Beatrix. Tu m'as dit que tu n'y avais jamais songé.

— Nous avons convenu de ne pas partir, déclare Millie en éludant un peu le sujet. Papa pensait que c'était dangereux. Dangereux que tu rentres avant la fin de la guerre ou que je te rende visite là-bas.

Beatrix fronce les sourcils, mais ne dit rien de plus. Millie sait qu'en temps ordinaire elle poserait des questions, exigerait d'en savoir davantage. Mais pas aujourd'hui. Elle ne croit pas avoir déjà vu Beatrix aussi triste.

— Bah, continue-t-elle. L'eau a coulé sous les ponts. Bref, j'ai rangé cette enveloppe, pour les jours de vaches maigres. Et j'ai ajouté de l'argent au fil des années. Au cas où, tu comprends ? De toute évidence, ces billets attendaient le moment parfait. Et le voilà.

Elle pousse l'enveloppe un peu plus loin en direction de Beatrix.

— Il y a largement de quoi te payer un billet aller-retour en avion.

— Je ne peux pas y aller, maman, dit faiblement Beatrix en fixant l'enveloppe sans l'ouvrir. L'école commence dans deux semaines. Nous sommes jeudi et les funérailles auront lieu samedi. C'est impossible.

— Rien n'est impossible, insiste Millie. Rien. Je veux que tu prennes cet argent, que tu te rendes à l'agence de voyages et que tu achètes un billet d'avion pour demain. Il y aura bien quelqu'un pour te remplacer à l'école. Tu occupes un poste important, ma chérie, mais tu peux t'éclipser quelques jours. Tu dois t'éclipser quelques jours.

Beatrix hésite. Millie sait qu'elle désire aller là-bas. Elle regrette âprement ce qui s'est passé entre elles, même si elle fait tout pour s'en empêcher. Elle n'aurait pas dû épouser Tommy avant le retour de Beatrix. Elle aurait dû être plus patiente avec George. Elle n'aurait pas dû se montrer aussi critique à l'égard des Gregory. Cette fois, il n'est pas question que Beatrix refuse.

— Que puis-je faire pour te convaincre ? lui demande-t-elle. C'est important.

Beatrix détourne le regard.

— Je déteste l'admettre, répond-elle en observant la cuisine autour d'elle, mais je pense que tu as raison.

Millie est à deux doigts de se mettre à pleurer de soulagement.

— Il faut que j'y aille, déclare Beatrix.

Elle s'empare de l'enveloppe, dont elle examine le contenu.

— Bonté divine, maman, il y a plusieurs centaines de livres, là-dedans. Plusieurs milliers ?

Millie sourit :

— Ça fait une éternité que je n'ai pas compté. Je me suis contentée d'ajouter de l'argent chaque fois que je pouvais. Alors, vas-y. Achète-toi une ou deux jolies robes. Reste là-bas un peu plus longtemps que nécessaire, une fois que tu auras parcouru tout ce chemin. Donne-toi une chance de dire au revoir à William. Cela t'aidera pour la suite.

— Merci, dit Beatrix.

Et elle sourit à demi à Millie.

— Sur ce, ouste, décrète celle-ci. Tu as beaucoup de choses à faire. File. Tu me raconteras tout en rentrant.

Enfin, pense Millie. Enfin, elle a fait ce qu'il fallait.

Bea

Beatrix a choisi un siège près du hublot pour pouvoir contempler l'océan mais, bien sûr, des couches de nuages l'empêchent de le voir. Là-haut, le ciel est toujours bleu, l'horizon toujours visible. Le voyage d'autrefois, qui durait deux longues semaines, a laissé la place à une seule journée d'avion. C'est incroyable, vraiment. Demain, elle reverra Gerald et Mme G. Elle dira au revoir à William.

Elle regrette à présent de n'avoir pas annoncé à Gerald et Mme G qu'elle serait présente. Gerald a téléphoné pour lui fournir tous les détails au début de la semaine, avant qu'elle ait pris la décision de se rendre là-bas. Avant que, grâce à maman, elle ait été en mesure de partir. Avant que la directrice adjointe de l'école se soit montrée particulièrement compréhensive.

— Absolument, dit Susan. Tu n'as pas pris de congés depuis plusieurs années.

— Dans une semaine, précisa Beatrix. Je serai de retour dans une semaine.

— L'école n'aura même pas commencé, répondit Susan. Ne t'occupe pas de nous. Reste plus longtemps là-bas, si tu en as besoin.

Elle a prévu de passer cette nuit dans un hôtel proche de l'aéroport, puis de prendre un taxi pour Quincy demain matin. Les funérailles commencent à 10 heures. Mais il va falloir qu'elle appelle la maison ce soir, pour prévenir qu'elle sera là. Elle ne peut pas arriver à l'improviste.

À mesure que l'avion descend, les nuages s'estompent et la mer bleue se trouve bel et bien en dessous d'eux. Bea pose son front contre la vitre froide. La terre apparaît, l'or de la plage marque la transition entre la mer et ce qui est caché au-delà. L'endroit où William est mort.

— Au revoir, murmure Bea. Au revoir.

L'avion vire sur l'aile droite et, tout ce qu'elle voit à présent, c'est le ciel.

Nancy

Gerald frappe à la porte, alors que Nancy essaie la dernière de ses robes noires, chacune se révélant pire encore que la précédente.

— Oh, Gerald, se lamente-t-elle, au bord des larmes, que vais-je faire ? Que vais-je porter ?

Il pousse la porte et la considère d'un œil critique.

— Cette robe te va bien, maman, dit-il. Je t'assure.

— Je ne peux pas la fermer jusqu'en haut, lance-t-elle frénétiquement, sa voix filant dans les aigus. Je ne peux tout de même pas assister à l'enterrement de mon fils avec une fermeture Éclair défaite !

Il lui fait signe de lever le bras.

— Ça se voit à peine, dit-il. Tu n'as pas un gilet, quelque chose à mettre par-dessus ?

Elle se retourne vers le miroir, plaque son bras contre son flanc pour dissimuler la fermeture Éclair.

— Sans doute que si, répond-elle. Mais avec la chance que j'ai, tout ça va craquer en plein milieu de cette église clinquante.

Gerald se met à rire, essuie ses larmes en s'asseyant sur le lit.

— Oh, maman, dit-il. Il faut que tu fasses redescendre la pression.

— Je sais, répond-elle. Je suis juste en train de faire sortir tout ce qui en a besoin. De cette façon, je me tiendrai convenablement demain. Quand ils se mettront à balancer leur encensoir ridicule.

— Tant mieux, dit-il.

Puis il la regarde en face, et il se sent heureux et, cela, elle ne peut pas le comprendre. Il va se passer quelque chose, bien qu'elle ne sache pas de quoi il s'agit. Elle s'assoit à côté de lui sur le lit, la robe la serre davantage. Elle tend la main et défait la fermeture jusqu'en bas.

— J'étais au téléphone, dit-il. Je viens de raccrocher.

Il sourit.

— Tu ne vas pas me croire lorsque je t'aurai dit qui sera là demain. Qui vient d'arriver à Boston.

— Qui est-ce ? demande Nancy en faisant défiler en pensée ses sœurs, leurs maris et leurs enfants. Nous avons déjà compté tout le monde.

— Bea, dit-il simplement.

Bea, pense-t-elle, et elle se rappelle ce matin-là, il y a si longtemps, Beatrix debout sur le quai, seule, dans sa robe rouge à col blanc, avec ses petites jambes fines enfoncées dans de grosses bottines noires.

— Allons-nous la reconnaître ? demande-t-elle, et Gerald se met à rire.

Comme elle aime l'entendre rire.

— Maman… Bien sûr. Comment pourrait-il en aller autrement ?

Sans doute a-t-il raison. Elle voit le cher visage dans ses rêves.

Rose

De retour chez ses parents, après les funérailles, Rose s'effondre sur une chaise dans la cuisine bondée. Ses sœurs courent partout, disposent de la nourriture sur la table, versent des boissons. Kathleen et Jack sont en bas, dans la salle de jeux, avec les cousins. Rose sait qu'elle doit se rendre au salon, mais elle s'assoit un instant.

— Ça va ? lui demande Chris, une main sur son épaule.

Elle hoche la tête.

— Prends ton temps, dit-il. Personne ne t'oblige à quoi que ce soit.

Le service religieux est une brume grise. Gerald, Bobby Nelson et Chris ont pris la parole. Kathleen et Jack lisent un extrait d'*Alice au pays des merveilles*. Sheila lui a glissé quelques comprimés d'anxiolytique avant qu'ils ne quittent la maison, elle a réussi à ne verser que quelques larmes. Le pire a été de sortir de l'église derrière le cercueil de William, de regarder tous ces visages, d'entendre Gerald sangloter alors qu'il aidait à soulever le cercueil pour le mettre dans le corbillard. Au cimetière, ils ont tous jeté une poignée de sable dans la tombe, au lieu de terre. Nancy avait insisté là-dessus.

— Laissez-le partir avec un peu du Maine, avait-elle dit, même si, bien sûr, les maris de ses sœurs étaient allés chercher le sable à Wollaston Beach[1].

Un panier de petits coquillages circulait. Certaines personnes en ont emporté un chez elles, d'autres ont placé délicatement le leur sur le cercueil, avant la mise en terre.

Jack arrive en courant dans la cuisine et tire la main de Rose.

— Viens voir toute la nourriture, dit-il. Il y a plein de choses à manger !

Rose sourit. Ses sœurs se sont surpassées. Elle laisse Jack l'arracher à sa chaise, puis l'entraîner dans la salle à manger. Après avoir préparé une assiette pour son fils, elle déambule dans les diverses pièces, en s'efforçant de sourire, s'arrêtant pour échanger quelques mots avec chaque petit groupe. Les deux familles se sont séparées comme elle s'y attendait : sa famille dans la salle à manger et les Gregory au salon. Gerald, qui croise son regard, lui fait signe d'approcher pour l'embrasser sur la joue.

1. Wollaston Beach est la plus grande plage publique du port de Boston, elle se situe donc dans l'État du Massachusetts, et non pas dans l'État du Maine.

— C'était un beau service, dit-il.

— En effet, répond-elle, et ton éloge funèbre était parfait. Absolument parfait. Il l'aurait adoré.

Et c'est on ne peut plus vrai : Gerald a multiplié les anecdotes pour peindre le portrait d'un aîné sans défaut, que son petit frère maladroit suivait partout. Gerald hoche la tête.

— Et ta mère, dit-elle en la voyant à l'autre bout de la pièce en compagnie de Linda. Comment va-t-elle ? Comment fait-elle face à tout ça ?

— Elle va bien, répond Gerald. Remarquablement bien. Mais tout ça… et il agite la main pour désigner la réception, c'est son truc. Elle aime être entourée de sa famille et de ses amis. Contrairement à moi, dit-il, en baissant la voix. Tout ce que je veux, c'est rentrer chez moi.

Rose sourit, se penche vers lui et, l'espace d'un instant, elle croit qu'il s'agit de William.

— Moi, c'est la bienveillance qui me rend folle, murmure-t-elle.

Une femme apparaît à côté de Gerald, son épaule frôle son bras. Rose ne la reconnaît pas.

— Oh, Rose, dit Gerald, qui se redresse en s'écartant de l'inconnue, as-tu déjà fait connaissance avec Beatrix ? Beatrix Thompson ?

— Non, répond Rose en lui tendant la main. Je suis Rose Gregory.

— Ravie de vous rencontrer, dit la femme avec un accent britannique.

C'est donc elle, comprend Rose dans un sursaut. La fille de quand ils étaient petits.

— C'est bien vous ? s'enquiert-elle. La jeune fille qui a vécu avec les Gregory pendant la guerre ?

— En effet, répond Beatrix en souriant. Il y a une éternité.

Elle est très belle, elle a attaché ses épais cheveux noirs en chignon banane. Yeux sombres. Une superbe robe noire à manches longues avec de la dentelle autour du cou. Grande et très mince.

— Je suis affreusement désolée, dit Beatrix.

— Merci, répond Rose, qui ajoute brutalement : Vous avez fait tout ce chemin depuis l'Angleterre pour ça ? Pour les funérailles de William ?

Beatrix acquiesce.

— Je n'ai pas pu me rendre à l'enterrement de leur père.

Rose ne voit pas dans quelle mesure il s'agit d'une réponse à sa question. Ayant repéré Kathleen à l'autre bout de la pièce, elle lui fait signe d'approcher, elle lui donne un baiser sur la joue. Rose se demande à quel moment Kathleen est devenue si grande.

— Kat, dit Gerald et, oh, comme Rose déteste ce diminutif. Kat, connais-tu Mlle Thompson ?

Kathleen regarde Beatrix.

— Non, répond-elle, et Rose entrevoit en un éclair la femme qu'elle deviendra.

Franche, directe, honnête.

— Je suis ravie de vous rencontrer, dit Kathleen.

— Moi aussi, dit Beatrix en lui adressant un signe de tête. J'ai beaucoup entendu parler de toi.

Kathleen semble perplexe :

— C'est vrai ? Par qui ?

— Oh, répond Beatrix avec douceur, et ce ton, cette syllabe unique suffisent à Rose pour comprendre que William lui a parlé de Kathleen.

Se sont-ils parlé par téléphone ? Lui a-t-il écrit des lettres ? Y avait-il quelque chose entre eux ?

— Par ta grand-mère, enchaîne Beatrix. Elle est très fière de toi.

— Nana ? demande Kathleen et Beatrix fait oui de la tête. Oh, maman, dit Kathleen en se tournant vers elle, et Rose devine qu'elle est déjà passée à autre chose, qu'elle a déjà oublié cette femme. Nana a apporté des carrés sablés au citron. Puis-je en avoir un ?

Rose lui sourit et passe sa main dans les cheveux indisciplinés de Kathleen. Ils ont eu du mal à trouver une robe à sa taille. Mais cette enfant a droit à une friandise.

— Allons-y, dit-elle, et elle se retourne vers Gerald et Beatrix avant qu'ils ne se dirigent vers la salle à manger. Quel plaisir de vous rencontrer, dit-elle à Beatrix d'une voix douce et soyeuse ; elle a l'impression qu'on l'a retirée de son corps, et qu'elle ne comprend rien aux mots qu'elle est en train de prononcer.

Tandis qu'elle traverse la pièce avec Kathleen, en direction de la table qui croule sous la nourriture, elle se prend à chercher William, certaine de le trouver assis dans un coin avec Chris, une bière dans une main et une cigarette dans l'autre.

Gerald

De retour à la maison, dans la cuisine, Gerald ne peut détacher ses yeux de Bea. Toute la journée, depuis qu'il l'a vue pour la première fois à l'extérieur de l'église, il a attendu ce moment. Que tous les autres disparaissent. Que Linda rentre chez elle. Avoir Bea pour lui tout seul. Et la voici, assise sur sa chaise, ses doigts fins refermés autour d'une tasse de thé. C'est comme si elle n'était jamais partie. Et pourtant. Il se sent à court de mots. Il a du mal à la regarder en face. Elle est à la fois parfaitement reconnaissable et très différente. Maman, de son côté, n'arrête pas de la toucher.

— C'est toi, dit maman, et Bea sourit.

— C'est moi, Mme G. Je suis là. Je suis revenue.

— Tu vas dormir ici ce soir, insiste maman. Je t'en prie, ne retourne pas dans ta chambre d'hôtel. Nous récupérerons tes affaires demain. Ta chambre est telle que tu l'as laissée. Kathleen y dort mais, pour le reste, rien n'a changé.

— Elle te ressemble, G, dit Bea. Je n'en croyais pas mes yeux. Dès que je l'ai vue dans la travée centrale, j'ai su instantanément qui elle était. Jack, en revanche, ressemble davantage à Rose.

— Ce sont de gentils enfants, dit maman. Tu pourrais peut-être passer un peu de temps avec eux pendant que tu es ici. Pour apprendre à les connaître un peu.

Elle serre la main de Bea.

— William était un bon père, dit-elle. Je n'étais pas sûre, tu sais, de la façon dont cela allait se passer. J'ai toujours su que celui-ci – et d'un mouvement de tête, elle désigne Gerald – serait… sera ! un père merveilleux. William, je n'en étais pas certaine. Mais il adorait ses enfants.

Bea acquiesce.

— Je ne suis pas surprise, dit-elle.

Ils se taisent pendant un moment, puis Bea bâille, cachant sa bouche derrière sa main en secouant la tête.

— Je suis désolée, dit-elle, mais je suis épuisée. Demain ? Nous pourrons parler davantage demain.

Elle se lève et pose ses mains sur les épaules de maman.

— J'accepte votre aimable offre, dit-elle, pour ce soir au moins.

Maman l'accompagne jusqu'à la porte, elle a pris Bea par le bras.

— Allons te trouver de quoi te changer, dit-elle, et, parvenue à la porte, Bea se retourne et fait un signe.

— Bonne nuit, G, dit-elle. À demain matin.

Gerald s'assoit et les écoute monter l'escalier. Les lattes du plancher grincent tandis qu'elles se déplacent au-dessus de sa tête. Il sait qu'il devrait retourner dans sa propre maison. Linda attend. Mais Bea est là et William est parti. Il éteint la lumière et reste dans la chaleur silencieuse et sombre de la cuisine, les pieds sur la chaise de William.

Bea

Bea se lève tôt et se glisse par la porte de derrière, elle s'efforce de ne pas faire de bruit, mais elle se rappelle trop tard que la porte à moustiquaire va claquer dans son dos. Tant de souvenirs ont reflué. Le champ entre la maison et l'école déborde de fleurs sauvages. Le chemin qu'ils empruntaient chaque jour a disparu. Dans les bois, le feuillage est dense au-dessus de sa tête et elle flâne en empruntant les sentiers dont elle n'a rien oublié, avant de traverser la rue pour se rendre au cimetière.

Elle a une idée approximative de l'endroit où se trouve la tombe de M. G : vers le fond du cimetière, près de l'étang et d'un saule. Il ne lui est jamais venu à l'esprit, à l'époque où ils se faufilaient ici pour fumer une cigarette, que c'était un lieu si beau. Les collines. Les fleurs plantées aux croisements des allées. De vieux arbres majestueux penchés sur les tombes, comme pour les protéger. Bea trouve la sépulture de M. G, dépose sur la pierre tombale les fleurs sauvages qu'elle a cueillies en venant. La tombe est bien entretenue ; Gerald et William lui ont dit dans leurs lettres que Mme G venait ici régulièrement.

Beatrix comprend ce besoin. Elle s'assoit sur l'herbe, assez près pour suivre du doigt le contour des lettres sur la pierre. Elle lui parle des funérailles et de ce qu'elle ressent à être de retour. Elle lui parle de la veille au soir, quand elle s'est assise dans la cuisine avec Gerald et Mme G. Elle lui raconte l'étrange confort qu'elle a éprouvé à dormir dans son ancien lit. Comme elle passait devant son bureau, elle a jeté un coup d'œil, s'attendant à ce qu'il lève les yeux de ses papiers, qu'il lui adresse un signe de la main, les doigts soudés comme il avait l'habitude de faire, même le pouce. Elle a tendu l'oreille pour entendre le pas de William dans l'escalier, avec l'espoir de le voir surgir dans la cuisine, tout sourire.

Elle avait eu peur de se regarder dans le miroir de la salle de bains, craignant presque d'y découvrir la jeune fille qu'elle était à l'époque. Bea n'en dit rien à M. G, mais elle a eu un choc en voyant Mme G. Elle ne se teint plus les cheveux et elle se déplace avec lenteur, le dos voûté. Toute son énergie d'antan semble s'être volatilisée. Gerald n'est plus le même non plus mais, en ce qui le concerne, il s'agit d'une merveilleuse métamorphose. Il est plus stable et plus calme, plus sûr de lui.

— Je m'attendais à voir un petit garçon, dit-elle à M. G. Où avais-je la tête ?

Elle se demande ce que Gerald et Mme G pensent d'elle. De quelle manière a-t-elle changé depuis son départ ?

Bea entend des pas, se retourne pour voir Gerald approcher, il la salue comme William avait coutume de le faire.

— Comment savais-tu que je serais là ? demande-t-elle, alors qu'il s'assoit à côté d'elle.

— Déjà pendant les parties de cache-cache, tu n'étais pas difficile à trouver.

Bea hoche la tête.

— C'est un bel endroit pour papa, dit-il en faisant rouler un brin d'herbe entre ses doigts.

Il est terriblement grand maintenant, presque aussi grand que M. G.

— Étais-tu plus grand que William ? demande-t-elle, et il sourit, exactement comme William.

— Nous étions à peu près de la même taille, je pense, même si William pensait le contraire. Cela dépendait de qui se tenait le plus droit.

— Quand l'as-tu vu pour la dernière fois ? demande Bea en regardant les branches du saule se pencher vers la terre, se pencher vers la tombe de M. G.

— Il a amené les enfants il y a plus de deux semaines. J'ai l'impression que cela fait une éternité.

Il soupire.

— Je n'arrête pas de le voir conduire cette nuit-là. Il était probablement ivre et fatigué, incapable de voir à quel endroit la route tournait.

Gerald arrache une poignée d'herbe, dont il laisse les brins s'éparpiller entre ses doigts.

— Ce sont les enfants qui m'inquiètent. Je surmonterai cette épreuve, toi aussi, et puis maman. Rose s'en remettra également. Mais Kathleen et Jack y parviendront-ils ? Je sais quel mal j'ai eu à surmonter la mort de papa, et j'étais beaucoup plus âgé qu'eux.

Bea est surprise d'apprendre qu'il a peiné à se remettre de la mort de M. G. Elle n'en avait aucune idée ; elle n'avait jamais pensé qu'ils étaient particulièrement proches.

— Tu as souffert, dit-elle, songeant qu'elle aurait dû le savoir.

Il hoche la tête.

— C'est en partie pour cette raison que je me suis installé à Berkeley, répond-il. Je veux dire, j'ai terminé mon cursus à Harvard et je suis resté auprès de maman pendant deux ans. Mais, ensuite, je n'ai plus désiré qu'une chose : m'éloigner. Je le cherchais partout.

— Je comprends, commente Bea. Mais, à ta place, je ne m'en ferais pas pour les enfants. Il arrive que les enfants supportent mieux la mort que les adultes.

Gerald secoue la tête.

— Je suis un fieffé crétin, dit-il. Je suis là à m'apitoyer sur mon sort sans même penser que tu as perdu ton père alors que tu étais à peine plus âgée que Kathleen. C'est bien ça ?

Bea acquiesce :

— Et regarde-moi. Je vais bien. Surtout parce que je vous avais tous autour de moi. Les enfants de William s'en tireront aussi, répète-t-elle, presque pour elle-même.

Ils se taisent pendant quelques minutes. Comme c'est facile avec Gerald. Elle n'a jamais eu besoin de faire semblant.

— J'ai un tableau du Maine, finit-elle par dire, sur lequel on nous voit tous les trois sur le quai flottant. Tu t'en souviens ?

— Je crois que oui, répond Gerald. Il était dans le salon ?

Bea hoche la tête.

— Je l'adore, dit-elle. William est allongé sur le dos, les mains derrière la tête, il regarde le ciel. C'est comme ça que je veux me souvenir de lui.

— Il avait commencé à peindre, dit Gerald. Tu le savais ?

Bea secoue la tête.

— Je n'arrive pas à me le représenter en train de peindre. Il faut tellement de patience.

— Les enfants l'ont transformé, dit Gerald. Je pense qu'il a appris la patience auprès d'eux. Il a récupéré tous les vieux trucs de papa, des chevalets, de la peinture, des pinceaux… Puis il les a emportés chez lui pour les installer dans son garage. Je n'ai jamais vraiment vu grand-chose de ce qu'il peignait. Il a montré à maman quelques toiles. Mais je ne sais pas ce que Rose va faire de tout ça. Je me suis dit que je pourrais tout rapporter ici. Qu'en penses-tu, Bea ? demande Gerald en se tournant enfin vers elle.

Voilà le Gerald qu'elle connaît : le sérieux, l'intégrité discrète.

— Tu ne crois pas que tout ça serait mieux ici ? J'ai peur qu'elle jette ses affaires.

— Si, je suis d'accord avec toi. Tu devrais tout récupérer.

Rapporte tout à la maison, songe-t-elle. Garde-le aussi près de toi que possible. Gerald pose ses mains sur l'herbe et elle est surprise de voir à quel point elles lui sont familières. Cette cicatrice sur son index. Les taches de rousseur. Elle lève les yeux vers son visage et sourit.

Nancy

Nancy est assise à la table de la cuisine et dresse une liste pour l'épicier. Elle aimerait pouvoir se souvenir de certains des aliments préférés de Bea, mais elle n'y parvient pas, pas vraiment. En tout cas, elle est sûre qu'elle aime la tarte aux pommes. Tout le monde aime la tarte aux pommes, n'est-ce pas ? Elle en fera une pour le dessert, avec des Granny Smith de ses pommiers. Et peut-être un bon pain de viande et une purée de pommes de terre.

Elle a vu Bea dans le jardin tout à l'heure puis, un peu plus tard, elle a entendu la porte se refermer et c'était cette fois Gerald qui traversait le champ en direction des bois. Elle s'en est félicitée. Ils ont besoin de passer du temps ensemble, de se retrouver. Cela doit être étrange pour eux deux. Non seulement d'être à nouveau ensemble, mais de l'être sans William. Ces étés dans le Maine, ces doux étés durant lesquels ils ne se quittaient pas. Ces jours passés beaucoup trop vite, et dont elle ne se souvient plus que par bribes. Tous les trois, fonçant vers le quai, King sur leurs talons. Ils cueillaient des myrtilles dans les collines. Ils campaient dans les bois. Tard le soir, le monde s'apaisait autour d'eux, les lumières de la maison se reflétaient sur la mer sombre. Oh, pourquoi ne peut-on pas arrêter le temps dans ces moments-là ? Pourquoi est-il si difficile de comprendre à quel point tout cela est éphémère ?

Nancy se sent désespérée, comme après la mort d'Ethan. Elle éprouve le besoin de remonter le temps, de faire revivre de vieux souvenirs, de regretter certaines paroles, de recréer des moments. Gerald lui a dit que, la dernière fois qu'ils avaient vu William, c'était il y a deux semaines. De quoi lui a-t-elle parlé ? A-t-elle pensé à l'embrasser pour lui dire au revoir ? Lui a-t-elle reproché quelque chose ? Elle tente de se rappeler. Les enfants ont accouru dans la cuisine, comme toujours. Elle avait préparé la pâte pour la tarte, disposé les ustensiles pour que Jack l'étale, pour qu'ensuite Kathleen la dispose dans le moule. Kathleen a parlé d'un livre qu'elle était en train de lire, Jack a parlé à Gerald du match de baseball auquel il venait de participer. C'est vrai, il portait encore sa tenue, qu'elle lui a lavée ce soir-là, en frottant fort pour faire disparaître les taches au niveau des genoux.

Mais William. Pourquoi ne se souvient-elle pas de lui ce jour-là ? N'est-il pas entré dans la maison ? Nancy se frappe la tempe. Vilaine, vilaine mémoire. Lorsqu'elle était jeune, c'était vers elle que tous les membres de sa famille se tournaient pour exhumer les souvenirs qu'ils n'avaient plus en tête. Elle savait tout. Elle se rappelait les noms et les lieux, elle était capable de raconter n'importe quelle anecdote dans ses moindres détails. Mais maintenant, eh bien, maintenant c'est comme s'il ne restait que l'instant présent. Elle a du mal à retrouver certains noms ou certains souvenirs d'événements plus récents. Son enfance, elle, est toujours là, plus nette que jamais. Les recettes de cuisine. L'aménagement du jardin. Il ne semble pas juste qu'elle ne se souvienne pas de sa dernière conversation avec son fils, mais qu'elle puisse se rappeler les paroles d'une chanson idiote qu'elle chantait à l'école primaire.

Bea et Gerald entrent par la porte de derrière, et elle devine, à leurs regards, qu'ils passent ensemble un bon moment. Elle leur verse à chacun une tasse de café, ils s'assoient à la table de la cuisine. Bea pose une main sur celle de Nancy.

— J'ai rendu visite à M. G, dit-elle. Cela m'a fait plaisir de lui parler.

— Oh, commente Nancy, je suis tellement contente.

Elle ne va plus sur la tombe aussi régulièrement qu'avant. Elle a dit à Gerald que c'était à cause de sa cheville, qui lui rendait le trajet plus difficile, mais ce n'est pas vrai. En réalité, elle ne sait plus quoi lui dire. Elle a fini par juger idiot le fait de lui raconter tout ce qui se passait. D'autant plus qu'il ne se passait plus grand-chose. Il lui vint en outre à l'esprit qu'il avait peut-être déjà tout vu, auquel cas ses comptes rendus ne servaient à rien. Oh, elle continue toutefois à partager avec lui les événements importants. Elle s'est rendue sur sa tombe après avoir appris pour William. Mais elle n'y va plus tous les jours.

— Comment l'as-tu trouvé ? s'enquiert-elle, et Bea pâlit un peu.

— Il avait l'air en pleine forme, finit-elle par répondre, et Nancy se met à rire :

— Oh, non, ma chérie. Je voulais savoir comment tu avais trouvé sa tombe. Tu te rappelais l'emplacement, ou Gerald te l'a-t-il montré ?

Bea sourit. Son visage a changé, il est devenu plus anguleux et pourtant plus doux à la fois. La peur s'est envolée, remplacée par une sorte d'élégance gracieuse.

— Ah, dit Bea, je comprends. William me l'avait dit. Il m'avait fait un petit dessin du cimetière, avec le saule et l'étang, c'est comme ça que j'ai pu la trouver. Ensuite, Gerald m'y a rejointe, c'est pourquoi nous sommes revenus ensemble.

— C'est merveilleux, fait Nancy. C'est tellement agréable de vous voir tous les deux, de vous entendre rire. Ça m'a manqué, poursuit-elle. Gerald et moi nous entendons bien mais, lorsqu'il vient dîner ou prendre le thé avec moi, nous ne rions pas autant que nous le devrions. Il faut que nous fassions un effort, Gerald, toi et moi.

— Oui, maman, répond-il, et elle perçoit à son ton qu'il tient à l'apaiser. Nous allons essayer de rire davantage. Mais je ne suis pas particulièrement drôle. Peut-être ferions-nous mieux de regarder plus souvent la télévision. Nous pourrions même la regarder en mangeant.

Il lui décoche un large sourire.

Nancy veut lui rendre son regard, mais elle n'y parvient pas. Lorsqu'il la taquine, on croirait voir William. Elle s'était disputée maintes fois avec William sur ce sujet. Les enfants exigent de dîner au salon, bonté divine, sous prétexte de pouvoir regarder telle ou telle émission télévisée. C'est comme ça qu'on fait à la maison, disent-ils, Nancy refuse. Le dîner sert à bavarder tous ensemble, leur explique-t-elle, à passer du temps en famille. Pas à regarder je ne sais quelle émission imbécile à la télévision ! Combien de fois en avait-elle parlé à William ? Pourtant, lors de leur visite suivante, tout recommençait.

— Moi, je regarde la télé en mangeant, intervient Bea. Je me suis acheté un plateau télé. Mais, s'empresse-t-elle de préciser, je vis seule. Ça n'a rien à voir.

— En effet, répond Nancy.

Jamais elle ne l'avouera, mais elle aussi regarde la télé en mangeant.

— Sur ce, dit-elle, où est la liste que j'étais en train de faire ? J'aimerais préparer un dîner spécial, ce soir, rien que pour toi, Bea. Tu vas rester un peu avec nous, n'est-ce pas ?

Elle regarde le calendrier sur le mur.

— Mon Dieu, dit-elle, nous sommes déjà en septembre. Septembre 1963. Comment est-ce possible ?

Bea lui sourit.

— Mon avion décolle mercredi. Donc, si cela vous convient, je resterai avec vous jusque-là.

Gerald regarde Bea et hausse les sourcils.

— On y va ? demande-t-il en se mettant debout. Nous allons à Quincy, dit-il à Nancy. Pour que Bea voie les enfants.

— Oh, c'est formidable, commente Nancy. Cette nouvelle me réjouit.

Ces pauvres chers enfants. Parviendra-t-elle un jour à oublier le regard de Kathleen dans l'église ? Il va falloir continuer à faire vivre l'esprit de William, pour les enfants. Et pour eux aussi.

Rose

Lorsqu'elle entend claquer les portières de la voiture, elle écarte les rideaux : Gerald et la Britannique se dirigent vers la maison. Elle passe les doigts dans ses cheveux et se pince les joues. Elle a une mine épouvantable, mais il ne s'agit que de Gerald, après tout.

— Les enfants, appelle-t-elle. On dirait bien qu'oncle Gerald est venu nous rendre visite.

Jack dévale les marches quatre à quatre, suivi de près par Kathleen. Ils ouvrent la porte juste au moment où Gerald s'apprête à sonner. Ils sortent sur la véranda pour l'embrasser, il les soulève et les balance tous les deux, avant de les reposer sur le sol.

— Bonjour, dit Rose à la Britannique, avec l'espoir que Gerald prononcera son nom. Je suis ravie de vous revoir.

— Moi aussi, répond-elle.

Elle ne fait pas peur à voir, elle. Elle a de nouveau attaché ses cheveux en chignon banane. Le fait-elle tous les matins ? Aujourd'hui, elle porte une robe bleu pâle qui lui arrive au-dessus du genou.

— Bea et moi avions envie d'emmener les enfants à North Shore, dit Gerald. Si cela te convient.

Rose le prendrait volontiers dans ses bras. Il sait toujours quoi faire.

— Ce serait adorable, Gerald, répond-elle. Merci.

Bea lui sourit.

— Voulez-vous venir avec nous ?

Gerald se met à rire :

— Ce n'est pas franchement la tasse de thé de Rose, dit-il. Mais nous, nous sommes heureux de te permettre de souffler pendant quelques heures.

— En fait, répond Rose, je vous accompagnerais volontiers. Si cela ne vous dérange pas.

Dans la voiture, elle est assise sur la banquette arrière, sur la bosse du milieu, entre ses deux enfants dont elle tient fermement les mains. Elle se demande si elle sera un jour prête à les laisser partir.

Bea

À Gloucester, Bea et Gerald marchent ensemble dans Main Street, ils se dirigent vers l'océan, le soleil fait fondre leurs cornets de glace plus vite qu'ils ne le souhaiteraient. Kathleen et Jack les précèdent, avec Rose.

— Je l'aime bien, dit Bea. Je ne m'y attendais pas. Mais il y a quelque chose de William en elle, tu ne trouves pas ? Un feu, une intensité ?

Gerald hoche la tête.

— Quand quelque chose l'intéresse, elle se montre passionnée, en effet.

Il sourit et Bea est obligée de détourner le regard. Il y a des moments où il ressemble un peu à William.

— Elle a un faible pour les Kennedy, dit-il. Cela rendait fou William. Mais elle a fait campagne pour JFK avec opiniâtreté. Elle ne se résume pas à la femme au foyer un peu gourde. Je suis curieux de voir ce qu'elle va faire maintenant. Tu sais, d'un point de vue professionnel.

— C'est formidable, hein, dit Bea, toutes ces femmes qui entrent sur le marché du travail.

C'est une belle journée du début de l'automne, l'océan se révèle d'un bleu profond, les crêtes des vagues effleurent à peine la surface. Bea prend une profonde inspiration.

— Je vais rarement à la mer, dit-elle. Ce n'est pas le Maine, mais c'est assez proche.

Gerald hoche la tête.

— William venait ici très souvent avec les enfants, dit-il. Il devait trouver, lui aussi, que c'était l'endroit qui ressemblait le plus au Maine.

Les enfants ont couru jusqu'à une statue de pêcheur, Rose attend que Bea et Gerald la rattrapent.

— Nous parlions du Maine, dit Gerald à Rose. Je crois que Gloucester était pour lui un succédané.

— Il adorait cet endroit, dit Rose. Je me disais parfois que la perte de l'îlc lui avait fait plus de chagrin que la mort de votre père.

— Vous a-t-il emmenée sur l'île ? demande Bea, qui connaît la réponse, mais qui souhaite entendre la version de Rose.

— Une fois, il y a longtemps. Nous avons volé un bateau, puis nous sommes entrés par effraction dans la maison, mon Dieu… Nous avons bu le whisky des propriétaires. Nous avons mangé de la glace qui restait dans leur congélateur.

— Et dormi dans leur lit ! ajoute Gerald en riant. Du William tout craché. Bon sang. Je me réjouis qu'il n'en ait jamais parlé à maman. Cela dit, je suis jaloux que vous soyez allés là-bas. Mes souvenirs commencent à s'estomper. Il m'arrive de me réveiller en pleine nuit, et je me rends compte que j'ai oublié à quoi ressemblait le salon, ou quel chemin il faut emprunter dans la forêt.

Rose fait une grimace.

— Ça ne m'a pas beaucoup plu, Gerald, et, tu me connais, je me suis assurée que William l'ait compris. Il voulait la racheter, et je lui ai dit que c'était une idée stupide. Mais, qui sait ?

Elle se tourne pour faire face à Gerald, ignorant totalement Bea.

— Crois-tu qu'il se serait senti plus heureux s'il avait récupéré le Maine ?

Il y a dans sa voix une âpreté, il y a du désespoir. Bea a envie de lui répondre que non, que William faisait partie de ces gens incapables de trouver vraiment le bonheur. Mais elle attend que Gerald parle le premier, curieuse d'entendre ce qu'il va dire.

Gerald pose ses mains sur les épaules de Rose et la regarde droit dans les yeux.

— Rose, fait-il doucement. William était toujours à la recherche d'autre chose, tu le sais. Le Maine n'aurait rien changé. Les enfants, en revanche, ont joué un rôle important. Ils l'ont aidé à s'ancrer dans le présent. Tu ne peux pas porter un tel poids sur tes épaules. Tu ne dois pas le faire. Il a eu une belle vie.

Rose hoche la tête.

— Je le sais, dit-elle, mais c'est difficile de ne pas se poser la question.

Elle se tourne vers Bea :

— Quand l'avez-vous vu pour la dernière fois ? lui demande-t-elle, et Bea comprend qu'elle veut savoir qui elle était au juste pour William. Lorsque vous êtes rentrée en Angleterre après la guerre ?

Bea se sent rougir. Elle jette un coup d'œil à Gerald, elle ignore ce qu'il sait au juste.

— Non, se dépêche-t-elle de répondre – si elle attend, elle va mentir. J'ai revu William à Londres, juste après la mort de leur père.

Gerald secoue la tête, ses lèvres ne sont plus qu'une ligne mince et, la tête baissée, il expédie d'un coup de pied un mégot sur la chaussée, avec une férocité qui surprend Bea.

— Je le savais, fait-il avec froideur. J'ai pourtant posé la question à William, et il m'a assuré qu'il ne t'avait pas vue, mais je savais qu'il mentait. Je savais qu'il n'avait pas pu se rendre en Europe sans te voir.

— En fait, il n'avait pas prévu de me voir. Mais votre père est mort brutalement, il avait quelques jours devant lui avant le départ du bateau, et c'est ainsi qu'il est venu à Londres.

Rose est manifestement en train de réfléchir.

— J'étais déjà enceinte de Kathleen, dit-elle, et Bea acquiesce.

— En effet. Il me l'a dit. Il m'a tout raconté vous concernant. Il avait hâte de se marier. Et l'idée de devenir père le rendait très nerveux.

Elle désigne Kathleen et Jack, qui les attendent près de la statue.

— Et il me semble, conclut-elle, qu'il… que vous… avez fait des prouesses.

Ils font signe tous les trois aux enfants qui se mettent à marcher vers eux. Rose saisit le bras de Bea :

— Mais depuis ? Vous l'avez revu après votre rencontre à Londres ?

Encore une fois, Bea décèle son désespoir.

— Non. Nous nous sommes écrit de temps en temps. J'ai reçu plus souvent des nouvelles de Gerald et de Mme G.

Plus tard, de retour chez William, Gerald, Rose et Bea pénètrent dans le petit garage pour emballer tout le matériel de peinture, ainsi que les toiles, qu'ils chargent dans la voiture de Gerald. Bea, qui ne veut pas regarder les tableaux, se concentre sur l'emballage des fournitures. Sous un sac de tubes de peinture à l'huile, elle découvre un croquis représentant un homme et une femme en train de danser, et se rend compte qu'il s'agit des personnages qui figurent sur la petite toile sans signature que Mme G lui a offerte il y a déjà plusieurs années. Elle n'a donc pas été peinte par M. G. Elle tombe ensuite sur un autre dessin représentant l'horloge d'une gare et, cette fois, elle s'aperçoit dans un sursaut qu'il a dessiné la gare Victoria, le dernier endroit où elle a vu William.

— Je suis contente d'avoir à nouveau un garage, commente Rose. Mais si vous trouvez des dessins des enfants, vous me les rapporterez, n'est-ce pas ? Ceux-là, j'aimerais les garder. La mer bleue, je peux m'en passer.

Avant de partir, Kathleen emmène Bea à l'étage pour lui montrer leur chambre.

— Ça, c'est mon lit, dit-elle, et Jack dort là.

Entre leurs deux lits est posé un petit tapis en lirette dans des tons de rouge et de bleu.

— Vous vous parlez, le soir ? demande Bea. Est-ce que vous vous racontez des histoires ?

— Parfois, répond Kathleen. D'autres fois, il faut que je lui lance un objet pour qu'il arrête de ronfler.

Elle se met à rire. Sa franchise est la même que celle de Gerald.

— Mais les meilleures nuits, c'était celles où papa rentrait tard, nous étions déjà couchés, et il nous embrassait sur le front. Je faisais toujours semblant de dormir jusqu'à ce qu'il m'embrasse. Ensuite, il s'allongeait sur le sol, juste ici, entre nos lits, et il nous racontait une histoire, puis il s'endormait aussi. Je lui donnais mon oreiller supplémentaire.

Bea hoche la tête, refusant de prendre le risque de parler. Elle observe la pièce autour d'elle. Sur la commode se trouve la poupée à tête branlante Mickey Mantle.

— Oh, dit-elle, surprise. C'est Mickey Mantle !

Puis elle se tourne vers Kathleen, haussant les sourcils.

— D'où vient cette figurine ? Je croyais que nous nous trouvions dans la maison de supporters des Red Sox ?

Kathleen sourit. Le sourire des Gregory.

— Papa l'a donnée à Jack. Il a dit que nous devions apprendre à aimer nos ennemis.

— Ton père, dit Bea sans regarder Kathleen, était un homme très sage.

Elle touche la figurine, juste assez pour la faire vaciller, la tête se met à se balancer d'avant en arrière.

Gerald

Gerald insiste pour conduire Bea à l'aéroport. Il veut passer du temps seul avec elle. Elle n'a pas dit grand-chose concernant sa vie. Ils ont parlé de leurs rôles d'enseignants – c'est drôle qu'ils aient tous les deux fini par travailler avec des enfants – et elle lui a parlé un peu de sa mère, mais, pour le reste, il n'a pas appris grand-chose sur la façon dont elle vit, sur les amis qu'elle fréquente. Il ne sait toujours pas qui elle est devenue au juste. Maman a tourné autour du pot hier soir, pendant le dîner, mais Bea n'arrêtait pas de changer de sujet. Elle est douée pour ça, s'avise Gerald. Il se rappelle l'habileté avec laquelle elle a manipulé Rose lorsque celle-ci lui a demandé quand elle avait vu William. Il savait qu'ils s'étaient fréquentés cet été-là, et il ressent à nouveau le poids sur sa poitrine. Il se demande ce qui s'est passé entre eux. Bea ne le dira pas, il le sait. Ce n'est même pas la peine de lui poser la question.

Bea monte dans la voiture, avec dans ses bras une boîte ronde en fer-blanc.

— Des biscuits, dit-elle. Que vais-je faire de trois douzaines de biscuits ?

Elle rit et pleure en même temps, puis maman frappe à la fenêtre. Bea abaisse la vitre.

— Mes recettes, dit maman en lui tendant un carnet en lambeaux constellé de taches de beurre.

— Mais vous, dit Bea en essuyant ses larmes, vous ne les aurez plus.

— Oh, mon enfant, répond maman. Tout est dans ma tête. Tout est là-dedans. Je n'ai plus besoin des mots.

Maman embrasse ses doigts, pour souffler ensuite un baiser à Bea.

— Bon voyage, ma chérie. Et reviens vite, s'il te plaît.

Ni Bea ni Gerald ne parlent jusqu'à ce qu'ils aient quitté l'allée pour s'engager sur l'avenue en direction de l'autoroute.

— Je déteste dire au revoir, déclare enfin Bea en regardant par la fenêtre. Je préférerais simplement disparaître.

— Filer à l'anglaise, commente Gerald. N'est-ce pas ce que nous voudrions tous faire ?

— William était le maître en la matière, dit Bea. Il m'a beaucoup appris à ce sujet.

Gerald ne cesse jamais tout à fait de penser à William. À l'évidence, Bea non plus.

Bea se tourne vers Gerald.

— Il ne faut pas que tu entres dans l'aéroport, d'accord ? Tu n'auras qu'à me déposer au bord du trottoir. Ce sera nettement plus facile. Pour nous deux.

Il hoche la tête.

— Tes désirs sont des ordres.

Et c'est ainsi depuis toujours. Il se dirige vers la bretelle, accélère une fois sur l'autoroute, en direction du nord.

— Gerald, dis-m'en plus sur Linda. Je crois qu'elle aurait pu me plaire.

Gerald ne veut pas parler de Linda. Lorsqu'il lui avait présenté Bea, après les funérailles, le regard froid de Linda l'avait rempli d'une fureur surprenante. Il s'était arrangé pour qu'elles ne se voient plus. Il ne voulait pas qu'elles partagent le même espace. Il voulait garder Bea pour lui.

— Elle est formidable, dit-il en baissant la voix.

— C'est donc la bonne ? s'enquiert Bea.

Il quitte un instant la route des yeux. Il aimerait pouvoir répondre oui :

— Je ne sais pas. Comment fait-on pour le savoir ?

Bea hausse les épaules.

— Si seulement je pouvais te le dire, G.

Elle regarde l'océan par la fenêtre.

— Et toi ? lui demande-t-il, réticent à lui forcer la main, mais brûlant de savoir.

— Eh bien. Je suis sortie avec un homme prénommé Robert pendant un certain temps, mais nous avons rompu il y a quelques mois. Nous nous entendions bien, mais il ne s'agissait pas de mon prince charmant. Et je n'étais pas sa Cendrillon.

Elle se tait pendant un long moment et, s'il ne conduisait pas à 100 kilomètres à l'heure, il tournerait la tête pour regarder son visage. Son beau visage.

— J'aimais William, dit-elle enfin. Tu le sais.

Plus tard, Gerald rentre chez lui en voiture, empruntant Quincy Shore Drive, la route qui suit les courbes de la côte. À l'aéroport, il a donné à Bea la photo encadrée sur laquelle ils posent tous les trois, dont il était en possession depuis toutes ces années.

— Je te l'avais promis, a-t-il dit. Je t'avais dit que je te la rendrais la prochaine fois que nous nous verrions.

Bea l'a embrassé sur la joue, incapable de parler, et il l'a serrée dans ses bras, les yeux fermés, désireux de ne plus jamais la lâcher. À présent, il s'arrête à l'endroit où on a découvert la voiture de William, ainsi que son corps, et il enlève ses chaussures, retrousse son pantalon et marche sur le sable humide et dur en contemplant la mer. Bien sûr qu'il connaissait les sentiments de Bea pour William. Mais il ne s'attendait pas à ce qu'elle le dise à voix haute.

Millie n'a pas beaucoup entendu parler du voyage aux États-Unis. Beatrix est silencieuse et renfermée depuis son retour. Mais Millie n'a posé aucune question. Elle comprend désormais à quel point Beatrix est secrète, à quel point elle déteste la façon dont Millie veut à tout prix faire partie de sa vie, en particulier de sa vie avec les Gregory. Millie, cependant, s'inquiétait suffisamment pour lui suggérer un week-end de vacances en Écosse, sans même mentionner qu'elles partiraient ensemble, alors que c'était ce qu'elle souhaitait. Beatrix était partie, seule, informant sa mère qu'il s'agissait d'un bel endroit. Millie ne l'a pas vue depuis son retour. Mais hier soir, Beatrix a appelé et demandé à Millie de faire les courses de Noël avec elle.

— Je veux offrir des cadeaux aux enfants de William, a-t-elle dit, et Millie était ravie qu'elle désire le faire avec elle.

Elles choisissent plusieurs livres mettant en scène l'ours Paddington pour le garçon, et un kit de broderie pour la fille.

— Rien pour les autres ? demande Millie sur un ton qu'elle voudrait léger.

— Je ne crois pas, répond Beatrix. Je ne saurais pas quoi leur offrir.

Puis elle lève vers Millie des yeux pleins de larmes.

— C'est tellement de chagrin, maman. Je pense que personne n'a envie de recevoir des cadeaux.

Millie hoche la tête :

— Je comprends. Le premier Noël après la mort de ton père, j'étais furieuse contre cette débauche de joie.

Plus tard, alors qu'elles marchent dans les rues bondées, Bea lui parle de Rose et de son engouement pour les Kennedy.

— Quand j'ai appris l'assassinat, dit-elle, je me suis tout de suite demandé comment Rose allait réussir à faire face.

— Toi, tu avais un faible pour la princesse Margaret, dit Millie. Tu t'en souviens ?

Beatrix sourit.

— Bien sûr. Durant ma première année en Amérique, Mme G m'a emmenée acheter une robe de soirée. Et tout ce que je voulais, c'était celle qui ressemblait à l'une des robes que la princesse Margaret avait portées l'année précédente.

— Ça t'a fait plaisir de passer du temps avec Gerald lorsque tu étais là-bas ? demande Millie – elle enfreint la règle qu'elle a elle-même édictée, mais elle ne peut pas s'en empêcher.

— Oui, répond Beatrix. J'ai l'impression d'avoir un nouvel ami. Un nouveau vieil ami. Et je dois te remercier pour ça, maman. Il fallait que je me rende aux funérailles de William. Je ne comprenais pas à quel point ce serait important.

Millie sourit, détournant la tête pour que Beatrix ne la voie pas. Elle ne peut pas revenir en arrière, elle ne peut pas réparer ce qu'elle regrette d'avoir fait, mais peut-être... peut-être... que tout finira bien avec Beatrix.

Gerald

Lorsqu'il se met à faire assez chaud, au printemps, Gerald décide de monter dans le Maine – il dit à maman et Linda qu'il va rendre visite à des amis dans le Connecticut. Il n'est jamais revenu, pas depuis qu'ils ont vendu la maison, et il n'arrête pas d'imaginer Rose et William là-bas. Il en veut à William de ne jamais lui en avoir parlé.

Pendant toutes ces années, à chacun de leurs trajets, il s'est assis sur la banquette arrière. À présent, il regrette de ne pas pouvoir contempler la mer par la fenêtre, de ne pas pouvoir repérer les stations-service, les clochers des églises et les cabanes à homards le long du chemin. En ville, il gare sa voiture et se dirige vers le marché.

— Madame Lasky, dit-il à la femme au comptoir, qu'il reconnaît sans peine, même s'il la trouve mince et singulièrement vieillie, mais elle, à l'inverse, ne le reconnaît pas.

— Pardon, répond-elle, nous nous connaissons ?

— Oui, je suis Gerald Gregory, dit-il en se redressant de toute sa hauteur.

— Oh, mon Dieu ! s'écrie-t-elle en plaquant ses mains sur ses joues. Mais oui, bien sûr que c'est toi. Qu'est-ce que tu as grandi !

— En effet.

— Vous nous manquez, dit-elle. Ça fait combien de temps, maintenant ?

— Dix-sept ans. Nous avons vendu en 1947, juste après la guerre.

Il lui sourit.

— J'adorerais revoir l'île. Pensez-vous que je pourrais emprunter un bateau ?

— Eh bien, certainement. Il n'y a personne là-bas, en ce moment. John se charge du gardiennage, il peut te donner une clé pour que tu puisses faire le tour du propriétaire.

— Formidable, dit Gerald. C'est parfait.

Une clé, pense-t-il. Ils n'ont jamais eu de clé. Pour quoi faire ?

M. Lasky l'accompagne jusqu'au quai.

— Je viens de préparer les bateaux pour cette année, dit-il. Ton père a toujours aimé la couleur de celui-ci.

Gerald observe les bateaux amarrés à proximité, et il y a là la barque orange, celle que papa a peinte maintes et maintes fois. Il a installé un de ses tableaux dans sa chambre, un tableau qu'il regarde tous les matins en nouant sa cravate.

— Merveilleux, dit Gerald. Je suis ravi de constater que presque rien n'a changé.

M. Lasky lui tend la clé.

— Si tu veux, tu peux passer la nuit là-bas, mais il va faire un froid de canard. Tu préféreras peut-être revenir sur le continent.

Gerald hoche la tête et lui serre la main avant de monter dans l'embarcation.

Il n'a pas ramé depuis longtemps, il lui faut une minute pour que ses bras trouvent le rythme. À mi-chemin de l'île, il lâche les rames et laisse la barque dériver, le courant l'attire vers le sud. Le temps est assez couvert, il y a un peu de vent, les nuages se déplacent rapidement. Il dirige la barque en direction de l'île et rame aussi vite qu'il le peut. Une fois sur la plage, Gerald se dirige vers la forêt. Les sentiers qu'ils ont tracés et suivis il y a si longtemps sont toujours là. Des « chemins de désir », comme les appelait papa. Le chemin le plus rapide d'un point à un autre. Les feuilles commencent à pousser. Le printemps arrive plus tard ici. La forêt semble vide, sans la nouvelle végétation. Et pourtant, il la sent prendre vie au fur et à mesure qu'il la traverse. Il a l'impression que, s'il s'arrêtait pour les observer, il verrait les plantes sortir du sol à la recherche du soleil.

La maison apparaît au détour d'un virage et Gerald accélère le pas. Telle quelle. Les bardeaux marron, la peinture grise délavée sur les marches et la véranda. Il fait le tour de celle-ci et s'assoit sur une chaise. Il voit papa, un verre de whisky dans une main, sa pipe dans l'autre. Attendant que le soleil se couche. En train de contempler la mer.

Il ne souhaite pas entrer. D'ici, la vue est la même et, à l'intérieur, les choses auront forcément changé. Les tasses ne seront plus les mêmes. Leurs collections de pierres, de coquillages et de plumes auront disparu. La série de pommes de pin, de la plus petite à la plus grosse, qui courait jadis sur le rebord des fenêtres du salon, aura été remplacée par autre chose. Même si… C'est pour ça qu'il est venu, non ? Pour se retrouver de nouveau dans la maison ? La humer, toucher la rampe, s'allonger par terre près de la baie vitrée ? Il est ici pour se souvenir du petit garçon qu'il était, pour tenter de comprendre de quelle façon ce petit garçon se trouve lié à l'homme qu'il est maintenant.

Lorsqu'il se sent enfin prêt, le soleil est bas dans le ciel. Il déverrouille la porte et pénètre à l'intérieur, il ferme les yeux, respire l'odeur de renfermé. Lorsqu'il les rouvre, la différence est criante, la demeure plus lumineuse, en somme. Mais il y a la vieille glacière, avec sa poignée et la cuve sur le dessus. Le banc de fenêtre, avec les mêmes coussins fleuris aux couleurs passées. Les étagères sur le mur du fond. Il se promène à l'étage, jette un coup d'œil dans chaque chambre. Il est content que les propriétaires n'aient pas changé grand-chose, quoique l'endroit lui paraisse différent. Ce n'est plus chez eux.

Il sait que tout cela doit demeurer derrière lui, à présent. Il retourne sur la véranda, où il attend que le soleil se couche. Il ne comprenait pas le besoin de papa de faire cela tous les soirs, de venir s'asseoir là et d'attendre. À l'époque, il manquait de patience. Le soleil se rapproche du continent obscurci, il peut en mesurer le mouvement dans le ciel. Les nuages sombres de tout à l'heure ont été poussés vers la mer. Le ciel est limpide et bleu. À mesure que le soleil disparaît, il prend des teintes de rose et de violet, les couleurs changent et gagnent en intensité. Il s'assoit puis, sans bouger, il s'imprègne de tout.

Nancy

Depuis près d'un an maintenant, Nancy prévoit de faire le ménage dans la chambre de William. Elle aurait dû s'y mettre il y a plusieurs années, et elle a vidé les placards, ainsi que les tiroirs. Mais elle veut que ce soit la chambre de Jack, pour que Jack sente qu'il a une maison ici. Il ne devrait pas avoir à vivre dans l'ombre de son père.

Elle ne supporte toujours pas l'idée de jeter les affaires de William, aussi se dirige-t-elle vers sa chambre avec des caisses prêtées par le marchand de vin. Un jour viendra où Kat et Jack voudront en savoir davantage sur leur père, et toutes ses affaires datant de son enfance seront toujours là, attendant qu'ils les découvrent. Photos encadrées, gants de baseball. Un fanion de l'école. Ses diplômes. Une vieille batte en bois.

Gerald passe la tête dans l'embrasure de la porte. Linda et lui partent ce matin dans le Sud, d'abord à Baltimore pendant une semaine, puis dans le Mississippi où ils passeront le mois de juillet. Nancy a insisté pour qu'ils prennent sa nouvelle voiture, équipée d'un coffre spacieux et d'une climatisation dernier cri. Nancy avait cru qu'ils travailleraient avec d'autres à l'intégration dans les écoles. Au lieu de quoi, ils vont s'en aller donner des cours d'été.

— Je croyais que vous vous intéressiez à la politique éducative, a-t-elle dit hier soir, pendant le dîner. Si vous voulez enseigner, pourquoi ne pas le faire ici ?

— Je m'intéresse à la politique, a répondu Gerald. Mais de cette façon, nous pouvons réellement nous rendre utiles. En travaillant dans des classes, avec des enfants qui ont besoin d'aide. En leur parlant, entre autres, de leurs droits constitutionnels.

Nancy a froncé les sourcils. Elle n'aimait pas l'idée de le savoir en train d'enseigner dans je ne sais quel genre de classe. N'y aura-t-il que des enfants de couleur ? avait-elle envie de demander, mais elle a préféré s'abstenir. Elle ne s'est jamais rendue dans le Mississippi. Elle était incapable de se représenter les lieux, sauf qu'il y ferait chaud.

— Serez-vous en sécurité ? a-t-elle demandé finalement en se tournant vers Linda, et ils se sont mis à rire tous les deux.

— Et toi, maman ? a répondu Gerald. Ne t'inquiète pas pour nous.

Mais elle s'inquiète quand même. Elle l'observe d'un œil critique, en s'efforçant de le voir tel qu'il est maintenant. Comme c'est difficile, lorsqu'il s'agit de son propre enfant, de ne pas continuer à le voir comme le petit garçon qu'il était autrefois. Elle a remarqué récemment que ses cheveux fonçaient un peu, et qu'il se voûtait, comme Ethan, mais qu'est-ce qu'il est beau ! Il travaille dehors depuis la fin de l'école, il participe à la construction de nouvelles structures sur le campus. On discerne en lui une vigueur nouvelle. Linda lui a apporté beaucoup, même si, franchement… ont-ils vraiment besoin d'aller jusque dans le Mississippi pour changer le monde ? Il va lui manquer affreusement. Et elle n'apprécie pas qu'ils voyagent ensemble alors qu'ils ne sont pas mariés. Elle a dit à tous ses amis qu'il partait seul. Qu'est-ce qu'il attend, à la fin ?

Le matin, elle leur prépare un panier de pique-nique et, à l'insu de Gerald, elle glisse trois boîtes de biscuits et de muffins dans le coffre, et prévient Linda à voix basse pour qu'elle sache où ils se trouvent. Il s'agit d'un long trajet. Gerald et Linda sortent par la porte de derrière, les bras chargés de livres et de couvertures, déjà en sueur mais tout sourire. Il ouvre la portière de la voiture à Linda, s'incline, sans lâcher la poignée avant qu'elle se soit installée. Quel gentleman il fait. Elle devrait se réjouir de le voir ainsi, tellement adulte, un homme sûr de lui, et le fait est qu'elle s'en réjouit, mais, dans le même temps, cela lui donne aussi envie de pleurer, inexplicablement. Elle se met sur la pointe des pieds pour l'embrasser avant leur départ. Puis elle retourne à l'ombre, près de la porte de derrière, agite la main jusqu'à ce qu'ils disparaissent de sa vue.

Tandis qu'elle enfile ses gants pour faire la vaisselle du petit déjeuner, elle se demande à nouveau pourquoi ils ne se sont pas mariés. Elle a tout de suite su qu'Ethan était fait pour elle. Oh, ils ont eu des hauts et des bas, et il pouvait se montrer parfois terriblement casse-pieds, mais elle n'a même jamais pensé à quelqu'un d'autre. Cela aussi, elle l'avait su le soir où elle l'avait repéré à ce bal, il y a un nombre incalculable d'années, assis à une table. Et lorsqu'elle avait mis sa paume contre la sienne, et que leurs peaux s'étaient touchées.

Tous les dimanches après-midi de juillet, Bea s'est assise à son bureau pour écrire à Gerald. Il lui envoie de longues lettres du Mississippi, une fois par semaine depuis qu'il est là-bas, il l'informe de tout ce qu'il fait. Elle a adoré les lire. Les descriptions de sa classe, des enfants et des autres bénévoles sont pleines d'enthousiasme et de passion. L'« École de la liberté », tel est son nom. Elle se réjouit qu'il soit manifestement plus en sécurité que ceux qui s'occupent des inscriptions sur les listes électorales. Bea s'est inquiétée en apprenant le meurtre de plusieurs d'entre eux, mais Gerald lui a assuré qu'il n'était pas en danger.

« Tout ce que j'ai appris et vécu, a-t-il écrit dans sa dernière lettre, fera de moi un meilleur thérapeute. J'ai hâte d'utiliser tout ce que j'ai appris. »

Bea lit chaque lettre plusieurs fois et les conserve toutes dans son bureau, rangées par ordre chronologique. La fin du mois approche, il va bientôt rentrer chez lui. La lettre qu'elle lui écrit aujourd'hui est la dernière qu'elle enverra dans le Mississippi. Elle a eu du mal à lui répondre, parce qu'elle trouve sa propre vie insipide. Tout ce dont elle a envie, c'est lui poser des questions, en apprendre plus sur ce qu'il fait. Qui aurait pensé, se dit-elle sans cesse, que Gerald serait celui qui mènerait une vie passionnante ? William, malgré tous ses discours, n'aurait jamais fait ça. Elle se demande si Gerald se serait lancé dans cette aventure si William était encore en vie. Elle comprend à présent que la mort sait comment s'y prendre pour vous rendre libre.

« Cher G, écrit-elle, je suis triste de penser que ton expérience dans le Mississippi touche à sa fin. J'ai adoré lire tes lettres. J'ai l'impression d'être là-bas, avec toi. Quelle opportunité incroyable cela aura été pour toi. »

Elle se souvient d'avoir écrit à ses parents il y a bien longtemps, en triant ce qu'elle estimait pouvoir écrire et ce qu'elle ne pouvait pas. Ce qui pourrait les rendre heureux et ce qui risquerait de les attrister. Construire une vie à partir d'un matériau brut. Elle se demande ce que Gerald met de côté, ce qu'il ne lui dit pas. Il lui parle rarement de Linda, même si elle sait qu'elle se trouve là-bas aussi. Vivent-ils ensemble ? L'a-t-il demandée en mariage ? Elle s'empare de la photo encadrée posée sur son bureau, celle que Gerald lui a donnée lorsqu'elle s'est rendue à l'enterrement, elle sourit aux trois jeunes visages. Comme elle se sentait alors en sécurité, entre les deux garçons.

Rose

Rose se gare dans l'allée des Gregory. Depuis deux semaines, elle vient tous les après-midi, avec ou sans les enfants. Nancy est désemparée. Kathleen a raconté à Rose que, la dernière fois qu'ils avaient passé quelques jours chez elle, Nancy allumait la radio dès le matin et ne l'éteignait pas avant l'heure d'aller se coucher. Elle lisait le journal matin et soir, dont elle découpait plusieurs articles, qu'elle collait ensuite dans un album. Elle avait même autorisé les enfants à dîner au salon, pour pouvoir regarder avec eux les informations du soir.

À leur retour chez leur mère, Jack a décrété qu'il ne voulait plus aller là-bas, sauf si Gerald s'y trouvait aussi. Kathleen éprouve également des réticences, mais une partie d'elle comprend et compatit. Elle a toujours été ainsi, capable de se mettre à la place de quelqu'un d'autre, de se figurer sa douleur. William s'en était inquiété. Elle est trop sensible, disait-il. Nous devons l'endurcir. Elle va devenir comme Gerald. Rose sourit en fermant la portière de la voiture. Si William pouvait voir Gerald aujourd'hui. Serait-il fier ou stupéfait ? Probablement un peu des deux. Encore une semaine et Gerald regagnera la maison.

Mais pour l'instant, elle tient à garder un œil sur Nancy, raison pour laquelle elle passe chaque jour, en fin d'après-midi. Cela fait maintenant partie de son emploi du temps.

Ce n'est pas plus mal, tout compte fait. Il y a quelque chose d'apaisant dans cette maison, malgré la peur envahissante de Nancy. Celle-ci lui fait signe depuis la fenêtre de la cuisine, Rose pénètre dans la maison étonnamment fraîche. C'est un été chaud.

— Tu as vu ? dit Nancy sans même prendre la peine de lui dire bonjour. Toujours plus d'émeutes. Plus de chiens policiers. Plus de gaz lacrymogène.

— Il va bien, répond Rose en se versant une tasse de café avant de s'asseoir à la table. Gerald n'a pas besoin qu'on s'occupe de lui. Il sera bientôt à la maison.

— Je sais, dit Nancy. Je suis bête.

Elle regarde la porte.

— Es-tu venue avec les enfants ?

Rose secoue la tête.

— Pas aujourd'hui. Demain, peut-être.

Nancy porte la même robe qu'hier. Elle n'est pas allée chez le coiffeur depuis plusieurs semaines.

— Que diriez-vous de faire une promenade ? lui propose Rose. Nous pourrions aller au cimetière, sur la tombe d'Ethan ?

Nancy fait la grimace.

— Il fait horriblement chaud, non ? Trop chaud pour le moment.

— Nancy, dit Rose. Le cimetière n'est pas si loin. D'ailleurs, vous aviez l'habitude de vous y rendre chaque jour.

— Je sais, dit Nancy en soupirant. Je sais.

Rose se lève et lui tend la main.

— Alors, allons-y.

Il s'agit d'un beau cimetière. Rose l'avait oublié. À la mort de William, on s'est écharpé à propos de l'endroit où il serait enterré. Nancy exigeait qu'il repose avec Ethan, insistant sur le fait que sa place était déjà réservée. Le père de Rose, de son côté, demanda qu'on l'enterre dans leur concession familiale, afin qu'à la mort de Rose les époux soient réunis. Rose ne savait pas quoi faire, elle ne savait pas davantage ce que William aurait souhaité. Elle n'était pas certaine qu'il aurait eu envie de rester auprès d'elle pour l'éternité. Auprès de quiconque, d'ailleurs, pendant autant de temps. Il aurait sans doute préféré la crémation, afin qu'on disperse ses cendres sur l'île, ou du moins dans l'océan. Comme elles avancent dans le cimetière, elle se demande si elle n'a pas commis une erreur. Cet endroit lui va mieux.

— Nous y voilà, dit Nancy en désignant la colline. Ethan est là.

— C'est curieux, commente Rose. Je ne l'ai vu qu'un petit nombre de fois, mais j'ai l'impression de bien le connaître, grâce à toutes les histoires que William m'a racontées. Et c'est pareil pour les enfants. On dirait qu'il est toujours avec nous.

— C'est merveilleux, répond Nancy en souriant et, pour la première fois depuis de longues semaines, Rose devine qu'elle a oublié Gerald au moins l'espace d'un instant.

Elles se dirigent en silence vers la tombe.

— J'espère, dit Nancy, que nous pourrons aussi aller sur la tombe de William. Mais c'est plus difficile, n'est-ce pas, quand quelqu'un meurt si jeune.

Rose hausse les épaules.

— Je ne sais pas, dit-elle. Je fais de mon mieux avec les enfants. Je leur parle de lui, je leur raconte des anecdotes pour qu'il reste auprès d'eux.

— Oh, je le sais, dit Nancy. Et je t'en suis très reconnaissante. Il n'empêche. Plus une vie est courte, moins nombreux sont les souvenirs.

Elles s'assoient sur le banc près de la tombe d'Ethan.

— J'adore ce banc, dit Nancy. Quelle veine que quelqu'un ait décidé de le mettre là !

Rose détourne le regard pour que Nancy ne la voie pas sourire. C'est Gerald qui l'a fait installer il y a quelques années, lorsqu'il s'est rendu compte qu'elle se rendait moins souvent au cimetière ; il avait pensé que, peut-être, c'était parce qu'elle avait du mal à s'asseoir par terre. Gerald a refusé d'en informer Nancy.

— Elle n'aime pas que je m'occupe d'elle, expliqua-t-il à Rose. Alors j'essaie de garder mes distances. D'exercer mon gardiennage sous couverture.

Rose se tourne vers Nancy :

— J'aurais dû faire enterrer William ici. Je suis désolée. C'était une erreur.

Nancy agite une main.

— Ne dis pas de bêtises. Il aimait ta famille, il s'y sentait à sa place, peut-être davantage qu'au sein de sa propre famille. C'est de l'histoire ancienne, comme on dit.

Elle consulte sa montre.

— Allons-y, veux-tu ? Je tiens à ne pas manquer les nouvelles du soir.

Elles retraversent le cimetière en suivant les allées sinueuses, la brise qui souffle de temps à autre ne balance que les plus hautes branches des arbres.

Millie

Millie a rencontré Alan par l'intermédiaire d'amis communs et quand, après six rendez-vous, il lui demande de l'épouser, elle lui répond d'aller se faire voir.

— Il n'est pas question qu'on se marie, dit-elle en faisant tourner le vin dans son verre. Mariée, je l'ai déjà été trois fois. Ma moyenne à la batte[1] n'est pas bonne. C'est du moins ce que dit ma fille, qui a partiellement grandi en Amérique.

— Oh, mais je veux t'épouser, dit-il en tendant la main par-dessus la table pour saisir la sienne.

C'est un homme charmant, un peu plus âgé qu'elle, qui a eu soixante-cinq ans ce mois-ci. Elle en aura soixante l'année prochaine.

1. Il s'agit d'une statistique utilisée au baseball.

— Je veux passer le reste de ma vie avec toi, Mil. Nous pouvons voyager, nous installer au coin du feu, marcher dans la rue bras dessus, bras dessous jusqu'à ce que nous devenions vieux. C'est ce que je veux. Je ne veux rien d'autre. Dis oui, je t'en supplie.

Elle lui répond qu'elle va réfléchir et, lorsqu'elle rentre chez elle ce soir-là, elle déambule dans l'appartement, une tasse de thé à la main, en se disant pourquoi pas. Ils passent de bons moments tous les deux. Elle apprécie sa compagnie. Il a de l'argent. Il n'est pas fringant comme Tommy. Ni robuste comme George. Il n'est pas Reg non plus. Personne ne prendra jamais la place de Reg. Mais maintenant, au moins, elle le sait. Il est Alan.

— Pourquoi pas ? dit-elle à haute voix en s'adressant aux murs. Pourquoi pas ? demande-t-elle à la photo de Beatrix, prise récemment lors du mariage d'une amie, Beatrix en train de rire, les cheveux magnifiquement coiffés. Pourquoi pas ? demande-t-elle à Reg, dont le portrait repose sur sa table de chevet. Bonne pêche. Je crois que nous serons heureux ensemble. Cela devrait suffire, non ? N'est-ce pas ce que nous cherchons tous ?

Elle ne s'est jamais tenue pour optimiste, mais elle a fini par comprendre qu'elle l'était quand même, du moins en ce qui concerne l'amour.

Gerald

Les dîners chez Gerald commencent rarement à l'heure. Un planning est épinglé sur le mur de la cuisine – qui fait la cuisine, qui fait le ménage –, mais ils se retrouvent souvent au salon bien après l'heure prévue pour le dîner, ils se disputent autour de la politique ou parlent de ce qui se passe à l'école. La table basse, sur laquelle ils posent les pieds sans ôter leurs chaussettes, croule sous les bouteilles de vin et les cendriers débordant de mégots. Quatre hommes et deux femmes vivent ici. Il y a Stephen et Joy, qui se fréquentent depuis plusieurs années : la nuit, Gerald les entend se déplacer d'une chambre à l'autre. Ben travaille au département d'histoire et Mike est professeur de théâtre. Ensuite vient Annie. Arrivée récemment, elle a quitté l'université il y a quelques années et enseigne le français – Gerald regrette de n'avoir pas été, jadis, plus attentif en cours de français. Ne persiste que le présent, le taquine-t-elle à ce sujet. Ils ont un peu flirté, allant jusqu'à s'embrasser à la fin d'une longue soirée copieusement arrosée, Gerald s'est réveillé sur le canapé du salon, les bras autour de sa taille. Mais il n'est pas encore prêt à passer à autre chose.

Linda lui manque. Du jour au lendemain, elle a accepté un poste dans une école de Baltimore. Il ne s'attendait pas à ce que ce soit elle qui parte. Elle avait passé un entretien d'embauche alors qu'ils se rendaient dans le Mississippi, puis reçu l'offre de la direction de l'établissement pendant qu'ils étaient là-bas. Lorsqu'elle leva les yeux vers lui, la lettre à la main, il sut ce qu'il était censé faire : lui demander de ne pas accepter le poste, de l'épouser, de rester avec lui pour toujours. Mais il n'en était pas capable. Il n'essaya même pas. Jamais il n'avait senti entre eux une réelle égalité ; elle avait toujours une longueur d'avance, elle lui était supérieure. Ils étaient restés ensemble pendant un mois, avaient dormi dans le même lit, mais ils savaient l'un et l'autre que c'était fini. Il y avait peu à dire. Quand il la déposa devant chez elle, sur le chemin du retour, elle lui toucha le visage avant de se détourner, et il se sentit profondément honteux. Il avait pourtant passé sa vie à faire ce qu'il fallait.

Il a expliqué la situation à maman, mais il s'est ensuite tenu à distance le plus possible. Il savait que la nouvelle était pour elle une énorme déception, et il n'avait pas envie d'affronter cette déception tous les jours. Linda et maman étaient devenues très proches. Toujours est-il que son éloignement eut sur sa mère un effet prodigieux.

« Quel idiot j'ai été », écrivit-il à Bea. C'est comme si son absence avait permis à maman de remonter le temps et de s'épanouir. « J'aurais dû faire ça il y a des années. » Lorsqu'il passe de loin en loin, souvent elle est absente, elle déjeune avec ses amis ou fait des courses en ville. L'autre jour, après l'avoir cherchée dans toute la maison, il l'a découverte à genoux dans le jardin, en train de déterrer les dernières pommes de terre, les joues luisantes de froid.

Ce soir, elle vient dîner chez lui pour la première fois depuis longtemps, et il attend devant la fenêtre. Enfin, il la voit descendre le trottoir. Elle n'utilise plus sa canne et il se rend compte qu'elle a perdu du poids. Il ouvre grand la porte.

— Bienvenue, fait-il. Bienvenue dans notre humble demeure.

Tout le monde se regroupe pour lui dire bonjour. Stephen et Joy, chargés du repas, lui font signe depuis la cuisine.

— J'ai commencé un peu tard, lance Joy, mais mettez-vous à l'aise. Nous allons faire le plus vite possible.

Assise dans le fauteuil près de la cheminée, maman accepte volontiers un verre de vin.

— C'est beau ici, dit-elle, même si Gerald sait qu'il n'en est rien.

La maison est meublée d'un fatras d'objets hérités ou dénichés dans les vide-greniers du coin. Mais on s'y sent bien. Souvent, le soir, après le dîner, ils s'installent tous au salon, corrigent des copies, élaborent leurs plans de cours pour le lendemain. Il lui est arrivé plus d'une fois de devoir faire disparaître une tache laissée par son verre de vin sur une note de service ou sur le devoir d'un élève.

Annie s'assoit à côté de maman.

— Racontez-nous des choses sur Gerald. Nous mourons d'envie de vous entendre.

Gerald ferme les yeux. Bonté divine. Inviter maman à dîner n'était pas une bonne idée. De quoi va-t-elle parler qui risque de l'embarrasser ? De ses petits soldats ? De sa collection de timbres ? Il a envie de parler des prochaines élections, tout laissant à penser que Johnson va remporter une victoire écrasante. N'importe quel sujet conviendrait au lieu de ce qui se prépare. Lorsque maman se tourne vers lui, il se sent soulagé de deviner qu'elle comprend ce qu'il éprouve.

— C'était un petit garçon adorable, dit-elle doucement, et il l'est resté. Depuis la mort de mon mari, puis de mon fils, son frère, il est devenu mon roc.

— Mais quand il était enfant, insiste Annie, à laquelle Gerald décide sur-le-champ de ne plus s'intéresser. Nous voulons savoir comment il se comportait quand il était petit.

— Il était plein d'énergie, répond maman. Il adorait les jeux. Bea et lui pouvaient jouer au Monopoly durant des heures.

— Bea ? s'enquiert Annie en regardant Gerald. C'était votre aide à domicile ?

Gerald se tourne vers maman et ils se mettent à rire tous les deux.

— Non, répond Gerald. Bea était une petite fille qui a vécu avec nous pendant la guerre. Elle venait de Londres.

— Ils étaient très proches, commente maman. J'irais même jusqu'à dire qu'il était plus proche d'elle que de son frère. Tu ne crois pas ? interroge-t-elle Gerald.

Il hoche la tête mais ne dit rien.

— Qu'est-elle devenue ? demande Annie. Êtes-vous toujours en contact ?

— Oh, oui, répond maman. Elle vit à Londres et elle a assisté aux funérailles de William. J'étais ravie de la revoir.

— Comme c'est étrange, intervient Ben. Une sœur qui n'en est pas tout à fait une. Un membre de la famille qui n'en est pas un. Tu es resté en contact, toi aussi ? demande-t-il à Gerald, qui ne sait quoi répondre.

— Je dirais que oui, s'invite Annie, et Gerald la considère avec surprise. J'ai vu des lettres en provenance de Londres. Je me demandais de quoi il s'agissait.

Gerald rougit et ils se mettent tous à rire.

— Le dîner est prêt, lance Joy. J'ai hâte qu'on m'explique ce qu'il y a de si drôle.

Plus tard, après que Gerald a raccompagné maman à la maison, puis regagné la sienne, après qu'il a ôté ses chaussures et sorti son agenda, Joy vient s'asseoir à côté de lui, glissant ses pieds sous une couverture. Il l'aime bien. Stephen et elle sont venus aux funérailles de William, et, depuis, elle est toujours là pour lui.

Joy lui touche le bras pour attirer son attention.

— Elle a l'air d'aller bien, Gerald, dit-elle. Une nouvelle sève est peut-être en train de monter.

Il lui sourit.

— Je sais, dit-il.

— Si je la connaissais moins, dit Joy, je penserais qu'elle est en train de rajeunir.

Elle lui serre le bras.

— Ça a dû être dur pour toi, de perdre ton père, puis ton frère. Mais tu ne le sauras jamais, mon ami, ajoute-t-elle. Tu es le plus stable d'entre nous.

Il la prend dans ses bras. Il n'en est pas si sûr. Il rêve de trouver à son tour ce que Stephen et Joy ont trouvé.

Bea

Bea pousse l'enveloppe dans la boîte aux lettres, sans se donner le temps de revenir sur sa décision. Elle a proposé à Gerald de venir à Londres pour le mariage de sa mère en décembre. Elle y pensait depuis des semaines. Elle veut le voir. Au cours des derniers mois, ils ont passé énormément de temps ensemble, à travers leur correspondance. Rien ne la rend plus heureuse, lorsqu'elle rentre du travail, QUE d'ouvrir la porte et de découvrir une lettre de lui sur le sol, tombée doucement par l'entrée du courrier. Elle se change, dîne, puis se blottit sur le canapé, sa lettre à la main. Son écriture ronde, ses pensées clairement développées, sa franchise. Son ouverture d'esprit lui a permis de répondre sur le même ton. Elle répond toujours le soir même.

Elle aimerait se rendre en Amérique, mais elle n'a pas assez d'argent pour voyager. Alors, elle a demandé à maman si elle pouvait l'inviter au mariage. La perspective de s'y trouver seule, sans cavalier, l'accable. Elle sait déjà qu'elle aura l'impression d'être de trop. Elle en a assez de se sentir de trop. C'est comme si elle était demeurée immobile pendant que tous les autres se précipitaient vers une nouvelle destination. Non seulement ses amis ont des bébés, mais ils ont aussi de petites filles qui fréquentent l'école, qui organisent des goûters et commencent même à penser aux garçons. On n'essaie même plus de la caser. Elle est une cause perdue.

Ses amis disent : « Oh, mais tu mènes une formidable carrière, Trix ! Tu diriges une école, tu te rends compte ? C'est une énorme réussite. »

C'est vrai. Mais le soir, lorsque, assise dans son appartement, elle observe autour d'elle ses livres, ses tableaux, ses poêles et ses casseroles, elle se demande à quoi ça rime. Ce n'est pas là qu'elle pensait arriver.

Maman et elle, en revanche, s'entendent bien mieux qu'avant. Elles se parlent presque tous les jours, elles ont l'une et l'autre présenté leurs excuses pour leurs nombreuses erreurs passées. Il a fallu énormément de temps à Bea pour se rendre compte qu'elle aussi était fautive. Pendant des années, elle a accusé sa mère de tous les maux, et ce n'est qu'aujourd'hui qu'elle s'aperçoit combien cela a engendré de souffrances inutiles. Le mur, entre elles, a commencé lentement à tomber. Il leur arrive encore de se disputer, bien sûr. Une querelle est ainsi survenue dans un restaurant, le jour où maman lui a annoncé qu'elle allait se remarier. Mais lorsqu'elles ont quitté les lieux, ce soir-là, elles se sont prises dans les bras avant de se séparer et, pour la première fois de sa vie, pense-t-elle, Bea n'avait plus envie de la lâcher.

Le dimanche soir, le téléphone sonne, comme souvent. Un enseignant malade, qui ne pourra pas venir demain matin.

— Ici Trix, fait Bea.

Un silence, puis :

— Bea ? dit Gerald. C'est bien toi ?

Cette voix. Cette voix douce et familière.

— Gerald… Désolée. Je croyais qu'il s'agissait d'un de mes collègues. Je ne m'attendais pas à ton appel. Que se passe-t-il ? Ta mère va bien ?

— Oui, oui, répond-il. Tout le monde va bien. C'est juste que…

Il s'interrompt.

— J'ai reçu ta lettre, recommence-t-il. Et… Je serais ravi de venir.

— C'est merveilleux, réagit Bea aussitôt.

— Tu sais, je ne me suis jamais rendu à l'étranger.

— Nous n'allons pas nous contenter du mariage, alors. Nous irons partout où tu voudras, nous ferons tout ce que tu auras envie de faire.

Elle ne tient pas à paraître trop impatiente.

— Maman va être ravie, dit-elle. Elle va t'envoyer une invitation en bonne et due forme.

— Tu crois que c'est le bon, cette fois ? demande Gerald, et Bea se met à rire.

— S'il te plaît… Je ne résisterai pas à un mariage supplémentaire.

Après avoir raccroché, elle se lève pour contempler le petit tableau peint par William, au-dessus de son bureau, les deux corps qui bougent au rythme de la musique, et qui, en bougeant l'un et l'autre, ne font plus qu'un.

Nancy

Nancy brandit l'enveloppe et l'agite lorsque Gerald entre par la porte de derrière puis tape des pieds sur le paillasson. Elle lui a téléphoné pour lui demander de passer. Elle n'était pas parvenue à fixer toutes les contre-fenêtres, or, demain soir, les températures tomberont bien en dessous de zéro.

On n'est encore qu'au début du mois de novembre ; l'hiver risque d'être rude.

— Qu'est-ce que c'est ? lui demande Gerald en dénouant son écharpe.

Son nez est rouge vif à cause du froid.

— Je vais te servir une tasse de thé, dit Nancy. Et prends donc des biscuits.

Elle se retourne vers la cuisinière après avoir allumé le brûleur et mis l'eau à bouillir.

— C'est une invitation à un mariage, déclare-t-elle, émerveillée. De la part de Millie. Elle se remarie !

Gerald sourit.

— En effet, commente-t-il, j'en ai entendu parler. Elle t'a invitée, maman ? C'est vraiment gentil.

— Je sais, répond Nancy, d'ailleurs elle flotte sur un petit nuage depuis qu'elle a reçu l'invitation, un peu plus tôt dans la journée.

Quelle idiote elle fait… Bien sûr, il n'est pas question qu'elle se rende à ce mariage, mais quand même. Quel beau geste.

Gerald s'assoit à la table au moment où elle pose sa tasse de thé devant lui, ainsi qu'une assiette de biscuits. Il s'empare de l'invitation, qu'il ouvre.

— Le 20 décembre, dit Nancy.

À quelques jours de Noël.

— Tu vas y aller, n'est-ce pas ? lui demande Gerald.

— Oh, mon Dieu, non. Partir si loin pour un mariage ordinaire ? Celui d'une femme que je connais à peine ? Cela n'aurait aucun sens.

Depuis la mort d'Ethan, elle n'a pratiquement pas bougé. Un voyage de temps en temps à New York pour voir Sarah, c'est tout. Elle ne s'est plus rendue à l'étranger depuis avant leur mariage. Elle n'a jamais pris l'avion. Mais Londres, en décembre, paré pour Noël. Ce doit être magnifique.

— Maman, commence Gerald, sur ce ton que, décidément, elle ne connaît que trop bien. Elle t'a invitée. Ce n'est pas rien. C'est l'occasion pour toi de faire sa connaissance. Et de passer du temps avec Bea.

— Je ne peux pas, décrète-t-elle – quelle tenue porterait-elle ? Cela coûte trop cher. Ne serait-ce que le billet d'avion.

L'argent de la maison du Maine a bien fructifié, cependant, depuis toutes ces années, c'est du moins ce que lui affirme le charmant M. O'Connor à la banque. Peut-être même aurait-elle de quoi acheter une nouvelle robe. Ou de faire reprendre l'une de celles qu'elle possède déjà par une couturière. Au demeurant, que faut-il porter pour un mariage qui se déroule en fin d'après-midi ? Un mariage chic, par-dessus le marché ? Qui a lieu à Londres.

— Tu pourrais dormir chez Bea, suggère Gerald, ou bien nous pourrions prendre deux chambres d'hôtel à proximité. Elle serait ravie de te faire faire un peu de tourisme.

— Eh bien… hésite Nancy, puis elle lève les yeux. « Nous » ? « Nous » ? Elle t'a invité aussi ?

Gerald sourit.

— En effet. J'ai reçu mon invitation hier.

— Bonté divine.

Alors, c'est entendu. Un voyage à Londres avec son fils.

— Un véritable couple de globe-trotteurs, s'extasie-t-elle.

— De jet-setteurs, la corrige Gerald. C'est comme cela qu'on surnomme les gens qui voyagent sans arrêt.

Nancy lève sa tasse de thé, et ils trinquent.

— À nous, déclare-t-elle.

Plus tard, dans sa chambre, après avoir étalé toutes ses robes sur son lit, elle s'émerveille en songeant à cette vie qu'ils se sont bricolée. Si on lui avait jadis posé la question, elle n'aurait certes pas répondu qu'elle en serait là. Elle a perdu Ethan, perdu William. Et pourtant, ils tiennent bon, Gerald et elle. Ils ont réussi. Pourquoi ne devraient-ils pas s'amuser ? Elle enfile la robe en velours cramoisi, achetée quelques décennies plus tôt pour une soirée à Harvard. La fermeture Éclair ne lui pose aucun problème, elle sourit à son reflet dans le miroir avant de se mettre à tournoyer dans la pièce, Ethan l'enlace et elle l'enlace aussi.

Rose

Le deuxième Noël sans William touche à sa fin, Rose se sent soulagée. Les vacances, elle le sait, font ressurgir le passé de façon inattendue, raison pour laquelle elle s'inquiétait, en particulier pour Kathleen. L'absence de William l'affecte beaucoup. Elle l'entend pleurer sous la douche, discerne sa tristesse dans la forme de sa bouche. Elle a du mal à l'école. Mais la journée qui s'achève a été agréable. Ce matin, ils n'étaient que tous les trois, puis sa famille est arrivée dans l'après-midi, et voilà maintenant la famille de William, pour un dîner tardif. Comme toujours.

Nancy a rapporté des cadeaux de Londres pour les enfants, parmi lesquels un puzzle de Big Ben, dont les enfants ont déversé les pièces sur la table de la cuisine et auquel ils se consacrent en ce moment précis, résolus à en terminer les bords avant de devoir s'en aller. Nancy a offert à Rose un beau tissu Liberty.

— Alors, dit Rose, qui déplie le coupon sur la table de la salle à manger en se demandant ce qu'elle pourrait en faire – une jupe, peut-être ? Ou bien un vêtement pour Kathleen ? Alors… Parlez-moi un peu de ce mariage.

— C'était charmant, répond Nancy, tout bonnement charmant. Je ne savais pas à quoi m'attendre au juste, bien sûr, après tout je n'avais jamais rencontré cette femme mais, franchement, c'était très réussi. J'espère que leur union durera.

Rose hoche la tête. Avant son départ, Nancy répétait sans cesse que cette femme faisait une folie en se remariant. Il semblerait qu'elle ait changé d'avis.

— À quoi ressemble-t-elle ? s'enquiert Rose. Vous l'avez trouvée telle que vous l'aviez imaginée ?

Nancy réfléchit.

— Oui et non. Cela fait un drôle d'effet, de rencontrer quelqu'un après n'avoir appris à se connaître qu'à travers les mots. Elle est gentille, mais dure. Plus que je ne l'aurais pensé. Un peu rugueuse sur les bords.

Gerald se met à rire.

— À quoi t'attendais-tu, maman ? Aurais-tu oublié les cinq années durant lesquelles tu as côtoyé Bea ? De qui a-t-elle hérité son caractère, selon toi ?

— Tu as raison, concède Nancy. Mais Bea est plus sophistiquée, je trouve. Plus intelligente.

— Cinq années, répète Gerald. Que veux-tu, ce doit être ton influence.

Rose s'esclaffe, tandis que Nancy tire la langue à Gerald.

— Ça suffit, dit-elle. C'est vilain de se moquer d'une vieille dame.

— Cela t'a-t-il donné envie de te remarier ? demande Gerald à sa mère en se tournant vers Rose, un sourire dans les yeux.

— Oh, mon Dieu, Gerald, quelle idée, s'insurge Nancy. Bien sûr que non.

Rose n'arrive pas à imaginer que Nancy puisse se remarier un jour. Elle-même a déjà du mal à l'envisager, bien que sa famille et ses amis aient l'air de ne penser qu'à ça. Ils ont tenté de la caser à maintes reprises, en vain. Cela ne l'intéresse pas. Ce serait trop compliqué, estime-t-elle, surtout avec les enfants.

— Et toi ? demande Rose en se tournant vers Gerald. Tu as passé un bon séjour ?

— Oui, répond-il, les yeux rivés sur la table, le cou rougissant. C'était un mariage très réussi.

Puis il regarde Rose dans les yeux, et elle comprend tout. Il est amoureux de cette Bea.

— Ensuite, ce sera ton tour, intervient Nancy sans se rendre compte de ce qui se trame entre Rose et Gerald.

— Oh, ça m'étonnerait, répond Rose, avant de saisir que Nancy parle de voyage. Je ne suis jamais allée nulle part. C'est vrai. Quand les enfants auront grandi, peut-être. J'aimerais bien aller à Paris, un jour. William avait adoré cette ville.

— Et le travail ? s'immisce Gerald qui, de toute évidence, brûle de changer de sujet.

— Ça me plaît, répond Rose.

Elle travaille pour un sénateur, dont les bureaux se situent près de la maison et de l'école des enfants. Elle a d'abord eu peur de ne pas parvenir à se montrer à la hauteur sur tous les fronts. Et si les enfants tombaient malades ? Et si elle avait besoin de les récupérer plus tôt ? Les premières semaines se sont révélées stressantes. Plus d'une fois, le dîner s'est terminé dans les larmes, ils pleuraient tous les trois. Mais, depuis, les choses sont devenues plus faciles. Le rythme est soutenu mais, à force de persévérance, elle s'est mise à apprécier son travail. On compte sur elle. On sait maintenant qu'on peut lui faire confiance. Le sénateur McIntyre lui a même tapoté l'épaule l'autre jour en lui disant qu'elle faisait de l'excellent travail. De l'excellent travail ! Elle s'est surprise à sourire sur le chemin du retour.

— J'ai envie d'en apprendre davantage sur votre voyage, relance-t-elle Rose. Avez-vous quitté Londres ?

— Non. J'ai adoré le faste déployé par les Anglais, la relève de la garde, ce genre de choses. Gerald et Bea, de leur côté, ont passé leur temps à marcher. Quel était ce musée, Gerald, qui t'a tant plu ? Un musée consacré à la guerre ?

Gerald hoche la tête.

— L'Imperial War Museum, répond-il. J'ai trouvé cet endroit fascinant.

Rose pouffe.

— Il n'y a que Gerald pour aimer ça. S'il t'entendait, William n'aurait pas fini de se moquer de toi !

Le visage de Gerald se ferme légèrement, Rose se fait toute petite en pensée mais, déjà, Gerald se met à rire en se penchant en arrière sur sa chaise :

— Assurément. Il se montrerait sans pitié. Il n'a jamais compris pourquoi je ne passais pas le plus clair de mon temps au musée des Beaux-Arts ou au V&A.

— Vous étiez comme l'huile et l'eau, déclare Nancy. J'ai compris dès le début que tout ce que l'un aimerait, l'autre le détesterait, et vice versa.

— Je me demande souvent ce qui serait arrivé, dit Gerald, si nous avions pu vieillir ensemble. Aurions-nous trouvé un terrain d'entente ? Ou aurions-nous ferraillé jusqu'au bout ?

— On ne change pas vraiment, répond Nancy.

Même si Rose n'est pas d'accord, elle s'abstient de tout commentaire. Bien sûr qu'on change. Lorsqu'elle était adolescente, jamais elle n'aurait pu penser que sa vie se déroulerait comme elle l'a fait. Même après la mort de William, elle aurait eu du mal à croire qu'elle resterait aussi proche de sa famille, surtout au bout de tant d'années. Et que dire de se mettre à travailler ? C'est pourtant ce qui s'est passé. Lorsqu'on regarde en arrière, il est facile de distinguer le chemin qu'on a parcouru. Mais pour ce qui est de l'avenir, ce ne sont qu'angoisses et rêves.

Gerald essuie quelques larmes.

— Il me manque, en dépit de ses railleries. J'aimerais qu'il soit ici.

— Moi aussi, dit Rose en se levant pour le prendre dans ses bras. Moi aussi.

Il y a tellement de choses qu'elle aurait faites autrement. Les regrets, a-t-elle découvert, c'est le fracas qui demeure.

Millie

Millie et Alan retrouvent Beatrix dans un restaurant du centre-ville à l'heure du dîner. Ils en ont fait une habitude, ils se rencontrent ainsi une ou deux fois par mois.

— Tu as des nouvelles de Nancy et Gerald ? s'enquiert Millie.

Quel plaisir d'avoir fait enfin leur connaissance, quelle joie de les avoir comptés parmi les invités au mariage.

— C'est un très gentil garçon, fit Millie à Beatrix pendant que celle-ci l'aidait à s'habiller l'après-midi du mariage. Vraiment. Il me fait penser à Nancy, ils s'intéressent à tout l'un et l'autre, ils sont incroyablement chaleureux.

— C'est Gerald, répondit Beatrix en attachant un par un les petits boutons qui couraient dans le dos de Millie. Mme G disait toujours qu'il avait été coulé dans le même moule qu'elle. J'ai l'impression que c'était plus flagrant à l'époque, quand nous étions encore des enfants. Maintenant, il me fait parfois penser à M. G, cette façon de lever les yeux quand il lit, par exemple, ou de rassembler ses pensées avant de répondre à une question.

Millie s'interroge sur cette amitié récemment ravivée par les circonstances. Elle s'est épanouie lorsque Beatrix s'est rendue aux États-Unis pour l'enterrement de William. Quand Beatrix lui a dit qu'elle désirait inviter Gerald au mariage, cela a piqué la curiosité de Millie. Beatrix lui a expliqué que, si Gerald ne l'accompagnait pas, Nancy ne viendrait pas, mais Millie a compris qu'il ne s'agissait pas de la vraie raison. Beatrix avait envie de le voir.

Pourtant, ils se comportèrent d'abord comme des amis, comme un frère avec une sœur. Dans le fond, c'est d'ailleurs ce qu'ils sont, du moins c'est ce que pense Millie depuis toujours. Et c'était la même chose avec William. Mais pendant le mariage, Millie commença à changer d'avis en les observant. Ils étaient en train de danser tous les deux, et Beatrix posa la tête sur l'épaule de Gerald, qui baissa les yeux vers elle – Millie se revit avec Reg. Il y avait dans cette scène une douceur, une tendresse qui, sans crier gare, lui firent monter les larmes aux yeux.

— Tout va bien, répond Beatrix, assise à la table du restaurant. La routine, je suppose. Mais…

Sa voix s'éteint.

— Mais quoi ? dit Millie. Crache le morceau.

— C'est bête, reprend Beatrix en jouant avec sa serviette, mais ils m'ont invitée pour Pâques. Ici, ce sera les vacances de printemps, ce qui signifie que, techniquement, je pourrais partir. Sauf que le billet d'avion coûte les yeux de la tête.

— Allons, allons, intervient Alan. Qu'est-ce qu'un peu d'argent lorsqu'on a la possibilité de passer du temps avec des amis ? Considère cela comme un cadeau d'anniversaire par avance, de notre part à tous les deux.

Il rit et tapote la main de Beatrix.

— Rappelle-moi seulement la date de ton anniversaire, ma chérie ?

Cher Alan, quel trésor. Millie lui prend la main sous la table et la serre.

Plus tard, dans les toilettes des dames, Millie croise le regard de Beatrix dans le miroir.

— Tu vas accepter, n'est-ce pas ? demande-t-elle.

— Oui, maman. Ce serait idiot de refuser.

Puis Beatrix lui sourit :

— Cette fois, j'ai bien l'impression que tu as gagné le gros lot, avec lui.

— Il était temps, répond Millie.

Elle se tourne vers Beatrix, plante son regard dans le sien :

— Ceux que nous aimons, nous les aimons pour toutes sortes de raisons, nous les aimons aussi de toutes sortes de façons. Ne l'oublie pas. Et ça ne fait que s'améliorer avec l'âge. Les amours de jeunesse ne sont pas forcément les plus beaux.

Beatrix hoche la tête, et Millie sait qu'elles repensent toutes les deux à cette nuit lointaine, aux verres à vin dans l'évier, au lit défait. Il est temps pour elle de laisser partir William. Elle applique du rouge sur ses lèvres, presse un mouchoir dessus, avant de sourire à Beatrix dans le miroir.

Bea

Aujourd'hui commence la nouvelle saison de baseball, et Bea est assise dans une tribune du Fenway Park[1]. Il fait un peu froid, mais c'est merveilleux d'être là. Bea se souvient de son dernier printemps en Amérique, lorsque, avec d'autres, elle avait aussi assisté au lancement de la saison. C'était un vendredi, se souvient-elle, avec un peu de brume, un peu de bruine, mais plutôt chaud. Ils séchèrent les cours de l'après-midi, descendirent la colline jusqu'au tramway. Elle a oublié avec qui elle se trouvait précisément, mais elle se rappelle l'odeur du printemps. Le sentiment de liberté. La joie rare de faire quelque chose d'illicite. Elle était une petite fille modèle depuis si longtemps.

Gerald la rejoint avec des hot dogs et des bières, elle mord dans son sandwich, essuie la moutarde sur sa lèvre supérieure à l'aide d'une serviette.

— On n'a pas ça à Londres, dit-elle. Je suis tellement contente d'avoir décidé de venir.

— Moi aussi, dit Gerald.

— Vingt ans, dit Bea. Vingt ans depuis la dernière fois que j'ai mis les pieds dans ce stade. Tu étais avec nous ?

Gerald hausse les épaules.

— Je n'en sais rien. Je ne crois pas. Tu n'as pas dit que tu avais fait l'école buissonnière pour venir ? Ce n'était pas vraiment mon truc.

Bea se met à rire.

— En effet. Ce n'était pas mon truc non plus, remarque, je n'ai séché les cours qu'une seule fois, mais je me suis bien amusée. J'ai oublié si nous avons eu des ennuis au retour. Ton père a dû me sermonner en insistant sur l'importance des règles.

Ils sourient tous les deux, encouragent l'un des joueurs.

— Je parie que William était là, lui, dit Gerald.

1. Le Fenway Park est un stade de baseball situé à Boston.

— Peut-être, répond Bea, mais je ne m'en souviens pas.

Elle sait qu'il était présent. Gerald hoche la tête.

— Ç'a été un printemps difficile pour lui, dit-il. Toutes ces disputes à propos de l'université.

Bea hoche la tête mais ne répond rien.

— Que s'est-il passé entre vous ? demande Gerald après un bref silence, plissant les yeux en direction du terrain plutôt que de se tourner vers elle. Que s'est-il passé à Londres ?

Bea sait qu'il voulait poser cette question. Il a failli se lancer, à maintes reprises, lorsqu'ils étaient à Londres pour le mariage. Elle discernait ses efforts pour trouver les mots justes. Depuis, elle ne cesse de songer à la meilleure manière de réagir. Quelle est la vraie bonne réponse ?

— Que veux-tu dire ? demande-t-elle – elle tergiverse. Il lui restait quelques jours avant de prendre le bateau, il était bouleversé par la mort de ton père, il est venu me voir.

— Bea, dit Gerald. C'est moi. Pas ta mère ni la mienne, encore moins Rose. Moi. Que s'est-il passé ? C'est important.

Cette fois, il la regarde. Des taches de rousseur parsèment son nez. Son regard franc est toujours le même.

— Rien, dit-elle. Il ne s'est rien passé.

Gerald se tourne à nouveau vers le terrain.

— Tu m'as dit que tu l'aimais, lorsque tu es venue pour les funérailles, reprend-il.

Des clameurs emplissent l'air : les Sox viennent d'égaliser.

— Je l'aimais, dit-elle, je l'aime. C'était mon premier amour, Gerald, tu le sais. Mais, à Londres, en 1951, nous étions des personnes différentes, même s'il ne s'était écoulé que six ans. Il allait se marier. Rose était enceinte. Nous n'étions plus des adolescents. Jamais nous n'aurions pu être ensemble, quand bien même nous l'aurions souhaité.

Elle s'interrompt, avale une gorgée de bière, observe le terrain. Elle ne peut pas lui dire la vérité. Se cramponner à ce moment est pour elle l'unique moyen de ne pas perdre

William à tout jamais. Elle ne veut le partager avec personne d'autre, pas même avec Gerald.

— Le temps qu'il arrive à Londres, dit-elle, il n'était plus question de construire quoi que ce soit tous les deux.

— Vraiment ? insiste-t-il en se retournant vers elle – on jurerait le Gerald des tout premiers jours, à la fois très sérieux et toujours sincère. Il ne s'est vraiment rien passé ?

Bea secoue la tête, se forçant à croiser son regard.

— Franchement, G ? Nous avons passé le plus clair de notre temps à nous battre. Tu le connaissais mieux que moi.

Gerald essaie de sourire.

— Nous avons passé un excellent moment tous les deux, c'est vrai, si tu exceptes les disputes. Mais nous étions tristes tous les deux, et puis, il y avait ma mère.

— Attends un peu… Ta mère était là ?

Bea acquiesce.

— Elle était en vacances. En Italie ? En Espagne ? Bref, elle était partie avec plusieurs amis. Mais elle est rentrée plus tôt que prévu, au moment même où William est arrivé.

— Je l'ignorais, commente Gerald. J'étais persuadé que nous n'étiez que tous les deux.

— Je me rappelle notre dîner dans la cuisine, notre malaise. Elle ne lui a vraiment pas facilité la tâche.

— Ensuite, il est parti ?

Bea hoche la tête.

— Il a pris le train pour Southampton. Nous nous sommes dit au revoir à la porte de l'appartement. Et c'était fini. Difficile de croire que c'était il y a presque quatorze ans.

La mâchoire de Gerald se détend. Ne pas lui dire n'a rien à voir avec ce qu'elle éprouve pour lui. Elle tient seulement à protéger ce que William et elle possédaient. Et les voilà qui se lèvent tous les deux. Les Sox ont marqué, il n'est plus question d'égalité, ils sont enfin en train de gagner.

Gerald

Après le départ de Rose et des enfants, après qu'on a fait la vaisselle, maman range avant d'aller se coucher.

— Je sais qu'il fait encore jour, dit-elle. Mais je suis rompue. Quelle belle journée nous venons de passer.

— En effet, dit Bea en serrant maman dans ses bras. Et cette tarte au citron meringuée, quel régal. Vous vous êtes surpassée.

— Merci, ma chérie, répond maman, avant de poser les mains sur les épaules de Gerald, puis de lui donner un baiser sur la tête. À demain matin, dit-elle à Bea, et toi, Gerald, je suppose que tu vas la conduire à l'aéroport ?

— Absolument.

— Allons nous asseoir au salon, propose Bea.

Gerald approuve d'un signe de tête, prend deux bières dans le réfrigérateur avant de la suivre dans le couloir. Le soir commence à peine à tomber et, lorsqu'on est enfoncé dans les deux fauteuils, près des fenêtres, les plus hautes branches des arbres se détachent contre le ciel.

— J'adore cette vue, commente Bea en s'asseyant, puis elle replie ses jambes sous elle. Elle ne change pas. Toute cette superficie… J'aime bien mon jardin, à Londres, mais ça n'a rien à voir. On n'y éprouve pas cette impression d'immensité.

Elle se tourne vers Gerald.

— J'aurais bien aimé que tu voies mon jardin en fleurs. Je suis devenue un peu accro. Tu pourrais peut-être venir cet été ?

— J'adorerais, répond-il, mais j'ai l'intention de retourner dans le Mississippi.

— C'est génial. Vraiment. Ton père serait fier de toi.

— Tu crois ? Je n'en suis pas si sûr. C'est comme maman, il s'agit d'une autre génération. Elle doit se dire que ça va finir par me passer, et que, l'année prochaine, je me mettrai au golf, quelque chose dans ce goût-là, et que j'irai de l'avant.

— Je crois que tu ne lui accordes pas assez de crédit, répond Bea. Rappelle-toi d'où elle vient. Elle s'en est formidablement bien tirée. Elle ne s'attendait pas à vivre cette vie-là, mais elle a réussi, elle s'est adaptée, elle a compris comment il fallait s'y prendre. Tu l'as vue danser avec Kat après le dîner ?

Ils sourient tous les deux.

— Cette petite a hérité du cerveau de ton père. Je t'ai dit que nous jouons aux échecs par correspondance ? Ses déplacements, c'est du costaud. Très similaires, de plus, à ceux que ton père affectionnait. Pour le reste, c'est à toi qu'elle ressemble, elle se comporte de la même façon que toi. Jack, lui, me rappelle William. J'ai dit à Rose cet après-midi qu'elle allait en voir de toutes les couleurs d'ici quelques années.

Gerald sourit :

— Comment a-t-elle réagi ?

— Elle s'est mise à rire en me disant qu'elle s'en doutait. D'ailleurs, elle a déjà fort à faire.

Ils avalent une gorgée de bière. Bea jette son pull sur ses épaules et bâille.

— Tu veux aller te coucher ? lui demande Gerald.

Bea secoue la tête :

— Je tiens à rester éveillée le plus longtemps possible. Je ne veux pas manquer la moindre minute.

Gerald hoche la tête.

— À qui penses-tu ressembler ? lui demande-t-il quelques instants plus tard. À ta mère ou à ton père ?

— Je n'en sais vraiment rien. Chez moi, ce n'est pas aussi tranché. C'est beaucoup plus confus.

— Pourquoi ? Que veux-tu dire ?

— J'ai eu quatre parents, répond-elle. Je pense avoir en moi un peu de chacun d'eux. C'est beau, comme conception, non ? clame-t-elle en abandonnant le ciel qui s'assombrit pour se tourner vers Gerald. Morts ou vivants, nos proches nous accompagnent. Ton père ne me quitte pas.

— C'est très beau, en effet, dit Gerald. Et cela me rend heureux.

Bea se tait un moment.

— C'est ici que je me sens chez moi, dit-elle, peu importe ce que j'essaie de me faire croire, peu importent mes efforts pour me sentir chez moi à Londres. Je suis tellement contente de pouvoir revenir. Dommage qu'il ait fallu la mort de William pour que cela arrive, mais c'est ainsi.

Gerald, qui se tourne vers elle, brûle de prendre entre ses mains son cher visage, qu'il connaît si bien. Comme ils n'ont pas allumé la lumière, il fait sombre à présent, l'obscurité les enveloppe. Il ne discerne plus tout à fait les contours de son visage. Il sort de sa poche l'écrin contenant la bague, cet écrin que maman lui a remis il y a plusieurs années et qu'il promène avec lui depuis hier, sans réussir à trouver les mots justes. Il s'en empare, une main dessous, une main dessus, pas tout à fait prêt à l'ouvrir.

— Bea, dit-il, et ses joues rougissent – mais le moment est venu, c'est maintenant qu'il doit se lancer –, accepterais-tu de rester ici ? D'y être chez toi pour de bon ?

Elle se penche vers lui, en sorte que, désormais, à la lueur de la lune, il distingue ses pommettes, son large sourire. Elle se lève et lui tend une main, qu'il prend, leurs paumes se touchent.

— Allons nous promener, dit-elle. Allons nous promener tous les deux.

Épilogue

Août 1977

Gerald

Aujourd'hui, l'océan est calme. Gerald, assis sur la véranda de la maison dans le Maine, regarde les quelques nuages floconneux se diriger lentement vers la mer. Il s'assoit ici presque tous les après-midi, pour contempler le ciel et l'eau, pour humer l'air. L'été est chaud et, pourtant, une brise souffle continûment. Il n'arrive toujours pas à croire qu'ils sont revenus, que la maison leur appartient à nouveau.

Ils l'ont achetée au printemps, après avoir appris par les Lasky qu'elle était à vendre. Mme Lasky a téléphoné et, le lendemain, Gerald se rendait là-bas en voiture pour déposer une offre et verser les arrhes. Comme si c'était écrit. Il y a beaucoup à faire pour que la maison redevienne celle qui vit dans ses souvenirs. Et sans papa, sans William, on n'y parviendra jamais tout à fait. Mais c'est une joie immense que d'être ici, de s'asseoir sur la véranda, d'entendre l'eau battre les rochers. Assis dans son fauteuil, il pense à son père, qui attendait avec patience que le soleil se couche, que la journée se termine. Dire qu'il est à présent plus âgé que papa ne l'était à l'époque.

Aujourd'hui, on célèbre le cinquantième anniversaire de William. Un demi-siècle s'est écoulé depuis sa naissance. Le jour où ils se sont réinstallés pour de bon, pendant que M. Lasky les faisait traverser à la rame, Gerald a regardé se rapprocher l'île, les arbres gagnant en netteté au fur et à mesure. Il a aidé M. Lasky à tirer le bateau sur la plage rocheuse. Il n'était pas loin de penser que William se dissimulait derrière un arbre.

« On fait la course jusqu'à la maison ! » criait-il, prenant d'emblée une longueur d'avance et se retournant avec un demi-sourire, et Gerald s'élançait derrière lui. Comme toujours, ou presque.

Mais à présent c'est lui qui ouvre la voie. Il est celui qui reste.

Il a quitté l'école il y a dix ans pour fonder un centre de soutien scolaire et d'aide psychologique à Dorchester et, maintenant, il dirige sept établissements et une équipe de jeunes salariés énergiques. La tâche est difficile, frustrante et épuisante, mais il adore ça.

Maman, dans la cuisine, est en train de préparer une tarte aux framboises pour le dessert. Il sent d'ici l'odeur du beurre et du sucre pendant que la pâte cuit. Elle chante en s'affairant. Comme elle est heureuse. Prévoir les repas, jardiner, s'asseoir au soleil, les bretelles de son maillot de bain baissées sur ses épaules. Elle veut aménager la maison pour la rendre habitable en hiver, afin d'y vivre toute l'année.

— C'est chez nous, dit-elle durant ce premier trajet en bateau, d'une voix à peine audible. C'est chez nous.

Tôt ce matin, Gerald est sorti pêcher un tassergal pour le dîner. L'eau était calme, un drap gris et frais. Il ne lui a pas fallu longtemps pour trouver le poisson qu'il désirait. Comme il regagnait l'île à la rame, le soleil levant a commencé à éclairer la maison, aussi a-t-il ramé plus vite, pressé de retrouver l'intérieur de la demeure, d'y sentir la chaleur du soleil à travers les vitres. Après avoir placé le poisson sur la glace et aspergé ses mains de citron, il s'est assuré que Nell se portait bien, puis il a regagné son lit, enlacé le corps familier de Bea. Ils sont chez eux, en effet.

Bea, sur la plage, fait signe à Gerald depuis son transat, une serviette sur le ventre, tandis qu'ils regardent Nell nager jusqu'au quai flottant. Elle aura onze ans la semaine prochaine, elle est née un an après son mariage avec Gerald. C'est une Gregory : cheveux cuivrés et taches de rousseur, large et franc sourire. Elle se sent déjà chez elle. Le passé est plus vivace ici qu'ailleurs, et elle commence à poser des questions sur leurs chers disparus, elle s'intéresse maintenant aux histoires d'autrefois.

Retourner dans le Maine était un rêve, l'un des rares que William et Gerald auront partagés. Après leur mariage, après que Bea a pris la direction de l'école primaire, ils ont commencé à mettre de l'argent de côté chaque mois, dans l'espoir qu'un jour ils parviendraient à racheter la maison. Un espoir qu'eux-mêmes jugeaient plutôt utopique. À présent qu'ils se sont réinstallés sur l'île, Bea comprend que, s'ils l'ont acquise pour eux, ils l'ont fait aussi pour ceux qui ne sont plus là. L'endroit, à sa façon, les rassemble tous. William, en particulier. Elle pense souvent à lui. William l'accompagne lorsqu'elle nage tous les matins, lorsqu'elle rame en direction du continent, lorsqu'elle se promène dans la forêt. M. G se trouve sur l'île, lui aussi. Et donc, d'une autre manière, son père également. Mais l'île est loin de n'être peuplée que de souvenirs : sur l'île, le présent et le passé fusionnent.

Rose et Frank sont venus y passer un week-end, plus tôt cet été. Ils vivent à Boston, dans le quartier chic de Back Bay. Ils se rendent à pied au Capitole de l'État du Massachusetts, où ils travaillent.

— Pourquoi ai-je ignoré si longtemps que j'étais une carriériste ? demanda-t-elle un soir à Bea.

Elles sont devenues amies. Et William, se dit souvent Bea en souriant, qu'en pense-t-il ? Rose s'est beaucoup plu sur l'île, elle était ravie de se trouver dans un endroit si cher au cœur des Gregory. Dans un endroit où William demeure. Pour la pendaison de crémaillère, elle leur a offert une enseigne sur laquelle est gravé un vers de Shakespeare : « Un acte dont le passé est le prologue. » Elle leur a dit que William comprendrait. L'objet est à présent suspendu au-dessus de la porte d'entrée, il accueille tous ceux et celles qui leur rendent visite. Bea espère que, l'année prochaine, elle parviendra à convaincre maman de venir avec Alan.

Kathleen et Jack arriveront plus tard dans la journée, pour célébrer l'anniversaire de William. Ils ne se sont encore jamais rendus sur l'île, mais ils connaissent toutes les histoires qui y sont attachées. L'autre soir, Kathleen a dit à Bea, au téléphone, qu'elle aussi avait l'impression d'être sur le point de rentrer chez elle. Jack, lui, a hâte de nager autour de l'île et de battre Kathleen. Ils habitent tous les deux à New York, à trois pâtés de maisons l'un de l'autre, dans l'Upper West Side. Comment ont-ils su qu'ils devaient aller là-bas ? Bea se demande s'ils ont conscience de vivre l'un des rêves de William.

Nell leur fait signe depuis le quai flottant, Bea la rappelle, mais ses mots se perdent dans le vent. Demain, Kathleen sera sur ce quai avec Nell, elles s'allongeront en bikini sur le bois chaud, elles échangeront des secrets, elles riront, les cheveux mouillés et emmêlés. On dirait deux sœurs. Quatorze ans les séparent, mais elles se révèlent les meilleures amies du monde. Un autre geste de la main, et Nell plonge. Bea la regarde nager vers le rivage, avec des mouvements réguliers et sûrs. Bientôt, Bea, comme toujours, jettera sur ses épaules mouillées la grande serviette de bain rayée. Ensuite, elles grimperont au deuxième étage, où Bea lui fera couler un bain dans la vieille baignoire à pieds de griffon. Une main sous le jet du robinet, elle s'assurera que l'eau est à la bonne température. Nell entrera dans la baignoire, puis s'allongera en fermant les yeux. La petite salle de bains se remplira de vapeur chaude et du parfum citronné du savon. Bea s'installera sur le vieux tabouret en bois et, ensemble, elles échafauderont des projets pour le séjour de Kathleen et de Jack, et elles parleront de tout ce qui les attend encore.

Table

Cet ouvrage a été composé
Par Facompo à Lisieux (Calvados)

Impression réalisée par
CPI France
en septembre 2024
pour le compte des Éditions de l'Archipel
département éditorial
de la S.A.S. Écriture-Communication.

#lisez! engagé
www.lisez.com
Pour plus d'information :
Imprimé sur du papier issu de forêts gérées durablement.

Imprimé en France
Rang de tirage : 01
N° d'impression : 3057539
Dépôt légal : octobre 2024